Outros livros da autora:

Tudo por amor
Agora e sempre
Algo maravilhoso
Alguém para amar
Até você chegar
Whitney, meu amor
Um reino de sonhos
Todo ar que respiras
Doce triunfo
Em busca do paraíso
Sussurros na noite
Dois pesos e duas medidas
Lembranças de nós dois

JUDITH McNAUGHT

Lembranças de nós dois

Tradução
Vera Martins

1ª edição

Rio de Janeiro | 2023

CIP-BRASIL. CATALOGAÇÃO NA PUBLICAÇÃO
SINDICATO NACIONAL DOS EDITORES DE LIVROS, RJ

M419L   McNaught, Judith
          Lembranças de nós dois / Judith McNaught ; tradução Vera Martins. - 1. ed. - Rio de Janeiro : Bertrand Brasil, 2023.

          Tradução de: Remember when
          ISBN 978-65-5838-226-3

          1. Romance americano. I. Martins, Vera. II. Título.

23-85419   CDD: 813
                           CDU: 82-31(73)

Gabriela Faray Ferreira Lopes - Bibliotecária - CRB-7/6643

Copyright © Eagle Syndication, Inc.,1994

Texto revisado segundo o Acordo Ortográfico da Língua Portuguesa de 1990.

Todos os direitos reservados.
Não é permitida a reprodução total ou parcial desta obra, por quaisquer meios, sem a prévia autorização por escrito da Editora.

Direitos exclusivos de publicação em língua portuguesa somente para o Brasil adquiridos pela:
EDITORA BERTRAND BRASIL LTDA.
Rua Argentina, 171 — 3º andar — São Cristóvão
20921-380 — Rio de Janeiro — RJ
Tel.: (21) 2585-2000,
que se reserva a propriedade literária desta tradução.

Impresso no Brasil

Seja um leitor preferencial Record.
Cadastre-se no site www.record.com.br e receba informações sobre nossos lançamentos e nossas promoções.

Atendimento e venda direta ao leitor:
sac@record.com.br

A São Judas, o santo das causas impossíveis.
O senhor teve um bocado de trabalho com esta aqui.

Muito obrigada.

Agradecimentos

Nesta página, os autores costumam dirigir algumas palavras de agradecimento àqueles que os ajudaram, ou que foram extremamente tolerantes com eles, durante a gestação de seu livro. No caso deste romance, que levei uma eternidade para escrever, não há espaço suficiente para eu agradecer como devia nem mesmo a uma única das pessoas que me proporcionaram ajuda inestimável, compreensão e apoio. Só espero que todos compreendam como foram e como são importantes para mim.

Para:

Dr. John M. Lewis, protetor do coração dos outros e guardião do meu.
Keith Spalding, para sempre, o mais querido dos amigos.
George Bohnenburger, provedor de respostas instantâneas a perguntas complicadas sobre assuntos difíceis.
Betty Mitchell, construtora de sonhos.
Bruce Monical, artista, conselheiro e amigo querido.
Mark Strickler, o mais paciente dos amigos.
Jim Hinte, que redefine os conceitos de eficácia e integridade.

E para:

John e *Whitney Shelley* e *Clay McNaught,* por serem minha família e meus amigos.

Capítulo 1

Houston, 1979.

— DIANA, AINDA ESTÁ ACORDADA? Gostaria de falar com você.

Diana, que ia apagar a luz do abajur ao lado da cama, interrompeu o movimento e se recostou nos travesseiros.

— Tudo bem — respondeu.

— Já se recuperou da diferença de fuso horário, querida? — perguntou o pai, entrando e caminhando na direção da cama. — Ou ainda está exausta?

Aos quarenta e três anos, Robert Foster era um produtor de petróleo de Houston, alto, de ombros largos e cabelos prematuramente grisalhos. Em geral, exalava autoconfiança, mas não naquela noite, quando parecia nitidamente inquieto. E Diana conhecia o motivo. Embora só tivesse quatorze anos, era esperta o bastante para saber que ele não a procurou apenas para se informar se ela estava recuperada do cansaço causado pela diferença de horário. O pai queria falar sobre sua nova esposa e a filha desta, que Diana conhecera ao chegar em casa, naquele dia, depois de passar as férias na Europa com as amigas da escola.

— Estou bem — afirmou.

— Diana... — começou ele, então hesitou, sentando-se na cama e pegando em sua mão. Depois de um breve instante, continuou: — Sei que deve ter achado muito estranho chegar em casa e descobrir que me casei novamente. Por favor, acredite que eu nunca teria casado com Mary sem dar a vocês duas a chance de se conhecerem, se não estivesse completamente seguro de que aprenderiam a gostar uma da outra. Gostou dela, não é?

Diana concordou com a cabeça, embora não compreendesse por que o pai se casara com uma mulher que mal conhecia e que ela nunca tinha visto até aquele dia. Desde que sua mãe morreu, há anos, ele saiu com muitas mulheres lindas e agradáveis e, antes que as coisas ficassem sérias demais, sempre as apresentava a Diana e insistia para que os três passassem algum tempo juntos. Agora, casou-se, mas com uma mulher totalmente desconhecida.

— Mary parece muito boazinha — disse ela por fim. — Só não entendo por que você estava com tanta pressa.

Robert pareceu arrependido, mas foi com plena convicção que começou a explicar:

— Há momentos na vida em que nossos instintos nos dizem para fazer determinada coisa, algo que desafia a lógica, perturba nossos planos e pode parecer loucura às outras pessoas. Quando isso acontece, a gente faz, ignorando a lógica, as probabilidades e as complicações.

— Foi isso o que aconteceu com você?

— Foi. Apenas algumas horas após conhecer Mary, eu sabia que ela era a mulher que eu queria para mim. E para você. Depois, quando conheci Corey, soube que nós quatro formaríamos uma família muito feliz. No entanto, meus instintos me alertaram que, se eu desse muito tempo a Mary, esperando-a se decidir, ela começaria a pensar nos obstáculos, a se preocupar e acabaria me rejeitando.

Por lealdade e bom senso, Diana achou aquilo totalmente impossível. Outras mulheres tinham feito coisas absurdas para atrair e prender o interesse de seu pai.

— Acho que todas as mulheres com quem você saiu o queriam.

— Não, meu bem. A maioria delas queria o que eu podia dar, como segurança financeira e projeção social. Apenas algumas queriam a *mim*.

— Mary realmente queria você? — perguntou Diana, pensando na confidência de Robert sobre a mulher poder rejeitá-lo.

Ele sorriu, os olhos aquecendo-se com uma expressão de afeto.

— Tenho certeza. Mary me queria, e quer.

— Então, por que achou que ela poderia rejeitá-lo?

O sorriso do pai alargou-se.

— Porque ela é o oposto da mulher mercenária e ávida por posição social. Mary é muito inteligente, mas ela e Corey levavam uma vida simples, numa pequena cidade onde ninguém é rico, pelo menos para padrões de Houston. Apaixonou-se por mim tão depressa e tão profundamente quanto eu por ela, e concordou em se casar no prazo de uma semana. Quando, porém, descobriu o estilo de vida que temos aqui, começou a recuar. Achou que ela e a filha não se adaptariam, que acabariam por cometer gafes indesculpáveis, que nos deixariam constrangidos. Quanto mais pensava nisso, mais se convencia de que não servia para nós.

Robert estendeu a mão e afastou uma mecha de brilhantes cabelos castanhos do rosto de Diana.

— Imagine só — prosseguiu. — Mary estava disposta a renunciar a todas as coisas materiais que eu posso lhe dar, coisas que todas as outras mulheres estavam loucas para ter, porque tinha medo de falhar como minha esposa, ou como sua madrasta. Percebe o que é realmente importante para ela?

Diana já havia simpatizado com Mary quando a conheceu naquela manhã, e a ternura nos olhos do pai e o amor em sua voz, quando ele falava na esposa, pesaram bastante, reforçando sua opinião.

— Gostei muito de Mary — confessou.

Um sorriso de alívio iluminou o rosto dele.

— Eu sabia que gostaria. Ela também gostou de você. Disse que é meiga e muito controlada, pois tinha todo o direito de ter uma crise histérica, quando entrou em casa e encontrou uma madrasta, alguém que nunca tinha visto antes. Se gostou dela, espere até conhecer seus novos avós — acrescentou Robert, entusiasmado.

— Corey disse que eles são ótimos — comentou Diana, lembrando-se das informações que a "irmã" de treze anos lhe deu nas poucas horas que passaram juntas.

— E são — confirmou o pai. — São pessoas boas, honestas, trabalhadoras, que adoram rir e se amam muito. O avô de Corey é um excelente jardineiro, inventor e carpinteiro habilidoso. A avó é uma artesã talentosa. Agora, diga-me o que achou de Corey — pediu, parecendo um pouco tenso.

Diana ficou calada por um instante, tentando traduzir em palavras seus sentimentos a respeito da garota. Então, inclinou-se para a frente, abraçou os joelhos e sorriu.

— Bem, ela é diferente das meninas que eu conheço. É... simpática e franca, diz o que pensa. Nunca saiu do Texas, não tenta parecer fria e sofisticada, fez uma porção de coisas que eu nunca fiz. Ah, e ela considera você um rei — concluiu com um sorriso.

— Que jovenzinha inteligente e sensata!

— Corey ainda era bebê quando o pai dela abandonou Mary — disse Diana, entristecida ao pensar que um pai pudesse ser capaz de um ato tão desprezível.

— Para minha sorte, ele foi estúpido e irresponsável, e pretendo fazer com que Mary e Corey também se sintam afortunadas. Quer me ajudar a conseguir isso? — Robert pediu, levantando-se e sorrindo para ela.

— Pode apostar — respondeu Diana.

— Não se esqueça de que Corey não teve as mesmas vantagens que você, assim, tenha paciência e ensine o que ela não sabe.

— Tudo bem.

— Boa menina. — O pai a elogiou, se inclinando e beijando-a no alto da cabeça. — Você e Mary vão ser grandes amigas — profetizou, começando a se afastar.

— Corey gostaria de chamá-lo de papai — anunciou Diana.

Robert parou e virou-se.

— Eu não sabia — disse, a voz embargada de emoção. — Mary e eu achávamos que ela poderia querer fazer isso um dia, mas não imaginávamos que seria tão depressa. — Observou a filha demoradamente, então perguntou, hesitante: — O que você acha... de Corey me chamar de papai?

Diana sorriu.

— A ideia foi minha.

No QUARTO DO OUTRO LADO do corredor, Mary Britton Foster conversava com a filha, sentada na borda da cama.

— Quer dizer que se divertiu hoje com Diana? — perguntou pela terceira vez.

— Muito.

— E gostou de ir com ela à casa dos Hayward, para brincar com as crianças e andar a cavalo?

— Mamãe, somos todos adolescentes! Não deve nos chamar de crianças.

— Desculpe — pediu Mary, acariciando distraidamente a perna de Corey por baixo das cobertas.

— E não é bem uma casa. De tão grande, parece mais um hotel.

— Tão grande assim? — provocou Mary.

A garota concordou.

— Mais ou menos do tamanho da nossa casa.

O fato da filha se referir à residência de Diana e Robert como "nossa casa" era muito revelador e tranquilizante para Mary.

— Os Hayward têm uma cocheira na casa deles?

— Chamam de estábulo, mas é igual a uma cocheira, só que de pedra. Por fora parece uma casa, e por dentro é tão limpo quanto uma. Os Hayward têm um empregado, cavalariço, como eles dizem, que mora lá e cuida dos cavalos. Ele se chama Cole, e as meninas o acham um gato. Acabou de sair da universidade, esqueci de onde, mas acho que daqui mesmo, de Houston.

— Vejam só! — exclamou Mary, espantada. — Agora uma pessoa precisa de diploma universitário para cuidar de cavalos e de uma cocheira... hã... estábulo.

Corey reprimiu uma risada.

— Não! Eu quis dizer que ele acabou um semestre na universidade. Logo vai começar outro. Os cavalos são maravilhosos! — exclamou, voltando ao assunto que mais a interessava.

— Vou cavalgar de novo no aniversário de Barb Hayward, na semana que vem. Barb me convidou, mas acho que foi Diana que pediu para ela fazer isso. Hoje conheci um bando de amigos de Barb e Diana. Acho que eles não gostaram muito de mim, mas Diana disse que é impressão minha.

— Sei. E o que você achou de Diana?

— Ela é... — Corey hesitou, refletindo. — É legal. Disse que sempre quis ter uma irmã e talvez seja por isso que está sendo tão boazinha comigo. Não é nada esnobe. Até me ofereceu suas roupas, dizendo que posso pegar emprestadas as que eu quiser.

— Muita gentileza.

A menina concordou.

— Quando eu disse que gostei do jeito como ela se penteia, Diana falou que podemos experimentar novos penteados, uma praticando nos cabelos da outra.

— E... hã... ela disse alguma coisa sobre outra pessoa?

— Sobre quem? — perguntou Corey, parecendo confusa.

— Você sabe. Sobre mim.

— Deixa eu ver... Ah, sim, agora me lembro! Ela disse que você parece má e fingida e que provavelmente vai fazer ela ficar em casa, esfregando o chão, enquanto eu vou a bailes e danço com príncipes. Eu respondi que ela talvez estivesse certa, mas que pediria a você para deixar ela usar os sapatinhos de cristal, se ela prometesse não sair de casa.

— Corey!

Rindo, a garota inclinou-se para a frente e abraçou a mãe.

— Diana disse que gostou de você e a achou muito boazinha. Perguntou se é severa, e eu respondi que sim, às vezes, mas que depois se arrepende e faz um monte de biscoitos para compensar.

— Ela disse mesmo que gostou de mim?

Ficando séria, Corey afirmou, movendo a cabeça enfaticamente.

— A mãe de Diana morreu quando ela tinha cinco anos. Não sei como seria a minha vida se eu não tivesse você, mamãe.

Mary abraçou a filha, apoiando o rosto na cabeça loira.

— Diana não teve muitas das vantagens que você teve, querida. Tente lembrar-se disso. Ela possui muitas roupas e um quarto enorme, mas nada disso é melhor do que o vovô e a vovó que você tem, que a amam e lhe ensinaram tantas coisas, quando moramos com eles.

O sorriso de Corey diminuiu.

— Vou sentir terrivelmente a falta dos dois.

— Eu também.

— Falei deles para Diana, e ela ficou muito interessada. Posso levá-la a Long Valley, para que ela os conheça?

— Claro que sim. Ou, talvez, podemos perguntar a Robert se eles podem vir nos visitar.

Mary levantou-se e começou a andar na direção da porta.

— Mamãe — Corey a chamou, fazendo-a parar e se voltar para ela. — Diana disse que eu podia chamar Robert de papai. Acha que ele se importaria?

— Acho que ele adoraria! — Mary fez uma pausa, parecendo um pouco triste, então continuou: — Talvez, um dia, Diana queira me chamar de mamãe.

— Amanhã! — exclamou Corey com um sorriso de quem sabia o que estava dizendo.

— Amanhã, o quê?

— Diana vai chamar você de mamãe a partir de amanhã!

— Oh, Corey, ela não é uma menina maravilhosa? — disse Mary, com lágrimas nos olhos.

Corey revirou os olhos, mas não discordou.

— Foi ideia minha ela chamar você de mamãe. Tudo o que Diana disse foi que queria fazer isso.

— Você também é maravilhosa — declarou Mary Foster com uma risada, andando até a cama e se inclinando para beijar a filha.

Ao sair do quarto, apagou a luz e fechou a porta.

Corey ficou pensando na conversa que haviam tido e imaginando se Diana já havia adormecido. Depois de alguns minutos, saiu da cama e vestiu um velho roupão de flanela por cima da camisola que exibia os dizeres: "Salvem as Tartarugas".

O corredor estava escuro como breu. Ela o atravessou para ir ao quarto de Diana, apalpando a parede até encontrar a porta. Ergueu a mão e ia bater, quando a porta se abriu, arrancando-lhe um gritinho de susto.

— Eu ia ver se você já estava dormindo — cochichou Diana, recuando e, com um gesto, convidou a outra garota a entrar.

— Seu pai teve uma conversinha com você, agora à noite? — perguntou Corey, se aninhando na beirada da cama, admirando os babados de renda creme no decote e nos punhos do roupão rosa-claro, que Diana usava e que combinava com os chinelinhos de quarto.

— Teve. Sua mãe também falou com você? — Diana quis saber, sentando a seu lado.

— Nós conversamos, sim.

— Acho que eles tinham medo de que nós duas não gostássemos uma da outra.

Corey mordeu o lábio inferior, indecisa.

— Perguntou a seu pai se posso chamá-lo de papai? — indagou atropeladamente.

— Perguntei, e ele adorou a ideia — respondeu Diana, falando baixo, para que a íntima "festa do pijama" não fosse interrompida por decreto paterno.

— Tem certeza?

— Tenho. Na verdade, ele ficou todo emocionado. — Diana olhou para as próprias mãos cruzadas no colo, suspirou, então ergueu os olhos para Corey. — E você? Falou com sua mãe sobre eu chamá-la de mamãe?

— Falei.

— O que ela disse?

— Que você é maravilhosa — contou Corey, revirando os olhos em fingido aborrecimento.

— Ela disse mais alguma coisa?

— Não pôde — respondeu Corey. — Estava chorando.

As duas meninas se olharam em silêncio, sorrindo, então, como se tivessem combinado, caíram de costas na cama.

— Acho que isso vai acabar sendo muito, muito legal! — comentou Diana, após alguns instantes de reflexão.

Corey concordou com plena convicção.

— Totalmente legal! — declarou.

No entanto, mais tarde, deitada em sua própria cama, Corey achava difícil crer que as coisas estivessem indo tão bem entre ela e Diana. Pela manhã, nunca teria acreditado que isso seria possível.

Quando Robert se casou com Mary, depois de duas semanas de namoro, e levou a esposa e a enteada para a sua casa, em Houston, Corey ficou aterrorizada com a ideia de se encontrar com a filha dele. Baseando-se no pouco que ouviu sobre Diana, imaginou que as duas eram tão diferentes que acabariam se odiando.

Além de ter nascido rica e crescido em uma luxuosa mansão, Diana era um ano mais velha do que ela e uma excelente aluna, sempre entre as primeiras da classe. E, quando Corey espiou para dentro do quarto de Diana, viu tudo tão arrumado que sentiu arrepios. Assim, pelo que havia visto e ouvido, ficou certa de que a outra garota era perfeita demais e uma completa esnobe. E que a consideraria uma caipira idiota.

Naquela manhã, quando viu Diana entrar no vestíbulo, teve a confirmação de seus piores receios. Diana era delicada, tinha cintura fina, quadris esbeltos e seios de verdade, o que fez Corey se sentir um monstrengo de peito chato. Diana, vestida como uma modelo da revista *Seventeen,* usava saia marrom curta, meia-calça cor creme, colete xadrez azul e castanho, e um blazer marrom com distintivo no bolso superior. Corey estava usando jeans e blusão de moletom.

No entanto, tinha sido Diana a quebrar o gelo, contrariando a convicção de Corey de que ela era uma metida. Admirara o cavalo pintado à mão, na frente do blusão de Corey, e foi a primeira a admitir que sempre quis ter uma irmã. À tarde, a levou à casa dos Hayward, para que ela pudesse tirar fotografias dos cavalos com a câmera cara que havia ganho de Robert.

Não se mostrou ressentida ao saber desse presente, nem com a ideia de dividir a atenção do pai. E, se considerava Corey uma caipira idiota, não demonstrava. Na semana seguinte, levaria Corey à festa de aniversário de Barb Hayward, onde todo mundo andaria a cavalo. Declarou que seus amigos também seriam amigos de Corey, e rezou para que estivesse certa.

Para Corey, porém, isso não era nem de longe tão importante quanto ter uma irmã quase da mesma idade, com quem poderia se divertir e conversar. E ela não iria apenas receber, pois também tinha algumas coisas para dar. Por exemplo, Diana levava uma vida horrivelmente resguardada, em sua opinião. Confessou que nunca havia subido em uma árvore realmente alta, nem comido amoras tiradas diretamente do pé, ou atravessado um lago, pulando de pedra em pedra.

Fechando os olhos, Corey suspirou, satisfeita.

Capítulo 2

OLHANDO POR CIMA DO ombro, Cole Harrison examinou Diana Foster, que, da porta do estábulo, com as mãos cruzadas nas costas, observava a enteada do pai cavalgar juntamente com as outras meninas que haviam ido à festa de aniversário de Bárbara Hayward.

Pegando uma escova e uma raspadeira, ele começou a andar em direção a uma das baias.

— Quer que eu arreie um cavalo para você? — perguntou, parando perto de Diana.

— Não, obrigada — respondeu ela, e sua voz suave era tão educada e adulta, que ele precisou reprimir um sorriso.

Fazia dois anos que Cole trabalhava para os Hayward, enquanto cursava a universidade, e, durante esse tempo, ele viu e ouviu o suficiente para formar algumas opiniões sobre as filhas adolescentes dos milionários de Houston. Uma delas era que as garotas de treze e catorze anos, que andavam com Bárbara Hayward, eram loucas por rapazes e por cavalos, e que estavam desesperadas para aperfeiçoar sua habilidade em lidar tanto com os primeiros quanto com os segundos. Por causa de sua paixão por rapazes, tinham verdadeira obsessão pela aparência física, roupas e por sua posição entre as demais garotas. Suas personalidades apresentavam facetas que iam da leviandade ao mau humor e, embora elas fossem encantadoras, eram também exigentes, convencidas e malévolas.

Algumas das mocinhas já estavam assaltando os armários de bebidas dos pais, a maioria usava maquiagem demais, e todas tentavam flertar com ele. No ano anterior, suas tentativas haviam sido comicamente desajeitadas e fáceis de driblar, mas elas iam ficando mais atrevidas à medida que cresciam. Como resultado, ele estava começando a se sentir o objeto sexual de um bando de adolescentes precoces e decididas.

Isso não seria tão irritante se elas se limitassem a corar e soltar risadinhas, mas ultimamente haviam começado a lançar-lhe olhares convidativos e sensuais. Um mês antes, uma das amigas de Bárbara liderou a "caçada", tomando a iniciativa de perguntar a Cole sua opinião sobre o beijo de língua. Haley Vincennes, que até ali fora a líder do grupo, reclamou sua posição de volta, informando a Cole que ele tinha uma "bunda linda".

Ele viu Diana muito pouco até uma semana antes, quando ela levou a nova irmã para apresentá-la a Bárbara. No entanto, sempre achou aquela miúda muito diferente das outras meninas, uma deliciosa exceção. Tudo em Diana era atraente e agradável, e ele sentia que ela não era, de forma alguma, superficial como as demais. Tinha cabelos escuros, acobreados, e olhos verdes muito grandes, contornados por cílios longos e espessos, olhos límpidos, luminosos, hipnóticos, que o examinavam, e ao resto do mundo, com genuíno interesse. Olhos expressivos, iluminados por uma viva inteligência, com um brilho espirituoso e, no entanto, tão cheios de doçura, que Cole sempre tinha vontade de sorrir para ela.

Quando acabou de escovar a égua, Cole lhe deu um tapinha na anca e saiu da baia, fechando a pesada porteira de carvalho. Quando foi pôr a escova e a raspadeira na prateleira, ficou surpreso ao ver que Diana ainda se encontrava à porta do estábulo. A garota continuava parada, com as mãos cruzadas nas costas, uma expressão ansiosa no rosto, enquanto observava as atividades barulhentas na pista de hipismo.

Olhava tão atentamente para alguma coisa, que Cole se inclinou para a esquerda para ver melhor a pista. A princípio, só viu vinte meninas rindo e gritando, observando-se mutuamente, enquanto trotavam em volteios complicados ou saltavam os obstáculos baixos. Então, notou que Corey, a nova irmã de Diana, estava completamente sozinha na extremidade mais distante do cercado.

Corey gritou uma saudação para Haley Vincennes quando ela passou, acompanhada por três meninas. Haley, porém, mostrou-se indiferente, e então disse algo às amigas, que olharam na direção de Corey e riram. Corey encurvou os ombros, virou o cavalo e o levou para fora da pista, como se houvesse sido verbalmente insultada, em vez de desprezada com o silêncio da outra garota.

Cole viu Diana apertar convulsivamente as mãos cruzadas nas costas e morder o lábio inferior e pensou em uma avezinha perturbada que via o filhote não se sair muito bem na vida fora do ninho. Ficou surpreso e impressionado pelo óbvio desgosto de Diana, mas sabia que o desejo dela de ver Corey aceita pelos outros era inútil.

Ele estava presente quando Diana levou Corey ao estábulo pela primeira vez e a apresentou a Bárbara e diversas outras garotas que haviam ido lá para ver um potro recém-nascido. Testemunhou a espantada reação silenciosa que se seguiu às apresentações, viu a expressão de hostil superioridade nos rostos das futuras debutantes, quando elas descobriram a origem de Corey e a julgaram inferior.

Naquele dia, Diana pareceu certa de que Corey seria bem recebida pelas amigas ricas, mas Cole previu que ela sofreria dolorosos desapontamentos. E, a julgar pela perturbação de Diana ao ver a irmã ignorada por Haley, ela chegou à mesma conclusão.

Comovido pela intensidade das emoções que se refletiam no rosto expressivo, ele decidiu amenizá-las.

— Corey monta muito bem — declarou. — Acho que você não precisa se preocupar tanto com ela.

Diana virou-se ligeiramente e lançou-lhe um sorriso tranquilizador.

— Eu não estava preocupada, só pensando. Às vezes, enrugo a testa quando penso.

— Entendo — afirmou Cole, tentando proteger a dignidade dela, fingindo que acreditou na explicação. — Muitas pessoas fazem isso. — Procurou mais alguma coisa para dizer, então prosseguiu: — E você? Gosta de cavalos?

— Muito — respondeu ela com aquele jeitinho encantador de pessoa adulta. Ainda com as mãos entrelaçadas nas costas, virou-se por inteiro para Cole, obviamente disposta a continuar com a conversa. — Trouxe maçãs para eles — informou, fazendo um gesto com a cabeça na direção de um grande saco marrom colocado no lado de dentro do estábulo, perto da porta.

Como, aparentemente, ela preferia alimentar os animais a montá-los, Cole chegou à única conclusão possível.

— Sabe cavalgar? — perguntou.

Ela o surpreendeu movendo a cabeça afirmativamente.

— Sei.

— Vamos ver se entendi direito — brincou ele. — Quando vem aqui, você não monta, mesmo que os seus amigos estejam cavalgando, certo?

— Certo.

— Você sabe montar e gosta tanto de cavalos que traz maçãs para eles, certo?

— Mais um certo.

Cole enfiou os polegares nos passadores do cinto e observou-a, curioso.

— Não, não entendo — admitiu.

— Gosto muito mais de cavalos quando não estou no lombo de um deles — explicou Diana.

Havia um tom de riso envergonhado na voz dela, tão contagiante que Cole sorriu.

— Não me diga, deixe-me adivinhar — pediu ele. — Uma vez, você caiu de um cavalo e se machucou. Foi isso?

— Foi. Pulando uma cerca. Quebrei um pulso.

— O único jeito de perder o medo é voltar a montar — observou ele.

— Tentei — respondeu ela categoricamente, mas com um brilho malicioso nos olhos verdes.

— E?

— E tive uma concussão.

Cole sentiu o estômago roncar e pensou nas maçãs. Seu orçamento era muito apertado e ele parecia viver com fome.

— Acho melhor eu levar o saco de maçãs para outro lugar, antes que alguém tropece nele — comentou.

Ergueu o saco e começou a andar para os fundos do estábulo, pretendendo partilhar a doação feita aos animais. Ao passar por uma das baias, quase no fim do longo corredor, um cavalo velho, chamado Buckshot, pôs a cabeça para fora, por cima da porteira, os olhos esperançosos e inquisitivos, as narinas macias voltadas para o saco de maçãs.

— Você já não consegue andar e não enxerga bem, mas tem um faro! — exclamou Cole, tirando uma fruta do saco e dando ao animal. — Não vá contar aos seus colegas a respeito destas maçãs, ouviu? Vou comer algumas delas.

Capítulo 3

COLE ESTAVA LEVANDO FENO fresco para dentro das baias vazias, quando várias garotas entraram no estábulo.

— Diana, precisamos falar com você a respeito de Corey — disse Haley Vincennes.

Cole deu uma olhada no grupo e percebeu que o "júri" estava prestes a anunciar seu veredicto, que não seria bom.

Diana, obviamente, também percebeu, porque tentou dissuadi-las.

— Sei que vocês gostarão de Corey quando a conhecerem melhor — falou em tom doce e persuasivo. — Então, todas nós seremos grandes amigas.

— Isso é impossível — decretou Haley arrogantemente. — Nenhuma de nós tem nada em comum com uma caipira que veio de uma vila da qual nunca ouvimos falar. Viu o blusão que Corey estava usando na semana passada, quando você a trouxe aqui? Ela disse que foi a avó que pintou aquela cabeça de cavalo.

— Eu gostei — afirmou Diana teimosamente. — A avó de Corey é uma artista!

— Artistas pintam telas, não blusões. E sou capaz de apostar a mesada de um mês inteiro que ela comprou o jeans que está usando hoje na Sears!

Um coro de risadas abafadas foi a prova de que as outras meninas concordavam.

— Não vejo como Corey pode ser nossa amiga, ou sua, Diana — adicionou Barb, com o voto decisivo, embora parecesse um tanto tímida ao selar o destino da pobre garota.

Cole contraiu o rosto, desgostoso, solidário com Corey e com Diana, pobrezinha, que, ele tinha certeza, se curvaria à intensa pressão do grupo.

Mas Diana, "pobrezinha", não se rendeu.

— Lamento muito que vocês pensem assim — disse com sinceridade, sem que sua voz perdesse a doçura, olhando para Haley que, como Cole sabia, era a líder e a mais inflexível defensora da causa em questão. — Eu não tinha percebido que vocês têm medo da competição e que por isso não querem dar uma chance a Corey.

— Que competição? — perguntou Barb, parecendo espantada.

— Pela atenção dos rapazes. Corey é muito bonita e divertida, então os garotos ficarão em volta dela, em todos os lugares.

Na baia, no lado oposto ao lugar onde as meninas estavam reunidas, Cole parou de trabalhar. Apoiando-se no rastelo, sorriu com admiração, percebendo a estratégia de Diana. Aprendeu, trabalhando para os Hayward, que garotos eram os artigos mais cobiçados pelas adolescentes, e a possibilidade de Corey atrair mais deles para o covil coletivo era algo quase irresistível. Ele imaginou se essa possibilidade não seria anulada na mente das meninas pelo medo de que ela pudesse lhes roubar os namorados.

— Claro que Corey não vai querer namorar nenhum deles, porque já tem namorado, lá na cidade dela — informou Diana suavemente.

— Acho que devíamos dar uma chance a Corey e conhecê-la melhor, antes de decidir que não a queremos no grupo — opinou Barb no tom sério e hesitante de uma garota que sabe a diferença entre o certo e o errado, mas não tem coragem de assumir a liderança.

— Que bom! — exclamou Diana alegremente. — Eu sabia que vocês não iriam me decepcionar. Se isso acontecesse, eu sentiria muito a falta de vocês e ficaria triste por não poder mais emprestar as minhas melhores roupas, nem levá-las para Nova York, no próximo verão.

— Sentir a nossa falta? Como assim?

— Corey vai ser minha melhor amiga, e amigas íntimas devem ficar sempre juntas, não acham?

Quando as outras meninas deixaram Diana para voltar à festa, Cole se aproximou dela, assustando-a.

— Diz uma coisa — pediu com um sorriso cúmplice. — Corey tem mesmo um namorado na terra dela?

— Tem — afirmou Diana.

— Mesmo? — insistiu Cole, duvidoso, notando um brilho de divertida culpa nos olhos verdes. — Como ele se chama?

— Não lembro. É um nome esquisito.

— Esquisito demais?

— Promete que não dirá a ninguém?

Encantado com o rosto, a voz, a lealdade e a esperteza de Diana, Cole fez o sinal-da-cruz sobre o coração.

— Juro.

— O nome dele é Sylvester.

— E ele é um...

Ela desviou o olhar travesso do rosto dele, os cílios avermelhados lançando suave sombra no rosto, quando as pálpebras baixaram, escondendo os olhos cor de jade.

— Um porco — confessou ela com voz muito baixa.

Cole estava tão certo de que iria ouvir "um gato" ou "um cachorro", que pensou ter compreendido mal.

— Um porco? — repetiu.

— Um porcão, na verdade — disse ela, erguendo os olhos verdes. — Corey disse que ele é enorme, e que andava pela casa atrás dela como um *cocker spaniel*.

Naquele momento, Cole refletiu que Corey era uma menina de muita sorte por ter Diana Foster como protetora naquela travessia da imensa brecha social. Uma protetora miúda, mas poderosa.

Sem imaginar que ele a elogiava intimamente, Diana o observou.

— Há alguma coisa para beber, aqui? Estou morrendo de sede.

Cole sorriu.

— Enganar os outros dá muito trabalho, não? E nada como uma batalha contra meia dúzia de meninas soberbas para despertar a sede.

Imperturbável, Diana concordou, sorrindo.

"Ela é corajosa como o diabo", pensou Cole, "mas tem um estilo suave e único, que disfarça perfeitamente sua coragem e determinação".

— Sirva-se — disse, indicando os fundos do estábulo com um gesto de cabeça.

No fim do corredor, à direita, Diana encontrou um quartinho, que imaginou pertencer a Cole. A mobília era composta de uma cama, arrumada com perfeição militar, e de uma escrivaninha com um abajur em cima. Livros e papéis empilhavam-se ordenadamente na escrivaninha, e um livro estava aberto sobre o tampo. No outro lado do corredor, havia um banheiro e, mais para trás, uma cozinha, onde Diana viu apenas uma pia, um pequeno fogão e uma geladeira minúscula, igual à que ficava sob o balcão, no bar da sala de estar de sua casa.

Ela julgou que a geladeira estivesse cheia de refrigerantes para uso de qualquer pessoa, mas, quando a abriu, só encontrou um pacotinho de salsichas, uma embalagem de leite e uma caixa de flocos de milho.

Ficou surpresa ao ver que ele conservava o cereal na geladeira, mais surpresa ainda, com o fato de haver tão pouca comida. Afinal, era óbvio que apenas ele usava o pequeno refrigerador. Intrigada, fechou a porta, foi até a pia e encheu um copo de papel com água da torneira. Quando jogou o copo no cesto de lixo, viu os restos de duas maçãs. As maçãs que levou para os cavalos já estavam meio murchas e nada apetitosas, e ela não entendeu como Cole tivera vontade de comer duas delas. A menos que estivesse com fome. Com muita, muita fome.

A geladeira quase vazia e os restos das duas maçãs ainda estavam no pensamento de Diana, quando ela parou para acariciar um lindo cavalo Palomino, usado para corridas curtas. Então, voltou para a entrada do estábulo, desejando ver como Corey estava se saindo. Três garotas conversavam com ela, perto do cercado.

— Acha que devia ir até lá, para o caso de Corey precisar de ajuda? — perguntou Cole.

— Não. Ela sabe se cuidar, e as meninas logo descobrirão que é uma gracinha. Além disso, creio que Corey não gostaria, se descobrisse que eu andei... ajudando.

— Você é uma ajuda externa das melhores! — Cole brincou, então, ao perceber que ela ficou envergonhada, apressou-se em perguntar: — E se as outras meninas não gostarem de Corey?

— Ela fará uma porção de amigas por conta própria. E essas garotas não são minhas amigas íntimas, principalmente Haley e Barb. De toda a turma, gosto mesmo é de Doug.

Cole a olhou, perplexo, pensando no irmão de Bárbara, um rapaz extremamente alto, que tinha um círculo enorme de amigos.

— Doug é seu namorado?

Diana lançou lhe um olhar estranho e se sentou em um fardo de feno perto da porta.

— Não. Ele é meu amigo.

— Ah, ainda bem, porque você é um pouco baixa para ele — implicou ele, adorando a companhia dela. — Como é seu namorado? — perguntou, pegando um copo vermelho de plástico, que deixara no peitoril da janela.

— Não tenho. E você? Tem namorada?

Cole confirmou e tomou um gole de água.

— Como ela é? — indagou Diana.

Ele pôs um pé sobre o fardo onde ela estava sentada e apoiou o braço no joelho, olhando para fora, pela janela lateral que dava para a casa, e Diana teve a impressão de que seu pensamento estava muito longe dali.

— Ela se chama Valerie Cooper — informou Cole.

Houve uma longa pausa.

— E o que mais? — insistiu Diana. — É loira, morena, alta, baixa, tem olhos azuis, castanhos?

— É loira e alta.

— Eu queria ser assim — confessou ela.

— Queria ser loira?

— Não. Queria ser alta.

Cole riu.

— A menos que esteja planejando dar uma espichada espantosa, acho melhor querer ser loira — aconselhou ele em tom de brincadeira. — Será bem mais fácil conseguir.

— De que cor são os olhos dela?

— São azuis.

Diana ficou fascinada.

— Faz tempo que vocês namoram?

Tarde demais, Cole percebeu que não só estava conversando em excesso com uma das convidadas de seus patrões, o que era totalmente inaceitável, como também essa convidada tinha apenas catorze anos e a conversa que mantinham era muito pessoal.

— Desde o colegial — respondeu brevemente, se endireitando e fazendo menção de se afastar.

— Ela mora em Houston? — Diana persistiu, percebendo o fim do diálogo, mas com a esperança de prolongá-lo.

— Ela estuda na Universidade da Califórnia, campus de Los Angeles. Nós nos vemos sempre que podemos, geralmente nas férias.

A festa de aniversário continuou ainda por várias horas, até que foi servido o bolo, no gramado, onde Bárbara abriu pilhas de presentes. Então, foram todos para dentro, para que os criados pudessem limpar a parte de fora.

Diana ia seguir os amigos, quando notou que metade do grande bolo de chocolate havia sobrado. Pensou nas poucas salsichas que vira na geladeira de Cole e, seguindo um impulso incontrolável, voltou para a mesa e cortou um enorme pedaço de um dos cantos do bolo, pois era o lugar onde havia mais cobertura. Então, levou-o para o estábulo.

A reação de Cole ao ver o pedaço de bolo foi quase cômica, de tão extasiada.

— Você está olhando para o maior "formigão" do mundo, Diana — declarou ele, pegando o prato. — Adoro doces.

Logo começou a comer o bolo, quando foi na direção de seu quarto. Diana o observou por um momento, consciente, pela primeira vez, que pessoas que ela conhecia, com quem mantinha contato, nem sempre tinham o suficiente para comer.

Quando se virou para sair, decidiu que levaria lanches para Cole, sempre que fosse à casa dos Hayward. E compreendeu, instintivamente, que teria de lhe dar o que levasse de um modo que não o fizesse pensar que estava recebendo esmola.

Não sabia nada sobre universitários, mas sabia alguma coisa a respeito de orgulho, e tudo o que observou em Cole a levou a crer que orgulho era algo que ele tinha de sobra.

Capítulo 4

— A VIDA É BOA! — declarou Corey uma noite, falando com Diana, dois meses após o aniversário de Bárbara Hayward. Abaixou a voz, para não ser ouvida pelos pais, que já haviam ido deitar.

As duas meninas estavam aninhadas sob o acolchoado da cama de Diana, as costas apoiadas em travesseiros de penas cobertos por fronhas arrematadas por rendas, comendo biscoitos salgados e trocando confidências.

— Mal posso esperar até amanhã! — prosseguiu Corey. — Não vejo a hora de você conhecer vovô e vovó. Quando eles forem embora, na semana que vem, você estará apaixonada pelos dois. Vai se sentir como se fossem seus avós verdadeiros.

O fato era que ela desejava aquilo com desespero. Queria dar a Diana algo de muito valor, para recompensá-la por tudo o que ela havia feito.

As aulas tinham começado um mês antes, e Diana se tornou a melhor amiga de Corey, além de sua protetora. Ajudou a amiga a escolher roupas, a ensinou a se pentear, a guiou, na escola, pelo labirinto das exigências sociais e, no fim, viu Corey ser aceita em seu exclusivo círculo de amigos, alguns dos quais muito esnobes.

Corey passou o primeiro mês em um estado de gratidão e crescente veneração pela nova irmã. Diana, ao contrário dela, nunca se agitava, nunca se preocupava com a possibilidade de dizer alguma coisa errada, nunca dizia uma piada idiota e nunca fazia papel de boba. Seus cabelos espessos, castanho-avermelhados, estavam sempre brilhantes, a pele não tinha imperfeições, a silhueta era perfeita. Quando saía da piscina com os cabelos molhados, sem nenhuma maquiagem, parecia uma modelo de comercial de televisão. E conseguia nunca amassar as roupas!

Àquela altura, Corey já considerava o padrasto seu pai legítimo, Diana via a madrasta como sua mãe e Corey ansiava por dar avós "de verdade" a Diana.

— Quando você conhecer vovô e vovó — disse na véspera da chegada dos velhos —, vai ver por que todo mundo acha eles tão bacanas. Vovó consegue fazer quase qualquer coisa, e tudo o que faz é bonito. Ela costura, faz tricô e crochê. Dá uma volta no mato e volta com gravetos, folhas e outros negócios, que transforma em coisas maravilhosas, usando apenas um pouco de cola e tinta. Ela mesma faz os presentes que dá às pessoas, e também o papel para embrulhá-los, depois usa frutinhas para decorar, e tudo fica um espanto de lindo! Mamãe é igualzinha. Sempre que há leilão na igreja, todo mundo quer comprar o que mamãe e vovó fizeram.

Parou de falar por um momento, para tomar fôlego.

— Um homem, que tem uma galeria de objetos exclusivos em Dallas, esteve num leilão desses e viu os trabalhos delas — prosseguiu. — Disse que as duas eram muito, muito talentosas, e queria que fizessem coisas para ele vender em sua loja, mas vovó respondeu que não lhe agradava trabalhar daquele jeito. E mamãe estava sempre tão cansada, quando chegava do trabalho, que não podia prometer que daria conta do recado. Ah, e vovó é uma cozinheira fora de série! Ela gosta de fazer comida "natural", com verduras e legumes cultivados no quintal. E vive colhendo flores, só que a gente nunca sabe se ela vai enfeitar a mesa com elas, ou colocá-las em nossos pratos. De qualquer modo, tudo o que faz é delicioso.

Fez uma pausa e tomou um gole de Coca-Cola.

— Vovô adora cuidar da horta — continuou. — Ele faz experiências para produzir coisas cada vez melhores e maiores. Mas ele gosta mesmo é de fazer objetos de madeira.

— Que tipo de objetos? — perguntou Diana, fascinada.

— Quase tudo o que se pode fazer com madeira. Cadeirinhas de balanço para bebês, quiosques de jardim que parecem chalés, mobília para casas de bonecas. Vovó cuida da pintura, porque tem mais senso artístico. Não vejo a hora de lhe mostrar a casa de bonecas que ele fez para mim! Tem quinze cômodos, telhas de madeira e jardineiras nas janelas!

— Estou realmente ansiosa para conhecê-los — afirmou Diana. — Parecem o máximo!

Corey não prestou atenção, porque estava pensando em algo que a intrigou logo no primeiro dia, quando espiou para dentro do quarto de Diana. Olhou em volta, observando a ordem impecável que reinava no aposento.

— Nunca ninguém lhe disse que manter o quarto tão arrumado não é saudável? — implicou.

Em vez de lhe fazer uma bem merecida repreensão por seu desleixo, Diana mordeu delicadamente um biscoito e olhou em volta, pensativa.

— Acho que não é mesmo saudável — concordou. — Mas eu mantenho tudo assim porque tenho olhos de artista e aprecio a simetria e a ordem. Ou, talvez, por causa de uma compulsão obsessiva...

— O que significa compulsão obsessiva? — Corey perguntou, a interrompendo.

— Birutice — respondeu Diana, tirando migalhas de biscoito dos dedos. — Loucura.

— Não! Você não é doidinha! — Corey declarou enfaticamente, mordendo um biscoito, que se partiu em dois.

Uma metade aterrissou no colo de Diana, que a pegou e devolveu. Os biscoitos que ela comia nunca se partiam.

— Acho que desenvolvi essa necessidade neurótica de manter tudo em ordem porque preciso estar no controle do que me rodeia. E isso aconteceu porque minha mãe morreu quando eu era muito pequena, e meus avós, poucos anos depois.

— O que tem a ver a morte da sua mãe com essa mania de enfileirar os sapatos em ordem alfabética?

— Existe uma teoria. Se eu conseguir manter tudo em perfeita ordem, e o mais bonito possível, minha vida também será assim, e nada de ruim acontecerá.

Corey ficou assustada com o absurdo de tal ideia.

— De onde tirou essa besteira?

— Quem disse isso foi o psiquiatra em que o papai me levou, depois que meus avós morreram. Ele devia me ajudar a "trabalhar" a dor de perder tantas pessoas em tão pouco tempo.

— Que burro! Ele devia ajudar você e disse coisas que a deixaram assustada e pensando que é louca?!

— Não, ele disse isso ao papai, não a mim, mas eu ouvi.

— O que o papai respondeu?

— Ficou uma fera e mandou o próprio psiquiatra procurar um psiquiatra. Mas acontece que aqui em River Oaks, os pais levam os filhos a psiquiatras, quando acham que eles estão com problemas, ou poderão tê-los um dia. E como todo mundo disse a papai que ele devia me levar também, ele acabou me levando.

Corey digeriu a informação.

— Quando brinquei com você por ser organizada, só estava tentando dizer que é um espanto que nos entendamos tão bem, sendo tão diferentes — explicou. — Às vezes, eu me sinto uma pobre coitada que você enfiou embaixo da asa, mesmo sabendo que nunca serei igual a você. Vovó sempre diz que um leopardo não perde as pintas, e que não se pode transformar uma orelha de porco numa bolsa de seda.

— Uma pobre coitada?! — Diana exclamou. — Orelha de porco? Não, não é nada disso! Aprendi muito com você e gostaria de ter certas coisas que você tem.

— Diga uma — pediu Corey, cética. — Minhas notas? Meu busto?

Diana riu e rolou os olhos, então ficou séria.

— Para começar, você tem um lado aventureiro que eu não tenho.

— Uma de minhas "aventuras" pode me mandar para a cadeia, antes de eu completar dezoito anos.

— Claro que não! — discordou Diana. — O que quero dizer é que, quando você deseja fazer uma coisa, como tirar fotos de cima daquele andaime, no arranha-céu novo, você ignora o perigo e faz.

— Você subiu lá comigo.

— Mas não queria subir. Fiquei com tanto medo que minhas pernas tremiam!

— Mas subiu.

— Eu nunca teria feito aquilo por iniciativa própria. Gostaria de ser mais como você.

Corey refletiu sobre o que ouvira por alguns instantes, então seus olhos brilharam com um ar de travessura.

— Bem, se quer ser mais como eu, devemos começar por este quarto.

Estendeu a mão para trás da cabeça, antes que Diana pudesse adivinhar sua intenção.

— Como assim, Corey?

— Você já fez luta de travesseiros?

— Não. O…

O resto do que ia dizer foi cortado quando um travesseiro recheado com penas de ganso bateu em sua cabeça.

Corey mergulhou para os pés da cama, se abaixando, esperando que ela revidasse, mas Diana continuou sentada, mastigando seu biscoito, o travesseiro caído nos joelhos.

— Não posso acreditar que você fez uma coisa dessa — declarou, observando Corey com verdadeira fascinação.

— Por que não? — perguntou Corey, desarmada por aquela tranquilidade.

— Porque assim me obriga a me vingar!

Diana se inclinou tão rapidamente, e sua pontaria era tão boa, que Corey não teve tempo de se abaixar. Rindo, ela pegou outro travesseiro, e Diana fez o mesmo. Cinco minutos depois, quando os pais, alarmados, escancararam a porta, tiveram de se esforçar para enxergar, através de uma nuvem de penas, as duas adolescentes que, deitadas no chão, riam às gargalhadas.

— Podem me dizer o que está acontecendo aqui? — Robert Foster perguntou, mais preocupado do que aborrecido.

— Luta de travesseiros — respondeu Diana, ofegante.

Tinha uma pena grudada nos lábios e fez menção de retirá-la delicadamente, usando o polegar e o indicador.

— Assim não! Cuspa! — Corey a instruiu, ainda rindo, então mostrou como fazer, forçando as penas a se soltarem de seus lábios, soprando e estirando a ponta da língua para fora.

Diana a imitou, então desatou a rir quando viu a expressão no rosto do pai. Enquanto penas brancas esvoaçavam ao redor de sua cabeça e pousavam em seus ombros, ele permanecia imóvel, olhando espantado para a meninas. Ao seu lado, Mary tentava parecer severa, segurando o riso.

— Vamos limpar tudo, antes de dormir — prometeu Diana.

— Não, não vamos — declarou Corey, implacável. — Primeiro, você tem de dormir nessa sujeira. Se conseguir fazer isso, então é porque há uma pequena chance de que venha a se tornar uma maravilhosa desmazelada igual a mim.

Ainda deitada no chão, Diana virou a cabeça para encará-la, sufocando outro acesso de riso.

— Acha mesmo?

— Uma pequena chance — repetiu Corey. — Se você se esforçar muito.

Robert se mostrou confuso, ouvindo a conversa, mas a esposa o pegou pela manga do robe e o levou para fora do quarto, fechando a porta.

No corredor, ele a olhou, perplexo.

— As meninas fizeram aquela sujeira toda. Não acham que deviam limpar o quarto, antes de dormir?

— A limpeza pode esperar até amanhã — respondeu Mary.

— Aqueles travesseiros são caros. Diana devia ter pensado nisso. Foi um atrevimento e uma irresponsabilidade destruí-los.

— Bob, Diana é a garota mais responsável que eu já conheci — afirmou Mary, passando o braço pelo dele e obrigando-o a andar para a suíte.

— Eu a ensinei a ser assim. É importante para um adulto estar consciente das consequências de seus atos e agir de acordo.

— Querido, ela não é adulta.

Ele considerou aquilo, enquanto um sorriso malicioso se esboçava em seus lábios.

— Tem razão — concordou. — Mas acha que ela precisava aprender a cuspir?

— Precisava. Isso é de suma importância — assegurou Mary, começando a rir.

Inclinando-se, ele a beijou.

— Amo você — murmurou.

Ela o beijou também.

— Eu amo Diana — respondeu.

— Eu sei, e isso me faz amar você ainda mais. — Deitou-se na cama e a puxou para cima de si, deslizando as mãos pelo robe de seda que ela usava. — Sabe que também amo Corey, não sabe?

Ela fez um gesto de cabeça, afirmando, e estendeu a mão direita sorrateiramente para o travesseiro de penas encostado na cabeceira da cama.

— Você mudou nossa vida — continuou ele.

— Obrigada — sussurrou ela, deslizando de cima dele e sentando ao seu lado. — Agora, me deixe mudar a sua atitude.

— A respeito de quê?

— De luta de travesseiros — respondeu Mary, rindo, enquanto batia nele com o travesseiro.

Do quarto de Diana, as duas meninas ouviram um baque surdo. Levantaram-se, assustadas, e saíram correndo pelo corredor.

— Mamãe! Papai! — gritou Diana, batendo na porta da suíte do casal. — Está tudo bem? Ouvimos um barulho!

— Está tudo bem — respondeu Mary. — Mas preciso de ajuda.

As garotas trocaram um olhar confuso, então Diana girou a maçaneta e abriu a porta. As duas travaram, impressionadas, então se entreolharam, antes de explodir em riso.

No chão, no meio de outra "nevasca" de penas, o pai, montado sobre a mãe, segurava-lhe os braços contra o carpete.

— Peça perdão — exigiu ele.

A esposa riu ainda mais.

— Peça perdão, ou não deixo você levantar.

Em resposta àquele arrogante comando masculino, Mary olhou para as filhas, ofegante.

— Acho que as mulheres... devem se unir... em momentos como... este — conseguiu dizer entre gargalhadas.

As meninas uniram-se a ela. O placar daquela noite foi de doze a dois. Doze travesseiros de penas destroçados e dois de espuma de náilon que sobreviveram.

Capítulo 5

PENSANDO NA BOA NOTÍCIA que tinha para Corey, Diana pegou os livros do banco de couro do BMW que o pai lhe deu no mês anterior, por ocasião de seu décimo sexto aniversário, e subiu correndo a escada externa da imponente mansão georgiana, que foi seu primeiro e único lar. Nos dois últimos anos, desde que a madrasta, e depois os "avós", tinham ido viver com eles em River Oaks, a casa e o terreno em volta haviam mudado, tanto na aparência como na atmosfera. Risos e conversas haviam preenchido os silêncios vazios, aromas deliciosos emanavam da cozinha, flores desabrochavam em vibrante esplendor, no jardim, e exibiam seu colorido em lindos arranjos espalhados pela casa inteira.

Todos estavam felizes com a notável diferença, e com a mudança na estrutura familiar, todos, exceto Glenna, a governanta que ajudou Robert a criar Diana. Era ela que estava no vestíbulo, quando a mocinha entrou correndo.

— Corey está em casa, Glenna?

— Acho que está lá no fundo, com os outros, conversando sobre a festa de amanhã.

A governanta acabou de tirar o pó de um aparador de castanheira e se endireitou, observando o móvel com atenção.

— Quando sua mãe queria dar uma festa, contratava um bufê e floristas. Deixava que eles cuidassem de tudo — acrescentou sugestivamente. — É assim que os ricos fazem, mas nós, não.

— Não, nós não — concordou Diana com um rápido sorriso. — Estamos lançando uma nova moda.

Caminhou pelo largo corredor, na direção dos fundos da casa, ao lado de Glenna, que ia espanando, irritada, as mesas e cadeiras ao longo do caminho, onde não se via um grão de poeira.

— Naquele tempo, quando dávamos uma festa, bastava que tudo fosse bonito, e a comida, gostosa — comentou a mulher, mal-humorada. — Agora, tudo tem de ser fresco, tudo tem de ser natural, tudo tem de ser cultivado e feito em casa. Isso é para gente do campo. Mas seus avós são do campo e não entendem que...

Mostrava-se perpetuamente zangada, desde que a madrasta de Diana e a "avó" haviam assumido a direção da casa.

Os avós de Corey se apaixonaram por Diana, e ela por eles, na primeira vez em que se viram. Depois dos vários meses que as duas garotas haviam dividido seu tempo entre Long Valley, onde Henry e Rose Britton moravam, e River Oaks, Robert contratou um arquiteto e um empreiteiro para reformar e ampliar a casa de hóspedes. O passo seguinte foi construir uma estufa para Rose e formar uma horta para Henry.

A recompensa de Robert por sua generosidade veio em forma de frutas, verduras e legumes cultivados em seu próprio quintal, e refeições de dar água na boca, servidas de formas deliciosamente variadas e em locais diferentes.

Ele nunca gostou de comer na vasta cozinha, que foi projetada para acomodar os pequenos exércitos de cozinheiros, ajudantes e copeiros dos bufês contratados para organizar as festas. Com suas paredes de azulejos brancos, os fogões, geladeiras e outros aparelhos de aço inoxidável e tamanho exagerado, a vista sem graça, descortinada através da única janela, Robert achava a cozinha parecida com a de uma instituição qualquer, árida e nada convidativa.

Até Mary e a família entrarem em sua vida, ele fazia as refeições o mais rapidamente possível, no ambiente rigidamente formal da sala de jantar, se contentando com a comida apimentada demais preparada por Conchita, a cozinheira. Nunca pensou em comer embaixo de uma árvore, no quintal, nem ao lado da piscina olímpica retangular, que o construtor, sem nenhuma imaginação, cavou quase no meio do pátio traseiro, cercando-a com um mar de concreto.

Agora, no entanto, Robert era uma pessoa diferente, que vivia em um ambiente totalmente transformado, saboreava refeições deliciosas e adorava toda aquela mudança. A cozinha, que ele anteriormente evitou, passou a ser seu lugar favorito. Desapareceu a aridez provocada pelas paredes de azulejos, não havia mais espaços vazios e tristes. Em uma das extremidades, Henry fez um solário, instalando claraboias no teto, o que foi fácil, pois não havia nenhum outro andar em cima, já que a cozinha se projetava para fora, onde abriam janelas altas ao longo da parede que dava para o lado externo. No solário claro e aconchegante, havia sofás e poltronas onde as pessoas podiam ficar, enquanto esperavam que o jantar ficasse pronto. Mary e Rose, usando moldes vazados, pintaram ramos e flores nas partes de madeira e forraram as almofadas com tecido que seguia o mesmo padrão. Então, completaram o espaço com uma profusão de plantas em vasos brancos.

No lado oposto da cozinha redecorada, os comuns azulejos brancos receberam uma faixa festiva pintada à mão. Tijolos antigos, retirados de um prédio em demolição, cobriam uma outra parede, formando um arco largo acima dos fogões, de onde pendiam panelas de cobre de todos os tamanhos e formatos.

Mary e a família transformaram tudo, criando beleza no quintal e no jardim e dando um convidativo encanto ao interior da casa. Colocavam muito amor em qualquer coisa que criassem, fossem jogos americanos exclusivos, porta-retratos, mobília graciosa, pintada à mão, arranjos de mesa, elaborados com verduras e legumes, ou simplesmente embalagens de presentes feitas com papel metalizado.

Um ano após seu casamento com Robert, Mary estreou como anfitriã, oferecendo um luau aos amigos dele, socialites de Houston, gente sofisticada e ligeiramente entediada da vida.

Em vez de contratar um bufê e uma floricultura, Mary e Rose supervisionaram, elas mesmas, o preparo e a apresentação da comida, usando suas próprias receitas, temperando os pratos com ervas cultivadas por Henry e servindo-os à luz de tochas, nas mesas cobertas por toalhas com aplicações feitas à mão, lindamente enfeitadas com flores do jardim de Henry.

Para acentuar o clima sugerido pelo tema do luau, Mary e a mãe colheram centenas de orquídeas da estufa, com as quais Diana, Corey e mais quatro amigas confeccionaram elegantes colares. Mary iria presentear cada convidada com um porta-joias laqueado, decorado com minúsculas orquídeas pintadas nos mesmos tons das verdadeiras, usadas nos colares.

Acreditando que até os enfadados milionários de Houston apreciariam a originalidade da decoração artesanal das mesas, dos ingredientes caseiros e das mudanças que haviam efetuado na casa para amenizar sua atmosfera rígida, ela e a mãe passaram muitas horas alegres na cozinha, planejando e inventando.

Duas horas antes do início da festa, Mary inspecionou a casa e também a parte externa, então rompeu em lágrimas, abraçada ao marido.

— Oh, querido, você não deveria ter me deixado fazer isso! — lamentou. — Todo mundo dirá que estraguei a sua linda casa, enchendo-a de tranqueiras! Seus amigos viajam pelo mundo todo, estão acostumados a restaurantes cinco estrelas, bailes de gala e antiguidades... e eu vou lhes oferecer um... churrasco de fundo de quintal! — continuou, pressionando o rosto molhado de lágrimas contra o peito dele. — Vão dizer que você se casou com uma caipira!

Robert sorriu, acarinhando suas costas. Ele também deu um giro por toda a propriedade, tentando vê-la com olhos de um estranho. O que viu o encheu de orgulho e entusiasmo. Acreditava realmente que Mary e os pais haviam dado uma nova dimensão ao termo "feito em casa", elevando-o ao significado de algo criativo, que personalizava o impessoal e transformava coisas comuns em artigos de beleza notável. Estava convencido de que seus convidados tinham bastante discernimento para reconhecer o valor da exclusividade produzida pelos esforços de Mary.

— Você vai deixá-los deslumbrados, garota — afirmou com um murmúrio. — Pode acreditar.

Não estava enganado.

Os convidados ficaram encantados com a comida deliciosa, a decoração, as flores, o jardim, a casa, mas particularmente com a graça sem afetação da anfitriã. Os mesmos conhecidos, que meses antes haviam se mostrado chocados, quando descobriram que Robert deu ordem para que parte do gramado fosse desfeito a fim de abrir espaço para uma horta, adoraram as verduras e legumes ali produzidos e pediram para vê-la. Como resultado, Henry passou horas orgulhosamente guiando, à luz do luar, grupos de pessoas em passeios pela horta. Andando por entre as fileiras de canteiros adubados organicamente, seu entusiasmo era tão contagiante que vários homens anunciaram que também desejavam ter uma horta.

Marge Crumbaker, a colunista social do *Houston Post,* que fez a cobertura da festa, resumiu, em sua coluna seguinte, a reação das pessoas:

"Comandando a adorável festa e cuidando dos convidados, a sra. Robert Foster III (Mary Britton, de Long Valley) demonstrou tanta graça, tanta hospitalidade e tão grande atenção a todos, que certamente se tornará uma das mais proeminentes anfitriãs de Houston. Também presentes à festa, estavam os pais da sra. Foster, Henry e Rose Britton, que foram gentis a ponto de acompanharem muitos convidados fascinados, que também gostariam de ser hortelãos e artesãos, se tivessem tempo, através da horta, da estufa e da oficina que Bob Foster mandou construir no terreno de sua mansão em River Oaks."

Agora, um ano depois, Diana lembrou-se de tudo aquilo, enquanto Glenna continuava com sua ladainha de queixas a respeito da festa do dia seguinte. Para não ficar irritada, disse a si mesma que a governanta gostava de sua madrasta e dos avós, mas que se ressentia de ter perdido o posto de "chefe dos assuntos domésticos". Quanto a Diana, a vida lhe parecia maravilhosa, movimentada, cheia de amor e alegria...

— Não tenho o hábito de criticar pessoas que vêm de classes inferiores — declarou Glenna, interrompendo-lhe os pensamentos. — Mas se a sra. Foster tivesse vindo de uma família da alta sociedade, em vez de uma cidadezinha perdida no meio do mato, saberia como os ricos devem se comportar. No ano passado, quando seu pai disse que iria trazer os pais dela para morar na casa de hóspedes, achei que nada poderia ser pior. Estava errada. Não demorou muito para que o seu novo avô começasse a cavar o quintal para formar uma horta e a fazer pilhas de adubo orgânico. Se isso não bastasse, transformou a garagem num depósito de ferramentas e numa estufa! Então, quando percebi, sua avó estava arrancando parte do gramado para plantar ervas e fazendo potes de barro com as próprias mãos! Foi um milagre aquela colunista, Marge qualquer coisa, não nos ter chamado de caipiras, depois que esteve aqui, naquela primeira festa.

— Glenna, o que está dizendo é uma injustiça — protestou Diana, pondo os livros na mesa da cozinha. — Todos os que conhecem mamãe, vovó e vovô, acham que eles são maravilhosos, e são mesmo! Estamos ficando famosos em Houston pelo que mamãe chama de "voltar à simplicidade". É por isso que a revista *Southern Living* virá fotografar a nossa festa, amanhã.

— Será um milagre se não nos fizerem parecer ridículos!

— Não, eles não nos acham ridículos — Diana assegurou, abrindo a porta dos fundos. — O pessoal da *Southern Living* viu as fotos que foram tiradas na nossa última festa e que saíram no *Houston Chronicle*, e quer escrever uma matéria sobre o modo como fazemos as coisas.

Lembrando-se de que o pai disse que deviam ser pacientes e compreensivos com Glenna, Diana sorriu para a mulher. Sabia que a governanta não tinha mais ninguém, a não ser ela e Robert.

— Papai e eu entendemos que tudo ficou mais difícil para você, com outras quatro pessoas para cuidar, principalmente porque estão sempre ocupadas com as suas próprias atividades. Nós nos preocupamos porque você ficou sobrecarregada, e é por isso que papai quer que contrate alguém para ajudá-la.

Muita da raiva desapareceu do rosto de Glenna diante daquela prova de que era apreciada.

— Não preciso de ajuda. Sempre me saí muito bem sozinha, não é?

Diana lhe deu um tapinha carinhoso no braço e saiu, tencionando ir à procura de Corey.

— Você foi como uma mãe para mim, durante anos. Indispensável, para mim e papai. E ainda é.

A última declaração não era inteiramente verdadeira, mas Diana achou a mentirinha desculpável, quando viu a expressão de alívio e prazer no rosto severo de Glenna.

Ficou parada sob a sacada do andar superior, procurando por um sinal de Corey no caos provocado pelo pessoal contratado para cuidar dos preparativos da festa.

O quintal nunca teve nada de especial, apesar de enorme, com aquela piscina no meio e uma casa de hóspedes no fundo, quadras de tênis à esquerda e uma garagem para seis carros à direita. Diana brincou muito naquele espaço todo, mas sempre o achou um tanto solitário e maçante, pensando o mesmo a respeito da casa. Tudo, porém, havia mudado completamente.

A despeito do prazer que experimentava ao ver a transformação operada em sua casa e na família, Diana preocupou-se com o estado em que o quintal se encontrava naquele momento. Dentro de vinte e quatro horas, a equipe da *Southern Living* chegaria, e nada estava pronto. Havia cadeiras e mesas espalhadas por todos os lados e guarda-sóis amontoados no chão, à espera de que os armassem. O avô, no alto de uma escada, tentava acabar um quiosque, e a avó discutia com dois jardineiros sobre a melhor maneira de cortar as magnólias que seriam usadas nos enfeites das mesas. A mãe lia uma lista de coisas a fazer para duas criadas contratadas para trabalhar durante aquela semana.

Diana ainda procurava por Corey, quando o pai saiu da garagem, carregando uma pasta e com o paletó do terno pendurado no braço.

— Olá, papai! — Ela o cumprimentou, se aproximando e o beijando no rosto. — Chegou cedo.

Ele passou um braço ao redor dos ombros dela, olhando para a confusão ao seu redor.

— Queria ver como as tropas estão se saindo — explicou. — Como foram as coisas na escola?

— Tudo bem. Fui eleita representante da turma.

Robert a puxou para si carinhosamente.

— Isso é ótimo! Agora, pense nos vários modos de trabalhar para tornar tudo melhor. — Ele a olhou com olhos risonhos, então se virou para a esposa e a sogra, que se aproximavam a passos decididos, sorrindo. — Bem, senhora representante, algo me diz que vão me pôr para trabalhar — brincou soltando-a. — Estou surpreso por você e Corey não terem sido convocadas.

— Recebemos ordens para ficar fora do caminho — explicou ela. — Vim buscar Corey porque Barb nos convidou para cavalgar.

— Acho que Corey está no banheiro dela — disse Mary. — Revelando um filme.

— Ah, mas acho que ela vai querer ir à casa de Barb — comentou Diana, virando-se e caminhando para a porta.

Tinha certeza de que Corey iria à mansão dos Hayward, não para montar, mas para ver Spencer Addison.

Os aposentos de Corey, como os de Diana, incluíam banheiro privativo, quartos de dormir e de vestir e grandes closets. A semelhança, porém, acabava aí. No resto, as suítes eram radicalmente diferentes, de acordo com a personalidade e os interesses de cada uma das garotas.

Com dezesseis anos, Diana era pequena, delicada e encantadoramente feminina. Continuava excelente aluna, ávida leitora, uma menina metódica, com talento para organização e tendência de ser um pouco reservada com estranhos.

Seu quarto era mobiliado com antiguidades francesas, inclusive um gracioso armário pintado e uma cama com dossel e cabeceira estofada. Na parede oposta ficava uma escrivaninha, também francesa, onde ela fazia os deveres de casa. Não havia um pedaço de papel, um lápis fora do lugar.

Diana entrou no quarto, pôs os livros sobre a escrivaninha e entrou no closet. Tirou os sapatos e o suéter vermelho de linha de algodão, que dobrou cuidadosamente e o colocou em uma prateleira, junto com dúzias de camisetas e suéteres dobrados, divididos em pilhas de acordo com os tons, não com os modelos.

Livrou-se da calça azul-marinho de pregas e a pendurou num cabide, na seção de calças e shorts azuis. Então, descalça, cruzou o closet e, no lado onde ficavam as roupas brancas, escolheu um short. Voltando à prateleira dos suéteres, pegou uma camiseta azul-marinho com detalhes em branco. Vestiu-se, calçou um par de sandálias brancas, que retirou da fileira de sapatos arrumada ao longo das prateleiras mais baixas do closet, voltou para o quarto e parou diante da penteadeira. Escovou os cabelos, aplicou batom rosa-claro e recuou para examinar a própria imagem.

O rosto, que sempre lhe parecera extremamente comum, não havia mudando em nada com a idade. Ali estavam os mesmos olhos verdes, com os mesmos cílios escuros, que ficavam espalhafatosos, em vez de apenas acentuados, quando ela aplicava um ligeiro toque de sombra nas pálpebras. As maçãs do rosto eram altas, mas ela deixou de tentar realçá--las com um pouquinho de blush, pois ficava com a aparência de quem se maquia para um baile de carnaval. Além disso, base líquida não parecia fazer diferença alguma em sua pele, de modo que ela também desistiu de usar. O queixo exibia uma ligeira covinha no centro, que se recusara a desaparecer quando ela atingiu a adolescência. Os cabelos eram seu forte, espessos e brilhosos, devido às cuidadosas lavagens e escovadas, mas ela preferia mantê-los penteados com simplicidade, em um estilo que não lhe dava muito trabalho e que, reconhecia, lhe caía bem. Depois de refletir que fazia um calor úmido lá fora, os prendeu rapidamente em um rabo de cavalo. Então, saiu para ir falar com Corey.

A porta dos aposentos da irmã estava aberta, e Diana entrou. Viu que a porta do banheiro se encontrava fechada e dirigiu-se para lá, abrindo caminho entre a confusão de roupas, sapatos, lenços de cabeça, álbuns, equipamentos fotográficos e outros objetos que cobriam o chão.

— Corey? — chamou. — Você está aí dentro?

— Já vou sair — respondeu a irmã. — Assim que pendurar o filme. Parece que consegui uma bonita fotografia de Spencer, quando ele estava jogando tênis no clube, na semana passada! Acho que estou pegando o jeito de tirar fotos noturnas.

— Ande logo. Tenho novidades — anunciou Diana com um sorriso, se afastando da porta fechada.

O interesse de Corey por fotografia começou dois anos antes, quando Robert lhe deu sua primeira câmera, e se transformou em uma mania. O interesse por Spencer Addison começou um ano antes, quando ela o viu numa festa, e se transformou em uma obsessão. Fotos mostrando-o em festas, eventos esportivos, em casa e até mesmo no carro, no drive-thru do McDonald's, haviam sido coladas no espelho da penteadeira, pregadas no quadro de lembretes e penduradas nas paredes, devidamente emolduradas.

Apesar do fato de ele ser um astro do futebol na Universidade Metodista, onde namorava as lindas garotas que o rodeavam, atraídas por sua boa aparência e habilidade no esporte, Corey não parava de acreditar que, com sorte, persistência e muita oração, um dia ele seria dela e de mais ninguém.

— Eu estava certa — declarou, saindo do banheiro com uma tira de negativos molhados na mão. — Dê uma olhada nesta foto de Spencer num saque!

Diana sorriu.

— Por que não vamos à casa dos Hayward, onde poderá vê-lo em pessoa?

O rosto de Corey se iluminou de alegria.

— Ele já veio para o fim de semana? Tem certeza? — Antes que Diana pudesse responder, ela correu de volta ao banheiro para pendurar o filme, depois retornou e ficou diante do espelho da penteadeira. — O que vou vestir? Dá tempo de eu lavar os cabelos? Tem certeza de que ele estará lá? — perguntou, dando a impressão de que morreria de desapontamento se Diana estivesse enganada.

— Certeza absoluta. Doug disse que Spencer irá à casa dele, depois do jantar, para experimentar o novo cavalo de polo. Depois, me encontrei com Barb e, muito casualmente, eu a induzi a nos convidar para ir lá, à noite. Já pus gasolina no carro e podemos ir logo depois do jantar.

Corey sabia que Diana não gostava de montar e que achava tedioso ficar olhando, enquanto os outros cavalgavam, mas que estava sempre disposta a ir junto à propriedade dos Hayward só porque ela, Corey, adorava andar a cavalo. E conseguiu que Barb as convidasse a ir lá naquela noite, porque Spencer também iria.

— Você é uma irmã maravilhosa! — exclamou, abraçando-a impulsivamente.

Diana retribuiu o abraço, depois recuou.

— Se arrume depressa, para jantarmos logo e chegarmos lá antes de Spencer. Se chegarmos primeiro, ninguém ficará com a impressão de que você está correndo atrás dele.

— Tem razão — concordou Corey, mais uma vez impressionada com aquela característica de Diana de pensar em tudo.

Era sempre assim. A irmã a ajudava a conseguir o que queria, mas sempre previa o que poderia acontecer e procurava um modo de evitar que ela ficasse constrangida ou entrasse em alguma encrenca. Não havia ninguém como Diana para fazer previsões e avaliar riscos, mas Corey era tão impulsiva, que ainda mergulhava em águas perigosas, de vez em quando. E tão persuasiva, que Diana mergulhava junto com ela.

Era inevitável que algumas daquelas desastrosas aventuras chegassem ao conhecimento dos pais, e quando isso acontecia, a mãe de Corey geralmente amenizava a situação, salientando que nenhum grande mal fora causado.

O pai de Diana, porém, era menos filosófico a respeito de certas coisas, como, por exemplo, as filhas passarem a noite no Parque Nacional de Yellowstone porque Corey queria fotografar um alce ao nascer do sol. Também não ficou nada contente ao descobrir, lendo o jornal, que as meninas haviam sido retiradas de um elevador de construção, em um prédio em fase de acabamento, cercado por uma cerca alta e avisos de que era proibida a entrada de pessoas estranhas.

— Enquanto você se veste, vou descer e preparar um lanche para levar para Cole — disse Diana.

— Para quem? — perguntou Corey, ainda alvoroçada pela excitação de que iria ver Spencer, algo totalmente inesperado.

— O cavalariço dos Hayward, Cole Harrison. Doug disse que ele já voltou das férias — respondeu Diana, sorrindo e ligeiramente ofegante. — A menos que alguma coisa tenha mudado, ele continua sem o suficiente para matar a fome.

Corey a observou sair, espantada com a indisfarçável nota de excitação que captou em sua voz. Diana nunca disse nada que pudesse sugerir que nutria algum sentimento secreto pelo cavalariço dos Hayward, mas isso não a surpreendia. A irmã não punha para fora tudo o que sentia, do jeito que ela fazia.

Depois que a ideia de que pudesse haver alguma coisa entre Diana e Cole criou raízes, Corey não conseguiu arrancar isso da mente. Embaixo do chuveiro, enquanto espalhava a espuma do xampu nos cabelos, tentou visualizar os dois como um casal, mas era algo ridículo demais.

Diana era educada, bonita e popular, podia escolher entre os amigos ricos de sua classe social, como Spencer Addison, rapazes que nunca cometiam gafes, que, aos dezessete, dezoito anos, já haviam viajado muito e eram sofisticados. Que haviam crescido frequentando clubes de campo, onde jogavam golfe e tênis, e que, com apenas dezesseis anos já usavam smokings sob medida em jantares de cerimônia.

Enrolada em uma toalha, Corey passou uma escova pelos longos cabelos loiros, ainda imaginando como Diana podia preferir alguém como Cole, que não tinha nada da educação e do carisma de Spencer. Ah, Spencer! Ele ficava lindo, tanto usando blazer azul-marinho e calça esporte cáqui, como o traje de tênis ou paletó branco. Em tudo o que fazia, vestisse o que vestisse, Spencer mostrava que nasceu "virado para a lua", como dizia vovó Rose, quando se referia a algum jovem rico de Houston. Com aqueles cabelos castanho-claros, onde o sol criara mechas loiras, sorridentes olhos cor de âmbar e traços refinados, Spencer era bonito, educado e carinhoso.

Cole era o oposto em todos os sentidos. Tinha cabelos pretos, rosto bronzeado demais, feições rudes, olhos frios, cinzentos como nuvens de tempestade. Corey nunca o viu usando outra coisa que não fosse um jeans desbotado e camiseta ou blusão de malha, e nem conseguia imaginar o rapaz jogando tênis no clube, com Diana, todo de branco, nem de smoking, dançando com ela.

Ouvia dizer que os opostos se atraíam, mas, naquele caso, as diferenças eram drásticas demais. Era quase impossível acreditar que Diana, tão prática, ponderada e meiga, estivesse realmente atraída por um homem que emanava uma áspera sensualidade de macho bruto. Cole não se mostrava amigável com ninguém! Tinha um físico notável, isso sim, mas Diana era tão pequena e delicada que perto dele desapareceria, se os dois saíssem juntos.

Pelo que Corey sabia, Diana nunca se apaixonou, nem mesmo por Matt Dillon ou Richard Gere. Parecia impossível que fosse se engraçar logo com um sujeito como Cole, que não parecia se importar com o que vestia, nem com o lugar onde vivia. Não que houvesse alguma coisa errada quanto a isso, mas é que ele simplesmente não tinha nada a ver com Diana.

Corey pegava uma calça de montar, marrom, quando lhe ocorreu que Barb e as outras garotas não compartilhavam sua indiferença por Cole. Na verdade, ele era objeto de muitas fantasias secretas e grande especulação entre elas. Barb achava que Cole fazia todos os outros rapazes parecerem uns fracotes. E Haley Vincennes dizia que ele era sexy.

De tão confusa, ela esqueceu por um momento que veria Spencer. Quando se lembrou, sentiu a mesma onda de ansiedade e prazer que experimentou na primeira vez em que o viu e em todas as outras, desde então.

Capítulo 6

COREY ESTAVA EMPOLGADA DEMAIS para comer e empurrou o prato após algumas garfadas.

— Mal tocou na comida. Está doente, querida? — perguntou a avó.

A conversa ao redor da grande mesa de carvalho parou e todos, menos Diana, se voltaram para Corey, olhando-a com preocupação.

— Não, vovó. Estou bem, mas sem fome — respondeu ela.

— Está com pressa, então? — indagou a mãe.

— Por que acha que estou? — disse Corey com ar de inocência.

— Porque você não para de olhar para o relógio — o avô esclareceu.

— Ah, é porque Diana e eu vamos à casa dos Hayward, andar a cavalo — informou, se sentindo incomodada com toda aquela atenção. — Doug comprou um cavalinho de polo, e vamos ver como o animal se porta. O senhor Hayward mandou instalar holofotes na pista de hipismo, que agora pode ser usada também à noite.

— Um cavalinho de polo! — O pai repetiu, observando sugestivamente os cabelos dela, bem penteados, e o rosto maquiado com perfeição. — Acredito que ele ficará impressionado quando a vir.

Para satisfazer a família, Corey dera uma grande mordida em um pedaço de frango. Engoliu-o e olhou para Robert com um sorriso.

— Por que diz isso, papai?

— Porque o seu cabelo está tão bonito que parece que você passou o dia no cabeleireiro. Além disso, está usando batom e aquela coisa cor-de-rosa no rosto. Ei! — exclamou, reprimindo uma risada. — Estou vendo direito? Aplicou rímel nos cílios?

— Acho que não é nada de mais uma pessoa se arrumar para um jantar em família, pelo menos de vez em quando — comentou a garota em defesa.

— Claro que não — concordou ele rapidamente. Fingindo se dirigir à esposa, continuou: — Almocei no clube, hoje, e me encontrei com a avó de Spencer. Ela estava jogando cartas com as amigas, no salão de jogos.

Spencer morava com a avó desde que era pequeno, e Diana percebeu a intenção do pai.

— E como ela está? — perguntou apressadamente, desejando poupar Corey das inevitáveis brincadeiras. — Faz meses que não a vejo.

— A senhora Bradley vai bem. Na verdade, estava especialmente bem-humorada hoje. Sabem por quê? Por...

— Ela tem muita energia para uma pessoa da sua idade, não é, mamãe? — Diana comentou com Mary, interrompendo o pai.

Robert, porém, não se deu por vencido.

— Porque é seu aniversário, e Spencer lhe fez uma surpresa, vindo para casa este fim de semana, para comemorar a data com ela — informou.

— Ele é um rapaz muito bonzinho — declarou vovó Rose. — Atencioso, encantador mesmo.

— E adora polo — completou Henry com um sorriso sugestivo para Corey. — E muito amigo dos Hayward, não?

Quatro rostos se viraram para a garota, cheios de malícia. Apenas Diana se absteve de provocá-la.

— O problema com esta família é que todo mundo quer saber demais a respeito dos outros — reclamou Corey.

— Fez bem em comer pouco, querida — comentou a avó, lhe dando um tapinha no ombro e levantando-se para ajudar Glenna a retirar a louça da mesa. — Estômago cheio e nervosismo não combinam. Por que não sobe e retoca o batom, para ficar tão linda quanto estava quando desceu?

Aliviada, Corey deslizou para fora da cadeira e levou seu prato para a pia. Então, foi em direção à porta, olhando para Diana por cima do ombro.

— Podemos sair daqui a quinze minutos.

Diana concordou, mas estava pensando em Cole.

— Vovó, posso levar o que sobrou do frango?

Rose concordou no mesmo instante, mas o avô, o pai e a mãe, ainda sentados à mesa, olharam Diana com espanto.

— O que os Hayward iriam fazer com restos de frango? — perguntou Robert em tom de perplexidade.

— Não é para eles, claro — respondeu Diana, se erguendo. Foi à geladeira, de onde tirou diversas maçãs e laranjas. — É para Cole.

— Quem? — insistiu o pai.

— O cavalariço dos Hayward — explicou Diana, abrindo uma porta do armário e inspecionando o interior. — Ele trabalha e mora no estábulo, e acho que não pode "desperdiçar" o pouco dinheiro que ganha comprando comida.

— Pobre velho! — lamentou o avô, cheio de compaixão.

— Cole não é velho — disse Diana, distraída, olhando as fileiras de vidros de frutas e legumes em conserva. — Ele não fala muito a respeito de si mesmo, mas sei que precisa trabalhar para pagar a universidade. — Virou-se a fim de olhar para Rose, que já arrumava, em uma vasilha de plástico, fatias de peito de frango e legumes cozidos no vapor. — Vovó, posso levar um vidro de pêssegos em calda e um de geleia?

— Claro que pode. — Rose lavou as mãos, enxugou-as e foi ajudá-la.

Colocou três vidros de cada conserva caseira em uma grande sacola de papel, que pôs sobre a mesa.

— Quando levei morangos em conserva para Cole, ele disse que estavam mais gostosos do que um doce — contou Diana. — E é louco por doces!

Extasiada com o elogio de um estranho, a avó pegou mais quatro vidros de morangos e os colocou na sacola. Então foi até o balcão.

— Se ele gosta de doces, vai adorar os meus sonhos recheados com creme de amora — comentou. — Levam adoçante, no lugar de açúcar, por isso são muito mais saudáveis.

De uma antiga travessa azul de porcelana, tirou vários sonhos e os empilhou em um prato.

— Leve também um pouco dos biscoitos de avelã que fiz ontem — recomendou.

Pegou um saquinho de papel e ia se dirigir à despensa, mas Diana a segurou pelo braço.

— Não quero que ele pense que estou lhe dando esmolas, vovó — explicou com um sorriso que pedia desculpas. — Consegui convencê-lo de que você é viciada em preparar conservas e uma cozinheira exagerada, que gosta de fazer montanhas de comida.

O avô se levantou para tornar a encher a xícara de café. Abraçou Diana pelos ombros, rindo de sua desculpa.

— O homem deve pensar que somos loucos ou uns esbanjadores compulsivos — observou.

— Com certeza acha que somos as duas coisas — admitiu ela, não percebendo que os pais a olhavam com mal disfarçado espanto. — Acho que é melhor ele pensar assim do que se sentir como um mendigo — prosseguiu com um sorriso largo, erguendo a pesada sacola e usando os dois braços para segurá-la contra o peito.

— Nunca ouvi falar desse moço até agora — comentou Robert em tom neutro. — Com ele é?

— Como ele é? — ecoou Diana, indecisa. — Bem, é diferente de todos os outros rapazes que eu conheço.

— Diferente como? — insistiu. — Como um revoltado, um descontente? Um rejeitado?

Diana, que caminhara até a porta, parou no vão, ajeitando a sacola nos braços.

— Um rejeitado, talvez, mas não porque tenha feito algo errado — respondeu, após refletir um pouco. — Cole é… — hesitou, olhando para os pais, então completou: — É especial. Não sei explicar, mas ele é diferente dos outros rapazes que conheço. Parece mais maduro, mais vivido. Não, não é como nenhum outro. — Agitou a mão num aceno desajeitado, tão ansiosa para sair que não notou o ar curioso nos rostos voltados para ela. — Tchauzinho para todo mundo.

Foi embora apressada.

Depois de alguns momentos, Robert olhou para a esposa e, então, para os sogros.

— Acontece que eu gosto dos outros rapazes que ela conhece — comentou.

— Mas esse é diferente — observou Rose.

— Acho que é por isso que tenho certeza de que não vou gostar dele.

— Robert, esse é o primeiro rapaz por quem Diana mostra algum interesse, e você está com ciúme — comentou a esposa em tom apaziguador. — Aconteceu a mesma coisa, no ano passado, quando Corey começou a falar de Spencer o tempo todo.

— Mas agora já me acostumei — declarou ele, carrancudo. — Nunca imaginei que aquela paixão por Spencer fosse durar mais do que um mês, mas já dura um ano, e fica cada vez pior.

— Ela pensa que está apaixonada — ponderou Mary.

— Pensou que estava apaixonada na primeira noite em que o viu — rebateu Robert. — Agora decidiu que vai se casar com ele. Esteve no quarto dela ultimamente? Corey forrou as paredes com fotos dele. Transformou aquilo num santuário. É ridículo!

O avô Britton partilhava um pouco o despeito do genro, por também ter sido preterido por suas garotas em favor de outros homens.

— Corey vai superar. Essas coisas não duram muito — observou.

— Meninas de catorze anos não se apaixonam, apenas pensam que estão amando.

A esposa pegou um lápis para dar os últimos retoques no desenho de um molde simples, mas bonito, que estava criando para fazer um barrado ao longo do teto do banheiro de hóspedes.

— Henry, eu tinha catorze anos quando me apaixonei por você — disse ela.

Robert perdeu o fio da conversa, olhando para a porta por onde Diana saiu.

— Foi impressão minha, ou Diana corou quando falou naquele cavalariço?

— Universitário! — Mary o corrigiu suavemente.

Então, pôs a mão em cima da dele, apertando-a em um gesto de conforto. Ele relaxou e sorriu para ela.

— É que tenho grandes planos para as meninas — disse. — Não quero que se envolvam demais com rapazes assim tão cedo, nem vê-las arrependidas, lamentando o que perderam, se casarem jovens demais.

— Não faça planos para Corey — recomendou Rose. — Ela já os fez. Quer se casar com Spencer e se tornar uma fotógrafa famosa.

— Espero que não seja nessa ordem — comentou Robert.

Rose ignorou o aparte.

— Quanto a Diana, poderá ser decoradora de interiores — prosseguiu.

— Ou, talvez, arquiteta ou escritora. Tem muito talento para tudo isso, mas não parece muito ansiosa por se decidir. Detesto ver tantos dons desperdiçados.

— Seu talento verdadeiro não se desperdiçará — declarou Robert. Quando todos o olharam, curiosos, ele continuou, orgulhoso: — Diana pode ter herdado o senso artístico da mãe, mas herdou meu cérebro. No tempo certo, encontrará meios de colocá-lo em uso. Ela sempre se interessou por negócios.

— Isso é bom — aprovou a esposa, sorrindo.

— Muito bom — concordou Henry.

As duas mulheres se entreolharam e se ergueram.

— Só temos meia hora de claridade natural, mamãe — disse Mary.

— Preciso de um conselho a respeito da arrumação das mesas.

A mãe hesitou, olhando para os homens.

— Vocês têm certeza de que não querem morangos frescos com iogurte, como sobremesa?

— Eu não consigo comer mais nada — informou Robert.

— Nem eu — assegurou Henry, batendo no estômago para indicar que estava cheio. — Tem razão sobre refeições naturais, com baixo teor de gordura. Satisfazem, depois que a gente se acostuma. O frango ensopado estava uma delícia. Vocês duas podem ir cuidar das suas mesas.

Ele e Robert ficaram sentados, em um silêncio inocente, até que ouviram a porta dos fundos se fechar. Então, se levantaram. Robert foi direto ao freezer, de onde tirou um pote de sorvete de baunilha, enquanto o sogro corria até um dos armários e pegava uma torta holandesa de maçã, que Glenna comprou na padaria e escondeu lá para eles.

Henry enfiou a faca na torta e lançou um olhar para seu cúmplice.

— Pedaço pequeno ou grande?

— Grande — respondeu o genro.

Cortando dois pedaços enormes, Henry os colocou nos pratos, enquanto Robert cavava o sorvete com a concha.

— Uma bola ou duas, Henry?

— Duas.

Olharam para a governanta, que se movia pela cozinha limpando tudo.

— Você é uma santa, Glenna — disse Robert.

— Não. Sou uma traidora.

— Terá estabilidade de emprego enquanto eu for vivo — prometeu o patrão com um sorriso.

— Suas esposas me despediriam, se soubessem o que vocês dois me obrigam a fazer.

— E nós a contrataríamos de volta — replicou Henry, fechando os olhos ao saborear a sublime delícia proibida, cheia de açúcar e gordura. Então, abriu os olhos e observou o genro, cuja expressão de profundo contentamento se igualava à sua. — Pensei que Mary e Rose nunca fossem nos deixar sozinhos. Tive medo de que precisássemos esperar até que elas dormissem, para atacar.

Lá fora, no gramado, de costas para as janelas da cozinha, Mary explicava como queria colocar as mesas, modificando o arranjo anterior.

— Acho que ficaria melhor — concordou a mãe. — Vou chamar Robert e Henry para nos ajudar.

— Espere um pouco — avisou Mary. — Ainda não acabaram de comer a sobremesa.

Rose plantou as mãos nos quadris, indignada.

— O que é, desta vez?

— Torta holandesa de maçã.

— Temos de despedir essa Glenna. Antes de Conchita se aposentar, ela não entrava na cozinha. Mas agora…

Mary suspirou, resignada.

— Glenna só cumpre ordens. E os dois a trariam de volta. Além disso, a não ser pela sobremesa que comem às escondidas, conseguimos fazê-los ingerir só alimentos com baixo teor de gordura e açúcar. Eu sei que Robert segue a dieta também no café da manhã e no almoço.

Começou a empurrar uma das mesas, e Rose foi ajudá-la.

— O médico disse a Robert, ontem, que a sua taxa de colesterol está finalmente baixando — acrescentou Mary.

— E o que disse sobre a pressão arterial?

— É bom nem perguntar, mãe.

Capítulo 7

A PISTA DE HIPISMO FICAVA em um ligeiro declive, à direita do estábulo. Era rodeada por uma cerca branca, e naquela semana foi iluminada. Os enormes refletores de mercúrio, instalados em postes altos, deixavam a pista clara como se fosse dia, ao mesmo tempo mergulhando nas sombras tudo o que havia ao redor.

De onde se encontrava, perto da cerca, diante da porta do estábulo, Diana observou Spencer desmontar e começar a guiar o cavalo em um giro em volta da pista, para esfriá-lo. Ele disse alguma coisa a Corey, que andava ao seu lado, fazendo-a rir. Diana sorriu, contente em ver que a irmã teve sorte naquela noite.

Em vez de precisar dividi-lo com Doug, Barb, o pai deles e mais as numerosas amigas, como seria de esperar, Corey ficara com Spencer só para si. Os Hayward haviam se lembrado, em cima da hora, de que tinham de ir à festa de aniversário de um parente, e foram, deixando Spencer sozinho.

Para Diana, a noite também não estava sendo ruim. Cole era só seu. Conseguir vê-lo com a maior frequência possível, sem deixar parecer que era coisa planejada, só foi mais difícil do que esconder de todos o que sentia por ele. De todos, inclusive do próprio Cole.

Quase todas as amigas de Barb eram loucas por ele. Também não era para menos. Alto, bronzeado, de ombros largos e quadril estreito, com aqueles jeans amaciados pelo uso e as camisetas de mangas curtas, Cole era um homem que emanava força e sensualidade.

Sua falta de posição social, de dinheiro, e seu subemprego o colocavam completamente fora do alcance das moças, o que o tornava ainda mais atraente.

Ele se recusava a falar de si mesmo, e isso lhe dava um ar de mistério que o deixava fascinante. Era inatingível e, por isso, infinitamente desejável. Era imune à beleza, ao dinheiro e às manobras delas. Era um desafio.

Como não conseguiam forçar Cole a falar de sua vida, passavam horas criando teorias sobre sua família, seus amigos, e sugerindo hipóteses horríveis, que poderiam justificar seu suposto desejo de enterrar o passado.

Faziam de tudo para chamar sua atenção. Flertavam com ele, usavam as calças mais justas que possuíam, as blusas mais reveladoras, fingiam torcer os tornozelos e lhe pediam para examiná-los, davam um jeito de cair em cima dele, quando desciam das montarias.

Diana observou a reação dele às tentativas de cada garota e logo percebeu que, quanto mais insistente o ataque, mais forte era a rejeição. Ele tratava as meninas mais moderadas como crianças, deixando-as envergonhadas com seu franco divertimento, e falando com elas com tão superior condescendência que as deixava mortificadas. Às mais atrevidas, dava punição severa, se mantendo frio e distante durante semanas. Infelizmente, as duas táticas o tornavam mais poderoso aos olhos das garotas, despertando nelas o desejo desesperado de voltar a merecer sua atenção.

Durante os dois últimos anos, praticamente cada menina que frequentava a casa dos Hayward alegou que Cole fez ou disse alguma coisa que indicava um interesse especial por ela. No início daquele ano, nove garotas haviam apostado dez dólares cada uma, sobre qual delas seria a primeira a beijá-lo. Diana se absteve de participar, alegando que ele não a atraía, mas se oferecera para ser a tesoureira, rezando para que pudesse devolver o dinheiro de cada uma, em vez de ser obrigada a entregar os noventa dólares a uma vencedora.

Uma noite, no início da primavera, quando todas foram dormir na casa dos Hayward, Barb declarou que havia ganho a aposta no dia anterior. Por cerca de meia hora, forneceu detalhes excitantes, imaginosos e altamente improváveis sobre o beijo e as carícias que se seguiram.

Quando Diana achou que vomitaria, se tivesse de ouvir outra descrição de como os dois haviam se abraçado, colando os corpos, Barb caiu de costas na cama e começou a rir.

— Primeiro de abril! — gritou, às gargalhadas, sendo bombardeada por punhados de pipocas.

Por mais infeliz que se sentisse, antes de Barb admitir que estava brincando, Diana se manteve impassível e calada, sem trair seus sentimentos.

Como não traía naquele momento.

Olhou por cima do ombro e viu Cole despejando ração no cocho da última baia. Sabia que dali a alguns minutos ele iria para junto dela. Ela o conhecia muito mais do que as outras meninas, porque era a única que passava tanto tempo com ele.

Sabia exatamente como o sol fazia os cabelos pretos brilhar feito ébano polido. Via como o súbito sorriso branco suavizava as duras feições e depositava um brilho de prata nos olhos cinzentos. Sentia as mãos dele em sua cintura, quando ele chegava por trás e, de brincadeira, a levantava para tirá-la do caminho. Testemunhou sua ira, no dia em que ele pegou um dos amigos de Doug fumando no estábulo e o repreendeu rigidamente, o alertando sobre o perigo de iniciar um incêndio.

Na verdade, como a outras garotas, também tinha algumas fantasias a respeito de Cole, mas havia uma grande diferença, porque ela era inteligente demais para tentar transformar os devaneios em realidade, e bastante sábia para compreender que a amizade que mantinha com ele jamais passaria disso.

Tinha consciência de que nunca se beijariam, de que seu corpo não conheceria a sensação de ser pressionado com firmeza contra o dele. Aceitava isso com apenas uma ponta de tristeza, porque sabia que, se um dia ele decidisse beijá-la, ela não saberia lidar com a situação nem poderia controlar o que acontecesse em seguida.

Cole não perderia tempo com conversa, nem com estratégias ensaiadas, e esperaria que ela se igualasse a ele em todos os sentidos. Mas isso era impossível. Mesmo que ela não fosse tão incrivelmente ingênua, comparada a Cole, os dois continuariam sendo diferentes em tudo.

Ele era audacioso, impulsivo e simples, e Diana, reservada, cautelosa e cheia de discrição. Ele lembrava motocicletas, jeans e mochilas de lona, era impulsionado pela necessidade de abrir seu próprio caminho na vida. Ela vinha de um mundo onde só havia carros de luxo, roupas caras e conjuntos de malas de couro, e deslizava por uma estrada cuidadosamente conservada.

A despeito dessa sua compreensão filosófica a respeito do assunto, Diana suspirou, observando Corey caminhar ao lado de Spencer. A irmã estava procurando desapontamento e infelicidade, perseguindo o rapaz, mas se sentia disposta a correr todos os riscos. Ela, no entanto, nunca seria capaz disso. Não podia e não queria.

Cole acabou de dar ração aos cavalos e foi para junto dela, silenciosamente.

— Espero que não esteja suspirando por causa de Spencer Addison — comentou.

Ela deu um pulo, assustada, os sentidos se agitando, atingidos pela sobrecarga de energia provocada pela proximidade dele. A voz máscula era profunda e macia como a noite, do corpo forte emanava o aroma de sabonete e feno. Cole, alto e musculoso, se elevava muito acima dela, tão inatingível e rude quanto as montanhas do Texas.

— Como assim? — Diana murmurou.

Ele apoiou um pé na trave mais baixa da cerca e fez um gesto de cabeça na direção do casal que caminhava na direção deles.

— Eu acharia muito ruim se alguma coisa ficasse entre você e Corey — explicou. — Vocês duas são mais unidas do que irmãs de sangue, e é óbvio que Corey deseja ficar com Spencer.

— Tão óbvio assim? — perguntou Diana, olhando-o e tentando ignorar o fato de que a manga da camiseta que ele vestia roçava em seu braço.

— Não, nem tanto. São necessários trinta segundos de observação para descobrir o que se passa pela mente de Corey, quando esse rapaz está por perto.

O assunto deixava Diana pouco à vontade, mas ela não conseguia pensar em outro, pois estar tão perto de Cole a deixava confusa.

— Spencer é um excelente cavaleiro — comentou, tentando mudar o rumo da conversa.

Cole deu de ombros.

— Não é mau, não.

Diana conhecia Spencer desde que os dois eram pequenos e, por lealdade, não podia deixar que Cole subestimasse sua habilidade sem protestar.

— "Nada mau"? Ele é ótimo! Todos dizem que poderia jogar polo profissionalmente!

— Um modelo de perfeição! — Cole exclamou em tom de zombaria. — Campeão de futebol universitário, jogador profissional de polo! E um conquistador olímpico!

— Por que disse isso de "conquistador"? — perguntou Diana, preocupada com Corey.

Cole lançou-lhe um olhar irônico.

— Nunca o vi sozinho, sem uma linda garota para adorá-lo, como você e Corey estão fazendo.

— Eu?! — Diana exclamou, olhando-o perplexa, à beira do riso. — Eu?

Ele lhe observou o rosto.

— Não. É evidente que não — admitiu com um sorriso lento. Tornou a olhar para Corey e Spencer, que haviam saído do cercado e caminhavam para o estábulo. — Espero que sua irmã não acabe com o coração partido. Ela está mesmo apaixonada. Só hoje, gastou um rolo de filme tirando fotos dele.

— Isso não quer dizer nada! — Diana argumentou. — Você sabe que Corey adora fotografar. Está treinando para captar imagens em movimento, e como Spencer estava cavalgando...

— Ele ainda nem tinha montado, Diana.

— Oh! — Ela mordeu o lábio, então perguntou, hesitante: — Você acha que Spencer sabe o que Corey sente por ele?

Cole sabia que a resposta mais honesta seria um enfático "sim", mas não queria preocupar Diana e, agora que sabia que ela não fazia parte do exército de admiradoras de Spencer, sentia-se bastante generoso para amaciar a verdade.

— Se sabe, está gostando, ou é de fato um cavalheiro e não deseja magoá-la — respondeu.

Fincou os dois cotovelos na trave de cima da cerca e permaneceu em silêncio por longos instantes.

— Se não é Spencer, então quem é que tem feito seu coração bater mais depressa? — indagou por fim.

— George Sigourney — respondeu Diana.

— E esse George é atleta como Spencer? Ou apenas um estudantezinho rico?

— O senhor Sigourney é reitor da Universidade Metodista — esclareceu com um sorriso. — Aceitou meu pedido de admissão e com isso fez o meu coração bater mais depressa.

— Diana, isso é maravilhoso! — Cole exclamou, olhando-a com um sorriso de tirar o fôlego. — Por que não me contou?

"Porque quando estou com você, nada mais tem importância", Diana pensou.

— Estava esperando pelo momento certo — respondeu.

Ele a olhou, surpreso, mas não fez comentários.

— Já escolheu o que vai estudar? — perguntou.

— Não.

— Tem muito tempo para decidir — declarou ele no tom condescendente de adulto falando com uma criança. — Não se preocupe.

— Obrigada — agradeceu Diana com um sorriso malicioso. — E você? Já sabe o que vai ser quando crescer?

Ele riu.

— Sei. Vou ser rico — afirmou com absoluta convicção.

Diana sabia que ele cursava economia, mas não conhecia o motivo que o levara a escolher aquela carreira.

— Tem algum plano definido para o futuro? — indagou.

— Tenho algumas ideias.

QUANDO SPENCER LEVOU O CAVALO para fora da pista, tomando o rumo do estábulo, Corey soube que seu tempo com ele estava chegando ao fim.

— Preciso ir — Spencer avisou, não a surpreendendo. — Prometi a Lisa que a buscaria às nove.

— Ah, Lisa! — murmurou Corey, desanimada.

— Não gosta dela? — perguntou, parecendo surpreso.

Corey se espantou com aquela demonstração de burrice masculina. Ela simplesmente odiava Lisa Murphy, e o sentimento era recíproco.

Um mês antes, Corey e a família tinham ido assistir a um show beneficente de equitação, perto de San Antonio, e ela ficou encantada ao chegar lá e ver Spencer. Como levou a câmera, conseguira tirar, disfarçadamente, diversas fotos dele, enquanto fotografava os maravilhosos cavalos. Quando Lisa levou seu cavalo de volta para o estábulo, depois de conseguir uma fita azul em uma determinada categoria, Spencer a acompanhou, e Corey o seguiu a uma discreta distância, desejando vê-lo mais um pouco.

O enorme estábulo estava lotado de cavalos, tratadores, treinadores, proprietários e cavaleiros, e Corey tinha certeza de que não seria notada. Fingindo observar os animais, andou lentamente pelo corredor, parando de vez em quando para conversar com um cavaleiro ou uma amazona. Estava quase diante da baia designada para o cavalo de Lisa, quando ouviu a garota pedir uma Coca-Cola a Spencer. Corey se virou de costas, e ele passou por ela sem vê-la, mas Lisa a viu e saiu da baia, andando decididamente em sua direção.

— Você é uma peste, sabia? — A jovem explodiu, parando em sua frente. — Não percebe que está fazendo papel de idiota, correndo atrás de Spencer desse jeito? Vá embora e fique longe dele!

Humilhada e furiosa, Corey retornou ao local das exibições e se juntou à família, nas arquibancadas, mas continuou preparada para fotografar Spencer, caso ele aparecesse. Foi ótimo, porque embora não tornasse a vê-lo, viu Lisa cair do cavalo, na competição seguinte. Assim que a rival fora ejetada da sela, ela começou a tirar fotos. Quando Lisa aterrissou, batendo o traseiro no chão, já sem o chapéu e com os cabelos caídos no rosto, Corey vitoriosamente registrou o glorioso momento. Uma das fotografias dessa série se tornou uma de suas favoritas e ocupava lugar de destaque em uma das paredes de seu quarto.

Lembrando-se de que Spencer esperava uma resposta, Corey deu de ombros.

— De todas as suas amigas, é a de que menos gosto — respondeu.

— Por quê?

— Vai achar que é bobagem.

— Diga — pediu ele.

— Está bem. Lisa é mais perversa do que uma cobra!

Spencer riu e, em um raro gesto de afeição, passou um braço pelos ombros dela, apertando-a rapidamente contra si e soltando-a em seguida. Corey sabia que foi um abraço fraterno, mas ficou tão extasiada que quase perdeu uma cena altamente reveladora: Diana e Cole se encontravam junto à cerca, tão próximos que seus braços se tocavam. E mais, a irmã e o atraente cavalariço pareciam completamente absortos em uma conversa séria.

Por mais incrível que fosse, por mais que os dois não combinassem, nem fisicamente, nem de outro modo, por mais que Diana escondesse o fato, era evidente que estava apaixonada por Cole.

No mesmo instante em que percebeu isso, Corey pôs a cabeça para funcionar, procurando um meio de deixá-los mais tempo juntos. E, quando achou, encontrou também um jeito de ficar mais um pouco com Spencer.

— Você poderia me dar uma carona até a minha casa? — pediu.

— Não vai voltar com Diana? — perguntou Spencer.

— A ideia era essa — ela admitiu com um sorriso conspirador, fazendo um gesto de cabeça na direção de Diana e Cole. — Mas não gostaria de estragar a noite dos dois.

Apertando os olhos como se estivesse desconfiado, Spencer a encarou por um momento, depois olhou para o casal junto à cerca, e sua expressão mudou, passando da desconfiança à incredulidade. Então, ele sorriu com ar divertido.

— Está insinuando que Diana se interessa por Cole?

— Acha isso impossível?

— Acho.

— Só porque ele trabalha num estábulo? — Corey pressionou, prendendo o fôlego, com medo de que seu ídolo se destruísse, revelando a marca do esnobismo.

— Não, não é isso.

Ela suspirou, aliviada.

— Então, por quê?

Spencer olhou para Diana e abanou a cabeça, rindo.

— Não acredito que não tenha percebido! Ela nunca se apaixonaria por um homem tão sombrio, mal-humorado e vulgar. Ficaria com medo dele.

— Como pode estar tão seguro disso? — Corey persistiu, embora houvesse pensado a mesma coisa, naquela tarde, quando suspeitou da atração de Diana por Cole.

— Conheço as mulheres profundamente — declarou Spencer com irritante arrogância. — E tenho grande discernimento.

— Discernimento! — Corey zombou, indignada, pensando em Lisa Murphy, que estava cravando as garras nele. — Como pode ter discernimento e gostar de Lisa?

— Estamos falando de Diana, não de Lisa! — Ele a lembrou em tom gentil, mas firme.

Corey percebeu que Spencer nunca acreditaria que Diana pudesse estar romanticamente interessada em Cole. Isso queria dizer que era necessário arrumar outra desculpa que justificasse seu desejo de ir embora, deixando a irmã para trás.

— Está bem, mas terá de se contentar com o que vou lhe contar — começou. — Se me obrigar a dar mais explicações, estragará a surpresa que Diana está preparando para todos. Ela caiu de um cavalo, anos atrás, e ficou com medo de montar.

— Eu sei.

— E Cole a tem incentivado a tentar de novo, mas você conhece Diana. Não gosta que a vejam nervosa, ou com medo.

Spencer entendeu e sorriu.

— Ela quer voltar a montar e Cole vai ajudá-la! — exclamou. — Isso é ótimo! Vá pegar as suas coisas. Eu a deixo em casa.

Corey se aproximou de Diana, esperando que ela não fizesse objeções, o que arruinaria seus planos.

— Spencer disse que vai me levar para casa — informou, torcendo a verdade ligeiramente, olhando para a irmã com ar suplicante. — Assim, você pode ficar até a hora que quiser.

Diana a olhou, desapontada. Se Corey fosse embora, não haveria desculpa para ela continuar ali com Cole. Por outro lado, não queria de modo algum privar a irmã daquela oportunidade de estar com Spencer.

— Está bem — concordou, decidindo que iria embora assim que os dois partissem.

Enquanto Cole levava o cavalo para dentro, Diana observou a irmã e Spencer entrarem no jipe branco. Ficou olhando o veículo se afastar até desaparecer na curva da alameda que rodeava a casa. Então, entrou no estábulo para pegar a bolsa e se despedir de Cole.

Encontrou-o na pequena cozinha, passando para a pia o conteúdo da sacola de papel que ela lhe levou.

— Obrigada pela companhia — agradeceu.

— Você não pode ir ainda — observou ele, fazendo o coração dela se agitar. Então, continuou, sorrindo de modo sugestivo: — Dê um tempo a eles. Se os encontrar por aí, parados, vai deixar Corey embaraçada. Por que não fica e come alguma coisa comigo?

Diana refletiu que poderia evitar um encontro com Corey e Spencer simplesmente indo por outro caminho, mas como era óbvio que isso não ocorreu a Cole, decidiu aceitar o convite.

— Já jantei, mas comerei um sonho de sobremesa.

— Teremos de comer com o prato no colo — avisou ele, deixando claro que não considerava a escrivaninha em seu quarto um lugar apropriado.

— Vou improvisar uma mesa — anunciou ela, pegando pratos, talheres, e voltando para o corredor.

Quando acabou de esquentar o frango com legumes, Cole passou metade para um prato, arrumou alguns sonhos em uma travessa e pegou duas latas de Coca-Cola. Levou tudo em uma bandeja, quando saiu para o corredor.

— Já acabei — disse Diana, endireitando-se e estendendo a mão para o interruptor. — Um pouco menos de luz vai deixar tudo muito mais agradável.

Apagou as luzes fortes do corredor, que ficou iluminado apenas por dois lampiões sobre a mesa improvisada: três fardos de feno e uma tábua.

Cole ficou surpreso ao ver o que ela conseguira fazer em menos de dez minutos. No centro da "mesa", coberta por uma toalha xadrez, que ela certamente tirou do porta-malas de seu carro, e entre dois lampiões acesos, havia uma velha tigela de aço inoxidável, com um arranjo de folhas e flores de hibisco.

— Muito bonito! — Ele elogiou com sinceridade.

Diana deu de ombros.

— Mamãe e vovó acham que setenta por cento do sabor da comida dependem da atmosfera e da apresentação dos pratos.

— Vai ver que estão certas — disse ele, pondo a bandeja em cima da mesa.

Então, se sentou em um fardo de feno ao lado. O conceito de "apresentação dos pratos" lhe era totalmente desconhecido. Ele sabia que tinha de aprender centenas de coisas que, no conjunto, produziam o refinamento próprio dos ricos, mas naquela etapa da vida estava mais preocupado em ganhar dinheiro do que em adquirir o traquejo social de que precisaria quando chegasse ao topo.

— Estou impactado — confessou, estendendo as pernas e as ajeitando ao lado da mesa.

Diana se sentou no fardo de feno a sua esquerda.

— Por quê? — perguntou, cortando um pedaço de sonho com as mãos.

— Você é extraordinária.

Ele não pretendera dizer aquilo em voz alta, mas era a verdade. Entre outras coisas, Diana era muito inteligente e refinada. Falava com suavidade, era espirituosa, de uma forma tão sutil que muitas vezes suas observações divertidas o pegavam desprevenido ou quase lhe escapavam. Mas o que ele mais apreciava em Diana Foster era aquela imparcialidade democrática com que ela o tratava, como se não estivesse lidando com um humilde cavalariço.

Conversava com ele amigavelmente e com genuíno interesse. E sem nunca tentar flertar, ao contrário de suas amigas. As outras garotas que frequentavam a casa dos Hayward, apesar de assediá-lo, deixavam claro que o consideravam um ser inferior, que não oferecia o menor risco de provocar repercussões desagradáveis. Na opinião de Cole, elas precisavam levar uma boa surra dos pais, mas talvez já fosse tarde demais para isso.

Diana corou, envergonhada com o elogio, e, para disfarçar, chamou a gatinha malhada que nascera ali no estábulo. O animalzinho correu para ela, começando a se esfregar em suas pernas.

— Como você cresceu, Samantha! — exclamou Diana, pegando-a no colo e lhe dando um pedacinho de sonho.

Um cachorrinho, peludo, preto e branco, de raça indefinida, se aproximou, olhando-a com ar de súplica.

— Sentado, Luke! — ela ordenou e, quando o cão obedeceu, lhe deu um pedaço do doce.

— Quantos gatos e cachorros você tem? — perguntou Cole, observando-a passar a mão amorosamente pelas costas do cachorrinho.

— Nenhum.

Cole ficou perplexo. Quando a gata teve os filhotes, Diana ficou louca por eles e depois, quando os gatinhos estavam maiores, conseguiu encontrar donos para todos, menos para Samantha, que era sua preferida. Tanto implorou, que persuadiu Cole a ficar com ela.

No último inverno, apareceu com o cãozinho, que encontrou perdido, esperando que o animal encontrasse um lar ali no estábulo.

— Vou te ajudar a escolher um bom nome para ele — ofereceu-se, ignorando os protestos de Cole, que não queria aceitar o cachorro. — Já sei! Luke!

— Que tal Saco de Pulgas? — Ele replicou. — Um nome muito mais apropriado.

— Não será, depois que o pobrezinho for lavado e escovado.

Cole descobriu que não era tão imune a suplicantes olhos verdes como pensou. Pegando o cachorro pela pele da nuca, saiu à procura de sabão antipulgas e uma bacia.

Depois disso tudo, nada mais natural do que presumir que Diana, após levar tantos bichos extraviados para casa, tinha sido proibida de aparecer com mais um.

Voltou a olhá-la, ainda confuso.

— Menina, nunca ninguém te disse que a caridade começa em casa? — repreendeu suavemente.

Ela pôs Samantha no chão e pegou Luke, aninhando-o no colo, antes de lançar a Cole um olhar de fingido embaraço.

— Não entendi.

— Não? Se não tem nenhum animal na sua casa, por que me empurrou esse vira-lata? Fiquei com ele porque pensei que você já tivesse feito a sua parte, acolhendo um bando de desabrigados.

Ela se inclinou para o lado, de modo a poder afagar Samantha também.

— Meu pai tem alergia a cães e gatos — explicou. Então, olhou para o cachorrinho e concluiu: — Se não fosse isso, Luke, eu o teria levado direto para a minha casa, e você dormiria comigo, na minha cama!

"Cachorro de sorte", pensou Cole, tão inesperadamente que levou alguns segundos para perceber que rumo seus pensamentos haviam tomado.

Observou a luz dos lampiões dançando na parede, dispersando as sombras. Diana tinha a mesma capacidade de iluminar e embelezar o que a rodeava pelo simples fato de estar lá. Um dia, se transformaria em uma mulher muito especial... e muito linda.

Estava ficando cada vez mais bonita, com a pele mais aveludada, os olhos mais verdes, os cílios mais escuros e compridos. Não cresceu muito, devia ter no máximo um metro e cinquenta e cinco de altura, mas o corpo era o de uma pequena deusa, com aquelas longas pernas bem torneadas, os quadris arredondados, busto cheio e cintura fina. E ela sabia olhá-lo de um jeito que o deixava enfeitiçado, sem poder desviar o olhar de seus magníficos olhos verdes.

Cole a examinou lentamente, olhando os seios redondos e altos, as faces lisas, a boca... Percebendo que estava fazendo um verdadeiro inventário dos atributos físicos de uma menina, desviou o olhar, furioso com o que estivera pensando... e desejando. Julgou-se um pervertido!

— É ridículo você não querer mais andar a cavalo — disse, tão brusco que Diana, a gatinha e o cachorro se assustaram e olharam para ele, o que não o impediu de continuar no mesmo tom: — Pensei que fosse corajosa.

Diana não pôde acreditar que ele estava falando com ela daquele modo. Sentiu vontade de chorar e, ao mesmo tempo, experimentou o impulso de se levantar, pôr as mãos na cintura e exigir uma explicação. Mas não fez nem uma coisa, nem outra.

— Não sou covarde, se é isso o que quer dizer — replicou em tom baixo, olhando-o longamente.

— Não, eu não quis dizer isso — negou ele, se sentindo um bruto. Diana era, sem dúvida, umas das mulheres mais corajosas, gentis e independentes que ele conheceu. — Se quer saber, chorei como um bezerro desmamado quando caí de um cavalo pela primeira vez — mentiu, para fazê-la se sentir melhor.

— Eu não chorei — contou, visualizando um menininho de cabelos pretos chorando desesperadamente.

— Não mesmo? — Cole provocou.

— Não. Nem quando quebrei o pulso, nem quando o doutor Paltrona pôs o osso no lugar e engessou o meu braço.

— Não derramou nem uma lágrima?

— Nenhuma.

— Muito bem!

— Eu desmaiei — declarou ela com um suspiro.

Cole atirou a cabeça para trás e deu uma gargalhada. Então, contendo-se, a olhou com uma expressão tão doce que o coração de Diana começou a martelar, descompassado.

— Não mude nunca — pediu ele em tom meio rouco. — Seja sempre como você é agora.

Ela mal podia acreditar que tudo era real, que Cole estava dizendo aquelas coisas e a olhando com tanta delicadeza. Não sabia o que provocou a mudança, mas ficou feliz. Não queria que ele voltasse a tratá-la da maneira distante, embora amigável, com que sempre a tratou.

— Tudo bem, se eu crescer mais um pouco? — implicou, se sentindo trêmula.

Inclinou a cabeça para trás e o olhava de um jeito que era um convite inconsciente para que ele a beijasse.

— Pode crescer, mas no resto não mude em nada, Diana — respondeu Cole, tentando ignorar a inocente provocação. — Um dia, um sujeito de sorte vai te encontrar e perceber que descobriu um tesouro.

Aquela predição de que outro homem, não ele, conquistaria seu coração bastou para fazer murchar a felicidade de Diana. Ela se endireitou e pôs o cachorro no chão. Não estava aborrecida com a atitude impessoal de Cole, ao contrário, tinha uma pergunta a fazer e estava muito interessada na resposta.

— E se eu não pensar o mesmo a respeito dele?

— Pensará.

— Ainda não aconteceu. Só eu, em toda a minha turma, não estou loucamente apaixonada por um rapaz e convencida de que desejo me casar com ele. — Erguendo a mão, começou a contar nos dedos, à medida que falava: — Corey adora Spencer, Haley está louca por Peter Mitchell, Denise se apaixonou por Doug, Missy por Michael Murchison... Ah, eu ficaria nisso horas a fio, e a lista não acabaria.

Parecia tão desanimada que Cole decidiu alegrá-la, antes de deixar o assunto morrer.

— Vamos lá, deve haver pelo menos outra menina ajuizada que veja o futuro, não apenas o momento presente — comentou, refletindo que Diana não havia mencionado Bárbara. Embora a filha de seu patrão fosse uma cabeça de vento, talvez servisse para reforçar sua teoria. — E Barb? Com quem deseja se casar?

Diana revirou os olhos em um trejeito de desgosto.

— Com Harrison Ford!

— Não me surpreendo — declarou ele secamente.

— E não vamos esquecer você — disse Diana, cedendo ao impulso de citar Valerie, mesmo sabendo que isso desviaria a atenção que Cole lhe dispensava.

— Eu? Como?

Ela se encheu de esperança quando percebeu que ele ficou confuso. Durante os dois últimos anos, o ouviu falar muito a respeito da linda loira de Jeffersonville, que frequentava a UCLA. Sabia que os dois trocavam cartas e telefonemas várias vezes por mês, e que até conseguiam se ver de vez em quando, geralmente nas férias de verão, quando Valerie ia para casa.

— Estou me referindo a sua namorada — esclareceu.

— Ah! — Cole murmurou, brevemente.

Diana ficou curiosa, e sua esperança subiu a um nível ainda mais alto.

— Tem tido notícias dela? — perguntou.

— Nós nos vimos poucas semanas atrás, no recesso entre dois semestres letivos.

Diana imediatamente imaginou os dois fazendo amor com louca paixão, em alguma pitoresca clareira, sob um céu estrelado. Achava um cenário ao ar livre mais condizente com a beleza máscula e rude de Cole.

Em um momento de fraqueza, pediu uma cópia do anuário da UCLA, através da biblioteca central de Houston. Foi assim que descobrira que Valerie era membro atuante da comunidade universitária, e que corriam rumores de que ela estava saindo com o capitão do time de rúgbi, embora isso, de acordo com a matéria, não houvesse sido confirmado. Alta, linda, mais velha e, sem dúvida, muito mais experiente do que Diana, tinha as feições e os olhos de uma princesa nórdica, um sorriso de anúncio de pasta dental. Diana precisou se esforçar para não odiá-la. Na verdade, Valerie tinha tudo, menos notas boas, ao contrário de Cole, que era excelente aluno.

— Valerie foi aprovada, no final do semestre passado? — perguntou Diana, embora se desprezasse por entrar em uma competição tão mesquinha.

— Ficou em dependência em várias matérias.

— Oh, isso é mau. Quer dizer que ela terá aulas no verão e que você não a verá, quando for para casa?

— Só vou para casa para me encontrar com Valerie — respondeu Cole.

Diana presumiu isso. Conseguiu descobrir que ele não tinha família, a não ser um tio-avô e um primo cinco anos mais velho. Além disso, ela pouco sabia sobre sua vida, mas de nada adiantaria pressioná-lo para contar detalhes de seu passado, porque Cole responderia evasivamente ou, pior, poderia até cortar a amizade que ela prezava tanto.

Voltando a pensar em Valerie, desejou que a moça valorizasse a lealdade e a devoção de Cole, que não tentasse transformá-lo de pantera livre, que era, em um cão labrador dócil e bem escovado. Havia alguma coisa naquela jovem com sorriso de anúncio de pasta de dentes que a fazia parecer totalmente inadequada para Cole.

Diana sabia que estava com ciúme e inveja, e que isso era errado, mas não podia se impedir.

Cole tomou um gole de Coca-Cola e olhou para ela, notando sua expressão carrancuda.

— O que foi? Peguei o seu refrigerante? — perguntou.

Arrancada de seu enervante devaneio, Diana abanou a cabeça, negando. Concluiu que estava na hora de ir embora. Na verdade, já devia ter ido, porque o bom senso, a lógica e o autocontrole de que tanto se orgulhava não estavam funcionando muito bem.

— Vou ajudar você a arrumar tudo — disse, já juntando os pratos e talheres.

— Preciso estudar para as provas — comentou ele, apagando os lampiões e erguendo a tigela com o arranjo de folhas e flores. — Mas tenho tempo para um joguinho de cartas, se você quiser jogar.

Colocou a tigela em um canto e acendeu as luzes. A claridade crua desfez os últimos traços das românticas divagações de Diana.

No ano anterior, em uma daquelas tardes maravilhosas em que acompanhou Corey à casa dos Hayward, para que a irmã fizesse seus exercícios de equitação, Diana ensinou Cole a jogar *pinochle*. Mas tudo aquilo estava acabando. Tinha de acabar, pois ela descobriu, de repente, que já não conseguia reprimir as fantasias a respeito dele. Naquela noite, se Cole a beijasse, ela ignoraria todos os perigos e não o impediria. Se ele a beijasse? A quem desejava enganar? Se tivesse tido um pouco mais de incentivo, ela o teria beijado!

— Não, obrigada. Você joga bem demais agora, e só vai ganhar — respondeu, recusando o convite.

— Comparado a você, não jogo nada.

Ela sorriu-lhe por cima do ombro, andando para a cozinha.

— Obrigada, mas tenho mesmo de ir.

— Está bem. — Ele se resignou.

Percebendo seu desapontamento, Diana precisou lutar contra a tentação de ficar mais um pouco. Ainda hesitava, quando Cole passou por ela e entrou no quarto.

Instantes depois, quando ele foi chamá-la na cozinha, Diana já tinha enchido a pia, colocado os pratos na água e recuperado o autocontrole.

Andaram juntos até o carro.

— Ouvi as garotas fazendo comentários sobre a festa que seus pais deram para comemorar o seu aniversário — disse Cole, abrindo a porta para ela.

— Fiz dezesseis anos — respondeu Diana, tentando decifrar o sorriso enigmático que via no rosto dele.

— Eu sei. No lugar de onde eu vim, é costume dar algo especial a uma garota que completa dezesseis anos. Sabe o quê?

"Um beijo", Diana pensou.

Ele ia beijá-la, e ela sentiu todas os seus receios e defesas caírem sob o peso da alegria que a inundou.

— Não sei — murmurou, fechando os olhos. — O que costumam dar a uma garota que completa dezesseis anos, lá na sua terra?

— Um presente! — exclamou, triunfante.

Diana abriu os olhos e se agarrou à porta do carro, enquanto olhava, mortificada e surpresa, Cole estender a mão esquerda, que esteve escondendo atrás das costas.

Viu um pacote grande, que obviamente ele mesmo embrulhou usando uma folha de jornal e um pedaço de barbante.

— Abra, Diana — Cole a encorajou, parecendo não perceber o tumulto que a agitava.

Ela se controlou e, com um sorriso largo, desamarrou o laço do barbante.

— Não é grande coisa — avisou ele.

Abrindo o papel, Diana viu que se tratava de um bicho de pelúcia. Era um gato em tamanho natural, branco, com linguinha cor-de-rosa e olhos verdes. Uma etiqueta presa ao pescoço peludo anunciava: "Meu nome é Pinkerton."

— Você deve ter dúzias de bichinhos — Cole continuou, acanhado, quando ela não esboçou nenhuma reação. — E acho que nem gosta mais deles. Afinal, fez dezesseis anos.

Ele estava certo. Diana possuía dúzias de bichinhos e não gostava mais deles, mas isso não tinha a menor importância.

Cole se privava de muitas coisas, inclusive de guloseimas, para economizar dinheiro, mas lhe comprou um presente! Muda de emoção, ela estendeu a mão e pegou o brinquedo comum e barato, que ele ainda segurava. O admirou, virando-o cuidadosamente como se fosse um objeto de porcelana de valor inestimável.

Cole percebeu como o gato de pelúcia devia parecer ordinário aos olhos de alguém igual a Diana Foster.

— É só uma lembrança. Eu... — começou em tom de desculpa, então se interrompeu, quando Diana fez um gesto para silenciá-lo e abraçou o brinquedo, apertando-o contra o peito.

— Obrigada, Cole — murmurou, olhando-o nos olhos, enquanto encostava o rosto na cabecinha felpuda. — Muito obrigada.

"De nada", ele respondeu mentalmente, porque a reação de Diana, incrivelmente calorosa, o deixou sem fala.

Em silêncio, esperou que ela entrasse no carro e, então, fechou a porta. Observou o veículo partir e o acompanhou com os olhos até vê-lo desaparecer na primeira curva da longa alameda que corria entre árvores.

Capítulo 8

Fazia três horas que Diana tinha ido embora, quando Cole finalmente fechou o livro e afastou os papéis onde fizera anotações. Sentia os ombros doloridos, por ter ficado tanto tempo inclinado sobre a escrivaninha, e o cérebro saturado. Não precisava estudar mais. Estava preparado para enfrentar as provas finais, e isso bastava. Tirar as melhores notas da turma nunca foi sua meta. Era conhecimento que ele desejava adquirir. O conhecimento que o habilitaria a alcançar seus objetivos.

Distraído, massageou os ombros, então inclinou a cabeça para trás e fechou os olhos, pensando na carta que recebeu do tio naquela manhã. As notícias eram tão incrivelmente boas que Cole sorriu ao pensar nelas, enquanto movia os ombros, tentando livrá-los da rigidez.

Quatro anos antes, uma grande empresa de exploração de petróleo procurou seu tio Calvin, que todos chamavam de Cal, e lhe ofereceu um contrato de dez mil dólares, pelo qual teriam o direito de perfurar experimentalmente um poço em suas terras. O primeiro poço não produzira nada, mas no ano seguinte haviam tentado novamente, pagando mais cinco mil dólares. Quando o segundo poço não produziu gás natural suficiente para tornar a operação lucrativa, a empresa desistiu, e Cole e o tio não pensaram mais naquilo.

Havia alguns meses, porém, representantes de uma companhia muito menor tinham aparecido à procura de Cal e pedido para perfurar um poço em outra área de sua propriedade. Cal consentiu, mas avisou que seria perda de tempo, e Cole, embora não desse sua opinião, intimamente concordou.

Os dois estavam enganados. Na carta, Cal contava que o novo poço se revelara um sucesso, dizendo que "o dinheiro começarla a jorrar".

Endireitando-se, Cole abriu os olhos e pegou o envelope volumoso que continha a carta e uma cópia do contrato que a empresa petrolífera queria que Cal assinasse. De acordo com os cálculos do tio, o lucro, no ano seguinte, seria de duzentos e cinquenta mil dólares, muito mais dinheiro do que o velho fazendeiro viu em toda a sua vida.

Era irônico, Cole pensou, divertido, desdobrando o contrato de várias folhas, que, de todos os Harrison que poderiam ter ficado ricos, Calvin Patrick Downing era o que menos usufruiria o resultado daquele golpe de sorte. Ele era, por índole, um pão-duro, e não seriam duzentos e cinquenta mil dólares que o fariam mudar.

Em vez de gastar dois dólares em um telefonema interurbano para falar com Cole e lhe dar a fantástica notícia, enviou uma carta e a cópia do contrato pelo correio, com porte simples. Quanto à razão de ter enviado a cópia, explicou que, de acordo com a empresa, era um contrato-padrão, que não podia ser mudado.

"Não faz sentido pagar um advogado explorador para ler e decifrar essa confusão, se existe uma boa faculdade de direito aí na universidade onde você estuda", escreveu. "Pegue um desses estudantes para ler a papelada, ou leia você mesmo, e mande dizer se acha que a Southfield Exploration tem algum ás escondido na manga."

Aquele era Cal. Econômico como ele só. Casca-grossa. Pão-duro.

Cal recortava todos os cupons de desconto dos jornais, cortava os próprios cabelos, remendava os jeans, brigava furiosamente por causa de um centavo de diferença no preço do metro de arame farpado. O que mais odiava no mundo era gastar um dólar.

Mas deu o cheque de dez mil dólares que recebera pela perfuração do primeiro poço a Cole, para que ele pudesse ir à universidade. E, no ano seguinte, mandou-lhe o outro, de cinco mil.

Nos tempos de sua adolescência solitária e revoltada, Cole sempre ia à propriedade do Ho, que ficava a sessenta quilômetros de distância de sua casa, andando a pé e pedindo carona. Era lá, com Cal, que ele encontrava a compreensão e o carinho que seu próprio pai era incapaz de lhe dar. Apenas Calvin entendeu sua frustração e acreditou em seus sonhos, e era por isso que Cole o amava. E o tio não ficou nisso, de conversinhas e encorajamento. Providenciou os meios para que Cole pudesse ter um bom futuro, longe de Kingdom City, um futuro luminoso e promissor, com possibilidades ilimitadas. Por isso tudo, Cole lhe oferecia total lealdade, com a consciência de que nunca poderia pagar todos os benefícios que recebeu.

O contrato tinha quinze folhas, cobertas por letras miúdas e cheias de declarações legais. Nas margens, Cal escreveu alguns comentários a lápis, e Cole sorriu da astúcia do velho. Cal saiu da escola no segundo ano do curso colegial para ir trabalhar, mas era um autodidata, que lia tudo o que lhe caía nas mãos. Sabia tanto que, se fizesse um exame, certamente mereceria um diploma universitário.

Cole, no entanto, não pretendia deixar o tio assinar o documento antes de submetê-lo à avaliação de um advogado competente, especializado em arrendamentos de terras para exploração de petróleo e gás natural. Cal era esperto, mas aquela situação fugia totalmente de sua esfera de conhecimento. Depois de morar quatro anos em Houston, Cole sabia como realmente funcionava o mundo dos negócios, pois leu, viu e ouviu muita coisa a respeito. Sabia, por exemplo, que não existia nenhum contrato-padrão que não pudesse ser mudado. E que o redator de um contrato geralmente protegia os próprios interesses.

No dia seguinte, quando Charles Hayward retornasse da viagem de negócios à Filadélfia, Cole lhe perguntaria o nome do mais proeminente advogado de Houston, especializado em casos como aquele. Hayward, com certeza, saberia dizer quem ele deveria consultar e também se prontificaria a lhe dar orientação legal.

Diferente de muitos socialites que Cole conheceu em seu tempo de trabalho, Charles Hayward não era pomposo, nem folgado ou cheio de si. Com cinquenta anos, tinha muita energia, era trabalhador, ousado e justo. Estabeleceu padrões para tudo e todos, dos empregados aos cavalos. Aqueles que não atendiam as suas expectativas, fossem criados, cães de caça, animais de montaria, logo eram dispensados, mas tratava com respeito os que seguiam seus padrões. Quando não estava viajando, ia ao estábulo todo fim de tarde e caminhava pelo comprido corredor, dando cenouras e afagos a cada um dos esplêndidos cavalos que ocupavam as baias ultramodernas.

Com o correr do tempo, passou a apreciar cada vez mais o conhecimento que Cole tinha do trabalho e o cuidado que dispensava aos animais, e isso criou uma espécie de amizade entre os dois. Quase sempre, quando ia visitar seus amados cavalos, Charles Hayward ficava mais um pouco para tomar uma xícara de café e conversar. Aos poucos, se tornou um tipo de mentor de Cole, lhe dando informações sobre os dois assuntos que mais o interessavam: negócios e dinheiro.

Quando falava nisso, Charles era incisivo, brilhante e perceptivo. Na verdade, o homem tinha apenas um ponto fraco, que era sua família. A primeira esposa e o único filho haviam morrido em um acidente de avião, vinte e cinco anos antes. Sua dor foi tão profunda e prolongada que ainda era assunto de cochichos entre seus amigos, quando eles se reuniam no estábulo.

Dezessete anos antes, voltou a se casar, e a segunda esposa logo lhe deu dois filhos, o menino em um ano, a menina no outro. Charles positivamente mimava a esposa, Jéssica, e os filhos, dando-lhes tudo o que o dinheiro podia comprar, e parecia certo de que eles não o desapontariam em suas expectativas e esperanças.

Cole sabia que ele estava enganado. Nesse assunto, era mais esclarecido do que o patrão, e poderia lhe dar alguns exemplos dos maus resultados de uma indulgência exagerada na criação dos filhos e alertá-lo sobre a esposa infiel, em quem Charles depositava confiança cega.

Jéssica, aos quarenta e cinco anos, era linda, mimada, promíscua, imoral. Uma vagabunda.

A filha sem graça de quinze anos, Bárbara, inferiorizada por sua beleza, tinha tanto medo dela que se tornou uma pessoa fraca e sem vontade própria. Sempre seria uma maria-vai-com-as-outras, que se tornou ainda mais mole sob a chuva de bens materiais com que Charles a presenteava, sem exigir nada em troca, nem mesmo boas notas na escola.

Doug, de dezesseis, era um jovem encantador, bonito, completamente irresponsável, mas Cole achava que ainda havia esperança para ele. A despeito de sua fútil imaturidade, o rapaz apresentava traços da ousadia e do brilhante intelecto do pai. Suas notas eram apenas aceitáveis, mas, como ele contou a Cole, alcançou um número bem alto de pontos no teste de aptidão a que se submeteu.

Cole olhou para o relógio de pulso e viu que já passava das onze. Espreguiçou-se, bocejando. Levantou-se, saiu do quarto e andou pelo comprido corredor, fazendo uma última inspeção para ter certeza de que estava tudo em ordem no estábulo.

Capítulo 9

JÉSSICA HAYWARD DESCEU DA esteira, na sala de ginástica que fazia parte da suíte do casal, e pegou uma toalha, pendurando-a no pescoço. Usava short branco que se agarrava a todos os relevos e reentrâncias, e um top curtíssimo e justo, vermelho e branco. Entrou no quarto sentindo-se revigorada, inquieta e solitária. O marido só voltaria de viagem no dia seguinte, mas mesmo que estivesse em casa, não seria capaz de dar o que ela queria.

Ela queria sexo. Sexo quente, violento, embriagador, exigente e apaixonado. Não o sexo morno, educado, previsível e maçante que tinha com Charles e que ele chamava de "fazer amor". Ela não queria fazer amor. Queria fazer uma loucura. E não queria Charles...

Queria Cole.

Furiosa consigo mesma por arder de desejo por um empregado arrogante e orgulhoso, que na escala social estava infinitamente abaixo dela, andou até o bar embutido no closet e tirou uma garrafa de vinho caro da geladeira. Abriu-a e despejou um pouco do líquido em uma taça de cristal com borda dourada, então foi para junto de uma das janelas que davam para o gramado dos fundos e o estábulo. Fechando os olhos, viu uma imagem nítida de Cole. Com ombros largos e musculosos, a pele escorregadia, molhada de suor, ele a possuía com investidas incansáveis e força bruta, como ela gostava.

As coxas enrijeceram-se involuntariamente, com as deliciosas recordações, enquanto ela tomava o resto do vinho e se afastava da janela. Tirando a toalha do pescoço, parou diante do espelho para passar uma escova nos cabelos, depois pegou a garrafa e outra taça, que levou junto quando saiu da suíte.

A porta do quarto da filha estava fechada, mas uma réstia de luz se filtrava por baixo. Andando na ponta dos pés, Jéssica foi até o fim do corredor e desceu a escada de serviço.

Lá fora, a noite era quente e aveludada, o ar pesava com o perfume das gardênias que floresciam ao longo do caminho entre carvalhos que levava ao estábulo. O luar iluminava as lajes, passando pela folhagem das árvores, mas ela não precisava de claridade. Fez aquela travessia noturna inúmeras vezes, em devaneios, e algumas na realidade. Segurando com firmeza a garrafa e as duas taças, deslizou para dentro de estábulo por uma porta lateral, sentindo-se satisfeita quando o ar-condicionado lhe refrescou a pele úmida.

Sem acender as luzes do corredor principal, o percorreu em silêncio e virou o canto, parando à porta do quarto de Cole. Ele estava de costas, e ela se deliciou vendo-o tirar a camiseta e jogá-la para um lado. A luz suave do abajur sobre a escrivaninha salientava as elevações dos músculos flexíveis dos ombros e das costas largas. Quando ele começou a puxar o zíper do jeans, ela ofegou, respirando mais depressa.

Talvez aquele som quase imperceptível o houvesse alertado, porque ele girou e a encarou com um olhar que, alarmado em princípio, logo assumiu uma expressão aborrecida.

— Você quase me matou de susto, Jéssica!

Ela lhe mostrou as taças e a garrafa e entrou no quarto, como se fosse dela, como de fato era, afinal.

— Vi a luz acesa aqui, e como achei que você também não estava conseguindo dormir, concluí que poderíamos tomar um pouco disto.

— Estou muito cansado e tenho certeza de que não terei nenhuma dificuldade em pegar no sono.

— Não precisa me morder — reclamou ela, sentando-se na borda da escrivaninha e cruzando as longas pernas torneadas. Uma das sandálias ficou pendurada, se balançando na ponta dos dedos de unhas pintadas. — Faz séculos que não vejo você, então decidi lhe fazer uma visita, só isso.

— Só isso? — Cole repetiu, sarcástico, lançando um olhar para o short revelador, o top minúsculo e o sorriso sedutor.

Deliberadamente, estendeu a mão para pegar a camiseta, mas ela abanou a cabeça em uma negativa, o sorriso se tornando rígido e determinado.

— Não se vista, querido. Gosto de olhar para você quando está assim.

— Jéssica, não vamos começar tudo de novo — replicou, revolto. — Acabou. Acabou, entendeu? E, como disse, estou cansado.

— É um jeito muito desrespeitoso de falar com a sua patroa — observou ela, descendo da escrivaninha e estendendo a mão para acariciar o rosto dele.

— Droga, pare com isso! — ordenou ele, virando o rosto bruscamente.

No momento, era a única tática de evasão de que dispunha. Como último recurso, estava disposto a tirá-la de seu caminho à força, embora não quisesse tocá-la. Um dos motivos era que não sabia se o contato acenderia o terrível mau gênio de Jéssica ou, pior, sua insaciável paixão. Com a cama atrás dele, estava encurralado, a não ser que erguesse a mulher nos braços e a levasse para fora.

Jéssica sabia disso e se aproximou ainda mais, com um sorriso de vitória.

— Jéssica... — Cole começou em tom de aviso. — Você é casada, pelo amor de Deus!

— Eu sei — afirmou, tirando o top e jogando-o na cama atrás dele.

— Eu gosto do seu marido — declarou Cole, tentando inutilmente se desviar dela.

— Eu também gosto de Charles! — Jéssica assegurou, olhando-o com espanto, enquanto desabotoava o sutiã.

Se não achasse tudo aquilo tão sórdido, Cole teria rido do ridículo da situação. Uma linda mulher se despia a sua frente, usando o corpo para bloquear sua passagem, declarando com ar inocente que gostava do marido, enquanto se preparava para lhe pôr mais um par de chifres.

— Não estou com vontade de assistir a nenhum striptease — informou ele.

— Mas ficará, e logo — ela prometeu, puxando as alças do sutiã pelos braços.

— Você não faz ideia do que significa fidelidade conjugal, não é? — comentou ele, pondo as mãos sobre as alças para impedi-las de descer ainda mais.

— Sou sempre fiel a Charles, quando ele está na cidade — disse ela, os olhos brilhando de desejo, as mãos acariciando os pelos escuros que cobriam o peito másculo. — Mas esta noite ele não está, e você, sim, e me sinto entediada.

— Por que não arranja um passatempo? — Cole aconselhou com rispidez, segurando as mãos dela.

Jéssica riu roucamente e o enlaçou pelo pescoço, esfregando as coxas nas dele.

Cole não ficou excitado. Estava era perdendo a paciência.

— Estou avisando — resmungou, agarrando-a pelos pulsos e empurrando-a. — Não torne isso ainda mais duro.

Ela encostou os lábios nos dele, movendo-os sensualmente, e emitiu um risinho rouco, propositalmente interpretando mal o que ouviu.

— Não, eu não diria que está duro. É muito grande, mas duro...

As luzes fluorescentes do corredor se acenderam inesperadamente, quando alguém acionou o interruptor principal, e Cole colocou a mão sobre a boca de Jéssica, silenciando-a.

— Cole? — Charles Hayward chamou em tom amigável, parecendo estar a um metro de distância do quarto. — Vi a sua luz acesa e pensei em vir dar uma olhada no novo morador do estábulo. O que acha dele?

Sob a mão forte que os comprimia, os lábios de Jéssica começaram a tremer, e os olhos grandes se arregalaram de pânico.

— Já estou indo — gritou Cole de volta, retirando a mão.

— Oh, meu Deus, tenho de sair daqui! — Ela choramingou, parada na frente dele.

Tremia tanto que Cole teria ficado com pena, se não fosse a raiva que sentia dela por tê-los colocado naquela situação perigosa. Conhecia os hábitos de Charles que, em suas visitas noturnas ao estábulo, ia primeiro à cozinha preparar uma xícara de café instantâneo. Depois, em companhia de Cole, caminhava ao longo das baias, fazendo comentários sobre cada um de seus ocupantes. Tornou-se um ritual agradável para os dois, e Cole apreciava muito aquelas visitas, principalmente quando o patrão ficava mais um pouco e a conversa passava a girar em torno de outros assuntos.

— Escute o que vou dizer! — Cole cochichou em tom feroz, enquanto pegava a camiseta e a punha nas mãos dela. — Seu marido está na cozinha, preparando uma xícara de café.

— Então, não posso sair pela única porta deste lado! — disse Jéssica, ofegante. — Estou presa!

— Não entre em pânico — aconselhou, notando que ela parecia enlouquecida de medo. — Vou sair e fechar a porta do quarto. Charles não vai entrar aqui.

— Preciso voltar para casa!

— Cole? — O patrão tornou a chamar. — Quer café?

— Não, obrigado — respondeu Cole, dirigindo-se à porta, bloqueando a visão de Charles, caso ele olhasse naquela direção.

O que aconteceria, se o marido visse a esposa seminua, com o olhar desnorteado, parada no meio do quarto, apertando uma camiseta contra o peito?

Cole saiu e fechou a porta, antes de ir para a cozinha, descalço e nu da cintura para cima.

Charles punha pó de café instantâneo em uma xícara de água quente tirada da torneira elétrica.

— Bem, o que achou do pônei de polo? — Quis saber.

— Nada mau — respondeu Cole, então forçou-se a fazer uma piada: — Não sei como ele joga polo, mas como cavalo é um animal muito bonito.

O pônei encontrava-se a algumas baias de distância da porta do quarto, e Cole receou que Jéssica, em pânico, tentasse fugir da cena do crime pela frente do estábulo, pois seria infalivelmente vista pelo marido.

— Talvez o senhor queira dar uma olhada na perna da égua castanha — sugeriu, saindo da cozinha e andando para a extremidade mais distante do estábulo.

Charles o seguiu pelo largo corredor.

— O que aconteceu com a égua? — indagou.

— Machucou-se durante um salto, ontem.

— Quem a estava montando? — Charles quis saber, preocupado com o animal que mais gostava de montar.

— Bárbara.

— Eu devia saber. Tento não perder a paciência com Barb, mas até agora ela não se tornou boa em coisa alguma. A não ser em falar ao telefone sobre rapazes. Isso ela faz muito bem.

Sem nenhum comentário, Cole abriu a pesada porteira de carvalho e entrou. Charles o seguiu, entregou-lhe a xícara de café e se curvou para inspecionar a perna enfaixada da égua.

— Não está muito inchada — observou. — Aquele linimento que você prepara fede como o diabo, mas é ótimo. Ainda acho que devia ser veterinário — acrescentou, erguendo-se mais depressa do que Cole desejava e dando um tapa carinhoso na anca do animal. — Nunca vi ninguém lidar tão bem com cavalos.

— Eles não gostariam tanto de mim se eu ficasse enfiando tubos em suas narinas! — Cole brincou, lançando um olhar para o corredor.

Prendeu a respiração ao ver Jéssica aparecer à porta do quarto. Então, observou-a atravessar o corredor em disparada, segurando o top sobre os seios nus, e desaparecer na cozinha. Virou-se para impedir Charles de sair da baia e acabou por bater com a xícara no braço dele, derramando-lhe café na manga da camisa.

— Mas o quê... — O patrão começou, mas se calou, passando a mão na manga manchada.

— Desculpe! — Cole pediu.

— Tudo bem. Posso preparar outra xícara. Por que não dá um pouco de liberdade ao cavalinho de polo para ver como ele se comporta? Fiquei apenas meia hora observando-o na sua baia, lá em Memphis, porque não tinha mais tempo. — Olhou para Cole. — Parece nervoso. Alguma coisa errada?

— Não.

Os dois saíram da baia e voltaram para os fundos. Aliviado, Cole já começava a acreditar que Jéssica conseguira escapar pela porta dos fundos e que nada de grave resultaria dos acontecimentos daquela noite. Seu alívio foi prematuro.

— Estranho — comentou Charles, quando passaram pelo quarto. Vi você fechar essa porta, quando saiu e foi para a cozinha.

— Acho que se abriu sozinha. Está com... — Cole calou-se abruptamente, quando Charles parou e sorriu, olhando para alguma coisa no chão do quarto.

Seguindo-lhe o olhar, viu, caído ao lado da cama, o sutiã de renda branca de Jéssica.

— Vejo que você estava com uma namorada — comentou o patrão. — E eu vim interromper! Agora a moça fugiu ou está escondida.

Cole não teve tempo de dizer nada. Charles vira algo ainda pior do que o sutiã, e sua expressão refletiu espanto, depois acusação e, então, raiva.

— Aqueles lá não são minhas taças de vinho? — indagou, entrando no quarto e marchando para a escrivaninha. Ergueu a garrafa para ver o rótulo. — E este é o vinho favorito de Jéssica!

— Peguei emprestado uma... — Cole começou. — Não. Roubei! — corrigiu-se, ainda tentando evitar o inevitável.

Foi atrás de Charles, que já correra para a porta dos fundos. Um lampejo branco corria na direção da casa.

— Seu filho da puta! — Charles explodiu, virando-se com o braço erguido. O soco atingiu Cole no queixo com força espantosa. — Seu miserável! Desgraçado!

Jéssica entrou em casa correndo e subiu a escada de serviço. No quarto, olhou pela janela e viu o marido atravessando o gramado com uma pressa que revelava fúria.

— Oh, meu Deus! — murmurou, tremendo de terror, vendo sua vida confortável começar a se desfazer. — O que vou fazer?

Olhou em volta, apavorada, tentando encontrar uma maneira de evitar o desastre iminente.

Em seu quarto, Barb aumentou um pouco o volume do aparelho de som, e Jéssica teve uma inspiração.

— Bárbara! — gritou, disparando para o quarto da filha.

Entrou e bateu a porta, trancando-a.

A garota ergueu os olhos da revista que estava lendo, surpresa e, então, alarmada.

— Mamãe, o que aconteceu?

— Você precisa me ajudar, querida. Faça o que eu mandar e não me pergunte nada. Prometo que...

Capítulo 10

Dallas, 1996.

— Boa tarde, senhor Harrison, e parabéns! — saudou o guarda, quando a limusine de Cole passou pelo portão principal da propriedade de duzentos mil metros quadrados da Unified, não muito distante da Ross Perot's E-Systems.

Uma via de quatro pistas serpenteava pelo terreno suavemente ondulado, pontilhado de árvores, e passava por uma enorme fonte que jorrava em um lago artificial. Com tempo bom, os empregados que trabalhavam nos sete edifícios com janelas de vidro espelhado e unidos entre si por corredores fechados gostavam de se reunir junto ao lago para almoçar.

A limusine deslizou para além do prédio da administração e dos laboratórios de pesquisa, de onde saíam três homens vestidos de branco, envolvidos em acalorado debate. O carro por fim parou em uma das vagas reservadas para os executivos.

— Parabéns, senhor Harrison! — A recepcionista entoou, quando Cole saiu do elevador, no sexto andar.

Ele respondeu com um ligeiro aceno de cabeça e atravessou a área de recepção, separada dos escritórios por uma parede forrada com painéis de madeira de lei e que ostentava o logotipo da corporação. Era naquele ambiente luxuoso que os visitantes com entrevistas marcadas com os executivos esperavam, no conforto dos sofás de couro verde arranjados sobre o carpete oriental, ladeados por mesinhas de mogno, onde se viam peças ornamentais com incrustações de madrepérola ou arremates de bronze.

Sem prestar atenção ao refinado esplendor da área de recepção, Cole passou para o outro lado da parede apainelada e virou à direita, andando pelo corredor acarpetado em direção ao seu escritório, apenas vagamente consciente do estranho silêncio a sua volta.

Quando passou diante da principal sala de reuniões, foi abordado por Dick Rowse, o chefe do departamento de publicidade e relações públicas.

— Cole, pode entrar aqui por um momento?

Assim que Cole entrou na sala lotada de gente, champanhes estouraram, e quarenta empregados surgiram em aplausos pela mais recente vitória da corporação, a aquisição de uma lucrativa indústria eletrônica que mantinha contratos rentáveis com o governo e desenvolvia um novo chip para computadores que já estava em fase de testes.

A Cushman Electronics, propriedade de dois irmãos, Kendall e Prentice Cushman, havia sido objeto de agressivas tentativas de absorção por parte de grandes grupos empresariais, e a batalha, amplamente divulgada, foi feroz. Naquele dia, a Unified Industries saiu vitoriosa, deixando o pessoal da imprensa enlouquecido.

— Parabéns, Cole — gritou Corbin Driscoll, o financeiro da empresa, entregando-lhe uma taça de champanhe.

— Discurso! — gritou Dick Rowse. — Queremos discurso! — persistiu no tom alegre de quem se sentia obrigado a fazer todo o mundo relaxar e, também, de quem tinha bebido demais.

Seus esforços, no entanto, tinham uma nota falsa, porque jovial camaradagem era o que não existia entre os executivos e o exigente Cole Harrison.

Cole o olhou com impaciência, mas cedeu e começou a fazer o "discurso".

— Senhoras e senhores — preludiou com um breve sorriso mecânico. — Gastamos cento e cinquenta milhões de dólares para adquirir uma empresa que não valerá metade disso se não conseguirmos comercializar o chip. Sugiro que comecemos a pensar numa maneira de minimizar o prejuízo, se isso acontecer.

— Eu estava esperando uma declaração que pudesse passar à imprensa — observou Dick. — Meu telefone está tocando sem parar, desde que o anúncio foi feito, duas horas atrás.

— Vou deixar isso com você. Pensar em declarações para a imprensa é trabalho seu, Dick, não meu — replicou Cole.

Então, se virou e saiu, deixando Browse com a impressão de que tinha sido repreendido, e todos os outros um tanto desapontados.

Passados alguns minutos, o grupo debandou, e na sala de reuniões ficaram apenas Dick, sua nova diretora-assistente, Glória Quigley, e Corbin Driscoll.

Glória foi a primeira a falar. A loira alta e charmosa, de trinta anos, era a mais jovem e a mais nova componente do quadro de executivos.

— Que decepção! — exclamou com um suspiro exasperado. — Wall Street está em polvorosa, porque a Unified derrotou a Intercorp de Matt Farrell na luta pela Cushman. Nós ficamos eufóricos, todo o pessoal está orgulhoso, e acho que os zeladores estão dançando, lá embaixo, mas o homem que planejou toda a operação parece não se importar!

— Ah, ele se importa, sim — afirmou Dick Rowse. — Quando tiver seis meses de empresa, você vai perceber que hoje viu Cole Harrison numa exibição de extremo prazer.

Glória o olhou, incrédula.

— Então, como ele é quando está aborrecido?

Corbin Driscoll abanou a cabeça.

— Você não gostaria de ver.

— Ele não pode ser assim tão mau... — Glória duvidou.

— Não? — Corbin replicou com um sorriso, apontando para os cabelos espessos e grisalhos. — Eu não tinha um fio de cabelo branco dois anos atrás, quando comecei a trabalhar para Cole. — Os dois colegas riram, e ele acrescentou: — O salário gordo e todos os benefícios sociais que temos escondem alguns espinhos bem afiados.

— Por exemplo? — Glória quis saber.

— Por exemplo, telefonemas à meia-noite, porque Cole teve uma ideia e quer trabalhar nela — respondeu Dick.

— Ou arrumar a mala e pegar um avião no prazo de uma hora, num fim de semana — acrescentou Corbin. — Nosso chefe não obedece a relógios, nem a calendários.

— Num fim de semana?! — exclamou Glória, com fingido horror. — Preciso me lembrar de desligar a secretária eletrônica toda sexta-feira à noite.

— Foi bom dizer isso — observou Dick com uma risadinha, pondo a mão no bolso e retirando um pequeno objeto preto. — Um presentinho para você, Glória. Substituirá a sua secretária eletrônica e é uma prova de que ocupa uma posição de certa importância aqui.

Com um gesto automático, ela estendeu a mão, onde Dick colocou um bipe.

— Bem-vinda à Unified Industries — disse ele secamente. — Se for inteligente, dormirá com o bipe.

Os três riram. Glória já sabia, quando se candidatou ao emprego, que teria de suportar muitas exigências, e esse desafio foi o que mais a atraiu.

Antes de desistir da própria firma de relações públicas, em Dallas, para trabalhar na Unified, leu tudo o que pôde encontrar sobre o agressivo e enigmático empresário que ficou famoso por ter criado uma corporação muito grande e lucrativa, antes de chegar aos trinta anos de idade.

E já aprendeu "ao vivo" que ele era um patrão exigente e meticuloso, sempre com um ar impaciente e distante que desencorajava qualquer tentativa de familiaridade, mesmo entre os principais executivos, que o tratavam com cautela e deferência.

Cole parecia não dar a mínima importância ao fato de que sua atitude lhe angariava inimigos e não se preocupava com sua imagem pública, mas protegia ferozmente a reputação da empresa.

Serviço ao cliente era a área que mais merecia sua atenção. A Unified recebeu justificada aclamação pelo padrão inigualável do serviço que todas as suas empresas ofereciam ao cliente. Mesmo que a nova aquisição fosse um laboratório farmacêutico em dificuldades, uma pequena cadeia de lanchonetes, ou uma grande empresa têxtil, a primeira ordem que Cole dava à equipe renovadora era elevar o padrão do serviço ao cliente ao alto nível exigido pela Unified.

— Esse homem é um completo mistério para todos no mundo dos negócios, inclusive para o seu próprio pessoal — disse Glória. — Ninguém sabe nada a seu respeito. Fiquei interessada em Cole Harrison desde que ele virou notícia com a aquisição da Erie Plastics, dois anos atrás. Um amigo me contou que estudantes de mestrado em administração de empresas estão analisando a sua técnica de absorver empresas.

— Bem, o caso da Erie Plastics não foi tão complicado — declarou Corbin. — Posso lhe explicar o que realmente aconteceu. Não é necessário ser candidato ao título de mestre para compreender.

— Por favor, explique — pediu ela.

— Basicamente, Cole conseguiu a Erie porque participou da competição sem pensar em tempo e dinheiro. Quando outros grupos empresariais decidem adquirir uma empresa, comparam seu real valor ao preço que terão de pagar em tempo e dinheiro. Se o preço for muito alto, recuam. Essa é uma prática estabelecida entre as mais bem-sucedidas corporações do mundo todo. É assim que os adversários de Cole trabalham. No curso da batalha, fazem constantes avaliações do que têm a perder e ganhar. Então, tentam adivinhar o próximo passo do adversário, baseados na estimativa do que ele tem a perder e ganhar.

— Estou entendendo — afirmou Glória.

— Cole age diferente — prosseguiu Corbin. — Quando ele quer uma coisa, não sossega enquanto não consegue, não importa o preço. Seus adversários finalmente perceberam isso, o que dá a ele uma vantagem ainda maior. Hoje, quando Cole decide adquirir alguma coisa, os outros interessados na aquisição geralmente preferem cair fora, deixando o campo livre, a gastar energia e dinheiro lutando contra ele. Basicamente, essa é a sua arma.

— E a Erie Plastics? — Glória indagou. — Foi essa aquisição que o tornou famoso.

Corbin concordou com um gesto de cabeça.

— No caso da Erie Plastics, no começo havia cinco interessados na compra, e fomos os primeiros a nos manifestar. A diretoria da Erie tinha concordado com a nossa generosa oferta, mas quando outras corporações, de repente, começaram a fazer propostas, os diretores decidiram tirar vantagem da competição, elevando o preço e exigindo mais concessões. O preço e as exigências continuaram a aumentar, até que os grupos menores desistiram. Ficamos nós e a Intercorp na briga. Outras empresas do ramo de plásticos ofereceram-se à Intercorp, que acabou abandonando a competição pela Erie, nos deixando como únicos candidatos à compra. Um dia depois de a Intercorp ter recuado, Cole ofereceu à diretoria da Erie menos do que havia oferecido no início. A Erie pôs a boca no mundo, gritando "jogo sujo" e criando um verdadeiro alvoroço em Wall Street. Teve algumas demonstrações de simpatia, mas nenhuma outra corporação se interessou em fazer uma oferta, porque tentativas de absorção custam uma fortuna, sejam bem-sucedidas ou não. Cole continuava no ringue como um peso pesado campeão, de luvas e com os punhos erguidos, pronto para atacar qualquer um que se interessasse pela Erie. O resto todo o mundo sabe. A Unified comprou a companhia de plásticos por um valor menor do que o real, e Cole, além de atrair publicidade prejudicial, fez novos inimigos.

— Não posso fazer nada para acabar com os inimigos — disse Glória. — Mas pretendo melhorar as relações públicas.

— Cole não se importa com os inimigos. Ele só está interessado na Unified e em vencer. Teria pago qualquer preço para ter a Erie. Parece que o mais importante para ele é sair vencedor, sempre.

— Com uma visão tão bitolada, ele deveria ser um fracasso, não um sucesso estrondoso — ela comentou.

— Seria assim se Cole não tivesse um dom muito especial, além de tenacidade — Dick Rowse observou em tom de rancor, servindo-se de uísque no bar da sala de reuniões.

— Que dom é esse? — perguntou Glória.

— O dom da previsão. Ele tem uma capacidade extraordinária para prever tendências, mudanças, necessidades, o que lhe dá a vantagem de estar pronto para a luta muito antes do que a maioria dos seus adversários.

— Você fala como se não o admirasse por isso — Glória observou.

— Admiro o talento, mas não o homem — Dick declarou com franqueza brutal. — Em tudo o que ele faz, parece estar seguindo uma espécie de agenda complicada escondida na mente. Leva os analistas de Wall Street à loucura, porque eles não conseguem adivinhar as suas intenções. E enlouquece a todos nós pelo mesmo motivo.

— Parece um homem interessante — murmurou Glória, dando de ombros como se pedisse desculpas por sua opinião divergente.

— O que a leva a pensar que Cole Harrison é um homem? — replicou Dick em tom sério. — Tenho motivos para acreditar que seja um robô de um metro e oitenta e cinco de altura, com inteligência artificial e que usa ternos de oito mil dólares.

Os outros dois riram, e ele finalmente sorriu.

— Vocês riem, mas certos fatos reforçam a minha opinião. Ele não joga golfe, nem tênis, não se interessa pelo esporte profissional, não tem vida social. Se tem um amigo, ninguém sabe quem é. A ex-secretária dele me disse que os únicos telefonemas que ele recebe, fora os que têm a ver com negócios, são de mulheres. — Lançou um olhar acusador para Glória. — Todas as mulheres parecem achá-lo fascinante.

— Isso derruba a sua teoria de robô, Dick — brincou Corbin.

— Não necessariamente — rebateu o colega. — Como podemos saber se a tecnologia cibernética não criou robôs com...

— Detesto ter de interromper essa conversa tão instrutiva, mas preciso trabalhar — mentiu Glória, pondo o copo na mesa. — O senhor Harrison pode não se importar com a sua imagem pública, mas isso afeta a da corporação, e estamos sendo pagos para melhorá-la. Vamos aproveitar que ele está aqui, hoje, para tentar convencê-lo a dar uma entrevista coletiva sobre o negócio com a Cushman.

— Ele não vai concordar — avisou Dick. — Já tentei.

— Vamos juntos — propôs Glória. — Talvez dois consigam o que um só não conseguiu.

— Não. É melhor que vá sozinha. Pode ser que a sorte de principiante a ajude. Isto é, se você conseguir falar com ele.

SER RECEBIDA POR COLE HARRISON era mais fácil do que obter sua atenção, Glória descobriu, momentos após ser admitida no escritório acarpetado de cinza-prateado, com suas mesas de cromo e vidro e sofás forrados com tecido cor de vinho.

Fazia dez minutos que se encontrava sentada diante da escrivaninha de Cole, tentando convencê-lo a dar uma entrevista coletiva à imprensa, enquanto ele assinava documentos, falava com a secretária, fazia ligações telefônicas e a ignorava.

De repente, ele a olhou.

— A senhorita dizia… — Deu essa deixa em tom seco, como se a intimasse a continuar.

— Eu… — Glória hesitou sob o olhar frio e avaliador. — Estava dizendo que uma entrevista coletiva, agora, é de vital importância. A imprensa já fez parecer que a absorção da Cushman foi uma carnificina. Os derrotados começaram a gritar "jogo sujo" antes de a competição terminar, e…

— Eu entro numa competição para vencer. Venci. Os outros perderam. Isso é tudo o que importa.

Glória o encarou, decidindo testar sua estabilidade no emprego.

— De acordo com seus oponentes e muita gente de Wall Street, a sua luta é desnecessariamente brutal. O senhor não aceita prisioneiros de guerra. A imprensa o tem mostrado como um lobo pervertido que gosta mais de matar do que de comer.

— Uma imagem bem colorida, senhorita Quigley — comentou ele com sarcasmo contundente.

— São os fatos — argumentou ela, picada pelo tom zombeteiro.

— Não. O fato é este: a Cushman Electronics foi fundada por um gênio, sessenta anos atrás, mas os seus herdeiros foram ficando mais preguiçosos e burros a cada geração. Esses herdeiros, que fazem parte da diretoria, nasceram milionários, estudaram nas melhores escolas e, apesar de estarem deixando seus investimentos, e os dos acionistas, irem para o esgoto, continuavam tão convencidos de sua superioridade que não previam o que iria acontecer. Acreditavam que algum ex-colega de universidade chegaria para salvá-los com uma injeção de dinheiro, que poderiam usar consigo mesmos ou para lutar contra tentativas de fusão.

Cole fez uma pausa rápida.

— Em vez disso, apareci eu, um sujeito que saiu do nada, e tomei-lhes a empresa, algo que os humilhou, que ofendeu sua refinada sensibilidade — prosseguiu. — É por isso que estão me acusando de ter feito jogo sujo. Não estávamos participando de um chá com seus rituais educados, mas engajados numa batalha. Numa batalha só há vencedores e derrotados. E alguns dos derrotados não sabem perder.

Esperou que Glória se rendesse e batesse em retirada, mas ela continuou sentada em teimoso silêncio.

— E então? — pressionou, depois de um instante.

— Existem meios de evitar que o vencedor pareça um bárbaro, e o departamento de relações públicas é a chave — declarou ela.

Marcou um ponto. Cole sabia disso, mas não gostava da ideia de ter de admitir. Inúmeras vezes, enquanto construía seu império, composto de empresas lucrativas, ele havia travado batalhas legais e econômicas com aristocratas condescendentes, como aqueles da diretoria da Cushman. E, sempre que saía vitorioso, ficava com a impressão de que se tornou odiado por eles, não apenas porque os derrotou na conquista do objetivo almejado, mas também porque invadiu suas seletas fileiras. Era como se o dano que ele causava ao seu senso de superioridade invulnerável fosse tão abominável quando o dano sofrido por suas contas bancárias e lotes de ações.

Sob um ponto de vista pessoal, Cole achava a atitude deles mais engraçada do que ofensiva. E se divertia com o fato de que, quando se tratava de uma luta pela compra de uma empresa, sempre o pintavam como um cruel saqueador, atacando vítimas inocentes, enquanto seus adversários apareciam como gentis cavalciros. A verdade era que aqueles cavaleiros corteses contratavam mercenários, sob a forma de advogados, contadores e analistas do mercado de ações, para cuidar da parte "suja" do conflito, manobrando os acontecimentos por trás dos panos. Então, quando viam que o adversário era fraco demais para opor mais do que uma débil resistência, entravam graciosamente na arena, empunhando sabres elegantes. Depois de um breve e simbólico combate, enfiavam a lâmina no oponente e saíam de cena, deixando mais mercenários para limpar a sujeira e enterrar o cadáver da vítima.

Em comparação a esses duelistas, Cole era um arruaceiro, um lutador de rua, interessado apenas na vitória, não em sua reputação, que não se preocupava em fazer amigos ou exibir sua graça e habilidade no campo de luta. Como resultado, ganhou muitos inimigos e fez apenas alguns amigos, ao longo dos anos, além de construir uma reputação de implacável, que ele em parte merecia, e de inescrupuloso, que não merecia absolutamente.

Nada disso o aborrecia. Ser alvo de injustas acusações públicas e do ódio dos inimigos era o preço que uma pessoa tinha de pagar pelo sucesso. Cole o pagava sem reclamar, como faziam outros visionários que, como ele, tinham conseguido, nos últimos vinte anos, colher vastas fortunas de um solo que não era mais fértil, em um clima econômico nada saudável.

— Disseram a mesma coisa de Matt Farrell e da Intercorp, no final da década de oitenta — ele salientou. — Agora, ele é o príncipe encantado de Wall Street.

— É, sim — concordou Glória. — É, em parte, isso se deve a uma publicidade muito boa que resultou do seu casamento com uma herdeira que todos adoravam e de uma nova imagem pública, muito melhor.

Cole ergueu os olhos e com um gesto de cabeça cumprimentou o chefe do departamento jurídico, John Nederly, que entrava acompanhado pela secretária.

Glória percebeu que seu tempo com Cole Harrison tinha terminado e se levantou, derrotada.

— Para quando pretende marcar a entrevista coletiva? — perguntou ele.

Por uma fração de segundo, ela pensou ter ouvido mal.

— Eu... O mais cedo possível — respondeu. — Que tal amanhã? Teremos tempo suficiente para prepará-la.

Cole já estava assinando alguns papéis que a secretária lhe entregou, mas olhou para Glória e abanou a cabeça, negando.

— Vou para Los Angeles hoje à noite e ficarei lá até quarta-feira.

— Na quinta, então?

— Não. Estarei em Jeffersonville na quinta e na sexta, tratando de assuntos de família.

— Sábado? — Glória insistiu, esperançosa.

— Está ótimo.

A euforia dela foi sufocada pela secretária de Cole, que virou a página da agenda sobre a mesa e apontou para algo escrito.

— Receio que no sábado também não seja possível — declarou a mulher. — O senhor tem um compromisso em Houston.

— Houston? — repetiu, parecendo desgostoso e exasperado. — Que compromisso?

— O Baile da Orquídea Branca. O senhor doou uma escultura de Klineman para o leilão beneficente que precederá o baile, e vai ser homenageado por sua generosidade — informou a secretária.

— Mande alguém em meu lugar.

— Não — Glória se intrometeu, e todos olharam para ela, surpresos. — Podemos aproveitar o Baile da Orquídea Branca. A peça de Klineman será a mais valiosa do leilão, e…

— E também a mais feia! — Cole a interrompeu em tom brando, mas tão firme que Glória engoliu uma risada inoportuna.

— Por que a comprou? — Ela quis saber.

— Porque me disseram que era um bom investimento, e de fato subiu muito de valor nos últimos cinco anos. Infelizmente, não fiquei gostando mais dela do que gostava quando a comprei. Que outra pessoa vá a Houston e receba a homenagem.

— Tem de ser o senhor — teimou Glória. — Quando o departamento de relações públicas sugeriu que fizesse uma doação, o senhor fez, e muito generosa. O dinheiro irá para a Sociedade Americana do Câncer, e esse baile é um acontecimento de repercussão nacional que reúne toda a mídia. Será o momento certo para conseguir um pouco de publicidade, antes da entrevista coletiva, que pode ser na semana seguinte.

Cole parou de assinar um papel e olhou feio para ela, mas não pôde encontrar argumento algum para derrubar sua lógica. Além disso, não podia deixar de aprovar aquela resoluta determinação da moça de fazer o trabalho para o qual era paga, apesar de tanta oposição e falta de cooperação por parte dele.

— Está bem — concordou, brevemente.

Dispensada, ela se virou para sair. Deu alguns passos, então olhou para trás e viu que os dois homens a observavam.

— O negócio com a Cushman vai ser notícia nos jornais da televisão, hoje — avisou, falando com Cole. — Se o senhor conseguir assistir a algum deles, poderemos discutir o que foi divulgado, para que eu possa pensar nas medidas defensivas que teremos de usar na coletiva.

— Assistirei a um noticiário enquanto estiver arrumando as malas — ele respondeu, parecendo a ponto de perder a paciência.

Glória recomeçou a andar, e Cole se reclinou na poltrona giratória, olhando para o advogado-chefe do departamento jurídico que, com um brilho de aprovação no olhar, a observava sair.

— Teimosa, não? — John comentou, quando ela saiu e não podia mais ouvi-lo.

— Muito.

— Viu que pernas? — perguntou John, quando a porta que ligava o conjunto de salas ao corredor se fechou atrás de Glória. Então, voltou sua atenção para o assunto que o levara ao escritório de Cole e empurrou alguns papéis pela mesa com tampo de vidro e pernas tubulares cromadas. — Aqui está a procuração que seu tio precisa assinar para a reunião de diretoria. Cole, detesto fazer papel de urubu, mas seu tio precisa passar as ações da corporação para você. Sei que no testamento ele nomeou você o único herdeiro das ações, mas perco o sono quando penso no desastre que seria se ele ficasse esclerosado de repente e se negasse a assinar uma procuração.

Cole lhe lançou um olhar de desagrado, enquanto guardava a procuração na pasta.

— Perde o sono à toa — declarou. — A mente de Cal é afiada como uma navalha.

Virou-se, pegando alguns papéis de uma gaveta da bancada atrás da escrivaninha.

— Mesmo assim — persistiu o advogado. — Ele já passou, e muito, dos setenta, e pessoas de idade às vezes fazem coisas muito estranhas e até perigosas. No ano passado, por exemplo, um grupo de pequenos acionistas de uma indústria química de Indiana decidiu não aprovar uma fusão com outra empresa, que a diretoria queria efetuar. Os dissidentes localizaram uma idosa na Califórnia, dona de um grande lote de ações que havia herdado do marido, e a convenceram de que a fusão causaria demissões em massa e queda violenta no valor das ações. Então, a levaram para Indiana, onde ela, pessoalmente, votou contra o projeto, bloqueando-o. Algumas semanas mais tarde, escreveu à diretoria, alegando que havia sido forçada a fazer o que fez!

Cole fechou a gaveta da bancada e girou a cadeira, observando o advogado com indisfarçado divertimento, enquanto colocava os papéis na pasta.

Calvin Downing era tio de sua mãe, e Cole não só foi sempre mais apegado a ele do que ao próprio pai, como o conhecia bastante bem para saber que os receios de John eram infundados.

— Ao que me consta, nenhuma pessoa no mundo, inclusive eu, jamais conseguirá convencer, coagir ou obrigar Calvin a fazer alguma coisa que ele não queira. Nem impedi-lo de fazer algo que queira.

Como o advogado continuou a olhá-lo com ar duvidoso, Cole decidiu dar o primeiro exemplo que lhe passou pela cabeça.

— Durante cinco anos, tentei convencê-lo a vender a fazenda e mudar-se para Dallas, mas foi inútil — começou. — Depois, passei os cinco anos seguintes brigando com ele para que construísse uma casa melhor na fazenda, mas ele argumentava que não queria uma casa nova e que isso seria um gasto de dinheiro à toa. Na época, Cal já tinha no mínimo cinquenta milhões de dólares, e ainda morava na velha casinha de dois quartos onde nasceu. Dois anos atrás, ele decidiu fazer sua primeira, e última, viagem de férias. Esteve fora durante um mês e meio, e foi quando contratei um empreiteiro, que foi à fazenda com um batalhão de operários. Construíram uma bonita casa, no lado oeste das terras. Sabe onde ele está morando?

John captou o tom irônico na voz dele, adivinhando a resposta.

— Na casa velha?

— Exatamente.

— O que ele fica fazendo lá, sozinho, numa casa velha?

— Não está totalmente sozinho. Continua com a mesma governanta, há várias décadas, e tem empregados para cuidar das terras e do gado. Passa o tempo se intrometendo no trabalho deles, ou lendo. Ele sempre gostou de ler, mais do que qualquer outra coisa. É um devorador de livros.

Aquela última informação obviamente não se encaixava na ideia preconcebida que John, como nortista, fazia de um velho fazendeiro do Texas, porque ele ficou surpreso.

— E o que seu tio lê?

— Tudo o que diz respeito a qualquer coisa que o fascine em determinada etapa da vida. Nessas "etapas", que duram geralmente três ou quatro anos, ele devora dezenas de livros sobre o assunto que o interessa. Passou por um período em que só lia biografias de heróis de guerra, desde o começo da história. Depois, mudou para mitologia, e, então, para psicologia, filosofia, história e, finalmente, romances policiais. — Cole parou de falar para fazer uma anotação na agenda, antes de acrescentar: — Há um ano, começou a mostrar fervoroso interesse por revistas populares, e agora lê desde revistas em quadrinhos até *Playboy, Ladies'Home Journal* e *Cosmopolitan*. Diz que as revistas refletem fielmente a mente coletiva da sociedade moderna.

— É? — John engrolou, escondendo a inquietação causada pelas excentricidades e obsessões de um velho milionário e teimoso.

De um velho que tinha um gigantesco lote de ações da Unified Industries e que podia, se quisesse, fazer o diabo na complexa estrutura de empresas, divisões, *joint ventures* e sociedades limitadas.

— Ele chegou a alguma conclusão, depois de tanta leitura?

— Chegou — respondeu Cole com um sorriso divertido. Olhou para o relógio e se levantou. — De acordo com Cal, a nossa geração violou todas as regras de moral, decência, ética e responsabilidade pessoal, e que somos ainda mais culpados porque estamos criando uma nova geração que nem compreende tais conceitos. Resumindo, ele concluiu que nós, americanos, estamos entrando pelo cano, da mesma forma que entraram os antigos romanos e gregos, e pelas mesmas razões que causaram o declínio e o colapso das suas civilizações. Ah, sim, essa metáfora é de Cal, não minha.

John se levantou e o seguiu na direção da saída, mas antes de abrir a porta, Cole pousou a mão na maçaneta e se virou para ele.

— Você tem razão. Cal precisa transferir as ações para mim. É uma ponta solta que eu devia ter amarrado anos atrás. Mas fui adiando por um motivo ou por outro. Acharei uma solução, junto com ele, quando for visitá-lo no fim desta semana.

— Achará uma solução? — John ecoou, preocupado. — Isso é problema?

— Não — respondeu Cole, mas não estava sendo completamente sincero.

Na verdade, não queria revelar a um estranho o papel que Cal desempenhou em sua vida, nem a gratidão que ele sentia pelo velho... ou o amor.

Mesmo que tentasse, sabia que nunca conseguiria explicar ao advogado que fora por puro sentimentalismo que não pediu ao tio para lhe devolver as ações que ele emitiu em seu nome, quatorze anos antes.

Naquele tempo a Unified não passava de um sonho de Cole, um sonho vago e distante, mas Cal o ouviu falar de seus planos. Com infinita fé na capacidade de Cole em transformar esse sonho em realidade, o tio lhe emprestou meio milhão de dólares. Trezentos mil, Cal ganhou com o arrendamento de suas terras para a extração de petróleo e gás natural, os outros duzentos mil, emprestou de um banco. Cole procurou um banqueiro de Dallas e pediu um empréstimo de setecentos e cinquenta mil, usando como garantia a futura renda de Cal, que tinha participação nos lucros da produção dos poços. Assim, armado com mais de um milhão de dólares, inteligência e o conhecimento que adquiriu nas conversas com Charles Hayward e seus amigos milionários, Cole fez sua primeira jogada de alto risco. Apostou em um dos mais arriscados e potencialmente mais lucrativos de todos os negócios: arrendamento de terras para exploração de poços petrolíferos.

Como tinha visto uma grande empresa tentar duas vezes e falhar, perfurando as terras de Cal, decidiu comprar as ações da segunda que tentou. Era bem menor, mas foi bem-sucedida.

A Southern Exploration pertencia a Alan South, um jovem convencido, de trinta e três anos, que a dirigia mal. "Terceira geração de exploradores", era como se referia a si mesmo, e não havia nada que ele gostasse mais do que encontrar petróleo e gás onde grandes companhias haviam falhado.

Alan era impulsionado pela excitação do desafio. Procurava a adrenalina do sucesso, mais do que lucro. Em consequência, estava com pouco dinheiro e ansioso por encontrar um sócio, quando Cole o procurara, com um milhão de dólares para investir. Alan não estava tão ansioso que desejava passar o controle financeiro da empresa a Cole, que, no entanto, foi tão categórico nessa exigência que ele não teve escolha.

Cal fez questão de que Cole considerasse o investimento que fez, um simples empréstimo. Cole, porém, em seu orgulho, fez mais do que apenas pagá-lo. Pusera-o como sócio, legalmente. Nos três anos que se seguiram, Alan deu um golpe de sorte atrás do outro, na procura de poços produtivos, e uma briga atrás da outra com Cole, que se recusava a deixá-lo exagerar na extensão dos negócios, por mais promissores que vários locais pudessem parecer. No fim desse tempo, Cole aceitou vender sua parte a ele por cinco milhões dólares, e os dois se separaram como amigos.

Com a aprovação do tio, Cole usou seus lucros na empresa de exploração para comprar três pequenas fábricas, cuidadosamente escolhidas. Contratou uma nova equipe de gerentes, melhorou as fábricas com equipamento novo, deu prioridade ao serviço de atendimento ao cliente e elevou o moral do quadro de vendedores. Logo que as três fábricas apresentaram boas folhas de balanço, ele as vendeu. Dedicou o tempo livre a analisar o mercado de ações, assim como as filosofias dos corretores e administradores de bens mais proeminentes. Baseado no fato de que quase todos os peritos discordavam radicalmente uns dos outros nos pontos mais importantes, concluiu que sorte e senso de oportunidade eram tão valiosos, ou mais, do que habilidade e conhecimento. Como nenhuma das duas coisas havia lhe faltado até ali, ele arriscou fazer alguns investimentos sérios.

No final de três anos, transformou os cinco milhões de dólares em sessenta e cinco milhões. Nesse tempo, a única exigência de Cal foi que seu outro sobrinho, Travis Jerrold, tivesse um lugar no próximo negócio de Cole. Travis, cinco anos mais velho que Cole, morava em uma cidadezinha no outro lado do Texas, onde trabalhava em uma fábrica de ferramentas em dificuldades. Tinha diploma universitário, uma bonita esposa, chamada Elaine, de quem Cole gostava muito, e dois filhos mimados, Donna Jean e Ted, de quem Cole não gostava nem um pouco. Embora os dois primos só tivessem se visto uma vez, na adolescência, Cole achou que Travis, como parente, seria leal à empresa, e aceitou sem relutância a exigência de Cal.

Começou a procurar uma empresa onde pudesse fundar sua dinastia empresarial. Algo que fornecesse produtos ou serviços para os quais houvesse uma demanda sempre crescente. Estava certo de que a demanda contínua era a chave do sucesso, e foi aí então que descobriu que possuía genuíno talento para os negócios. Embora todo mundo acreditasse que a IBM e a Apple logo dominariam o mercado da informática no campo de hardware, Cole estava convencido de que outras marcas, mais baratas, mas de alta qualidade, poderiam abocanhar uma grande fatia desse mercado.

Indo contra as ideias e conselhos dos outros, comprou uma pequena empresa, a Hancock. Triplicou o número de vendedores, aperfeiçoou o controle de qualidade e gastou muito dinheiro em uma campanha publicitária. Em dois anos, os computadores da Hancock estavam sendo vendidos no mercado varejista de todo o país e ganhando elogios por serem confiáveis e versáteis. Quando tudo estava no lugar, Cole nomeou Travis o novo presidente da Hancock, colocando-o à frente da empresa, o que fez Elaine se desfazer em lágrimas de gratidão e Travis ter um ataque de nervos.

Travis provou ser de grande utilidade para o que se tornou uma empresa familiar. Compensou o que lhe faltava em imaginação com lealdade e deferência escrupulosa às instruções de Cole. Desse modo, quando Cole criou a divisão de pesquisa e desenvolvimento da Unified, nomeou o primo para chefiá-la.

Capítulo 11

— Sou sua admiradora, senhorita Foster — declarou a esteticista do estúdio da CNN, escovando os brilhantes cabelos de Diana, cortados na altura dos ombros. — Minha mãe, minha irmã e eu lemos a sua revista todos os meses.

A sala, onde os convidados eram maquiados e penteados, antes de irem para a frente das câmeras, era igual a todas do mesmo gênero, em qualquer estúdio de televisão, só que a da CNN era maior. Dois longos balcões revestidos com fórmica estendiam-se ao longo das duas paredes laterais do aposento comprido e estreito, e as cadeiras ficavam a mais ou menos um metro e oitenta de distância uma da outra, viradas para os espelhos brilhantemente iluminados. Nos balcões, no espaço reservado para cada cadeira, potes e vidros de cosméticos se amontoavam, juntamente com batons, tubos de rímel, estojos de sombras e uma coleção de escovas e pentes.

Às vezes, todas as cadeiras ficavam ocupadas, mas naquela tarde Diana era a única convidada para uma entrevista, e a jovem que a estava maquiando e penteando parecia prestes a explodir de entusiasmo.

— Para comemorar o aniversário de minha irmã, usamos a receita de bolo-pudim de sua avó. Cobrimos o bolo com amoras passadas no açúcar, igualzinho à foto na revista. Então, colhemos braçadas de peônias e fizemos um arranjo para o centro da mesa, e nós mesmas decoramos os papéis com que embrulhamos os presentes, usando carimbos de borracha cortados em forma de peônias. Usei tinta dourada para o meu, mas mamãe preferiu prateada, e os dois papéis ficaram lindos!

— É muito bom ouvir isso — afirmou Diana, abrindo um sorriso distraído, sem desviar a atenção das mensagens urgentes do escritório que haviam chegado em seu hotel, no fim da manhã.

— Minha mãe convenceu meu pai a cultivar morangos gigantes, seguindo as instruções de seu avô, e as frutas saíram enormes, suculentas e deliciosas! Quando papai viu a foto deles na revista pela primeira vez, disse que vocês tinham usado um truque fotográfico, mas estava enganado, porque os seus morangos também foram fantásticos! Animado, ele construiu uma caixa para juntar adubo orgânico, como seu avô ensinou na revista. E agora ele lê *Viver Bem* de capa a capa, como nós!

Sentindo que precisava responder de alguma forma aos elogios da moça, Diana sorriu-lhe novamente e começou a ler outra mensagem enviada pelo escritório da Foster Enterprises, em Houston. O sorriso era todo o incentivo de que a esteticista precisava para continuar falando.

— Praticamente todo mundo que eu conheço lê a sua revista, senhorita Foster. Adoramos as ideias que vocês dão, e as fotos que sua irmã tira são realmente lindas! Pelo jeito como sua mãe escreve sobre todos, parece que conheço pessoalmente sua família inteira. Quando Corey teve as gêmeas, fizemos sapatinhos de crochê para elas. Sabe quais? Aqueles que parecem tênis de cano alto. Espero que ela tenha recebido.

Diana ergueu os olhos e sorriu pela terceira vez.

— Com certeza recebeu.

A jovem lhe aplicou um pouco de blush sobre as maçãs do rosto e recuou.

— Acabei — avisou, quase com tristeza. — É mais bonita pessoalmente do que naquela foto no começo da revista, senhorita Foster.

Diana a olhou, pondo os papéis de lado.

— Muito obrigada — agradeceu.

— Tem dez minutos, até que alguém apareça para levá-la ao estúdio de gravação — informou a moça, se retirando da sala.

Diana olhou para Cindy Bertrillo, a diretora de publicidade e relações públicas da *Viver Bem,* que a acompanhou a Atlanta e ficou sentada um pouco distante.

— Alguma novidade? — perguntou, escrevendo instruções em duas das mensagens, que Cindy enviaria de volta ao escritório, quando chegassem ao hotel.

— Não.

Cindy se levantou e foi até Diana, pegando os papéis e os guardando na pasta. Com aqueles cabelos pretos curtíssimos, movimentos enérgicos e rápidos, a publicitária parecia estar sempre à procura de novas coisas que pudessem beneficiar a revista. E realmente estava.

Diana olhou para o relógio de pulso e fez uma careta.

— Detesto essas entrevistas — reclamou. — São uma perda de tempo. Tenho seis reuniões amanhã, os contadores querem rever os cálculos prévios de perdas e lucros, e preciso planejar o lançamento do novo livro de receitas. Estou atrasada em tudo!

Aquele ritmo de trabalho alucinante não era estranho para Cindy. Diana, aos trinta e um anos, era mais do que uma bem-sucedida mulher de negócios. Tornou-se, embora a contragosto, uma celebridade, um ídolo, devido a seu rosto extremamente fotogênico e sua habilidade em se mostrar serena, mesmo quando uma situação caótica a deixava com os nervos em trapos. Embora quisesse manter sua privacidade e passar despercebida, suas feições clássicas, a cor dos olhos e dos cabelos e a natural elegância haviam feito dela um chamariz para jornalistas, fotógrafos e apresentadores de *talk-shows*.

— Sei que detesta — concordou Cindy, respondendo da forma que sempre fazia em circunstâncias semelhantes. — Mas as câmeras amam você, e entrevistas ajudam a vender revistas. — Inclinou a cabeça para um lado, avaliando o efeito do vestido de Diana, de crepe amarelo-claro, que contrastava lindamente com os cabelos acobreados e os magníficos olhos verdes. — Está uma beleza, querida.

Diana ergueu os olhos para o teto, apavorada.

— Por favor, tente passar entrevistas como essa para minha mãe e para vovó. Até para vovô, mas não para mim. Meus avós foram os inspiradores da *Viver Bem,* são a alma e o espírito de tudo. Eles são a revista! Ponha Corey na televisão, pelo amor de Deus! É ela o gênio fotográfico que torna a *Viver Bem* tão espetacular. Sou apenas a que calcula, a que cuida dos negócios. Me sinto uma fraude quando apareço num programa desses e sou ocupada demais para perder tempo com isso.

— A imprensa quer você, Diana — observou Cindy, então acrescentou com um sorriso: — E, de qualquer modo, não podemos mais deixar vovó dar entrevistas ao vivo. Ela ficou faladeira demais. Eu não contei, mas no mês passado, quando ela gravou o programa para a CBS de Dallas, o apresentador lhe pediu para explicar a diferença entre a *Viver Bem* e a nossa concorrente mais próxima, a *Novo Estilo*.

Cindy esperou, reprimindo o riso, que Diana perguntasse o que a avó respondera.

— O que foi que vovó disse?

— Que quando fez um abajur decorado à mão, seguindo as instruções da *Novo Estilo*, quase pôs fogo na casa.

Diana reprimiu uma risada, entre divertida e horrorizada.

— Depois, disse que gesso devia ser mais gostoso do que o bolo de casamento que a *Novo Estilo* ensinou a fazer — concluiu Cindy.

— Meu Deus! — exclamou Diana, explodindo em riso.

— Se aquele programa fosse ao vivo, a indiscrição de vovó teria nos valido um processo — comentou Cindy. — Me atirei aos pés do apresentador e pedi misericórdia, implorando para que não levasse ao ar o que seria a parte mais suculenta da entrevista. O homem concordou, mas terei de dormir com ele, quando for novamente a Dallas — disse em tom de brincadeira.

— Nada mais justo — replicou Diana, muito séria, então as duas riram. — Vovó não faz essas coisas por maldade. Ela diz que está envelhecendo e que não vai passar os anos que lhe restam dizendo mentiras educadas e agindo com fingimento.

— Foi o que ela me disse em Dallas. Mas tratarei de mandar sua mãe, Corey ou seus avós para as entrevistas, sempre que puder. Sabe que tenho conseguido especiais de televisão para eles, onde podem mostrar o que fazem, e os programas são sempre um grande sucesso, mas quando se trata de *talk-shows*, é você que o público quer ver.

— Por que não faz alguma coisa para mudar isso?

— Mude seu rosto, aí talvez eu consiga — respondeu Cindy, sorrindo.

— Engorde, fique feia, convencida, ou exigente, ou um pouquinho mal-educada. O público perceberá os defeitos imediatamente, e você deixará de ser uma atração.

— Ajudou muito — ironizou Diana.

— O que posso fazer se você se tornou um ídolo? É culpa minha se o público a vê como a "deusa doméstica favorita dos americanos"?

Diana torceu o rosto em um trejeito cômico ao ouvir a frase dita por um apresentador da CBS, quando ele a entrevistou, no ano anterior.

— Não conte a ninguém que faz dois anos que não tenho tempo de preparar uma refeição — cochichou. — Nem que precisei pagar um profissional para decorar o meu apartamento, porque estou ocupada demais.

— Não me arrancariam uma fofoca dessas nem que me matassem — Cindy brincou. Então, com ar sério, empurrou os cosméticos para um lado e encostou-se no balcão.

— Diana, tenho ouvido você brincar demais com coisas assim, e isso está me deixando nervosa. Quando fundou a revista, tinha o campo livre, mas tudo mudou radicalmente nos últimos dois anos. Não preciso lhe dizer como o número de concorrentes cresceu, nem a enorme quantia de dinheiro que os respalda, nem que serão capazes de fazer qualquer coisa para tirar a *Viver Bem* do primeiro lugar.

Fez uma pausa e suspirou.

— Há grandes editoras investindo pesado em revistas e livros, tentando criar um ídolo também. Se encontrarem um ponto fraco em você, usarão isso para abalar a sua reputação e a de todo o "ideal Foster". Não importa que sua mãe, sua avó e todos os assistentes sejam muito criativos e talentosos. É a você que as mulheres americanas veem como símbolo desse ideal. Sei que está exausta e que odeia que misturem sua vida particular com a profissional, mas até que você e Daniel Penworth se casem e morem numa casa decorada de acordo com os lindos projetos apresentados na revista, você não pode nem brincar a respeito da sua falta de interesse por assuntos domésticos. Se os seus concorrentes ouvirem uma palavra sobre isso, vão denunciá-la à imprensa, acusando você de ser uma fraude.

Diana inclinou a cabeça para trás, tentando vencer o ressentimento que a invadiu.

— Sou uma executiva, responsável por uma grande corporação — declarou. — Não tenho tempo para pintar barrados para o meu papel de parede!

Cindy ficou atônita ao perceber um tremor de choro na voz dela e, pela primeira vez, percebeu que Diana, que sempre fora tão cheia de vitalidade, otimismo e serenidade, estava tão estressada que poderia ter um colapso nervoso. Não era de admirar, considerando a enorme responsabilidade que carregava nos ombros. Seu trabalho praticamente eliminava qualquer possibilidade de ela ter uma vida pessoal. Tanto, que Dan continuava pacientemente à espera, havia quase dois anos, que Diana tivesse tempo para planejar o casamento, que devia ser o retrato do ideal Foster.

— Desculpe — pediu a publicitária, arrependida. — Eu não devia ter aumentado as suas preocupações. Quer um pouco de café?

— Quero, sim, obrigada — respondeu Diana, sorrindo para ela.

Cindy saiu, fechando a porta atrás de si, e Diana se olhou no espelho, pensando com divertida ironia nos caprichos do destino.

— Diga alguma coisa — ordenou ao seu reflexo. — Como foi que uma menina boazinha como você acabou assim?

A resposta era óbvia. Ela foi obrigada a assumir riscos e enfrentar desafios para manter a família unida, depois que o pai faleceu subitamente, de infarto, oito anos antes. Senso de oportunidade e sorte a haviam impulsionado para a frente, levando-a para muito além de suas modestas expectativas. Senso de oportunidade, sorte e, talvez, uma ajudazinha espiritual de Robert Foster.

Após o enterro, quando o advogado do pai revelou a verdadeira situação de suas finanças à família abalada pelo sofrimento, falou sobre coisas como bens hipotecados e a queda da bolsa de valores, meses antes. Apenas Diana foi capaz de entender o sentido daquilo tudo: depois que as dívidas do pai fossem pagas, eles ficariam sem nada, a não ser a casa onde moravam.

Em um desesperado esforço para manter todos juntos, decidiu transformar o admirado estilo de vida dos Foster em um negócio que rendesse dinheiro. Para começar, pegou um empréstimo bancário e, com muito trabalho, construiu uma empresa que valia muitos milhões de dólares, toda baseada no estilo de vida de sua família.

Capítulo 12

DE PÉ DIANTE DA pia de mármore cinzento, o rosto coberto de espuma e nu da cintura para cima, Cole deslizou a navalha pelo pescoço, de baixo para cima, enquanto ouvia o noticiário da televisão. Na biblioteca adjacente ao quarto, um televisor gigantesco, que podia ser escondido por um painel deslizante, fora embutido na parede oposta à porta.

A mala já estava arrumada em cima da cama, e Michelle preparava drinques para os dois na sala de jantar.

— *Durante os anos em que Diana Foster executou o plano de transformar os passatempos da família num negócio, ela se tornou não apenas a editora da revista Viver Bem, como também a presidente de uma corporação com base em Houston que, sob a sua liderança, se estendeu por muitas áreas, inclusive televisão e fabricação de produtos de limpeza totalmente naturais.*

Cole estava lavando o rosto, quando ouviu o nome da entrevistada daquela noite, mas achou que fosse uma mera coincidência. No entanto, quando o apresentador citou Houston, ele se endireitou e agarrou uma toalha, com a qual limpou o resto da espuma, enquanto se dirigia à biblioteca e parava diante do televisor.

Um sorriso de prazer e incredulidade se desenhou em seu rosto, e ele fixou o olhar na adorável imagem de Diana.

— *Nos últimos dois anos, Diana Foster apareceu nas capas das revistas* People *e* Working Woman — informou o entrevistador. — *Mereceu matérias em jornais, desde o* The New York Times *até o* Enquirer *e o* Star. *A* Working Woman *referiu-se a ela como "um exemplo do que uma executiva pode e deve ser". E a* Cosmopolitan *incluiu-a numa reportagem intitulada* Mulheres Que Têm Beleza, Inteligência e Coragem.

O entrevistador fez uma pausa, virando-se para olhá-la.

— *Diana, um comentarista de televisão disse que você é a "deusa doméstica favorita dos americanos". Como se sente a respeito?*

Ela riu. Era o mesmo som musical de que Cole ainda se lembrava, após tantos anos. E os maravilhosos olhos verdes, o sorriso radiante conservavam o poder de aquecê-lo.

— *Lisonjeada, naturalmente* — respondeu Diana. — *Mas acho que não mereço o elogio. Afinal, a* Viver Bem *é o resultado do esforço conjunto de toda minha família.*

— *Você só tinha vinte e dois anos, quando decidiu comercializar um estilo de vida que era conhecido e admirado apenas em Houston. O risco que estava assumindo, quando fundou a revista, deve lhe ter causado alguns receios, apesar de seu otimismo de jovem. Estou certo?*

— *Tive um receio, sim* — afirmou ela em tom solene, mas Cole sorriu, porque conhecia muito bem aquela quase imperceptível nota de malícia na voz melodiosa. — *Algo que me impediu de dormir muitas noites, nos dois primeiros anos.*

O entrevistador levou-a a sério.

— *Que receio era esse?* — indagou.

Diana riu.

— *O de fracassar!* — O homem ainda ria quando ela continuou: — *Mas eu gosto de correr riscos. Afinal, alguns dos meus ancestrais enriqueceram assaltando bancos e roubando gado. Na verdade, até 1900, o mais respeitável deles foi um jogador profissional, que morreu assassinado num salão de Fort Worth por estar trapaceando.*

De pé no meio da biblioteca, descalço e com as mãos no quadril, Cole riu, deliciado com tanta franqueza e graça sem afetação.

Michelle entrou, carregando uma bandeja com drinques e salgadinhos.

— O que achou tão engraçado? — Quis saber, pousando a bandeja na mesa e começando a alisar as rugas da pantalona e do camisão de seda.

Cole abanou a cabeça, divertido, mas não respondeu, olhando fixamente para a tela.

— Essa é Diana Foster — informou Michelle. Como pertencia a uma família importante de Dallas, com negócios também em Houston, sabia de muitos "segredos" da alta sociedade texana. — Ela pegou dinheiro emprestado para iniciar um pequeno negócio que mobilizou toda a sua família.

Ninguém acreditava que teriam sucesso, mas tiveram, e estrondoso. Diana deixou muita gente admirada na época e conseguiu fazer uma porção de inimigos, com o passar do tempo.

Cole se sentiu furioso por Diana.

— Inimigos? Por quê? — indagou.

— Esqueceu que estamos no Texas, querido? Aqui, o mito da superioridade masculina ainda impera, e a palavra "machista" é um elogio. Os homens mimam e dominam suas esposas e filhas, que não devem nem pensar em ir à luta. E as mulheres que vão, não devem, em hipótese alguma, fazer sucesso, muito menos ficar mais famosas do que os machões.

Enquanto Cole ainda absorvia a verdade inquestionável do que ouviu, Michelle correu os dedos por entre os pelos fartos que cobriam o peito musculoso.

— Diana Foster, além de bem-sucedida, é linda, solteira e tem muita classe — prosseguiu. — Por tudo isso, a maioria das mulheres a inveja, em vez de gostar dela.

Cole olhou para os longos dedos aristocráticos que deslizavam de modo excitante por seu peito.

— Você se inclui nessa maioria? — perguntou, mas sabia que não.

Michelle, aos trinta e dois anos, era inteligente e esperta demais para perder tempo invejando outras mulheres. Além disso, já escolhera um candidato para o lugar de terceiro marido, e Diana Foster não representava ameaça alguma.

— Não — respondeu ela, inclinando a cabeça para trás a fim de olhá-lo nos olhos. — Mas trocaria de lugar com Diana em dez segundos. Já fui mimada e dominada demais por meu pai e dois maridos.

Era bonita, franca e ótima na cama. Além de se sentir sexualmente atraído, Cole admirava o intelecto de Michelle e gostava dela. Ele a abraçou.

— Por que não vamos para a cama, para que eu possa mimá-la e dominá-la também?

Ela fez que não com a cabeça e deu um sorriso sedutor.

— Nesse caso, iremos para a cama e deixarei que você me mime e domine — propôs ele em tom rouco.

— Não — replicou ela, surpreendendo-o, porque nunca perdia uma oportunidade de fazer sexo com ele. — Por que não se casa comigo, em vez de só me levar para a cama?

— Vai começar de novo? — Cole perguntou e silenciou os protestos dela com um beijo. Então, disse: — Não.

— Eu poderia lhe dar filhos — insistiu. — Eu gostaria de ter alguns. Cole apertou-a nos braços e a beijou com ardor.

— Não quero filhos, Michelle — declarou gelidamente, quando o beijo terminou.

Capítulo 13

O TELEFONE TOCOU, E TINA Frederick, a recepcionista, o ergueu do gancho.

— *Viver Bem* — informou com voz alegre e cheia de energia, que refletia o estado de espírito de todos os funcionários da Foster Enterprises.

— Aqui é Cindy Bertrillo. Diana já voltou do almoço?

A publicitária parecia tão tensa e agitada que Tina, automaticamente, olhou por cima do ombro para se certificar de que Diana não estava passando pela porta giratória que dava acesso ao vestíbulo.

— Não, ainda não.

— Assim que ela chegar, diga-lhe para me telefonar. É urgente!

— Tudo bem, direi.

— Você será a primeira pessoa por quem Diana passará, quando entrar no edifício. Não saia da sua mesa sob nenhum pretexto, enquanto não der o meu recado a ela.

— Não vou sair.

Quando desligou, Tina não pôde deixar de se perguntar o que teria acontecido, mas sabia que, independentemente do que fosse, Diana lidaria com a situação sem ficar tão ansiosa quanto Cindy.

A tranquilidade e o bom humor de Diana Foster eram admirados por todos os duzentos e sessenta funcionários que trabalhavam ali na sede, no Centro Comercial de Houston. Da sala de distribuição de correspondência aos escritórios dos executivos, ela era famosa pela cortesia e o respeito com que tratava a todos. Por mais que se sentisse pressionada, sobrecarregada de trabalho, Diana nunca passava por um funcionário sem um sorriso ou um gesto de saudação.

Por isso, Tina ficou desorientada e se levantou de imediato da cadeira quando Diana entrou impetuosamente pela porta giratória, com um jornal dobrado sob o braço, e passou por ela sem olhá-la.

— Senhorita Foster...

Diana não lhe deu atenção, continuando a andar. Percorreu o corredor entre as salinhas das secretárias e escritórios de executivos sem uma palavra ou um olhar para os lados. Passou pelo departamento de arte sem fazer nenhum comentário sobre a próxima edição e, chegando aos elevadores, apertou o botão com força. Quando a porta se abriu, entrou rapidamente.

Sua secretária, Sally, a viu sair do elevador e juntou os recados, porque ela sempre os pedia no momento em que voltava para o escritório. No entanto, Diana atravessou a sala sem parar e desapareceu no escritório da presidência. Sally se levantou e a seguiu com os papeizinhos na mão, decidida a dar os recados sem que Diana precisasse pedi-los.

— A senhora Paul Underwood ligou para falar a respeito do Baile da Orquídea Branca — começou, lendo o primeiro dos três retângulos de papel. — Mandou dizer que o colar de ametistas e brilhantes com que você vai desfilar no leilão beneficente é espetacular e que, se Dan Penworth não estiver interessado em comprá-lo para você, ela fará o marido dar o lance mais alto. — Fez uma pausa, erguendo os olhos. — Tive a impressão de que ela estava brincando.

Esperava ver um sorriso divertido no rosto de sua sempre bem-humorada chefe, mas o que viu foi uma expressão rígida de tensão.

Diana jogou o jornal sobre a mesa e tirou o casaquinho do conjunto de crepe cor de cereja, pendurando-o de qualquer jeito no encosto da cadeira giratória.

— Mais algum telefonema? — perguntou em tom seco, sem olhar para a secretária.

— Telefonaram do ateliê de noivas para dizer que receberam vários vestidos de Paris, que acham que você vai adorar.

Diana pareceu ficar petrificada por alguns instantes, então caminhou até a parede de vidro, de onde se via uma parte extensa de Houston.

Em silêncio, Sally a observou cruzar os braços e esfregá-los como se estivesse com frio.

— Alguma coisa mais? — indagou Diana em tom muito baixo.

— Bert Peters ligou. Houve um problema com dois dos layouts para a próxima edição, e a sua equipe está tentando solucioná-lo. Ele perguntou se seria possível adiar para as quatro horas a reunião que está marcada para as três.

— Cancele — instruiu Diana, falando ainda mais baixo, mas com determinação.

— Cancelar?! — Sally exclamou, incrédula.

Diana engoliu com dificuldade, como se tivesse um nó na garganta.

— Marque para amanhã de manhã, às oito. — Depois de um momento, acrescentou: — Se minha irmã estiver no prédio, peça-lhe que venha falar comigo.

Sally ergueu o telefone e discou o número do departamento onde sabia que Corey poderia ser encontrada.

— Corey está lá embaixo, com a equipe de produção, ajudando com os layouts que deram problema — informou, enquanto esperava que a atendessem. — Bert disse que ela teve uma ideia que pode dar certo.

Falou ao telefone, repetindo o recado de Diana, e desligou. Estava preocupada com aquela atitude da chefe, que permanecia imóvel, olhando para fora, os braços cruzados rigidamente. Quem não conhecia Diana ficava tão deslumbrado por sua beleza, suavidade e elegância, que era levado a pensar que ela era uma socialite enfadada, que passava o tempo indo a chás beneficentes, só aparecendo no escritório para uma reunião ou outra, cuidando da pele e dos cabelos. No entanto, as pessoas mais próximas dela, como Sally, conheciam sua capacidade de trabalhar incansavelmente, sua inesgotável reserva de energia e entusiasmo.

Sempre que se aproximava o final do prazo para a edição mensal da revista, o trabalho se prolongava até meia-noite ou mais. Quando os funcionários da produção pareciam exaustos demais para fazer qualquer outra coisa que não fosse desabar nas cadeiras, Diana, cujos deveres administrativos com frequência a retinham até muito tarde no escritório do último andar, aparecia no departamento de produção com um sorriso de estímulo e uma bandeja com café e sanduíches.

Na manhã seguinte, os funcionários chegavam ligeiramente atrasados, se arrastando, os olhos turvos e a mente anuviada, enquanto Diana aparecia descansada e sorridente, distribuindo elogios e palavras de agradecimento pelas longas horas que eles haviam trabalhado. A enorme diferença entre os efeitos que a falta de sono e o cansaço produziam em Diana e nos empregados quase sempre provocava um gracejo resmungado de um deles. Ela ria e respondia com outra brincadeira, então analisava com a equipe os planos para a edição seguinte, que inevitavelmente apresentaria novos problemas, exigindo mais esforço e trabalho.

Considerando que Diana nunca mostrava o mais leve pessimismo, mesmo diante dos maiores obstáculos, que podia lidar com uma dúzia de projetos diferentes e centenas de detalhes sem se alterar, Sally achou divertido e comovente, quando descobriu que a chefe, na verdade, tinha duas fraquezas: precisava de uma rotina básica, dentro da qual operar, e de ordem perfeita em seu escritório. A falta de uma dessas coisas podia deixá-la muito confusa.

Suportava serenamente a desordem que imperava no departamento de produção, onde mesas, pranchetas de desenho e até o piso ficavam juncados de layouts e provas fotográficas, conseguindo, no meio do caos, tomar decisões importantes com impecável bom senso. Mas, em seu próprio escritório, não se concentrava em um problema, nem tomava uma decisão, a menos que a escrivaninha Luís XIV estivesse perfeitamente arrumada, com cada objeto em seu devido lugar.

Na semana anterior, antes de sair para almoçar com o advogado-chefe da corporação, ela compareceu à reunião regular de toda segunda-feira e teve de servir de árbitro em uma discussão entre dois desenhistas extremamente talentosos e temperamentais, ao mesmo tempo em que dava instruções ao financeiro da empresa e revisava um contrato que Sally lhe levou para assinar. Fez tudo isso sem perder uma só palavra, pronunciada ou escrita, mas quando foi assinar o contrato, procurou na pasta a caneta de ouro que sempre levava consigo e não a encontrou, perdendo toda a concentração.

Havia assinado o documento com a caneta do financeiro, mas continuou a procurar pela sua, vasculhando a pasta e depois a bolsa. Quando os dois desenhistas quiseram saber se ela podia fazer uma sugestão que acabasse com a disputa, Diana os olhou com ar confuso.

— Que disputa? — perguntou.

A Diana "secreta", como Sally descobriu, era rotineira, com hábitos enraizados, e precisava de ordem a sua volta. Todas as sextas-feiras, às sete e meia, com sol, chuva ou furacão, ia ao massagista, na academia do Hotel Houstonian, e em seguida fazia as unhas e tratava dos pés em seu salão de beleza preferido. Chegava ao escritório às dez e entregava as chaves do carro a um funcionário de um posto de gasolina, que lavava o veículo, enchia o tanque e o levava de volta ao meio-dia, para que ela pudesse usá-lo para ir almoçar. Assinava os cheques para pagar suas contas pessoais nos dias primeiro e quinze de cada mês e ia à igreja todos os domingos, para o culto das dez da manhã. E sempre, sempre mesmo, assim que voltava do almoço, Diana queria saber quem tinha telefonado durante sua ausência, e depois perguntava sobre os compromissos da tarde.

Naquele dia, porém, não fez nenhuma das duas coisas. Olhando para o jornal que Diana jogou na mesa, em cima de sua preciosa rã de cristal, a secretária se sentiu ainda mais inquieta.

— Diana? — chamou, hesitante. — Não quero ser bisbilhoteira, mas aconteceu alguma coisa?

Por um momento, pensou que ela não ouviu, ou não queria responder. Então, Diana a olhou por cima do ombro, seus olhos verdes traindo algum tipo de forte emoção.

— Acho que podemos dizer o que aconteceu, sim — disse em um murmúrio trêmulo, fazendo um gesto de cabeça na direção do jornal. — Saí na primeira página do *National Enquirer*.

Sally pegou o jornal, já indignada com a notícia que abalara sua chefe daquela maneira. Mas, embora estivesse preparada para ler um comentário afrontoso, teve a sensação de que levou um soco no estômago, quando leu a manchete acima das fotos que tomavam quase toda a página.

CONFUSÃO NO PARAÍSO.
DIANA FOSTER É ABANDONADA PELO NOIVO.

Logo abaixo, aparecia uma grande foto do bonito noivo de Diana, deitado em uma praia ao lado de uma loira curvilínea. A legenda dizia: "Dan Penworth, em lua de mel com a esposa, a modelo e herdeira italiana de dezoito anos, Cristina Delmonte." Sally procurou a matéria e a leu, nauseada: "Ontem, em Roma, Cristina Delmonte deu uma rasteira na editora da revista *Viver Bem*, Diana Foster." Seguia-se uma explicação dessa "rasteira", então vinha um contundente comentário: "Nos últimos tempos, o império Foster foi sitiado por publicações rivais, que zombam da srta. Foster por ela estar adiando o casamento e a maternidade, quando sua revista prega a beleza e a alegria encontradas nessas duas..."

— Desgraçado! — Sally exclamou com um fio de voz. — Maldito...

Parou quando Corey entrou na sala, apressada.

— Parece que o problema dos layouts foi resolvido — informou, olhando para Diana, que não se virou, e então para Sally: — O que aconteceu?

Em resposta, a secretária estendeu-lhe o jornal.

— Aquele miserável! Aquele... — Corey sibilou, um momento depois.

— Covarde! — Sally ajudou.

— Saco de merda! — Corey explodiu.

— Burro!

— Obrigada — disse Diana com uma risadinha forçada e trêmula.

— Num momento como este, a lealdade de vocês é de grande ajuda.

Sally e Corey trocaram um olhar compadecido, então a secretária saiu, fechando a porta.

— Lamento muito — disse Corey, aproximando-se da irmã e a abraçando com força.

— Eu também — murmurou Diana, parecendo tão arrasada e confusa quanto uma criança que foi injustamente punida.

— Venha — ordenou Corey, levando-a na direção da escrivaninha.

— Pegue o casaco e a bolsa. Vamos para casa, dar a notícia a mamãe, vovó e vovô.

— Não vou sair — declarou Diana, erguendo o queixo em uma tentativa de se orientar. — Seria como fugir, e eu não posso fazer isso. À noite, todos aqui já estarão sabendo o que aconteceu, e se lembrarão de que saí cedo e vão pensar que não tive coragem de encará-los.

— Diana, não acredito que exista um presidente de empresa que seja amado e admirado pelos empregados tanto quanto você — argumentou Corey com firmeza. — Nosso pessoal vai se sentir muito mal, quando souber.

— Não quero piedade — respondeu Diana, conseguindo controlar a voz. — Vou ficar.

Corey sabia que seria inútil discutir, que a irmã tinha orgulho e muita coragem, e que isso a ajudaria a enfrentar o dia, por mais abalada que estivesse.

— Tudo bem — concordou. — Mas não trabalhe até muito tarde. Vou telefonar para mamãe e dizer que nós duas iremos jantar lá, às seis e meia. Se tivermos sorte, daremos a notícia pessoalmente, antes que eles descubram de outra maneira.

Achou que a irmã fosse recusar aquela oferta de ajuda, mas estava enganada.

— Obrigada — agradeceu Diana baixinho.

Capítulo 14

Quando Diana deixou o escritório, à noitinha, a notícia da traição de Dan já tinha se espalhado, e ela foi alvo dos olhares compadecidos de seus funcionários, desde os executivos até os seguranças e o manobrista que cuidava do estacionamento.

Enquanto Corey esperava no carro, diante de seu prédio, ela subiu ao apartamento para trocar de roupa. A secretária eletrônica estava cheia de recados de repórteres, amigos e meros conhecidos, que raramente telefonavam, todos, com certeza, ávidos por detalhes suculentos. Diana se sentiu ainda mais furiosa com Dan, e horrivelmente humilhada.

Assim que ela e Corey entraram na casa da família, em River Oaks, bastou um olhar nos rostos indignados e perplexos da mãe e dos avós, para as duas perceberem que eles já sabiam.

— Soubemos da notícia pela televisão, agora há pouco — contou Mary, quando se sentaram à mesa de jantar. — Não acredito que Dan tenha feito isso, desse jeito, sem um telefonema, um telegrama para avisá-la!

Diana olhou para as mãos cruzadas no colo, virando no dedo o anel de noivado, de platina e brilhantes.

— Ele telefonou da Itália, antes de ontem, mas estávamos no fim do prazo para a edição e não pude atender — informou. — Ontem, trabalhamos até meia-noite e, com a diferença de fuso horário, seria o momento perfeito para eu ligar para ele, quando cheguei em casa, mas me deitei para descansar um pouco antes de telefonar e adormeci. Hoje acordei tarde, e logo que cheguei ao escritório fui envolvida por um monte de problemas. Acho que Dan queria me contar, mas estive ocupada demais para ligar de volta. Foi por minha própria culpa que descobri pelo jornal — concluiu com amargura.

— Não se atreva a se culpar por isso, mocinha! — O avô ralhou, se movendo na cadeira para ajeitar a perna ainda endurecida, depois de uma cirurgia. — Ele estava comprometido com você, quando se casou com outra mulher. Merecia ser chicoteado!

— Nunca gostei de Dan Penworth — declarou a avó.

Diana apreciava toda aquela demonstração de lealdade, mas estava perigosamente à beira das lágrimas.

— Ele era velho demais para você, entre outras coisas — continuou, não percebendo que tantos comentários aumentavam o sofrimento de Diana. — O que um homem de quarenta e dois anos pode querer com uma garota de vinte e nove?

— Muito pouco, como ficou evidente — respondeu Diana. — E tenho trinta e um, não vinte e nove.

— Tinha vinte e nove quando ficou noiva — argumentou vovó Rose.

— A mulher dele tem dezoito — replicou Diana.

— Querida, não sei se é o momento certo para filosofar — preludiou Mary —, mas sempre me perguntei se vocês dois formavam um par certo, de modo que...

— Mamãe, por favor! Você gostou da ideia de ter Dan como genro, quando ficamos noivos.

— Gostei, sim, mas comecei a ter dúvidas quando vi que você se recusava a marcar a data do casamento. Deixou Dan pendurado, à espera, por dois anos!

— Ah, eu gostaria de ver aquele homem pendurado, mas pelo pescoço! — A avó exclamou.

— O que estou querendo dizer, Diana, é que quando duas pessoas se amam de verdade, nenhum obstáculo as impede de se unirem — prosseguiu Mary. — Fazia apenas algumas semanas que nos conhecíamos, quando seu pai e eu nos casamos.

Diana conseguiu esboçar um sorriso.

— Porque ele não lhe deixou alternativa — salientou.

Começaram a servir o jantar, mas ela abanou a cabeça, recusando a comida. Estava nauseada, e os outros pareciam compreender, porque ninguém insistiu para que comesse.

— Gostaria de ficar desaparecida durante um mês, até que esse assunto morresse — disse, quando a refeição terminou.

— Mas não pode — declarou a avó. — O safado tinha de fazer o que fez logo agora, faltando poucos dias para o Baile da Orquídea Branca? Nós todos sempre participamos, e se você não for, as pessoas dirão que ainda está sofrendo por aquele vagabundo.

Diana se sentiu fisicamente doente ao se imaginar como alvo da curiosidade pública, no maior e mais esperado evento social de Houston.

— Dirão isso de qualquer maneira — ponderou.

— É uma pena que você não possa aparecer no baile pelo braço de um novo namorado! — A avó lamentou. — Isso calaria todas as bocas maledicentes.

— Não seria melhor eu aparecer com um marido? — sugeriu Diana com uma risadinha angustiada. — Todos pensariam que fui eu que abandonei Dan, não o contrário. — Empurrando a cadeira para trás, acrescentou: — Vou vestir um maiô e nadar um pouco. E acho que dormirei aqui esta noite.

Spencer, o marido de Corey, estava viajando, de modo que ela acompanhou Diana à piscina. As duas nadaram por algum tempo, então se acomodaram em espreguiçadeiras, no deque.

Pensativa, Corey observou o perfil clássico da irmã.

— É claro que eu não esperava que você superasse o choque em apenas algumas horas — comentou. — Mas parece que a traição de Dan a está afetando mais agora do que antes.

— E está — admitiu, sem desviar o olhar do céu estrelado. — Mas não da forma que você pensa. Eu estava pensando nos negócios, não na minha vida pessoal. Ou, explicando melhor, no prejuízo que a minha vida particular pode causar na nossa empresa.

Virando-se de lado, Corey apoiou a cabeça na mão.

— Como assim?

— Eu não queria que você se preocupasse com dinheiro, quando lhe propus, no começo, que cuidasse da parte artística, enquanto eu dirigia o lado financeiro. E ainda não quero — respondeu Diana.

— Estamos com algum problema? No lado financeiro, quero dizer.

— Como sabe, fomos atacados algumas vezes, este ano, porque eu não vivo de acordo com o "ideal Foster". Cada vez que isso acontecia, perdíamos alguns anunciantes, e o número de assinantes baixava ligeiramente.

119

Sempre conseguimos recuperar os anunciantes e as assinaturas, mas agora, graças a Dan, a queda vai ser maior.

— Em minha opinião, você está superestimando a influência do *Enquirer* — disse Corey, mas sem muita convicção.

Reconhecia que a irmã era uma empresária muito sagaz, talvez até com um grande dom para os negócios e que, por isso, quando via problemas, era porque realmente existia algum.

— Havia muitos recados na minha secretária eletrônica, e ouvi todos, enquanto trocava de roupa — contou Diana. — A história saiu no noticiário das seis horas, tanto da CBS como da NBC.

Corey sentiu um aperto no coração, cheia de raiva e mágoa pelo assalto à privacidade e ao orgulho da irmã. Evitando pensar nas implicações pessoais para Diana, tentou se concentrar no lado da questão que mais parecia preocupá-la.

— Acha que toda essa publicidade em torno do seu noivado desfeito vai afetar a revista? — perguntou.

— Não foi um "noivado desfeito", Corey. Dan me deixou por outra. São as mulheres que mais leem a nossa revista, e alcançamos sucesso porque elas acreditam que o modo de vida mostrado ali é o certo, que traz beleza e harmonia para o lar e grande satisfação pessoal para aquelas que o seguem.

— Bem, é mesmo o certo e traz tudo isso — observou Corey.

Diana rolou para o lado, finalmente encarando a irmã.

— Se você fosse uma leitora que quisesse dar um novo espírito a sua vida familiar, colocaria sua fé nas promessas de uma mulher que foi preterida pelo noivo em favor de uma modelo de dezoito anos? — perguntou e, sem esperar resposta, continuou: — Nossos concorrentes vão jogar toda a lenha que puderem na fogueira desse escândalo. O fato de eu ser solteira e não ter um verdadeiro lar era desculpável, enquanto estava noiva de Dan. Havia a implicação de que eu poria em prática tudo o que pregamos na *Viver Bem*, depois de casada. Agora, vamos parecer um bando de mercenários que tentam encher a cabeça das mulheres com fantasias bobas. Nossos lucros vão despencar, ouça o que digo.

Corey não conseguiu nem começar a calcular o prejuízo financeiro que o desastre na vida pessoal de Diana poderia causar à empresa. Seu cérebro se rebelou diante do esforço exigido, e sua natureza artística gritou, protestando contra o fato de que beleza e emoção sempre ficavam em segundo plano, quando havia dinheiro envolvido. E ela começava a suspeitar de que Diana estava mais alarmada com o que pudesse acontecer à revista do que angustiada por ter perdido o noivo, a quem supostamente amava.

— Me diga uma coisa, Diana. O que a preocupa mais, neste momento? A infidelidade do seu noivo ou as finanças da empresa?

— Neste momento?

— Neste momento.

— Estou... preocupada com os negócios — admitiu Diana.

— Nesse caso, foi bom não ter se casado com Dan — afirmou Corey.

— Por quê? Porque ele me enganaria depois que estivéssemos casados?

— Não. Porque não acredito que você estivesse realmente apaixonada por ele. Imagino como eu me sentiria se Spencer fizesse comigo o que Dan fez com você. Ficaria louca de raiva, e isso nada teria a ver com os nossos negócios.

Esperou que Diana protestasse, mas ela apenas se sentou, puxou os joelhos para junto do peito e os abraçou, em uma atitude de autoproteção.

— Acho que não sou capaz de amar um homem como você ama Spencer.

Corey a olhou com crescente preocupação.

Naquele dia distante, quando Diana voltou da Europa e descobriu que ganhara uma nova família, respondeu ao cumprimento frio da "irmã" com comedido calor, em vez de se entregar a um ataque histérico, como Corey esperara que fizesse "a mimada fedelha rica". Então, elogiou o blusão pintado por Rose e ficou feliz ao ouvir a descrição que Corey fez da avó e do avô. Ergueu os olhos e as mãos para o céu, girando lentamente no mesmo lugar.

"Uma irmã, uma mãe e avós! Nada poderia ser mais legal!", exclamara.

Realmente, foi "legal" para Corey, porque Diana, com sua beleza, inata bondade e seu sorriso deslumbrante, lhe abriu o caminho, a guiando através da nova vida. Era a pessoa mais confiável, mais capaz de dar apoio que Corey já conheceu.

A ideia de que a autoconfiança e o amor-próprio de Diana pudessem estar tão baixos que a levassem a duvidar de sua capacidade de amar era mais do que Corey podia suportar, e a incomodava muito mais do que a traição de Dan ou a possível consequência disso sobre os negócios.

— O que você acabou de dizer é um absurdo, Diana.

— Talvez não.

— Claro que é! Já lhe ocorreu que você ficou tão sobrecarregada, depois que papai morreu, que não pôde fazer outra coisa além de trabalhar? Que quase não teve namorados? Que talvez tenha se contentado em gostar de Dan, em vez de amar outra pessoa?

Diana deu de ombros.

— Seja lá qual for o erro que eu tenha cometido, vai afetar a revista.

— Você ia se casar com o homem errado. O erro que cometeu foi esse.

— E gostaria de agora estar casada com o certo — murmurou Diana.

Capítulo 15

— QUE INFERNO, COLE! — Cal explodiu, se levantando de sua poltrona e marchando através da pequena sala em direção à lareira. — Está me fazendo perder tempo, falando de lotes de ações e procurações, quando a única coisa que me interessa é pegar um filho seu no colo! Acho que não é pedir demais, considerando tudo o que fiz por você.

Com furiosa determinação e impecável senso de oportunidade, usava suas táticas, que iam da chantagem emocional a coerção. Cole ouviu em impassível silêncio aquela última tirada que quase o fez perder o controle. O tio nunca lhe jogara na cara tudo o que fez por ele, nas acaloradas discussões anteriores sobre o mesmo assunto.

Cal se virou para encará-lo.

— Se não fosse por mim, você ainda estaria morando no mesmo lugar onde seu pai e seu avô moraram, perseguindo novilhos para ganhar a vida — declarou. — Em vez disso, persegue outras coisas, usando um Rolls Royce ou um jato particular. — Encostando o indicador no próprio peito para dar mais ênfase às palavras, continuou: — Eu acreditei em você, Cole. Mais ninguém. Eu o incentivei a estudar, eu fui falar com seu pai, e quando ele se negou a custear os seus estudos, eu dei a você todo o meu dinheiro e o mandei para uma boa universidade! — Fazendo uma pausa no furioso monólogo, caminhou para a cozinha. — Está na hora do meu remédio. Mas ainda não acabei. Não saia daí até eu voltar.

Observando-o contornar uma enorme poltrona e uma mesinha coberta de revistas, Cole não disse nada. Não havia tido um bom dia e, pelo jeito, a noite não prometia ser melhor. Finalizou um negócio na costa oeste várias horas mais cedo do que esperava e, satisfeito com a oportunidade de passar um pouco mais de tempo com o tio, telefonou para um de seus pilotos e lhe pediu para preparar o avião, o informando de que partiriam para o Texas naquele mesmo dia, em vez de no seguinte. Dali para a frente, tudo saíra errado.

Havia muita turbulência, e o voo foi incrivelmente desconfortável. O controle de tráfego aéreo os avisou para fugir de uma tempestade que se aproximava, vinda do Arizona. A nova rota os fez voar mais de uma hora além do tempo previsto, de modo que foi preciso pousar em El Paso para reabastecer o avião, e ali o tráfego aéreo estava tão congestionado que houve mais uma hora de atraso. Por fim, chegaram ao campo de aviação de Ridgewood, e Cole, pela sexta vez, tentou falar com o tio pelo celular, para lhe pedir que fosse buscá-lo. Mas, novamente, ouviu o sinal irritante de linha ocupada.

Como o serviço telefônico naquela área não era nada confiável, e como Cal, em retaliação, reduzia uma trigésima parte da conta para cada dia que seu telefone ficava inutilizável, Cole deduziu que a companhia telefônica tinha revidado da mesma forma de sempre: cortando o telefone.

Quando desceu do avião, foi envolvido por uma onda de calor e umidade, tendo a sensação de que o enrolavam em um lençol de plástico. Dirigir até a fazenda não era uma ideia nada atraente, mas ele teve de se submeter a alugar um carro no minúsculo aeroporto e e por a caminho.

Ridgewood ficava a sessenta e oito quilômetros de Kingdom City e dali até a fazenda de Cal eram mais sessenta. Construído trinta anos antes, o campo de aviação de Ridgewood, plantado no meio do nada, foi originalmente usado pelas companhias petrolíferas, que transportavam pelo ar os equipamentos para manutenção dos poços que pontilhavam a paisagem. A maioria dos outros aviões que pousavam aos solavancos na pista ondulada pertencia à Texan Airlines, e faziam ali duas escalas por semana, levando malotes do serviço postal aéreo e, de vez em quando, um passageiro.

Havia também uma pista de concreto, em péssimo estado de conservação, e um prédio branco que funcionava como terminal. Lá dentro, o calor era insuportável, porque o ar-condicionado era um luxo limitado aos dois toaletes. Havia um balcão de café e uma mesa de metal, onde passageiros perdidos tentavam alugar um dos dois únicos carros da Locadora Ridgewood.

A mulher robusta atrás do balcão se chamava Roberta, de acordo com seu crachá. Não era só garçonete, pois enxugou as mãos no avental e foi para junto da mesa, quando Cole disse que desejava alugar um carro.

— O senhor prefere o preto, com amortecedores ruins, ou o preto com pneus carecas? — perguntou educadamente, tirando um formulário da gaveta e o entregando a Cole.

Ele se conteve para não dar uma resposta malcriada e assinou na linha pontilhada, abaixo dos termos do contrato.

— Vou ficar com o que está com os amortecedores ruins — resmungou.

Roberta abanara a cabeça com ar aprovador.

— O ar-condicionado funciona, então o senhor não vai derreter de calor. Fez uma boa escolha.

Na hora, Cole também achou, mas agora, sentado na sala de Cal, não achava mais. Se tivesse escolhido o carro com os pneus "carecas", talvez um deles estourasse no caminho, o que retardaria seu encontro com o tio.

— Quero fazer um trato com você — anunciou Cal, voltando para a sala. Acomodou-se na poltrona diante de Cole e continuou: — Traga-me uma esposa capaz de lhe dar filhos, e passarei as ações para você no primeiro aniversário do seu casamento. Do contrário, deixarei todos os meus bens terrenos para os filhos de Travis. Esse é o trato. É pegar ou largar.

Em silêncio, Cole o encarou, enrolando a revista que estivera folheando e começando a batê-la no joelho. Refletiu que, com apenas trinta e seis anos, controlava uma corporação multinacional, cento e vinte e cinco mil funcionários e um patrimônio de cerca de doze bilhões de dólares. Tudo, tanto em sua vida particular, como na profissional, estava completamente sob controle. Tudo, exceto aquele velho de setenta e cinco anos de idade que estava ameaçando deixar metade da corporação para Travis, que não era capaz de dirigir uma pequena empresa sem a constante supervisão de Cole.

Não que ele acreditasse realmente que o tio o traísse, doando metade do que ele construiu com tanto trabalho, mas não gostou da ameaça. Acabou de se convencer de que Cal estava blefando, quando notou, tarde demais, que no aparador da lareira, além dos porta-retratos com fotografias da família, que sempre haviam estado lá, se amontoavam muitos outros, que ele nunca viu, todos com fotos dos filhos de Travis.

— E então? — Cal o pressionou, abandonando o tom autoritário e se inclinando para a frente, ansioso. — O que acha dos termos da minha proposta?

— Não são apenas ridículos, como uma loucura — respondeu Cole asperamente.

— Está dizendo que casamento é loucura? Este país está desmoronando por causa da sua geração, Cole, e da falta de respeito pelos valores antigos e saudáveis, como casamento e responsabilidade!

Quando Cole se recusou a debater o assunto, Cal fez um gesto na direção da mesinha de centro que, como tudo o mais na sala, estava juncada de revistas que Letty, a governanta, não conseguia manter em ordem, por mais que tentasse.

— Se não acredita em mim, dê uma olhada nessas revistas — sugeriu, puxando um exemplar da *Reader's Digest* de uma pilha na mesinha a seu lado. — Veja isto! — Sacudiu a pequena revista, então, erguendo a cabeça para enxergar através da parte inferior das lentes bifocais, leu o título de uma das matérias: "Estudantes que colam nas provas, um escândalo nacional." De acordo com esta matéria, oito em cada dez alunos do primeiro grau confessam que colam — informou, olhando para Cole como se ele tivesse culpa. — O jornalista diz que os padrões de moral são tão baixos que muitos desses estudantes não sabem mais a diferença entre o certo e o errado!

— Não sei o que isso tem a ver com o assunto em questão — observou Cole.

— Não sabe? — replicou Cal. — Então, talvez esta outra matéria seja mais adequada. Adivinhe o título.

— Sei lá.

— "O que as mulheres não sabem a respeito dos homens de hoje". — Jogando a revista na mesa com ar de desgosto, Cal encarou Cole. — O que eu gostaria de saber é por que as moças, de repente, não entendem mais os rapazes, os rapazes não entendem mais as moças, e vocês todos não entendem que é necessário casar, ficar casado, ter filhos e criá-los no temor de Deus.

Cole continuou a bater a revista enrolada no joelho, enquanto sua raiva não parava de crescer.

— Já disse isso numa outra ocasião, quando você veio com essa mesma conversa, mas vou repetir: você, Cal, não é exatamente o mais indicado para dar sermões a respeito dos méritos do casamento e da paternidade. Nunca se casou, nem teve filhos!

— Fato de que me arrependo profundamente — confessou o tio, empurrando algumas revistas e pegando um jornal sensacionalista, que segurou na frente de Cole, apontando para uma manchete na primeira página.

— Veja isto.

— O *Enquirer*? — Cole comentou em tom zombeteiro. — É assinante dessa porcaria?

— Letty gosta. Mas o ponto não é esse. O ponto é que a sua geração perdeu a mente coletiva! Veja como os jovens se comportam. Veja essa linda moça. Ela é famosa, uma socialite de Houston. O que significa que é rica.

— E daí? — perguntou Cole, olhando zangado para o tio, não para o jornal.

— Daí, que o noivo dela, esse tal de Dan Penworth, a largou para se casar com uma garota italiana de dezoito anos, essa que está deitada na praia com ele, seminua. — Quando Cole continuou a ignorar o jornal, Cal o deixou cair, mas isso não queria dizer que estava desistindo de argumentar. — Largou-a, sem avisar, enquanto a pobrezinha fazia planos para o casamento.

— E isso significa alguma coisa? — Cole indagou, irritado.

— Pode crer que sim. Penworth é de Houston, nascido e criado lá, assim como a jovem que ele abandonou. Se os texanos começaram a maltratar mulheres e a pisar nos valores tradicionais, é melhor o país todo ir para o esgoto.

Cole massageou a nuca, sentindo-se cansado. Aquela conversa não levaria a nada, e ele tinha um assunto de suma importância para resolver com o tio, isto é, se conseguisse fazê-lo esquecer aquela obsessão de querer vê-lo casado. Sempre conseguiu, no passado, mas Cal parecia mais obstinado do que nunca naquela noite, o deixando com a sensação de que seus esforços seriam vãos.

Ocorreu-lhe que o tio podia mesmo estar ficando esclerosado, mas rejeitou a ideia no mesmo instante. A personalidade de Cal não apresentava mudança alguma. Ele sempre foi teimoso como a proverbial mula. Como Cole explicou a John Nederly, no início da semana, nada jamais tirava Cal do caminho que ele escolhera seguir. Quando encontraram petróleo em suas terras, ele declarou que o dinheiro não mudaria sua vida e, de fato, não mudou nem um pouquinho. Ele ainda poupava centavos como um mendigo, dirigia a mesma caminhonete de vinte anos antes, usava os mesmos jeans e camisas quadriculadas, todos os dias, exceto aos domingos, quando ia à igreja, ainda examinava cuidadosamente os folhetos publicitários da Sears Roebuck e insistia em dizer que televisão a cabo era um modismo caro, destinado ao fracasso.

— Escute, não vou discutir com você — disse Cole.

— Ótimo.

— O que estou dizendo é que não vou discutir o declínio da civilização americana, o valor do casamento ou o mérito de ter filhos, mas...

— Ótimo — repetiu Cal, interrompendo-o e se levantando novamente da poltrona desgastada. — Então se case, engravide sua mulher, de modo que eu possa lhe dar a metade da empresa que me pertence. Pode escolher aquela dançarina da Broadway que trouxe aqui há dois anos, aquela com unhas de cinco centímetros de comprimento, pintadas de vermelho, a professora por quem se apaixonou na sétima série, ou quem quiser, mas se case! E acho bom que seja logo, porque o nosso tempo é curto.

— Que diabo está querendo dizer?

— Que estamos discutindo isso há dois anos, que você continua solteiro e que eu ainda não tenho um bebê para balançar nos joelhos, então estou lhe dando um prazo. Tem três meses para ficar noivo e mais três para se casar. Se no final desse tempo não me aparecer com uma esposa, vou doar os meus cinquenta por cento da empresa a Ted e Donna Jean. Nomearei Travis administrador dos bens dos filhos, o que o tornará sócio seu, embora não oficialmente. Depois, quando as crianças atingirem a maioridade, ajudarão você a dirigir os negócios. — Cal lançou o *Enquirer* sobre a mesa e fez outra advertência, tornando a atmosfera entre ele e Cole ainda mais pesada: — Se eu fosse você, não demoraria seis meses para acertar as coisas. Meu coração pode desistir de funcionar a qualquer momento, e na semana que vem farei mudanças no meu testamento, de modo que, se eu morrer antes de você estar casado, metade da corporação será de Ted e Donna Jean.

Cole ficou tão furioso que pensou em tentar um atestado de que o velho se tornou mentalmente incapaz. Se isso falhasse, ele poderia contestar o testamento, após a morte do tio, mas o processo levaria anos, e o resultado seria incerto.

Seus pensamentos foram interrompidos por Letty, que apareceu à porta de ligação com a cozinha.

— O jantar está pronto — anunciou ela.

Os dois homens ouviram, mas nenhum respondeu. Cole se levantou e ficou parado, encarando o velho. Altos, rudes, inflexíveis, estavam separados por um metro de distância, uma geração e aquela decisão que um tomou, sem intenção alguma de voltar atrás, e contra a qual o outro não podia lutar.

— Será que você é capaz de entender que talvez eu não consiga encontrar uma mulher e me casar com ela no prazo de seis meses? — Cole perguntou entre os dentes.

Em resposta, Cal entortou o polegar, indicando as pilhas de revistas na mesa ao lado.

— De acordo com as pesquisas feitas por algumas dessas revistas, você tem cinco das oito qualidades que as mulheres procuram num homem: é rico, inteligente, instruído, tem um futuro brilhante, e Donna Jean diz que é um "gato", o que me leva a supor que seja bonito.

Satisfeito por ter vencido a batalha, Cal suportou o gélido silêncio de Cole por alguns instantes, então se esforçou por desfazer um pouco da animosidade que provocou.

— Não tem curiosidade em saber quais são as três qualidades que lhe faltam? — perguntou.

— Não.

Cal não se abalou.

— Você não quer ter filhos, e acredito que até eu teria dificuldade em descrevê-lo como "terno" ou "compreensivo" — informou. Ao ver que sua tentativa de fazer graça não tinha provocado a mínima reação no sobrinho enfurecido, Cal se virou e começou a andar, meio encurvado, na direção da cozinha. — Letty vai servir o jantar.

Com a sensação de que participava de uma situação irreal, Cole ficou olhando o tio se afastar. Estava tão cheio de amargura pelo que julgava uma traição, que observou o corpo magro, os ombros caídos, os passos lentos do velho, sem experimentar o alarme que aqueles sinais de decadência normalmente despertavam nele.

Cal parecia muito menos frágil quando Cole entrou na cozinha, instantes depois, e se sentou à sua frente, com um bloco de papel e uma caneta nas mãos.

— Escreva — ordenou em tom frio, jogando o bloco na mesa.

Letty, parada junto ao fogão, segurando uma tigela de ensopado, olhava apreensivamente para os dois.

Cal pegou a caneta que o sobrinho atirou em sua direção, mas enrugou a testa, confuso

— Escrever o quê?

— Os termos do acordo. E inclua quaisquer exigências que deseje fazer em relação a minha possível futura esposa. Não quero surpresas.

— Que surpresas?

— Por exemplo, ver a mulher rejeitada porque não satisfaz algum requisito que você tenha se esquecido de mencionar.

O tio o olhou, parecendo verdadeiramente magoado.

— Não pretendo escolher uma esposa para você, Cole. Isso fica a seu cargo.

— Quanta generosidade! — zombou Cole.

— Só quero que você seja feliz — declarou Cal.

— E dou a impressão de que me sinto feliz com tudo isso?

— Não, mas é porque está zangado.

— Zangado? — Cole replicou em tom de desprezo. — Estou enojado!

O tio franziu o rosto em um trejeito de desgosto ao ser atingido pela violência da resposta. Cole bateu a mão em cima do bloco, segurando-o, quando Cal fez menção de empurrá-lo de volta.

— Quero tudo escrito — insistiu.

Em uma tentativa desesperada de amenizar a situação, antes que aquilo tudo se transformasse em uma batalha, Letty se aproximou da mesa com a tigela de ensopado.

— Comam enquanto está quente — sugeriu.

— Você quer tudo por escrito? — repetiu Cal, parecendo atônito e furioso.

— Comam! Podem escrever depois! — Letty se intrometeu.

— Quero que escreva que passará para mim os seus cinquenta por cento da companhia se eu me casar dentro de seis meses — Cole recitou.

— Desde quando a minha palavra não basta?

— Desde que você apelou para a chantagem.

— Ei, escute aqui! — Cal explodiu. — Tenho o direito de decidir quem ficará com a minha parte na corporação. E de querer ter certeza de que um dia um filho seu será beneficiado com o meu dinheiro.

— Um filho? — Cole repetiu em tom perigosamente baixo. — Isso também faz parte do acordo? É uma nova condição? O que acha de eu me casar com uma mulher que já tenha um filho, para que você não precise esperar?

Cal o fuzilou com um olhar, mas escreveu o que lhe fora ordenado e empurrou o bloco através da mesa, bufando, indignado.

— Aí está. Preto no branco. Sem estipulações.

Cole teria ido embora naquele momento, se não fosse o fato de que não sabia onde seu piloto e o copiloto se encontravam. No entanto, havia outra coisa que o segurava. No íntimo, não acreditava que o tio o traísse, cumprindo a ameaça, se ele não se casasse. Refletiu que Cal tinha gênio intratável e que às vezes, na hora da raiva, tomava decisões radicais, o que indicava que havia a possibilidade de ele fazer alguma coisa realmente imperdoável. No entanto, se a mente de Cole acreditava nessa hipótese, seu coração a rejeitava completamente.

Comeram em silêncio e depressa. Então, Cole voltou para a sala, ligou a televisão e se sentou, abrindo a pasta sobre os joelhos. Trabalhar, pensou, era mais seguro e muito mais compensador do que se envolver em outra discussão com Cal, e o som da televisão tornaria o mutismo dos dois menos desagradável.

A despeito de ter obrigado o tio a escrever sua bizarra exigência, ele estava longe de querer aceitá-la para garantir sua permanência no controle total da empresa. No momento, não tinha ideia do que faria. Tudo o que sabia era que ainda estava furioso e que as opções que via eram desagradáveis ao extremo, para não dizer grotescas e dolorosas, como entrar em uma guerra judicial contra Cal, ou provar sua incapacidade mental, ou se casar apressadamente com uma mulher que mal conhecia.

Sentado à sua frente, o tio, que lia o *Houston Chronicle's,* o olhou por cima do jornal com uma expressão inocente, como se tudo houvesse sido esclarecido de modo satisfatório para os dois.

— De acordo com a matéria que estou lendo, muitas mulheres estão optando por não ter filhos — informou. — Preferem fazer carreira em suas profissões. Tome cuidado para não se casar com uma dessas.

Cole o ignorou, continuando a escrever suas anotações.

— E também não vá cair no golpe do baú, casando-se com uma que finge querer você, mas que só quer o seu dinheiro — recomendou.

A raiva de Cole entrou em ebulição.

— Mas que praga! — exclamou. — Como espera que eu descubra as verdadeiras intenções de uma mulher em seis meses?

— Achei que fosse perito em mulheres... — O tio observou. Depois de uma breve pausa, perguntou: — O que me diz daquela princesa, ou coisa que o valha, que andou com você por toda a Europa, menos de dois anos atrás?

Cole o encarou em frígido silêncio, e Cal finalmente deu de ombros.

— Bem, você não precisa conhecer uma mulher pelo avesso e pelo direito para ter certeza de que ela está interessada em você e não no seu dinheiro.

— É mesmo? Você, que tem uma vasta experiência com mulheres, que entende de casamento, o que sugere que eu faça para descobrir as verdadeiras intenções de qualquer mulher com quem eu pense em me casar? — Cole zombou com deliberada insolência.

— A melhor forma de não cair nas garras de uma interesseira é procurar uma mulher rica — respondeu o tio, erguendo as sobrancelhas com ar expectante, como se esperasse que Cole aplaudisse a solução que ele encontrou.

Mas Cole não disse nada e voltou sua atenção para o bloco de anotações.

Nos quinze minutos seguintes, o silêncio só foi perturbado pelo farfalhar do jornal, quando Cal virava as folhas.

— A coluna de Maxine Messenger diz que você irá ao Baile da Orquídea Branca, no sábado — disse o velho por fim, sem baixar o *Houston Chronicle's.* — E que doou a peça mais cara para o leilão. Segundo Maxine, o baile é o evento mais concorrido de Houston e reúne a nata da sociedade. Por que não aproveita para escolher uma moça que lhe agrade e a traz aqui para que eu possa vê-la? — Fez uma pausa, então acrescentou em tom malicioso: — Traga também a certidão de casamento.

Cole não replicou. Pouco depois, Cal bocejou.

— Acho que vou acabar de ler o jornal na cama — anunciou, levantando-se. — São dez horas. Vai trabalhar até tarde?

Cole estava lendo uma carta de intenção redigida por John Nederly.

— Tenho trabalhado até muito tarde, há catorze anos — respondeu secamente, sem erguer os olhos. — É por isso que você e Travis estão ricos como estão.

Por um momento, Cal o encarou, mas não tinha argumentos contra aquela verdade. Virou-se e começou a caminhar lentamente na direção do corredor.

Capítulo 16

COLE NÃO ERGUEU OS olhos até ouvir a porta do quarto do tio se fechar. Então, jogou os papéis na mesa com um movimento brusco que revelava seu mau humor. As folhas caíram sobre o exemplar do *National Enquirer,* perto da foto da moça que fora abandonada pelo noivo.

Perto da foto de Diana Foster.

Cole se inclinou bruscamente para a frente e pegou o jornal. Leu as manchetes e a matéria curta, sentindo-se meio triste pela vítima. Então, atirou o jornal na mesa e voltou a pensar na exigência de Cal.

Pensativo, analisando suas alternativas, se assustou quando notou um movimento na porta de ligação com a cozinha. Olhou para lá e viu Letty, que o olhava com um sorriso hesitante e uma caneca na mão.

Desde que Cole podia se lembrar, Letty Girandez, boa governanta, mas péssima cozinheira, sempre aparecia com alguma coisa para ele comer ou beber, depois de uma de suas brigas com Cal. Um gesto de conforto de uma mulher bondosa.

Com pouco mais de sessenta anos, tinha rosto redondo e comum, que de alguma forma combinava com sua gentileza e com a voz suave, onde transparecia um ligeiro sotaque espanhol.

Cole sentiu a raiva diminuir, enquanto a olhava atravessar a sala e pôr a caneca na mesa de centro.

— Chocolate quente? — Ele arriscou.

Os remédios de Letty contra o mau humor eram sempre os mesmos: chocolate quente, se fosse noite, limonada gelada, se fosse dia. E bolo de chocolate.

— Não trouxe bolo? — Cole brincou, pegando a caneca.

Sabia que teria de tomar pelo menos alguns goles, para não ferir os sentimentos dela. Mas isso não seria sacrifício. Chocolate quente era uma tradição familiar, e como ele pouco experimentou dessas tradições, reverenciava aquela: o carinho que encontrou naquela casa, com o tio-avô e sua governanta.

— Sobrou um pedaço de bolo de chocolate de ontem. Comprei na mercearia — informou Letty, fazendo menção de voltar à cozinha.

Embora a informação de que o bolo tinha sido comprado o tornasse mais desejável, Cole não queria comer nada.

— Se não foi você que fez, não quero — respondeu ele galantemente, e a mulher sorriu, lisonjeada. — Fique aqui e converse um pouco comigo, Letty.

Ela se sentou na ponta da poltrona que Cal ocupava, sem se acomodar direito, como se não tivesse o direito de estar ali.

— Não devia discutir tanto com seu tio — aconselhou.

— Faz vinte anos que você me diz isso.

— Acha tão esquisito assim seu tio querer vê-lo casado?

— Essa é apenas uma das formas de descrever o que acho! — Cole respondeu, tentando não ser ríspido.

— Acredito que ele pensa que, se não o forçar, você nunca se casará.

— O que não é da conta dele.

Letty o olhou nos olhos.

— Seu tio ama você, Cole.

Ele tomou outro gole do chocolate e pousou a caneca na mesa com irritação.

— Isso não é consolo.

— Mas é a verdade.

— Amor não é desculpa para chantagem, mesmo que ele esteja blefando.

— Não creio que esteja. Seu tio talvez deixe mesmo a sua metade da empresa para os filhos de Travis, se você não se casar.

Uma nova onda de fúria invadiu Cole.

— Não sei como ele poderia justificar isso diante de mim ou de si mesmo!

— Seu tio não está preocupado com dinheiro, mas em garantir a sua imortalidade. E isso só será possível através do filho — comentou Letty, surpreendendo Cole.

— Não sou filho dele!

— Mas é assim que Cal o considera — ponderou a governanta com um sorriso meigo.

— Se é imortalidade que ele quer, já a garantiu nos filhos de Travis, que também é seu sobrinho-neto. Se eu tivesse filhos, o parentesco entre eles e Cal seria exatamente o mesmo.

Letty reprimiu um sorriso.

— O filho de Travis é preguiçoso e mal-humorado. Talvez ele se modifique com o tempo, mas Cal não quer arriscar sua imortalidade confiando em alguém como Ted. Donna Jean é tímida e medrosa. Pode vir a ser corajosa um dia, mas por enquanto...

— Tem ideia do que despertou em meu tio essa súbita obsessão pela imortalidade?

A mulher hesitou, então moveu a cabeça em um gesto afirmativo.

— O coração dele está cada vez mais fraco. O doutor Wilmeth vem vê-lo com mais frequência agora. Disse que não há mais nada a ser feito. Que é só uma questão de tempo — contou com lágrimas nos olhos.

Então, Letty se levantou e saiu da sala apressadamente.

Cole passou do choque ao impulso de negação no espaço de segundos, sem querer acreditar que o tio estivesse tão mal. Ele o levaria a Dallas, para consultar especialistas. No entanto, sabia que seria inútil tentar, pois Cal se recusaria a ir. Já fora, meses antes, e os médicos de lá apenas corroboraram o diagnóstico de Wilmeth.

Inclinando-se para a frente, Cole apoiou os cotovelos nos joelhos e cruzou as mãos frouxamente, dominado pelo sofrimento e uma sensação de medo. Olhou para a poltrona que o tio ocupava pouco antes, recordando as noites aconchegantes, as conversas e as discussões dos dois nas últimas três décadas. Foi só ali, naquela salinha feia, que ele experimentou o calor de um lar e conheceu um pouco de felicidade. Tudo isso acabaria quando Cal morresse.

De acordo com o que Letty disse, o fim não devia estar longe, e o coração de Cole se apertou, quando ele tentou imaginar como seria sua vida sem aquelas viagens à fazenda para ver o tio.

Não usava mais as botas de vaqueiro e roupas grosseiras de sua juventude. Seus sapatos italianos eram do mais fino couro, as camisas, de algodão egípcio, os ternos, encomendados na Inglaterra. Mas, sob aquele exterior refinado, ainda havia a aspereza do jovem vaqueiro de jeans e botas escalavradas. Na adolescência, Cole odiava suas raízes. No dia em que partiu para a universidade, em Houston, começou a trabalhar com afinco para apagar todos os traços do que havia sido. Mudou em tudo, perdeu o sotaque arrastado daquela região do Texas e o andar gingado de quem viveu no lombo de um cavalo.

Agora, o destino se preparava para desfazer o último vínculo que o ligava as suas raízes, e o Cole adulto desejava desesperadamente preservá-lo.

A ameaça de Cal, de deixar sua parte da corporação para os filhos de Travis, foi esquecida, enquanto Cole tentava, angustiado, pensar em alguma coisa que pudesse adiar o inevitável, algo que desse ao tio vontade de viver, que lhe prometesse que seus últimos anos seriam felizes. Ou seus últimos meses. Ou dias.

Os pensamentos de Cole giravam em um círculo vicioso, lhe dando uma sensação de desamparo. Só havia uma coisa que ele podia fazer para dar felicidade a Cal.

— Filho da puta! — Cole xingou alto, mas não estava se rebelando, e sim anunciando que se rendia.

Tinha de se casar. No entanto, em um estado como o Texas, onde ainda vigorava o regime de comunhão de bens, o casamento significaria grandes riscos financeiros para ele. Fosse quem fosse a mulher "de sorte", Cole pensou com sarcasmo, ela precisaria ter senso de humor e natureza dócil, para não fazer um escândalo quando descobrisse que teria de assinar um contrato com certas disposições que o protegeriam do perigo de perder metade de seu patrimônio, no caso de um divórcio.

Pensou em fazer uma encenação e contratar uma atriz para desempenhar o papel de esposa, mas o tio era inteligente demais para cair no engodo. Não foi à toa que avisou que queria ver a certidão de casamento. Mas era óbvio que Cal perdeu um pouco da vivacidade mental que teve em outros tempos, do contrário teria estipulado que suas ações só passariam para as mãos de Cole quando ele tivesse um filho. Felizmente, não lhe ocorreu fazer essa exigência.

Praguejando baixinho, Cole pegou a caneca, tencionando levá-la para a cozinha. Seu olhar caiu sobre a foto de Diana no jornal. Ela ficou tão bonita quanto ele imaginara que ficaria. Mas, quanto mais olhava para aquele rosto lindo e sorridente, mais difícil achava relacionar aquela bem-sucedida e confiante empresária com a garota de dezesseis anos, encantadoramente recatada e quase tímida de que ele se lembrava. Pensativo, visualizou a moça sentada em um fardo de feno, observando-o em silêncio ou tagarelando sobre tudo, desde cachorros até política.

Depois que leu a notícia de que Diana fora abandonada pelo noivo, ele se compadeceu, imaginando o constrangimento e a mágoa que ela devia estar sentindo. Agora, se lembrando da mocinha que conheceu, ficou indignado, refletindo que ela não merecia aquilo. Ele sempre achou que, com sua beleza, posição social, bondade e inteligência, Diana Foster teria tudo o que a vida podia oferecer de melhor. Não, ela não merecia que um homem a transformasse em objeto de zombaria.

Com um suspiro cansado, Cole se levantou, decidido a não pensar mais naquilo. Tinha coisas mais sérias com que se preocupar do que o infortúnio de uma adolescente gentil, com inesquecíveis olhos verdes, que se tornou presidente de uma grande empresa e foi envolvida em um escândalo.

A vida, como ele sabia muito bem, raramente era como se queria que fosse. A dele não era. Nem a de Diana... ou a de Cal.

Levou a caneca para a cozinha e a lavou, depois de jogar fora o resto de chocolate, para que Letty não descobrisse que ele havia tomado apenas alguns goles, o que a magoaria.

O fato era que ele detestava chocolate quente. Assim como detestava marshmallow. E doenças. E médicos, que sabiam encontrar um mal, mas não podiam oferecer a cura.

E como passou a detestar a ideia de um casamento por conveniência, condenado ao fracasso antes mesmo de começar.

De repente, ocorreu-lhe que a melhor candidata ao "título" de sua esposa não era a princesa a que o tio se referira, mas Michelle. Além de gostar verdadeiramente dele, ela nunca implicou com seu ritmo frenético de trabalho, ou suas constantes viagens, se adaptando bem a isso tudo. Algo muito importante para ele, no "casamento". Considerando as circunstâncias, a urgente necessidade e o tempo curto, Cole decidiu que ela era uma candidata muito viável.

Isso, porém, não o deixou contente. Estava profundamente deprimido ao se dirigir ao quarto que usou muitos anos antes, quando dormia na casa do tio, e que continuava usando sempre que ia à fazenda. Sentia muita pena de Michelle, porque ela aceitaria a proposta sem hesitar e, fazendo isso, estaria cometendo um erro, porque teria de se contentar com o pouco que ele poderia oferecer de si mesmo.

O relacionamento com Vicky Kellogg acabara por esse motivo, e ele não tinha mudado nada desde então, nem pretendia mudar. Era casado com sua empresa, como Vicky disse, amargurada. Ainda desprezava a desorientada busca do prazer a que ela e seus amigos se dedicavam com tanto empenho, ainda viajava muito, algo que a aborrecia, e ainda era incapaz de ficar sem fazer nada por longos períodos. Sem dúvida, continuava o mesmo "filho da puta frio e insensível", como ela o chamou ao se mudar do apartamento dele, após o rompimento. Vicky nunca foi capaz de compreender que ele era, direta ou indiretamente, responsável pela segurança do emprego de mais de cem mil pessoas que trabalhavam na Unified.

Cole puxou para baixo a velha colcha de chenile que cobria a cama e se deitou. O colchão era duro e cheio de pelotas, mas os imaculados lençóis brancos tinham cheiro de sol e brisa de verão. Devido às incontáveis lavagens, o tecido se tornou deliciosamente macio e parecia não ter peso contra sua pele nua.

Cruzando as mãos sob a cabeça, Cole ficou olhando para o ventilador de teto, que girava lentamente acima dele. Aos poucos, sua depressão foi desaparecendo, assim como todos aqueles pensamentos sobre se casar com Michelle ou qualquer outra mulher. A ideia, além de obscena, era absurda. Assim como a possibilidade de tio Cal não estar vivo, quando o ano terminasse.

Fazia meses que Cole vinha trabalhando dezoito horas por dia. Tirou aquela folga para ir a Los Angeles e depois visitar Cal, e se deparou com um tempo horrível que tornou o voo quase insuportável. O estresse e o cansaço produzidos por tudo isso, combinados com a descoberta de que a saúde do tio piorou, haviam contribuído para aquele momentâneo ataque de pessimismo, ele concluiu, quando fechou os olhos, dominado por uma agradável sensação de confiança e bem-estar.

Cal iria viver mais dez anos, no mínimo. Certo, Cole o achou mais fraco naquela noite, mas levando em conta as mudanças causadas pela idade, a diferença entre o Cal de anos antes e o atual não era tão alarmante quanto pareceu em princípio.

Cole se lembrou de quando era pequeno e observava o tio, achando-o um gigante, com aquele chapéu de feltro de aba larga, as botas com saltos que lhe acrescentavam alguns centímetros a sua altura, consertando cercas sob o sol causticante ou tocando os novilhos para dentro do curral, depois de ir buscá-los no pasto.

Na realidade, o tio nunca foi tão alto quanto ele, que era oito centímetros maior, nem teve um físico tão poderoso. Embora demonstrasse grande resistência, dando conta do trabalho pesado praticamente sozinho, sempre foi magro. Não, Cal não estava emagrecendo tanto quanto Cole julgou e certamente não encolheu oito centímetros. Naquela noite, ele estava andando devagar e com os ombros encurvados para a frente, mas era isso o que fazia quando a artrite o perturbava.

Os cabelos já não eram tão bastos, mas não haviam embranquecido subitamente. Cole se lembrava do tio já bem grisalho, muitos anos antes, e de como as costeletas longas e prateadas emolduravam o rosto fino e bronzeado que exibia um queixo quadrado e olhos azuis que pareciam observar o mundo de uma perspectiva diferente das outras pessoas. Olhos perspicazes, que tinham um brilho de inteligência, humor e dura determinação. Agora, o rosto perdeu o bronzeado, e os olhos observavam o mundo através de lentes bifocais, mas não haviam se tornado opacos e ainda viam tudo.

Certamente, o corpo esguio perdeu um pouco da força, devido à idade e à falta de exercício, mas a maior força de Cal sempre veio da mente. E naquela noite ficou provado que ele continuava lúcido e esperto como sempre.

Sentindo-se bem menos preocupado, Cole disse a si mesmo que resolveria tudo, encontrando soluções satisfatórias para os dois. Pela manhã, iniciaria uma pesquisa vigorosa a respeito de novos tratamentos para a doença do tio. A medicina descobria terapias revolucionárias todos os dias e redescobria outras, antigas, que, apesar de eficientes, haviam sido abandonadas. Se ele soubesse antes que o coração de Cal havia piorado, já teria tomado providências sérias, em busca de uma solução.

Sempre fora bom em encontrar soluções para problemas aparentemente insolúveis. Foi esse dom que o ajudou a alcançar o sucesso.

O sono fez pesar suas pálpebras, mas ele abriu os olhos para observar o quarto sem adornos, onde, nos tempos de menino, sonhava com a vida que teria quando crescesse. Havia alguma coisa naquele aposento de simplicidade monástica que o incentivou a arquitetar fantasias ambiciosas. Agora, como adulto, encontrava ali uma tranquilidade que lhe animava o espírito.

Possuía casas e apartamentos em várias partes do mundo, todos com quartos espaçosos e camas largas e confortáveis, mas ele adormecia mais depressa ali do que em qualquer outro lugar.

O quartinho devia exercer algum tipo de efeito místico e calmante sobre sua alma, que o enchia de otimismo.

Cole sabia que a paz que caiu sobre ele o acompanharia em seus sonhos, porque era isso que acontecia sempre que ele dormia ali.

A janela estava aberta, e o luar se filtrava pela cortina leve, que se agitava suavemente, tocada pela brisa perfumada.

Pela manhã, quando estivesse bem descansado, ele seria capaz de pensar, planejar e solucionar todos os problemas. E descansaria, cercado por aquelas paredes familiares e protetoras.

Na mesa de cabeceira ao lado da cama, um velho despertador tiqueta-queava no ritmo regular e forte das batidas de um coração, acalentando Cole, lembrando-o de que o tempo passava, que a noite acabaria e tudo pareceria melhor pela manhã.

DE PÉ AO LADO DA cama, Calvin Downing observou o sobrinho adormecido, franzindo a testa ao notar as linhas de tensão e cansaço desenhadas nos cantos dos olhos e da boca. Falou com ele, a voz mais baixa do que o suave som da cortina soprada pela brisa, as palavras tranquilizadoras, pronunciadas com emoção contida, do mesmo modo que tantos anos antes, quando entrava naquele quarto para ver se estava tudo bem com Cole e sentia a necessidade de lhe dizer o que não podia dizer quando ele estava acordado.

— Você já fez o que a maioria dos homens apenas sonham em fazer — murmurou. — Já provou que pode conseguir tudo o que desejar. Não precisa mais se desgastar tanto.

Cole se virou, mas sua respiração continuou profunda e calma.

— As coisas parecerão melhores quando amanhecer — prometeu ele baixinho. — Eu amo você, meu filho.

Capítulo 17

O TRÂNSITO, NA RODOVIA QUE ia do aeroporto internacional de Houston à cidade, estava muito ruim naquela tarde de sábado, mas o motorista manobrava a limusine Mercedes preta com habilidade, passando de uma pista para outra, em uma dança ousada e graciosa.

Inconsciente dos esforços do profissional, Cole, sentado no banco traseiro, lia uma análise detalhada das complexidades envolvidas no plano de fazer a Unified participar, com outras corporações e com os russos, do trabalho de estender um gasoduto através do mar Negro. Não ergueu os olhos até o carro parar sob o toldo verde da entrada do Hotel Grand Balmoral, e um porteiro uniformizado aparecer ao lado de sua janela. Com relutância, guardou o relatório na pasta e saiu da limusine.

O *Condé Nast Traveler* descreveu o hotel de quinze andares como um notável exemplo de luxo do Velho Mundo combinado com serviço impecável. Mas Cole não pensou nisso enquanto atravessava o vasto vestíbulo circular com piso de mármore verde-escuro e colunas gregas, pois seus pensamentos estavam voltados para as ferrovias e os invernos russos, não para a magnificência dos cintilantes lustres de cristal ou dos sofás com detalhes dourados e estofamento de brocado cor de marfim, organizados em grupos convidativos a toda a sua volta.

À direita, uma majestosa escadaria levava a um largo mezanino que circundava o vestíbulo. Como parte dos preparativos para o Baile da Orquídea Branca, cujo tema seria a cidade lendária de Camelot, o mezanino estava sendo transformado em uma floresta por dezenas de operários que corriam de um lado para outro, instalando minúsculas lâmpadas brancas e espalhando neve artificial sobre uma quantidade enorme de árvores verdadeiras. Tirado de suas reflexões pelo movimento acima dele, Cole franziu a testa, agastado, caminhando para a mesa de recepção, um belíssimo móvel de mogno entalhado.

O gerente do hotel viu-o e desceu a escada apressadamente para apresentar-se. Depois, insistiu em acompanhá-lo à suíte Regent.

— Se houver alguma coisa que possa tornar sua permanência aqui mais agradável, por favor me avise, senhor Harrison — disse, fazendo uma saudação.

— Obrigado — respondeu Cole, distraído, sem se impressionar com tanta delicadeza, assim como não se impressionou com a magnífica suíte de cinco aposentos, decorada no estilo Luís XV e com uma espetacular vista de Houston.

Passou boa parte de sua vida adulta dirigindo negócios por todo o mundo, se hospedando em hotéis de luxo, e em menos de dez anos aprendeu a esperar apenas o melhor.

Tendo recusado a oferta do gerente, que queria mandar uma camareira para desfazer as malas, Cole deu uma gorjeta ao carregador que os acompanhou com a bagagem e, assim que se viu sozinho, tirou o paletó e a gravata, desabotoou o colarinho da camisa e foi ao bar da sala de estar, onde se serviu de um gim-tônica.

Levou o drinque para a sacada e notou que lá fora estava muito quente, mas que não havia aquela umidade característica que no verão transformava Houston em uma sauna. Debruçado na grade, ficou olhando para a cidade que chamava de sua nos anos em que cursou a universidade.

Depois que saiu de lá, retornou algumas vezes, a negócios, mas nunca passou a noite. Olhando o mar de luzes, pensou na extrema diferença entre sua partida, catorze anos antes, e a "volta".

Foi embora de Houston de ônibus, no dia seguinte ao da formatura, levando todos os seus pertences em uma bolsa de lona e usando jeans velho, camiseta e botas esfoladas. E ali estava, depois de viajar em seu próprio jato, usando um terno Brioni de sete mil dólares, sapatos Cole-Haan, de seiscentos, carregando uma pasta de mil e quinhentos. Quando o avião aterrissou, uma limusine já se encontrava a sua espera, o motor ligado, o motorista pronto para levá-lo ao Balmoral. Cole estava acostumado a receber todo esse tratamento VIP aonde quer que fosse, assim como se habituou a jatos particulares, apartamentos de cobertura e olhares convidativos de mulheres bonitas e sensuais.

Lembrava-se da viagem de ônibus que levou dez horas, de Houston a Jeffersonville, como se aquilo houvesse acontecido na semana anterior. O ônibus passava pela fazenda do tio, uma concessão da empresa à teimosia de Cal que, apesar dos lucros que vinha obtendo com os poços de petróleo, recusava-se a viajar de avião porque "era um desperdício de dinheiro suado". No dia em que embarcou naquele ônibus, Cole levou na bagagem pouco mais do que a roupa do corpo, mas muitos sonhos.

A bolsa de lona era pequena e simples, porém seus sonhos eram grandes e elaborados. Extremamente grandes. Cuidadosamente elaborados. Sentado ao lado de um velho que arrotava a intervalos regulares, ele ficou olhando pela janela, admirando as mansões de River Oaks e se entregou à fantasia de um dia voltar a Houston rico e poderoso.

E voltou.

Tomou um gole do drinque, divertindo-se com a ironia da situação: naquele momento, via a realização da antiga fantasia, mas não dava importância. Ele estava absorvido demais por outros assuntos muito mais significativos. Tinha provado seu valor, vencido, contrariando todas as probabilidades, no entanto continuava lutando, trabalhando como louco, se forçando a ir para a frente, com a mesma dureza de sempre. Não. Com mais dureza.

Observando a bruma que rodeava os arranha-céus como um avental amarrado frouxamente, se perguntou qual é o objetivo real de todo aquele esforço. Em Denver, estava acontecendo a reunião anual dos acionistas da Alcane Electronics, e se os negociadores que mandou para lá não pudessem convencê-los a vender suas ações, ele teria de entrar em uma luta para conseguir a fusão da empresa à Unified. Na Califórnia, seus advogados, executivos de alto escalão e uma equipe de arquitetos conduziam uma série de reuniões para resolver assuntos relacionados com os vários edifícios comerciais que ele estava construindo naquele Estado e também no de Washington, para abrigar as sedes de várias empresas que compunham a divisão de tecnologia da Unified.

E a saúde do tio… Não, ele não conseguia acreditar. Depois da conversa com Letty, falou com o médico de Cal, que lhe disse que o estado do velho era imprevisível, recomendando-lhe que estivesse preparado para o pior.

Cole olhou para o relógio e viu que eram seis e meia. Desceria às sete e meia para uma entrevista na televisão, e o início do leilão beneficente do Baile da Orquídea Branca estava marcado para as oito. Tinha uma hora para tomar banho, fazer a barba e se vestir, tempo mais do que suficiente. Decidiu ligar para um de seus executivos na Califórnia e perguntar como estavam indo as coisas.

Capítulo 18

Ostentando sorrisos brilhantes, mas forçados, a família de Diana e dois de seus amigos conversavam no superlotado saguão de entrada do Balmoral, lutando corajosamente para dar a impressão de que tudo estava perfeitamente normal. De vez em quando, olhavam para a porta giratória de vidro e bronze, esperando que Diana aparecesse.

— A decoração está maravilhosa! — Mary observou, mas sem muito entusiasmo.

Os outros olharam ao redor com fingido interesse, examinando a escadaria e o mezanino. Na penumbra em que haviam deixado o saguão, o lugar parecia uma densa floresta, onde lâmpadas pequeninas brilhavam entre os galhos cobertos de neve artificial. Estátuas de gelo representando cavaleiros medievais e suas damas adornavam "lagos" cobertos de neve, e garçons vestidos a caráter serviam vinho em taças de estanho, movendo-se elegantemente no meio da multidão, enquanto a orquestra sinfônica de Houston tocava uma peça intitulada *Eu me pergunto o que o rei está fazendo esta noite*.

— Não acha que isso lembra muito a cena de abertura de *Camelot*? — perguntou Corey, olhando para o marido.

Em vez responder, Spencer passou um braço ao redor de sua cintura em um gesto tranquilizador.

— Sei que está preocupada, querida, mas tudo vai dar certo.

— Diana disse que estaria aqui às sete e quinze, e são sete e meia — observou Corey. — E ela nunca se atrasa.

Mary olhou em volta e notou que as pessoas estavam começando a subir para o mezanino e o salão onde aconteceria o leilão.

— Talvez tenha descoberto que não suportaria — comentou.

Corey se alarmou.

— Desistir de vir seria a pior coisa que ela poderia fazer.

— Ela virá — afirmou Spencer. — Diana nunca fugiu de nada em toda a sua vida.

— Pensando bem, eu não a culparia se ela fugisse disto — disse Corey, fazendo um gesto que abrangia o que acontecia ao redor. — Ela põe a própria dignidade acima de tudo, e o que Dan fez equivale a um açoitamento em praça pública. Se eu fosse ela, não teria coragem de vir à festa.

— Teria, sim — declarou o marido com plena convicção.

Corey lhe lançou um olhar espantado.

— Por que diz isso?

— O orgulho faria você aparecer aqui e enfrentar toda essa gente. E o orgulho de Diana fará a mesma coisa. Ela entrará aqui de cabeça erguida.

— Com certeza — concordou Doug Hayward.

— E já entrou — avisou Spencer, olhando para a porta. — E em grande estilo.

Corey se virou e viu Diana andando calmamente, de cabeça erguida, como Spencer previra, ignorando os olhares curiosos. Ficou tão orgulhosa da atitude da irmã que por um instante esqueceu Dan Penworth e a sujeira que ele fez.

Quando ia a festas de gala, Diana normalmente optava por se vestir com elegância discreta, em vez de usar roupas glamourosas, mas naquela noite se desviou desse hábito. Com um sorriso de admiração, Corey foi atingida pelo impacto do espetacular vestido longo, de cor púrpura. O modelo, que imitava um sarongue justo, exibia uma fenda profunda no lado esquerdo e deixava nu um dos ombros. Em vez de prender os cabelos em um coque frouxo, como sempre, ela os deixou soltos, e a massa de mechas acobreadas e ligeiramente onduladas cascateava até os ombros. A simplicidade do penteado produzia um atraente contraste com a sofisticação sensual do vestido.

Corey a abraçou com força, quando Diana se juntou ao grupo.

— Fiquei com medo que tivesse desistido de vir — comentou baixinho.

— Nem pensei nisso — mentiu Diana, retribuindo o abraço e sorrindo para a mãe e os avós.

Estava tão nervosa, tão infeliz, e ficou tão comovida ao ver sua família, além de Doug e a namorada, esperando-a como se fossem uma guarda de honra, que se sentiu perigosamente à beira das lágrimas. E a noite nem começou.

— Você está esplêndida — declarou Spencer galantemente, abraçando-a também. — E o vestido é um espetáculo.

— Que sorte as suas reuniões em Nova York terem terminado um dia antes — comentou ela. — Assim, você pôde vir à festa.

Corey sabia que a verdade não era aquela, mas não iria dizer isso à irmã, pois apenas aumentaria sua perturbação. Não foi por sorte que Spencer voltou a Houston a tempo para o baile. Fora por preocupação com o infortúnio de Diana que ele cancelou as reuniões do último dia.

Doug Hayward se afastou da namorada e examinou Diana com indisfarçada admiração.

— Está fantástica — elogiou, beijando-a no rosto, enquanto lhe pegava as mãos. Olhou-a, ansioso. — Que mãos geladas, Diana! Tem certeza de que deseja enfrentar essas pessoas todas, inclusive as da imprensa, que estão aqui em peso?

Comovida com a atenção do amigo, Diana se obrigou a sorrir.

— Vou enfrentar, Doug, e dará tudo certo. O que aconteceu comigo acontece com muita gente. Quantos homens rompem noivados para se casar com outras mulheres! No caso de Dan, ele apenas inverteu essa ordem — acrescentou, em uma tentativa de fazer graça.

Doug não riu. Ao contrário, seus olhos se encheram de tristeza, e Diana apertou-lhe as mãos em um gesto de afeto e gratidão. Ele não poderia ter ido ao Baile da Orquídea Branca. Como senador do Estado do Texas, estava atolado em trabalho, mas quando soube que Diana pretendia enfrentar o que seria sua primeira aparição em público depois da traição de Dan, decidiu ir e ficar ao lado dela e de sua família.

Diana sabia que ele insistiu em fazer aquilo, em parte para lhe dar apoio moral, mas também para ajudar a mostrar que a humilhante deslealdade de Dan não surtiu efeitos tão negativos quanto os outros podiam pensar.

— Obrigada por se importar tanto comigo — murmurou ela, então brincou: — Parece que é o seu destino dar conselhos a mim e a Corey e nos tirar de encrencas.

— Na maioria das vezes, foram os meus "conselhos" que levaram *Corey* a entrar em confusão. Você, que eu me lembre, nunca pediu minha opinião e muito menos se meteu em encrencas.

— Você é bom, Doug. E um grande amigo — declarou com singela franqueza.

Ele soltou as mãos dela e recuou com uma cômica expressão de horror.

— Está querendo arruinar minha imagem de durão, que demorei tanto para criar? Meus adversários políticos cairiam na minha pele, se soubessem como sou bom.

Corey observava Diana, percebendo que, apesar da maquiagem cuidadosamente aplicada, o rosto bonito estava pálido demais, e que não havia brilho nos olhos verdes, que refletiam mágoa e desânimo.

Spencer, obviamente, também notou, porque foi até um dos bares montados para a ocasião e voltou pouco depois com dois copos.

— Tome isto — disse, entregando um deles a Diana. — Vai lhe dar um pouco de coragem.

Deu o outro a Corey, e as duas tomaram um gole. Diana refletiu que precisava enfrentar o problema que tanto desejou evitar. Não havia jeito de saber o que aconteceria daí a uma hora, quando ela entrasse no salão com a família, Doug e a namorada dele, Amy. Sabia que encontraria amigos que fariam perguntas sobre o ocorrido com Dan, mas com genuíno afeto e preocupação. As coisas seriam diferentes, porém, com os simples conhecidos e também com estranhos, que ficariam observando curiosamente todos os seus movimentos, colhendo material para fofoca. E, certamente, haveria aqueles que estariam se satisfazendo com seu sofrimento.

Ela tentou, com muito empenho, não fazer inimigos, mas sabia que havia muita gente que se mordia de inveja do sucesso da família Foster.

— A imprensa vai cair em cima de você — alertou Corey sombriamente.

— Eu sei.

— Fique perto de mim e de Spencer. Nós a protegeremos o melhor que pudermos.

Diana lhe dirigiu um débil sorriso.

— Spencer trouxe uma arma?

— Não, porque faria volume por baixo do smoking — brincou Corey.

Com outro sorriso incerto, Diana olhou para o mezanino, já fervilhante de gente, com o mesmo entusiasmo de um condenado olhando para o pelotão de fuzilamento.

— Eu não devia ter concordado em desfilar com aquele colar que vai ser leiloado — lamentou-se. — Mas não podia prever o que iria acontecer. Terei de subir daqui a pouco, para colocá-lo.

— Oh, meu Deus! — exclamou a irmã. — Eu tinha esquecido esse detalhe! Notei que você não está usando joias, mas nem me lembrei do maldito colar.

Fazia mais de cem anos que o Baile Anual da Orquídea Branca, juntamente com o leilão beneficente, era o mais destacado evento social de Houston, prestigiado por toda a aristocracia texana. A tradição se originou no tempo em que os convidados, barões do gado e prósperos industriais, chegavam à festa em cintilantes carruagens e valsavam com suas damas sob lustres de cristal onde brilhavam centenas de velas. Com o tempo, o baile deixou de ser restrito aos texanos fabulosamente ricos e às famílias da elite, mas os outros aspectos haviam continuado intatos, e agora a festa era famosa, conhecida como um dos maiores eventos beneficentes do mundo.

— Tome sua bebida. — Spencer a incentivou. — Pelo menos, mais dois goles.

Diana concordou, tanto porque era mais fácil fazer isso do que argumentar, como também porque precisava de força para enfrentar a provação.

Sabendo como Diana se preocupava com seu conforto, o avô deliberadamente tentou distraí-la com uma reclamação. Passou o dedo por dentro do colarinho da camisa de peito pregueado, fazendo uma careta.

— Detesto usar estas roupas de macaco de circo, Diana. Me sinto um perfeito idiota.

A esposa lhe lançou um olhar de reprovação.

— Pare de reclamar, Henry. Você fica muito bem de smoking.

— Pareço um pinguim — insistiu ele.

— Todos os homens estão usando smoking.

— E todos parecem pinguins! — retrucou, então voltou-se para Diana: — Acho que devíamos preparar uma outra edição especial sobre cultivo natural de hortaliças. A última fez muito sucesso. O que acha da ideia, meu bem?

Diana, porém, não conseguia se concentrar em nada, pensando apenas no suplício que a esperava.

— Acho ótima, vovô — respondeu, mesmo sabendo que haviam lançado duas edições a respeito do assunto, naquele ano. — Pensaremos nisso. — Bem, acho melhor eu pôr aquele colar — acrescentou nervosamente, então tentou parecer bem-humorada, declarando: — Ainda bem que não poderei comprá-lo, mesmo que fique tentada. Esqueci de pegar dinheiro e o talão de cheques. Na bolsa, só tenho a carteira de motorista, o pó compacto e um batom… da cor errada!

Todos sorriram, desejando animá-la, e ela se afastou. Rose, porém, não sorriu e, com ar preocupado, ficou observando a neta subir a escada.

— Diana está no limite da resistência — comentou.

— Como assim? — O marido indagou.

— Ela está agindo de modo muito estranho. Já estava, antes de Dan chutá-la.

— Não notei nada — disse Mary, intimamente censurando o modo da mãe se referir ao que Dan fez.

— Não? Então, deixe-me dar alguns exemplos. Diana sempre foi a pessoa mais organizada, metódica, pontual e confiável que Deus pôs no mundo. — Rose fez uma pausa, até ter certeza de que todos concordavam. Então, continuou: — Pois duas semanas atrás, ela se esqueceu de ir à sessão de massagem de todas as sextas-feiras. Na outra semana, esqueceu que tinha reunião com a equipe de produção e marcou uma entrevista, no mesmo horário, com o presidente de um banco.

Spencer reprimiu um sorriso, pensando que nada daquilo era motivo para preocupação.

— Todo mundo esquece alguma coisa de vez em quando, vovó, principalmente pessoas muito ocupadas — observou. — Segundo Corey me contou, Diana está sob pressão, dirigindo a revista e cuidando dos planos de expansão da empresa, tentando continuar à frente dos concorrentes. Diante de problemas dessa dimensão, coisas sem importância como massagens ficam mesmo esquecidas.

— Só que, dois meses atrás, ela se esqueceu de ir a minha festa de aniversário! — Rose argumentou.

— Ela teve de trabalhar até tarde! — Mary a lembrou. — Mas quando telefonei para o escritório, ela correu para casa.

— Mas se esqueceu de levar o meu presente. Depois, insistiu em ir buscá-lo no apartamento!

— Isso, em Diana, não é estranho, vovó — opinou Corey. — Sabe como ela é carinhosa e como gosta de dar presentes. Insistiu em ir buscar o seu porque achou que devia dá-lo no dia certo.

— Concordo, mas ela levou mais de uma hora procurando o presente, porque não se lembrava de onde o havia colocado.

— Talvez porque ela o tenha comprado com um ano de antecedência, senhora Britton — sugeriu Doug, trocando um olhar divertido com Spencer. — Diana costuma fazer isso. Encontrei-a na Neiman's, em agosto, e ela me disse que estava fazendo as compras de Natal.

Corey riu.

— Diana sempre começa a fazer as compras de Natal em agosto e acaba em setembro. Diz que depois disso as opções diminuem.

— Ela sempre aparece com presentes perfeitos — comentou Doug com um sorriso nostálgico. — No ano passado, por falta de imaginação, lhe dei uma caixa de bombons Godiva, de dois quilos e meio, e uma garrafa de champanhe, e ela me deu um cachecol que eu tinha dito que me agradou. Tenho certeza, senhora Britton, de que o presente que ela demorou para achar era exatamente o que a senhora queria.

— Era uma caixa de charutos! — informou Rose.

Doug arregalou os olhos, espantado.

— Charutos?

Henry deu uma risadinha, abanando a cabeça e uma negativa.

— Não, Rose não fuma charutos. Eram para mim. Diana tinha comprado a caixa para me dar no meu aniversário. Pegou o presente errado, na pressa de voltar para a festa.

A esposa, porém, não parecia disposta a mudar de ideia sobre o "comportamento estranho" de Diana.

— Semanas atrás, quando voltou de Chicago, da reunião na gráfica que imprime a nossa revista, ela pegou um táxi para ir do aeroporto à empresa — contou.

— E o que há de errado nisso? — perguntou Spencer.

— O carro dela estava no estacionamento do aeroporto. Se querem saber, Diana está trabalhando demais, e isso já faz tempo.

— Não tira férias há pelo menos seis anos — confirmou Mary. — Acho que devemos insistir para que descanse durante um mês inteiro.

— Ela está bem, mas concordo que seria bom tirar férias — declarou Henry, pondo fim à preocupante conversa.

Capítulo 19

O ESPAÇO RESERVADO PARA REPÓRTERES, fotógrafos e equipes de televisão, na extremidade mais distante do mezanino, era demarcado por um cordão vermelho e não ficava muito longe do salão onde os objetos que iriam ser leiloados estavam expostos. Mantendo a promessa que fez ao seu departamento de relações públicas, Cole se apresentou aos representantes da imprensa e fez o possível para dar a impressão de que estava adorando participar da festa. Disse que concederia entrevistas rápidas aos repórteres da CBS e da ABC, mas antes posou para fotos e respondeu às perguntas rotineiras feitas por um jornalista do *Houston Chronicle's* e pelo correspondente local do *USA Today*.

A entrevista para a ABC foi a última. De pé ao lado de Kimberly Proctor, com a luz da câmera portátil dirigida diretamente para ele, como o olho fixo de um ciclope, Cole ouviu a atraente loira falar dos cem anos de história do Baile da Orquídea Branca e de algumas tradições relacionadas com o leilão, até que ela aproximou o microfone do rosto dele.

— Senhor Harrison, soubemos pela comissão organizadora, que o senhor doou a peça mais valiosa para o leilão desta noite. Quanto vale a escultura de Klineman?

— Quanto vale para quem? — perguntou secamente.

Ela riu.

— Em quanto foi avaliada?

— Duzentos e cinquenta mil dólares.

— O senhor é muito generoso!

— Diga isso ao pessoal da receita federal, por favor — replicou ele, então deu a entrevista por terminada, dirigindo um breve sorriso para a repórter e começando a se afastar.

A loira, surpresa, o seguiu, andando do outro lado do cordão.

— Espere! Eu... queria saber se poderíamos nos reunir mais tarde para um bate-papo.

— Lamento — respondeu ele educadamente. — Terá de entrar em contato com o meu departamento de relações públicas e marcar uma entrevista.

— Eu não estava pensando numa entrevista — esclareceu ela, olhando-o nos olhos e amaciando a voz. — Talvez pudéssemos tomar um drinque em algum lugar e...

Cole a interrompeu com um gesto negativo de cabeça, mas amenizou a rejeição com um sorriso.

— Não terei quinze minutos nem para mim mesmo, até ir embora de Houston, amanhã.

Ela era bonita, desinibida e inteligente, mas nada disso interessava a Cole. Kimberly era repórter e, mesmo que fosse a mulher mais linda, mais inteligente e mais desejável do mundo, com a mais pura das intenções, Cole teria fugido dela como da peste.

— Talvez, qualquer dia... — acrescentou, então se afastou, refletindo que ela poderia entrevistar outras pessoas muito mais ansiosas por aparecer na televisão.

— Senhor Harrison... — Um repórter o chamou do outro lado do cordão de isolamento.

Cole o ignorou e continuou andando, parando apenas para aceitar uma taça de champanhe que um garçom lhe ofereceu. Quando chegou ao outro lado do mezanino, foi cumprimentado por no mínimo dez pessoas, mas não fazia ideia de quem fossem.

Por ironia, os dois únicos conhecidos que viu foram justamente os que evitaram cumprimentá-lo: Charles Hayward II e sua esposa. Eles passaram por seu ex-cavalariço empinando o nariz e desviando o olhar.

Cole parou perto de uma das portas ainda fechadas do salão, onde estavam expostas as peças para o leilão. Ouviu seu nome murmurado duas ou três vezes, mas o de Diana Foster parecia estar nos lábios da maioria das pessoas ali reunidas. Algumas mulheres se referiram a ela como "a pobrezinha da Diana", e Cole detectou uma nota de prazer malicioso na voz delas.

Em sua opinião, o famoso baile atendia a três necessidades distintas. Primeiro, dava oportunidade a esposas e filhas dos milionários de se reunirem em um lugar elegante para exibir joias e vestidos caríssimos e trocar maledicências, enquanto os maridos e pais falavam de suas partidas de golfe e tênis. Em segundo lugar, arrecadava fundos para a Sociedade Americana do Câncer e, em terceiro, oferecia aos cidadãos proeminentes de Houston a chance de mostrar que tinham consciência social, lutando uns contra os outros na batalha de lances para adquirir objetos de preço exorbitante, doados por outros cidadãos proeminentes.

Cole refletiu que o Baile da Orquídea Branca daquela noite seria um sucesso sem precedentes em todos esses aspectos.

DE REPENTE, SURGIU UMA DISCUSSÃO entre alguns dos guardas armados que se alinhavam junto às portas e um fotógrafo de camisa xadrez vermelha e branca que queria entrar no vasto recinto.

— Só os convidados poderão entrar, e no momento certo — declarou um dos guardas, cruzando os braços no peito belicosamente.

— Sou do *Enquirer* — informou o fotógrafo, tentando falar baixo, mas não tanto que não pudesse ser ouvido acima do burburinho. — Não estou interessado nas coisas que irão a leilão, mas em tirar uma foto de Diana Foster. Acho que ela está lá dentro.

— Desculpe, mas não pode entrar.

Percebendo como era penosa a situação de Diana, Cole se sentiu compadecido e, ao mesmo tempo, incrédulo. Ele a viu pela televisão, uma mulher adulta e segura de si, mas, no íntimo, ainda a via como uma adolescente ingênua, sentada em um fardo de feno, a cabeça inclinada para um lado, ouvindo atentamente o que ele dizia.

Olhou para o relógio, impaciente, imaginando quando seriam abertas as portas do salão. Não via a hora de fazer o que tinha de fazer e se retirar. Mas, como era obrigado a esperar, e como não sentia desejo algum de entabular conversa com nenhuma das pessoas que o olhavam, tentando atrair sua atenção, ele se abrigou na sombra de um grupo de árvores ornamentadas e tomou mais um gole de champanhe.

Em todos aqueles anos, depois que deixou Houston, comparecera a centenas de eventos sociais, praticamente em todo o mundo. Não era algo que gostasse de fazer, mas nunca chegou a se sentir desconfortável. Aquela noite estava sendo uma exceção. Por algum motivo, estar em uma festa tão refinada, ali em Houston, fazia com que ele se sentisse um impostor, um mentiroso, um intruso.

De seu esconderijo entre as árvores, observava o movimento, sem admitir, conscientemente, que tentava descobrir Diana no meio da multidão. Então, de repente, um grupo de pessoas se separou, e ele a viu, junto de uma coluna perto dos elevadores, a alguns metros de distância.

Foi com pura satisfação masculina que a observou, da cabeça aos pés. E com alívio. Esperara ver uma criatura perturbada e humilhada, mas Diana Foster não perdeu nada do ar tranquilo e aristocrático de que ele se lembrava. Usando um vestido de seda púrpura, que se ajustava ao busto cheio e à cintura estreita, no crepúsculo artificial de uma floresta de faz de conta, intocada pelo barulho e a agitação a seu redor, era uma orgulhosa e serena Guinevere de feições delicadas e luminosos olhos verdes. Os cabelos continuavam os mesmos, fartos e pesados, brilhando como mogno envernizado sob a luz suave. Um esplêndido colar de grandes ametistas circundadas por brilhantes, complemento perfeito para o vestido, cintilava no pescoço esguio. Ela foi feita para usar joias e vestidos dignos de uma rainha, pensou Cole.

Protegido pela penumbra entre as árvores, ele continuou a olhando com admiração. Uma aura indefinível, mas inegável, realçava toda aquela beleza, fazendo Diana sobressair claramente, mesmo no caleidoscópio de movimento e cor que girava a sua volta. Parecia que tudo e todos se agitavam, desde os ramos iluminados das árvores, que estremeciam nas correntes sutis do ar-condicionado, até os homens e mulheres que andavam, falavam e gesticulavam. Tudo e todos, menos Diana.

Ela estava imóvel, ouvindo atentamente o que lhe dizia um homem que Cole tinha quase certeza ser Spencer Addison. O homem se afastou, e Diana ficou sozinha. Cole saiu da sombra e parou, desejando que ela olhasse em sua direção, que o reconhecesse, que lhe desse um daqueles sorrisos inesquecíveis, que fosse conversar com ele. Percebeu que desejava tudo aquilo com ânsia surpreendente, e que temia que ela o ignorasse acintosamente, como os Hayward haviam feito.

Seu sonho de voltar a Houston como vencedor perdeu o significado com o passar dos anos, e foi por esse motivo que ele achou estranho querer tanto que Diana Foster o notasse e reconhecesse, que visse o homem que se tornou.

Talvez ela não soubesse que o cavalariço dos Hayward se transformou em um dos homens mais bem-sucedidos do país, porque era de duvidar que Charles e Jéssica fizessem questão de divulgar essa informação. Havia a possibilidade de Diana não ter ligado o Cole que morou e trabalhou em um estábulo ao Cole Harrison que acabou de ser proclamado o empresário do ano pela revista *Newsweek*.

As portas do salão se abriram, e as pessoas começaram a entrar. Antes que Diana desaparecesse, entrando pela porta mais próxima, sem que ele tivesse oportunidade de falar com ela a sós, Cole começou a andar em sua direção, mas não podia se mover depressa, impedido pela corrente humana que passava entre os dois. Quando, finalmente, conseguiu passar, não havia mais do que cem pessoas no mezanino, e uma delas era Diana, mas estava conversando com Doug Hayward.

Cole parou, levando a taça de champanhe aos lábios. Não podia saber se Doug demonstraria o mesmo antagonismo do pai, portanto era melhor não se arriscar a protagonizar uma cena desagradável que macularia seu primeiro encontro com Diana depois de quatorze anos.

Doug queria acompanhá-la até o salão, porém, para alívio de Cole, Diana recusou a oferta.

— Pode ir na frente. Não vou demorar, mas quero ficar aqui fora mais um pouco — explicou ela.

— Vou entrar com você — insistiu ele.

— Doug, por favor. Preciso ficar sozinha por uns instantes.

— Está bem, então — concordou com óbvia relutância. — Mas não demore muito.

Afastou-se, e ela começou a andar na direção de uma porta de vidro, através da qual se via um terraço.

Cole pensou em segui-la, mas tinha bastante experiência com mulheres para perceber que Diana estava prestes a romper em lágrimas, e certamente fora por isso que ela disse a Doug que precisava ficar sozinha. Achando que não devia perturbá-la, se dirigiu para uma das entradas do salão, então estacou, atingido subitamente por uma lembrança:

— *Eu não chorei...Nem quando quebrei o pulso, nem quando o doutor Paltrona pôs o osso no lugar e engessou o meu braço.*

— *Não derramou nem uma lágrima?*

— *Nenhuma.*

— *Muito bem!*

— *Eu desmaiei.*

Como menina, Diana foi capaz de corajosamente segurar as lágrimas de dor e medo, mas naquela noite, como mulher, ela parecia estar sofrendo mais do que podia suportar. Cole hesitou, dividido entre o instintivo impulso masculino de evitar se envolver em uma cena onde havia uma mulher em pranto e o impulso, muito menos compreensível, de oferecer a Diana algum tipo de apoio e conforto.

Este último, um pouco mais forte, venceu. Cole se virou e tomou a direção da porta que dava para o terraço, pegando, na passagem, outra taça de champanhe da bandeja de um garçom.

Capítulo 20

Lá fora, o longo terraço estreito estava deserto e fracamente iluminado por bruxuleantes lampiões a gás que criavam pequenos círculos de luz tímida cercados pela escuridão. No estado de espírito em que se encontrava, Diana achou aquela solidão meio sombria infinitamente preferível à beleza da floresta criada pelos decoradores. Além disso, não ouviria a orquestra tocando *Se Um Dia Eu Te Deixasse*.

Esperando não ser vista, se alguém mais pensasse em sair para o terraço, ela se distanciou da porta, indo até o fim do terraço, no canto fronteiro do prédio. Apoiou as mãos na balaustrada de pedras brancas e inclinou a cabeça, olhando para os dedos estendidos, notando como era estranho não ver ali o anel de noivado.

Lá embaixo, havia uma constante procissão de faróis ao longo da alameda larga, ladeada de árvores, que passava diante do hotel, mas ela não conseguia prestar atenção em nada, consumida pela tristeza. Nos últimos dias, suas emoções haviam oscilado assustadoramente, levando-a de um estado de letárgico desamparo, como naquele momento, a uma poderosa energia nascida da raiva, que a lançava em frenética atividade. De uma forma ou de outra, não conseguia aceitar o fato de que Dan estava casado. Casado! Com outra mulher. E fazia apenas um mês que os dois haviam combinado de ir juntos ao baile daquela noite!

Na alameda, o súbito guincho de uma freada foi seguido por uma sinfonia de buzinadas. Arrancada de seus pensamentos, Diana se preparou para o ouvir o ruído de metal se chocando contra metal e de vidro se estilhaçando. Olhou para a esquina, de onde veio o barulho, percebendo, aliviada, que não houve acidente algum. Ia desviar o olhar, quando um Mercedes preto, conversível, igual ao de Dan, se desviou da corrente de trânsito e se aproximou da entrada do hotel. Por um segundo angustiante, Diana acreditou que fosse Dan chegando, e naquele mágico instante isso pareceu plausível. Ele foi a sua procura para explicar que tudo não passou de um colossal engano.

A dura realidade, porém, desabou sobre ela, quando o carro parou diante do toldo. Era azul-marinho, não preto, e o homem que desceu pouco depois tinha cabelos brancos.

A repentina queda de uma esperança louca para a triste verdade a lançou em um poço ainda mais profundo de angústia. Através de uma bruma de lágrimas não derramadas, ela viu a porta do passageiro se abrir e um loira espetacular descer. Observou o vestido curto e justo, o corpo escultural que emanava sensualidade e autoconfiança, refletindo que Dan também devia ter começado a preferir jovens loiras e sensuais a morenas não tão jovens e decididamente conservadoras. Baseada nas fotos que viu no jornal, ficou certa de que a modelo italiana era dez vezes mais bonita e voluptuosa do que ela. Sem dúvida, a loira Cristina também era mais feminina, divertida e aventureira. Diana só não podia dizer com certeza quando foi que Dan começou a sentir, e a notar, que queria mais do que ela podia oferecer.

Diana Foster não lhe bastava. Isso tinha de ser verdade, do contrário ele não a teria descartado como quem se descarta de lixo. Uma onda esmagadora de humilhação a fez se sentir nauseada.

Antes de começar a sair com ela, Dan teve relacionamentos com mulheres sofisticadas, da nata da sociedade, atraentes, altas e curvilíneas, entre os vinte e os trinta anos de idade, eternamente espirituosas, que só se preocupavam em permanecer bonitas e prontas para se divertir com homens. Diana, por outro lado, era dedicada ao trabalho, e sua preocupação, manter o crescimento da empresa. Não tinha nada em comum com as outras namoradas de Dan, a não ser o fato de também pertencer à alta sociedade. Com um metro e sessenta de altura, cabelos castanhos, nada voluptuosa, era muito diferente das loiras sensuais.

Em seu estado de auto reprovação, ela pensou que deveria ter feito uma cirurgia nos seios para aumentá-los, porque, apesar do escândalo sobre desastrosos implantes de silicone, Dan observou que havia médicos sérios, e que ela poderia recorrer a um deles, se quisesse, deixando claro que gostava de mulheres com busto avantajado. Se fosse mais vaidosa, teria cuidado melhor da aparência, em vez de se acomodar ao estilo "natural", contaria mais com a beleza do que com o intelecto para segurar seu homem. Deveria ter frisado os cabelos, os alisado completamente, ou até adotado um corte ousado, bem curto. E por que continuou a usar roupas comportadas, quando quase todas as mulheres haviam adotado a moda de vestidos justos e curtíssimos?

A batida da porta de vidro a arrancou das reflexões, e ela se virou, alarmada. Viu um homem alto, de smoking, que acabou de entrar no terraço. O alívio que sentiu por não ser um repórter se transformou em aborrecimento quando ela notou que o homem caminhava em sua direção, com os braços flexionados, como se carregasse alguma coisa em cada uma das mãos. Por um instante, vítima da imaginação, achou que ele segurava um par de revólveres.

Mas, quando um círculo de luz o iluminou rapidamente, viu que eram taças de champanhe.

Ela ficou olhando para as taças, aturdida, então observou o homem, que parou a alguns passos de distância, em uma zona sombreada. Era alto e tinha ombros largos.

— Olá, Diana! — Ele a cumprimentou com voz profunda.

Confusa, ela refletiu que deveria ser educada, quando o que desejava era mandá-lo embora, dizendo que a deixasse em paz. No entanto, as boas maneiras que aprendeu desde o berço a tornavam incapaz de ser rude gratuitamente.

— Nós nos conhecemos? — perguntou.

— Com certeza. Nos encontramos várias vezes, na verdade — respondeu estendendo uma taça em sua direção. — Quer champanhe?

— Não, obrigada — Diana recusou, tentando ver suas feições, convencida de que estava sendo objeto de algum tipo de brincadeira. Não conhecia aquele homem de presença marcante, cujo físico denotava força bruta e poderosa masculinidade. Não o esqueceria, se o houvesse conhecido. — Tenho certeza de que nunca nos vimos. Deve estar me confundindo com outra pessoa.

— Eu nunca a confundiria com ninguém — assegurou ele. — Não esqueci esses olhos verdes, esses cabelos cor de canela.

— Cabelos cor de canela? — Diana repetiu, cada vez mais confusa. — Não. Acho que me confundiu com outra pessoa, sem dúvida.

Viu o brilho de um sorriso no rosto cujos traços não conseguia distinguir.

— Como vai sua irmã? — Ele perguntou. — Corey ainda gosta de montar? Diana apertou os olhos, tentando vê-lo melhor. Começava a achar aquela voz um tanto familiar.

— É amigo da minha irmã?

Ele deu um passo à frente, e a luz do lampião mais próximo lhe iluminou o rosto. Em um frêmito de surpresa e prazer, Diana o reconheceu.

— Cole! — exclamou, meio sem fôlego.

Alguns dias antes, soube que ele talvez comparecesse ao baile e ficou feliz com a ideia de vê-lo novamente. Mas, então, sua vida virou do avesso, e tudo o mais passou para segundo plano.

Cole viu a alegria que brilhou no rosto de Diana, quando ela o reconheceu, e isso lhe provocou uma satisfação que o surpreendeu pela intensidade. E que o deixou aliviado. A amizade dela por ele não desapareceu, apesar do que os Hayward pudessem ter dito aos amigos para explicar sua partida abrupta, quatorze anos antes, apesar do longo tempo em que os dois não haviam tido o menor contato.

— Cole, é mesmo você?! — exclamou, emocionada.

— Em carne e osso. Ou melhor, de smoking — brincou ele, novamente lhe oferecendo a taça. Ficou satisfeito quando ela aceitou, mais um sinal de que o considerava um amigo. — Acho que esta ocasião merece um brinde, senhorita Foster.

— Faça um, então. Ainda estou abalada demais pela surpresa para poder pensar em alguma coisa.

Ele ergueu a taça.

— Um brinde à mulher mais afortunada que conheço.

Diana deixou de sorrir, se sentindo estremecer.

— Como se engana! — declarou, antes que pudesse se conter. Era óbvio que ele não sabia o que aconteceu entre ela e Dan. Deu de ombros, tentando disfarçar a intensidade de sua reação. — O que quero dizer é que, se eu tivesse realmente sorte...

— Que sorte poderia ser maior do que se livrar de um casamento com um covarde filho da puta?

A observação foi tão violenta, denotava uma lealdade tão inquestionável, que Diana sentiu vontade de rir e chorar ao mesmo tempo.

— Tem razão — concordou simplesmente. Para fugir do olhar atento de Cole, tomou um gole de champanhe, então logo mudou de assunto: — Quando a notícia de que você viria ao baile se espalhou, todo mundo ficou muito animado. Inclusive eu. Há tanta coisa que quero lhe perguntar, que nem sei por onde começar. O que você tem feito? Como...

— Vamos começar pela pergunta mais importante — interrompeu ele, a fazendo se sentir uma criança diante de uma pessoa muito mais velha e muito mais sensata. — Como você está enfrentando tudo isso?

Diana sabia que ele se referia a seu noivado rompido e aos consequentes e inevitáveis comentários que deviam estar correndo entre toda aquela gente reunida para o baile.

— Acho que estou me saindo bem — respondeu, aborrecida pelo ligeiro tremor em sua voz. — Estou, sim.

Abriram a porta entre o mezanino e o terraço, e Cole olhou por cima do ombro a tempo de ver um homem de camisa xadrez, vermelha e branca, que saltou rapidamente para as sombras ao notar que foi descoberto. O primeiro impulso de Cole foi ir até lá e bater no atrevido fotógrafo. O segundo foi tirar proveito da situação. Optou por este último. Com a mão livre, pegou o queixo de Diana, lhe erguendo o rosto.

— Escute com atenção e fique calma. Há um fotógrafo de jornal sensacionalista nos espionando. Sugiro que o deixemos tirar uma foto espetacular, que aparecerá na primeira página.

— O quê?! — murmurou Diana, em pânico. — Está louco?

— Não. Tenho mais experiência do que você em lidar com a imprensa marrom e com fotógrafos abelhudos. Ele não vai ter sossego enquanto não tirar uma foto sua. — Olhando disfarçadamente na direção do homem, Cole o viu sair agachado das sombras e erguer a câmera. — Você pode escolher entre duas coisas: ou deixa que o mundo a veja como uma pobre mulher descartada, ou permite que eu a beije, para que todos, quando virem a foto, fiquem se perguntando se você gostava realmente do seu noivo, ou se o enganava, tendo um caso comigo.

Diana sentiu a mente turbilhonar, tomada de alarme e horror, sem falar no efeito da bebida que tomou de estômago vazio. Mas começava a sentir uma perversa satisfação, pensando nas consequências do plano de Cole.

Vendo-a hesitar, ele tomou sozinho a decisão.

— Vamos ser bem convincentes — orientou ele, pegando a taça das mãos dela e apoiando-a no parapeito, juntamente com a sua.

Abraçou-a pela cintura, puxando-a para si.

Aconteceu tão depressa que Diana não pôde protestar. Então, tudo começou a se desenrolar em câmera lenta. Ela sentiu as coxas se pressionarem contra as dele, os seios serem comprimidos pelos músculos fortes do peito largo, e, então, a boca máscula se apossou da sua, lhe causando um choque.

Cole interrompeu o beijo por um momento e a olhou nos olhos. Diana julgou que ele iria soltá-la, mas estava enganada. Viu-se abraçada com mais força, e seu coração começou a martelar descompassado, quando os lábios firmes pousaram novamente nos seus e a língua ousada lhes desenhou o contorno. Surpresa, ela experimentou o impulso de fugir, mas algo dentro dela, mais profundo e exigente, se rebelou contra a ideia, clamando que seria uma reação injusta ao galante empenho de Cole.

Ao seu terno empenho.

Ao seu persuasivo empenho.

Refletindo que o fotógrafo não devia ter tido tempo de registrar o primeiro e rápido beijo, ela calculou que Cole prolongava o beijo para ter certeza de que o homem sairia com fotos sensacionais. Para ajudá-lo, deslizou as mãos por seu peito, retribuindo o beijo, que se tornava cada vez mais íntimo e convidativo.

Uma repentina explosão de música e aplausos, no salão, anunciou que a festa começou, e Diana se arrancou dos braços fortes com uma risadinha embaraçada.

Cole enfiou as mãos nos bolsos da calça, olhando-a com ar ligeiramente carrancudo, então se virou, com certeza para ver se o fotógrafo continuava no terraço.

— Parece que ele foi embora — comentou.

— Não posso acreditar que fizemos uma coisa dessa! — Diana exclamou nervosamente, ajeitando os cabelos, enquanto caminhavam de volta ao mezanino.

Ele a olhou de lado, de um modo sugestivo que ela não entendeu.

— Uma coisa que eu quis fazer muitos anos atrás — confessou, empurrando a porta pesada.

— Ah, não, não acredito! — disse Diana, sorrindo com ceticismo.

— Pois pode acreditar.

O mezanino estava quase vazio. Consciente de que devia estar sem batom e despenteada, Diana parou quando chegaram à porta do toalete feminino.

— Preciso reparar os estragos — avisou. — Não se prenda por mim.

— Vou esperar — declarou Cole em um tom que não admitia protestos, se encostando na coluna mais próxima.

Admirada por ele haver decidido permanecer a seu lado, em uma atitude de perfeito cavalheirismo, Diana lhe dirigiu um sorriso hesitante e entrou. Vários compartimentos sanitários do toalete estavam ocupados, e ela ouviu que duas de suas ocupantes conversavam animadamente.

— Não sei por que todo mundo ficou tão surpreso — observou uma delas, e Diana reconheceu a voz de Joelle Marchison. — Anne Morgan me contou que Dan disse a ela, meses atrás, que queria romper o noivado, mas que Diana implorou para que ele não a deixasse. Anne acha que se casar com outra e deixar Diana saber pelos jornais foi o único jeito que ele encontrou de se livrar.

Como enraizada no piso, sentindo lágrimas lhe subir aos olhos, Diana ouviu um coro de exclamações se elevar dos outros compartimentos. Sentiu vontade de gritar que Anne Morgan era uma invejosa, uma mentirosa despeitada, que sempre foi apaixonada por Dan, e que ele a rejeitou. Mas se conteve, porque tinha medo de perder o controle e começar a chorar.

A porta do compartimento onde Joelle estava se entreabriu, e Diana correu para dentro de um outro. Ficou lá até que todas saíram, machucada pela maldade de mulheres a quem nunca fizera mal. Então, se dirigiu à penteadeira e tentou enxugar as lágrimas represadas sem estragar a maquilagem.

Lá fora, Cole não pôde deixar de ouvir o que duas das mulheres que haviam saído do toalete disseram às amigas que as esperavam.

— Acabamos de saber que fazia tempo que Dan queria romper o noivado com Diana, mas que ela não deixava — contou uma delas.

— Bem feito ter sido largada daquele jeito — declarou a outra. — A imprensa sempre tratou Diana como se ela fosse uma princesa. Já estou enjoada de ouvir todo mundo dizer como ela é linda, bem-sucedida, que a sua revista é maravilhosa e mais um monte de besteiras.

— Tenho pena dela — disse a primeira que falou, demonstrando gen
tileza. — E, como eu, muita gente.

Meio escondido atrás do pilar, Cole não perdeu uma palavra, espantado
com a perversidade das mulheres em relação às companheiras de sexo
Imaginou o que deixaria Diana mais ferida: a inveja delas ou sua piedade
Teve quase certeza de que ela preferia despertar inveja a compaixão.

Capítulo 21

No INSTANTE EM QUE viu o rosto perturbado de Diana, Cole soube que ela ouvira alguma coisa do que suas "amigas" haviam dito no toalete. E, como não podia oferecer nenhum consolo, lhe ofereceu o braço.

As portas do salão estavam fechadas, e alguém fazia um discurso. Diana se aborreceu, sabendo que atrairia atenção indesejável entrando atrasada e, ainda por cima, pelo braço de Cole.

— Suponho que a sua mesa fique na frente — comentou, refletindo que o doador da peça mais cara do leilão certamente ocuparia o lugar de honra.

— Mesa um — confirmou. — No centro da primeira fileira.

— Nossa fileira é a terceira — Diana informou com um suspiro. — A mesa de um de nós dois não podia ficar nos fundos? Desse jeito, nunca passaremos despercebidos.

Ansiosa por entrar antes que se atrasassem ainda mais, segurou a pesada maçaneta da porta, mas Cole a impediu de girá-la, pondo a mão em seu braço.

— Por que tentar ficar invisível, Diana? Por que não deixar essa gente pensar o que todos pensarão depois que lerem o *Enquirer*, amanhã ou depois? Que acreditem que você não dá a mínima importância a Dan Penworth, que é em mim que está interessada.

— Ninguém que me conheça vai acreditar nisso — argumentou ela em tom aflito, torcendo as mãos em um gesto de nervosismo.

— Tem razão — concordou ele. — Que estupidez a minha! Esqueci que essa é uma reunião de ricos e desocupados, que nunca acreditariam que você trocaria um homem da sua classe por um sujeito comum, um ordinário...

Diana o encarou, confusa.

— Do que está falando? Não há nada de comum ou ordinário em você! — afirmou enfaticamente.

Estava sendo sincera, Cole percebeu com surpresa, ao mesmo tempo em que se censurava pela ridícula explosão.

— Obrigado — murmurou, examinando o rosto dela. — Pelo menos, a raiva trouxe o brilho de volta aos seus olhos. Que pena que o meu beijo não tenha conseguido isso!

— Não tenho o hábito de beijar homens que mal conheço, principalmente na frente de outras pessoas.

— Está ficando muito cheia de frescuras! — Cole brincou. — Beijava gatos e cães perdidos, o tempo todo!

A comparação era tão absurda que Diana riu.

— Beijava, sim, mas só quando achava que você não estava olhando.

No salão, aplausos educados anunciaram o fim do discurso de abertura. Cole abriu a porta, pegou Diana pelo cotovelo e a guiou para dentro. Murmúrios se ergueram por todo o enorme recinto, enquanto mil pessoas perplexas observavam o convidado de honra, um bilionário arredio que a *Cosmopolitan* pôs na lista dos cinquenta solteiros mais cobiçados do mundo, entrar displicentemente, segurando pelo braço Diana Foster, a noiva que Dan Penworth abandonou.

Cole a levou até sua mesa, na terceira fila, e a ajudou a se sentar na cadeira vaga entre Spencer e o avô de Diana. Cumprimentou a todos com um gesto de cabeça, mas piscou para Corey, sorriu calorosamente para Diana e a tocou levemente no ombro, antes de se dirigir à própria mesa.

Ela o observou se afastar, entre impressionada e divertida com sua suprema indiferença à agitação curiosa provocada por sua aparição. Procurando manter uma expressão agradável, mas neutra, olhou para Doug e a namorada, que estavam sentados a sua frente, à mesa redonda, então, para a mãe e os avós, à direita deles. Corey, entre Spencer e Doug, a olhava com mil perguntas nos olhos expressivos.

Diana sabia que estavam todos morrendo de curiosidade, mas eles conheciam a primeira regra de sobrevivência em sociedade, que era sempre formar uma frente única, unida e serena. Seguindo a regra, Spencer, Corey e Doug lhe sorriram, como se não houvesse nada de extraordinário no fato de ela ter entrado atrasada e acompanhada por um homem que nenhum deles viu em mais de catorze anos e que ostensivamente a tratava com possessiva familiaridade.

A mãe e o avô de Diana não faziam a mínima ideia de quem ele era, mas imitaram os outros, sorrindo calmamente. A avó, que começou a ignorar as normas sociais mais ou menos aos setenta anos, decidiu passar por cima daquela também. Foi seguindo Cole com o olhar, uma expressão perplexa no rosto, então se inclinou por cima da mesa, fazendo um gesto para Diana.

— Quem é aquele homem? — perguntou em um "cochicho" que chamou a atenção das pessoas sentadas atrás dela, à outra mesa.

— Cole Harrison, vovó — respondeu Diana depressa, para evitar que ela insistisse, começando uma discussão que inevitavelmente seria ouvida pelos outros ao redor. — O doador da escultura de Klineman para o leilão.

Rose fez uma careta, demonstrando desagrado.

— Não gostei daquela estátua — declarou. Então, como nos anos avançados desenvolveu também o desconcertante desejo de sempre dizer toda a verdade, desprezando as consequências, acrescentou: — Para ser honesta, achei pavorosa.

Olhou em volta, em um inocente convite para que os outros dissessem alguma coisa, fosse para concordar ou discordar, mas todos começaram a conversar sobre assuntos inofensivos, justamente para evitar uma discussão com ela.

— É feia demais! — Rose insistiu, se dirigindo a Diana. — Parece uma enorme bucha de limpar chaminés.

Diana sentiu vontade de lhe contar que Cole Harrison era o mesmo Cole que havia trabalhado no estábulo dos Hayward, mas ficou com medo de que ela deslanchasse em reminiscências do tempo em que as duas mandavam comida para ele, e as outras pessoas ouvissem.

Cole a salvou naquela noite, e Diana estava decidida a lhe proteger o orgulho e a privacidade, em troca de seu cavalheirismo.

Capítulo 22

PARA IMENSO ALÍVIO DE Diana, o interesse alvoroçado provocado por sua entrada ao lado de Cole logo diminuiu. Os garçons começaram a servir o primeiro prato do jantar a que o convite de mil dólares dava direito, e as pessoas esqueceram o acontecido.

Diana mal podia acreditar que o homem elegante, desembaraçado e sofisticado, que saiu das sombras e lhe ofereceu champanhe, era o mesmo jovem que só usava jeans e camisetas e conversava com ela enquanto escovava os cavalos dos Hayward. Que a provocava, quando jogavam cartas... que comia gulosamente tudo o que ela lhe levava.

Pegando um pãozinho crocante e partindo um pedaço, ela sorriu, recordando que o Cole de outros tempos vivia com fome. Agora ele atingiu a plena maturidade, ficou mais alto e mais musculoso, e era fácil adivinhar por que comia tanto naquela época: ainda estava crescendo e tinha muitos espaços vazios para encher.

Uma voz educada, mas insistente, soou-lhe ao ouvido, e Diana despertou do devaneio, olhando para duas garrafas de excelente vinho que um garçom exibia.

— Branco ou tinto, senhorita?

— Aceito, obrigada — respondeu, distraída.

O homem hesitou, observando-a, e olhou para Spencer, parecendo confuso.

— Talvez os dois — Spencer sugeriu com um sorriso.

Outro garçom apareceu e deslizou uma taça de coquetel de camarão diante dela. Conversas e risos subiam no ar, misturando-se ao leve retinir de talheres, mas Diana mal notava o que estava acontecendo a sua volta. Cole mudou muito, ela pensou, passando manteiga em um pedacinho de pão, que colocou no prato em vez de comer. Pegou o copo mais próximo e notou que se tratava de vinho *chardonnay* da melhor qualidade, aromático e suave.

Os anos não haviam deixado Cole mais suave, refletiu com um pouco de tristeza. Muito pelo contrário. No tempo em que o conheceu, ele já demonstrava força e dureza, mas parecia mais brando, quase bondoso. Agora, um toque de cinismo transparecia em sua voz, e os olhos cinzentos podiam assumir uma expressão desagradavelmente gelada. Ela testemunhou isso quando tentou se recusar a entrar com ele no salão. Era óbvio que Cole se endureceu em árduas batalhas, mas ainda sabia ser gentil. Quando o fotógrafo apareceu no terraço, ele se apressou em protegê-la. E era muito esperto e inteligente, porque em uma fração de segundo idealizou o plano que transformou uma situação ruim em algo favorável para ela. Para executar o que planejara, Cole a beijou...

Pegando novamente o copo, Diana percebeu que sua mão tremia, e tomou um gole generoso. Nunca deveria ter deixado que ele a beijasse! Como pôde fazer algo tão tolo, impulsivo, totalmente contrário a seu modo de ser? E que beijo! Suave em princípio... Fora um tanto embaraçoso para ela, quando suas coxas se comprimiram nas dele, em uma intimidade inaceitável. Afinal, era um estranho. Não. Um velho amigo, que colou os lábios nos dela, em um beijo leve, que interrompeu apenas para começar tudo de novo, de modo mais provocante, insistente, e, então... exigente. O primeiro beijo foi quase relutante, enquanto o segundo foi quase... faminto.

Ela sentiu o rosto queimar de vergonha. Para acalmar os nervos agitados, tomou o resto do vinho. Não, ela não devia ter deixado aquilo acontecer. Muitas mulheres eram deixadas por seus namorados, noivos, maridos, e nem por isso caíam nos braços do primeiro homem que aparecia oferecendo conforto.

Ou caíam?

Pensando bem, Diana achou que era isso mesmo que elas faziam.

E, pensando melhor, reconheceu que estava tendo uma reação exagerada diante de algo tão simples quanto um beijo sem significado, uma encenação para um fotógrafo importuno. Enquanto ficava se preocupando com aquilo, era provável que Cole já tinha esquecido o incidente. Talvez ele tivesse ido ao baile com uma namorada. De qualquer forma, estava sendo o centro das atenções, ocupando a mesa de honra e se divertindo.

Ela tentou resistir ao impulso de verificar se ele estava com uma mulher, mas foi inútil. Inclinando a cabeça ora para a direita, ora para a esquerda, olhando entre as pessoas nas mesas à sua frente, conseguiu ver quase todo o grupo que o acompanhava. A mesa número um era maior do que as outras, e havia muita gente em volta.

Ali estavam Franklin Mitchell, presidente da comissão do baile daquele ano, sua esposa, o filho, Peter, a nora, Haley, que em solteira teve o sobrenome de Vincennes, um outro casal, a sra. Canfield, uma idosa de cabelos azulados, cujos ancestrais haviam iniciado a tradição do Orquídea Branca, e seu filho, Delbert, um solteirão de meia-idade que já começava a ficar calvo.

Franklin disse alguma coisa que arrancou uma gargalhada dos companheiros, enquanto Diana se inclinava para a esquerda, tentando ver os outros componentes do grupo. Viu Conner e Missy Desmond e, então, seu olhar colidiu com o de Cole. Ele não estava rindo como os outros, e seus olhos cinzentos e penetrantes se fixaram nos dela, insistentes. Claramente desinteressado de tudo a sua volta, reclinado na cadeira, ele continuou a observá-la com uma expressão especulativa.

Diana não podia imaginar por que ele a olhava daquele modo, mas achou que devia lhe sorrir, e foi o que fez. Ele respondeu com um leve aceno de cabeça e um sorriso tão caloroso quanto ousado, mas o que mais a perturbou foi o olhar, que parecia quase calculista.

Ela desviou os olhos depressa e entrou na conversa dos parentes e amigos, mas um pensamento que teve ao ver Haley voltou, a aborrecendo. Imaginou o que a moça, que era famosa por sua língua ferina, e que certamente a viu entrar com Cole, poderia dizer a ele a respeito disso. Ela costumava colher fofocas, que usava como arma contra aqueles de quem não gostava, e havia muitos, na maioria mulheres.

Exibia especial antagonismo por Diana, por algo que Peter, ainda solteiro, fez em uma festa de casamento. Ele já tinha bebido demais, quando pediu licença para erguer um brinde, mas, em vez de brindar aos noivos, propôs a Diana que se casasse com ele. Ela tentou levar aquilo na brincadeira, assim como todo mundo, exceto Peter e, claro, Haley, que era apaixonada por ele.

Os dois se casaram pouco tempo depois, mas Haley nunca esqueceu que foi a segunda escolha de Peter, e ele, que foi rejeitado por Diana. A raiva ciumenta de Haley parecia ficar mais forte cada ano que passava, se transformando em ódio quando seu casamento entrou em crise. Diana tinha certeza de que, se a moça suspeitasse que havia alguma coisa entre ela e Cole, iniciaria uma campanha destrutiva, ali mesmo, e lançaria mão de tudo, inclusive de mentiras.

Essa possibilidade aumentava o nervosismo de Diana, que ainda tinha de enfrentar muita coisa naquela noite. Para se distrair, olhou para Amy, que não morava em Houston, e lhe perguntou o que ela planejava fazer, antes de deixar a cidade. Pegou o copo que um garçom voltou a encher e tomou mais um pouco de vinho, se forçando a ouvir o que a jovem dizia.

Quando o jantar ia chegando ao fim, ela participava da conversa com mais concentração e não notou que Spencer, sentado a seu lado, olhava para a mesa de Cole em silêncio e carrancudo. Mas Corey percebeu.

— O que foi? — perguntou ao marido, enquanto serviam o café.

Ele esperou que o garçom lhe enchesse a xícara e se afastasse, então moveu a cabeça discretamente na direção da mesa principal.

— Cole Harrison olhou demais para Diana, e não estou gostando disso.

Corey ficou surpresa, mas não descontente. No momento difícil que a irmã atravessava, nada melhor para seu ego do que a atenção de um homem tão cobiçado.

— Por que não está gostando? — quis saber.

— Porque não gosto dele.

— Por quê?

Ele hesitou por um longo momento.

— Entre outras coisas, tem fama de sempre conseguir o que quer, e Diana está tão vulnerável que talvez não saiba se defender — respondeu por fim.

— Cole é um velho amigo, Spencer, e você está sendo superprotetor — observou a esposa.

Ele pousou a mão sobre a dela.

— Tem razão.

Corey gostaria de se aprofundar no assunto, mas foi impedida pelo leiloeiro, que entrava no palco. O homem bateu o martelo na mesa, e aos poucos os convidados foram encerrando as conversas e voltando a atenção para ele.

— Senhoras e senhores, quando terminarmos, os compradores terão meia hora para confirmar os lances por escrito. Agora, vamos iniciar o que todos estavam esperando. Peço-lhes que abram o coração e os talões de cheques, lembrando-se de que cada dólar proveniente do leilão irá para o trabalho de pesquisa da Sociedade Americana do Câncer. Se preferirem, poderão consultar os catálogos individuais que foram postos em suas mesas, e onde encontrarão uma lista das peças a serem leiloadas, com descrições detalhadas.

O leiloeiro fez uma pausa, dando tempo às pessoas de pegarem seus catálogos.

— Sei que muitos de vocês estão ansiosos para assistir ao leilão da escultura de Klinemam — continuou. — Querendo aumentar sua ansiedade e desejo, colocamos essa peça no décimo lugar da lista.

O riso foi geral, e ele esperou que se fizesse silêncio novamente.

— A primeira peça é um pequeno desenho de Pablo Picasso. Quem dá o lance de quarenta mil dólares? — indagou e, um instante depois, sorriu com satisfação. — O senhor Certillo oferece quarenta mil dólares. Ouvi alguém oferecer quarenta e um?

Em poucos minutos, o desenho foi vendido por sessenta e seis mil dólares.

— A peça seguinte é um esplêndido abajur Tiffany, de 1904. Quem oferece cinquenta mil dólares?

173

Capítulo 23

A "HONRA" DE OCUPAR A mesa número um, ao lado de Franklin Mitchell, o anfitrião da festa, era algo que Cole dispensaria alegremente. Mitchell, um homem de aparência distinta e cabelos grisalhos, vice-presidente da companhia de petróleo de sua família, era convencido, fútil, um chute no saco. Os outros ao redor da mesa eram a esposa do anfitrião, o filho, a nora, um jovem casal de sobrenome Jenkins, um cinquentão, Delbert Canfield, sua idosa mãe, a quem ele chamava respeitosamente de "mãezinha", e Conner e Missy Desmond.

Os Desmond eram de meia-idade, atraentes, simpáticos, e tentaram valentemente encontrar algo em comum com Cole para poderem conversar com ele. Mas pareciam estar interessados apenas em golfe, tênis e nos amigos, de modo que suas tentativas foram vãs.

Em vez de esperdiçar o tempo ouvindo as futilidades que seus companheiros de mesa diziam, Cole decidiu fazer melhor uso daqueles momentos. Pensou na doença de Cal e em sua absurda exigência de que ele se casasse em seis meses, olhou várias vezes para Diana, para ver como ela estava se saindo, e, nos intervalos, voltava os pensamentos para problemas que esperavam uma solução.

Mais ou menos na metade do jantar, delineou mentalmente a pauta para a reunião anual de sua diretoria e decidiu declarar um adiantamento no pagamento dos dividendos, antes da reunião, para que suas propostas fossem mais facilmente aceitas.

Durante a sobremesa, enquanto Franklin Mitchell se gabava de suas estratégias para ser eleito presidente do River Pines Country Club, Cole traçava sua própria estratégia para colocar a Cushman Electronics no topo da indústria de chips para computadores.

O leilão já ia adiantado, e ele pensava em usos alternativos para aquela empresa, que adquirira recentemente, no caso de o tão alardeado chip não corresponder às expectativas, quando percebeu que Franklin Mitchell lhe dizia alguma coisa. Não tendo conseguido incluí-lo na conversa, por mais assuntos que abordasse, desde as origens de Cole até a possibilidade de o Houston Oilers ser classificado para o Super Bowl naquele ano, o homem agora lhe perguntava se ele sabia atirar.

— Um pouco — respondeu Cole, brevemente, olhando para Diana que, por alguma razão, se mostrava mais tensa do que uma hora antes.

— Então, acho que deveria convidá-lo para ir a nossa fazenda, caçar veados. É um lugar esplêndido. Dez mil alqueires.

Ergueu as sobrancelhas com exagero, esperando uma resposta ao que não fora propriamente um convite, mas uma sutil armadilha verbal que Cole já conhecia, usada quase sempre por idiotas narcisistas como Franklin Mitchell, que tinham de provar sua superioridade em todas as reuniões onde houvesse um novato. Como Cole não fora exatamente convidado para ir ao "lugar esplêndido" caçar veados, qualquer resposta que desse, mesmo educada ou até lisonjeira, o reduziria à condição de um suplicante esperançoso. Tendo isso em vista, achou que não havia motivo para disfarçar sua opinião a respeito de caçadas.

— Para ser franco, não acho uma atividade agradável ficar congelando o rabo num bosque, de madrugada, esperando um veado passar.

— Não, não. Nós não fazemos isso. Espalhamos cochos por toda a fazenda, onde os veados vão comer todos os dias.

— Quer dizer que vocês ficam rondando os cochos, até que os veados apareçam para comer?— Cole indagou, sério. — Depois, quando os coitados estão se alimentando pacificamente, vocês os matam e cortam as cabeças para pendurar acima da lareira?

Mitchell pareceu irritado.

— Não é do jeito como está colocando as coisas!

— Então, como é?

— É contra a caça? — perguntou Mitchell, obviamente zangado com a crítica implícita de Cole a seu esporte e o olhando como se duvidasse de sua masculinidade.

— Não, quando a pessoa come o que caça.

Mitchell relaxou visivelmente.

— Muito bem. Nós comemos. E, então, o que gosta de caçar?

— Patos de parques de diversão — respondeu Cole.

No mesmo instante, ficou aborrecido consigo mesmo por despejar seu desdém pelos ricos preguiçosos em um homem que não valia o tempo que ele estava perdendo. A esposa e a nora de Mitchell se divertiram com o óbvio desapontamento que ele demonstrou, mas Delbert Canfield e a mãe olharam para Cole em silêncio e de modo desconfiado. Os Desmond conversavam entre si e não perceberam nada.

A nona peça do leilão foi vendida por cento e noventa mil dólares e, de repente, a voz do leiloeiro se elevou, cheia de entusiasmo, chamando a atenção geral.

— A peça seguinte não precisa de descrição — preludiou o homem, sorrindo amplamente enquanto caminhava para o centro do palco. Puxou a cortina de veludo, expondo a escultura de Klineman doada por Cole, e um suspiro coletivo de admiração percorreu a plateia. As conversas cessaram, e os possíveis compradores observaram a enorme estátua de bronze, decidindo qual o lance mais alto que estavam dispostos a fazer.

— Este é o momento pelo qual muitos de vocês esperavam, uma oportunidade única de possuir a magnífica escultura de um mestre que o mundo perdeu — recitou o leiloeiro. — O lance inicial será de duzentos mil dólares, e os seguintes deverão subir de cinco em cinco mil. Quem gostaria de começar?

Sorriu, quando alguém levantou a mão.

— O senhor Selfer oferece um lance inicial de duzentos mil dólares — anunciou. — Alguém oferece duzentos e cinco mil? Sim, o senhor Higgins. E o senhor Altour, duzentos e dez mil.

— Duzentos e cinquenta! — gritou Franklin Mitchell.

Cole reprimiu um sorriso de desprezo pelo idiota que oferecia um quarto de milhão de dólares por um monte de metal de um metro e vinte de altura, que parecia um cacho de bananas com uma ligeira forma humana.

— Duzentos e setenta — gritou um homem lá dos fundos.

O leiloeiro, que não parava de sorrir, olhou inquisitivamente para o anfitrião da noite.

— Trezentos mil — ofereceu Mitchell, caindo ainda mais no conceito de Cole.

— Trezentos mil dólares, e mal começamos! — exclamou o leiloeiro, avaliando com a precisão de um sismógrafo humano os tremores de excitação que sacudiam o recinto. — Não se esqueçam de que se trata de um leilão beneficente, senhoras e senhores.

— Trezentos e dez mil!

— O senhor Lacey oferece trezentos e dez mil! E o senhor Selfer torna a entrar na disputa. Quanto? Quatrocentos mil dólares! Alguém dá mais? — O leiloeiro vasculhou o salão com o olhar, então abanou a cabeça em um gesto afirmativo e sorriu, anunciando: — Temos agora quatrocentos e dez mil dólares. Quem oferece quatrocentos e vinte mil?

No final, a escultura foi vendida por quatrocentos e setenta mil dólares, e, enquanto os presentes aplaudiam, o feliz proprietário assinou um cheque e o entregou a um dos assistentes do leiloeiro, dirigindo-se em seguida à mesa principal para apertar a mão de Cole. Mais que um gesto de gratidão, aquele aperto de mãos era uma das muitas tradições do Baile da Orquídea Branca e simbolizava uma transferência de propriedade e responsabilidade do doador para o novo dono.

Enquanto o novo dono se afastava com o peito estufado de orgulho, o doador olhou para o relógio e tentou esconder a impaciência folheando o catálogo de peças. Restavam ainda quatro artigos de grande valor e cerca de uma dúzia de joias e casacos de peles listados na categoria de artigos femininos. Nas duas primeiras páginas havia uma explicação da origem e das tradições do Baile da Orquídea Branca, e Cole a leu com crescente divertimento.

Os primeiros bailes não eram abertos ao público, e apenas as famílias mais proeminentes do Texas participavam. Entre outros detalhes, havia um que Cole achou interessante: desde o primeiro leilão, todos os artigos femininos sempre haviam sido exibidos por mulheres, em vez de simplesmente ficarem expostos.

Em um esforço para se redimir do desagrado que causou à sra. Canfield e Delbert, ele pousou o catálogo, olhando para a velha senhora.

— Pelo que li, vocês têm costumes relacionados com este baile que são muito interessantes, senhora Canfield.

Ela o olhou com um pouco de suspeita. Tinha no mínimo oitenta anos, cabelos branco-azulados, pele de boneca de porcelana e vários colares de pérolas ao redor do pescoço.

— Muitos deles começaram há mais de cem anos — respondeu.

Cole concordou.

— De acordo com o catálogo, apresentam as joias e as peles num desfile, e as "modelos" devem ser esposas, noivas ou filhas dos participantes do leilão — observou.

— Uma tradição que se iniciou por uma questão de lógica — informou a sra. Canfield, entusiasmada com o assunto. — Quando uma mulher escolhe uma coisa para exibir, é porque quer que o marido a compre para ela, o que sempre acontece.

— Parece uma forma delicada de extorsão — comentou Cole com um esboço de sorriso.

— Não parece, senhor Harrison. É extorsão — declarou a idosa com deslavada malícia. — A concorrência aumenta muito o preço das peças, o que é bom para as instituições que recebem o dinheiro. O pai de Delbert e eu tínhamos pouco tempo de casados, quando optei por mostrar um enorme broche de rubis. Naturalmente, deduzi que Harold conhecesse a tradição, mas ele não conhecia e não comprou a joia para mim. Fiquei muito triste e também envergonhada.

— Lamento — disse Cole, porque não sabia o que mais poderia dizer.

— Não tanto quanto Harold lamentou no dia seguinte — replicou com um sorriso. — Não consegui encarar minhas amigas durante uma semana!

— Tanto tempo assim? — Cole brincou.

— Foi o tempo que Harold levou para encontrar outro broche de rubis, em Nova York, e mandar que o entregassem em minha casa, aqui em Houston.

— Entendi — afirmou Cole.

Depois disso, ele ficou sem assunto. Tomou a abrir o catálogo e começou a ler a descrição das peças restantes, tentando calcular quando poderia deixar o salão e voltar para a suíte, onde muito trabalho o esperava.

Ao lado de cada peça feminina aparecia o nome da mulher que a exibiria. A última era um colar, doado por um joalheiro local, e seria mostrado pela "srta. Diana Foster". Segundo a descrição, tratava-se de "um magnífico colar, criado em 1910 para a condessa Vandermill, confeccionado com perfeitas ametistas de um tom profundo de roxo, circundadas por brilhantes e engastadas em ouro de dezoito quilates".

Cole fechou o catálogo e olhou para Diana. Ela falava com Corey e parecia perfeitamente calma, mas ele não se deixou enganar. Sabia como ela se sentiu mal por ter chamado a atenção de todos com sua entrada, e como devia estar nervosa por ter de exibir o colar.

— Pobrezinha da Diana! — exclamou Missy, lendo o catálogo e obviamente chegando à mesma conclusão que Cole. — Não sei por que ela não pediu para outra pessoa apresentar a joia.

Cole refletiu que a resposta era evidente. Como o nome de Diana já constava do catálogo, ela não poderia desistir sem chamar ainda mais a atenção de mil pessoas.

Do outro lado da mesa, Haley Mitchell, que ficou mais do que irritada por Cole Harrison não tê-la reconhecido, o viu olhar para Diana, a quem aparentemente reconheceu.

O marido, que não parara de beber desde o início do jantar, também estava olhando para lá.

— Acho que Diana fez uma nova conquista — comentou ele em um cochicho. — Cole Harrison não consegue parar de olhar para ela.

— Nem você — retrucou Haley, furiosa por Peter ter ousado mencionar o nome de Diana e porque ele tinha razão sobre o interesse de Cole. Então, se virou para Missy: — Sabe por que Diana Foster não pediu para outra pessoa apresentar o colar? Porque não pode ficar longe das luzes da ribalta nem por cinco minutos. — Inclinou-se sobre a mesa para perguntar à amiga, Marilee Jenkins: — Notou que hoje ela está bancando a mártir? Dê uma olhada naquele sorrisinho corajoso que grudou no rosto!

— Sinto muita pena dela — disse a sra. Canfield. — O que Daniel Penworth fez foi imperdoável.

— Não. Foi inevitável — declarou Haley. — Diana o estava sufocando. Ele não a amava e tentou romper o noivado com delicadeza, mas ela não desistiu. Muita gente pensa que ela é boazinha, mas a verdade é que não se importa com nada, nem com ninguém, exceto consigo mesma e aquela insuportável revista de artesanato que dirige.

— Não culpo Dan nem um pouquinho! — Marilee a apoiou.

Cole esperou, em vão, que alguém defendesse Diana. A sra. Canfield parecia envergonhada, e Missy, espantada, mas nenhuma das duas pronunciou uma palavra em favor da vítima da maledicência.

O leiloeiro avisou que a primeira peça destinada às senhoras seria mostrada, e Cole, de propósito, se virou de lado na cadeira, praticamente dando as costas aos companheiros.

De uma das mesas, se ergueu uma ruiva esguia que, sob aplausos, começou a desfilar, exibindo um maravilhoso colar de brilhantes. Sorrindo, ela caminhou por uma das passagens entre as mesas com a descontração e a graça de quem sabia que nasceu para ser exposta e admirada, enquanto o marido dava o lance inicial. Logo em seguida, outro homem, sentado à mesa deles, cobriu a oferta, obviamente forçando o marido a aumentar a sua. Os lances se sucediam rapidamente, entre explosões de riso dos amigos do casal, que faziam aquilo para que o preço subisse.

Cole gostou da brincadeira, que era feita com alegria e bom gosto. Outras esposas e namoradas mostraram as peças que tanto desejavam, enquanto os homens se envolviam no desafio de fazer com que os amigos destinados a comprá-las fizessem lances cada vez mais altos. De vez em quando, Cole olhava para Diana para ver como ela estava reagindo e notou que, à medida que o leilão prosseguia e cada peça era dada à mulher que já a usava, ela parecia ficar mais pensativa e tensa.

Quando o momento de sua apresentação se aproximou, ela começou a brincar nervosamente com o colar, como se quisesse escondê-lo ou arrancá-lo do pescoço.

— Senhoras e senhores, a peça que verão a seguir é um magnífico exemplo da habilidade dos joalheiros de uma época distante — anunciou o leiloeiro. — O esplêndido colar de ametistas e brilhantes, do início do século, será mostrado pela senhorita Diana Foster.

Cole compreendia que ela receasse se expor aos inevitáveis comentários, mas foi quando a viu se levantar que entendeu que tudo seria ainda mais difícil, pois Dan, o homem que por tradição deveria comprar o colar para ela, não se encontrava ali. Observou-a se dirigir à passagem que separava duas fileiras de mesas com um sorriso mecânico no rosto, notando que uma onda de murmúrios corria entre os espectadores.

Atrás dele, um homem comentou, brincando, que Dan Penworth provavelmente havia se casado com a italiana para não ter de gastar dinheiro com o colar, e todos riram.

Cole sentiu raiva e um impulso de proteger Diana, emoções que entraram em ebulição quando o leiloeiro sorriu inocentemente para ela e então para a assistência, tentando descobrir quem compraria o colar.

— Lance inicial de quinze mil dólares — anunciou o homem, ainda percorrendo o salão com o olhar. — Quem oferece? — Fez uma pausa, perplexo com o silêncio que se seguiu. — O preço do colar ainda seria uma pechincha, se alcançasse o dobro dessa quantia, mas alguém dá *dez* mil? — De repente, seu rosto tranquilizou-se, e ele apontou para alguém na plateia. — Obrigado, senhor Dickson.

Interrompeu o leilão quando o colar atingiu o preço de treze mil dólares, para que os possíveis interessados pudessem vê-lo melhor.

— Pobre Diana! — murmurou a sra. Canfield, falando com Cole. — Conheci o pai dela muito bem. Ele compraria o colar só para pôr um ponto final nessa tortura.

— Ela precisa ser derrubada do pedestal, e todo mundo sabe disso — comentou Haley Mitchell. — É uma vaca convencida.

Franklin Mitchell teve a finura de se mostrar envergonhado pela linguagem da nora, se não por seu veneno. Olhou para o filho, esperando um comentário.

— Ela sempre se deu muito valor — declarou Peter.

— É verdade — concordou a mãe, em tom frio.

Por não saber que as pessoas a sua mesa tinham razões pessoais para não gostar de Diana e se satisfazer com sua aflição, Cole deduziu de modo errôneo que todos naquele salão eram igualmente cruéis.

Reviu a bonita adolescente que lhe entregava sacos de alimentos com um sorriso radiante, tentando não ferir seu orgulho. "Minha avó adora cozinhar e é um pouco exagerada. Um pouco, não. Muito exagerada. Preparou tantos vidros de pêssegos em calda que não temos lugar para guardá-los." Sorriu involuntariamente, lembrando os artifícios de que ela lançava mão para não o constranger. "Cole, quer ajudar a acabar com a salada de batatas e frango da vovó? Ela pensou que ia alimentar um batalhão!" Recordou outras coisas, por exemplo, como Diana estava sempre limpa e arrumada, da ponta dos sapatos impecáveis aos cabelos brilhantes. Ele nunca a vira de unhas sujas, unhas que lixava e polia, mas que, ao contrário das outras garotas, não pintava.

— Tenho um lance de treze mil dólares — informou o leiloeiro, tirando Cole de suas reminiscências. — Quem oferece catorze?

— Peter, eu quero o colar. Compre-o para mim! — Haley pediu repentinamente, a voz carregada de maldade.

— Não vou esperar mais, senhoras e senhores — avisou o leiloeiro avisou, antes de entoar: — Dou-lhe uma...

Peter lhe fez um sinal e olhou para Diana, que mostrava o colar em uma outra mesa.

— Espere! Queremos dar uma olhada na joia.

Cole observou Diana se aproximar, refletindo que ela devia ter escolhido o vestido púrpura por combinar tão bem com as ametistas do colar que Penworth compraria para lhe dar de presente, se estivesse ali. Viu o sorriso dela tremer, quando Peter se inclinou com ar lascivo, olhando para seus seios, não para a joia.

Diana ergueu a pedra maior, no centro do colar, para que Peter a visse melhor, e ele a tomou entre dois dedos, deliberadamente roçando as costas da mão na pele macia acima do decote. Num movimento rápido, mas sutil, ela recuou um passo, ergueu as mãos para a nuca e tirou o colar. Sempre sorrindo, estendeu a mão, para que Peter o examinasse.

Seu olhar se cruzou com o de Cole, então desviou-se rapidamente. Naquele momento breve, ele viu algo nos olhos verdes que o fez tomar uma instantânea e monumental decisão.

Talvez tivesse uma necessidade latente de bancar o cavaleiro de cintilante armadura, pronto para salvar uma donzela em apuros, ou, talvez, fosse uma versão civilizada do macho pré-histórico, que erguia a clava contra o adversário para provar sua superioridade. Ou podia ser que o destino estivesse lhe dando a oportunidade de solucionar não apenas seus problemas, mas os de Diana também. Talvez fosse uma combinação dessas três coisas.

— Dou quinze mil dólares — anunciou Peter, olhando para o leiloeiro.

— Ofereço vinte e cinco — disse Cole, sem perder um segundo.

O leiloeiro pareceu confuso, mas deliciado.

— Ah! Temos novos lances, e muito bons — informou à plateia com um sorriso de triunfo. — O senhor Harrison cobriu o lance do senhor Mitchell, oferecendo dez mil dólares a mais — continuou, chamando a atenção de pessoas que até então não haviam demonstrado especial interesse pelo colar. — E nem examinou a joia direito! Senhorita Foster, pode, por favor, deixar que o senhor Harrison comprove a extraordinária qualidade dessa verdadeira obra de arte?

Com um sorriso que revelava grande alívio, Diana rodeou a mesa para se aproximar de Cole, que nem olhou para a joia em sua mão.

— Você gostou do colar? — perguntou, observando-a com um sorriso caloroso e provocador.

Ela viu o brilho divertido nos olhos cinzentos, percebendo que ele prolongava o momento de propósito, brincando com as pessoas no salão, mas estava ansiosa por sair da berlinda. Que alguém comprasse logo o colar, pondo fim àquilo tudo.

— É muito lindo — respondeu.

Cole se reclinou na cadeira, pondo as mãos nos bolsos da calça, e seu sorriso se tornou preguiçoso, como se ele tivesse todo o tempo do mundo para decidir se faria lances mais altos ou não. E parecia estar adorando manipular a atenção dos outros convidados.

— Lindo, sim — concordou. — Mas você gostou dele?

— É magnífico. Claro que gostei!

No silêncio que a curiosidade geral criara no salão, a resposta de Diana soou clara, provocando risadinhas bem-humoradas.

— Então, acha que devo comprá-lo?

— Naturalmente, se tiver uma pessoa para quem dar.

O leiloeiro percebeu que o interesse da plateia atingira o pico e que logo começaria a refluir.

— Ficou satisfeito com a inspeção, senhor Harrison? — perguntou.

Os olhos de Cole exibiam franca admiração quando ele examinou o rosto de Diana.

— Completamente satisfeito — afirmou.

— Então, continuemos com o leilão. O senhor Harrison ofereceu vinte e cinco mil dólares. Alguém dá trinta?

— Eu dou — disse Peter.

O homem olhou em volta para verificar se outra pessoa se manifestava e, vendo que não, encarou Cole.

— Senhor Harrison?

Se Diana não estivesse tão infeliz, teria rido ao ver o sorriso contagiante de Cole, quando ele ergueu quatro dedos, oferecendo um lance de quarenta mil dólares.

— Quarenta mil! — exclamou o leiloeiro, entusiasmado. — O senhor Harrison dá quarenta mil dólares. — Virou-se para Peter: — Vai cobrir o lance, senhor Mitchell? Oferece quarenta e cinco?

Haley abanou a cabeça afirmativamente, olhando para o marido, que hesitou, fitando Cole com raiva.

— Não — respondeu ele, saindo da disputa.

— Vendido para o senhor Harrison! — gritou o leiloeiro, batendo o martelo na mesa. — Por quarenta mil dólares. — Olhou para Cole e prosseguiu: — Sei que falo por todos os organizadores do Baile da Orquídea Branca, quando digo que estamos profundamente gratos por sua extraordinária generosidade, senhor Harrison. — Deu uma risadinha. — E devo acrescentar que esperamos sinceramente que a moça feliz que ganhar o colar saiba apreciar não apenas sua bondade, mas também seu bom gosto.

— Também espero! — Cole replicou, arrancando uma onda de risos e sorrindo com uma afabilidade totalmente oposta à fria indiferença que tinha exibido até ali. — Vamos ver o que ela acha.

A assistência ficou fascinada com a ideia de pelo menos entrever um pouco da intimidade do enigmático magnata, que uma colunista descreveu como alguém que tinha um computador no lugar do coração. Todos ficaram observando, enlevados, quando ele empurrou a cadeira para trás e se levantou.

Diana estava tão perturbada por estar "em cena" que tentou recuar no momento em que ele lhe tirou o colar da mão, pegando-o pelas duas pontas. Cole a impediu, dando um passo rápido para a frente e passando o colar ao redor de seu pescoço, prendendo o fecho.

Ela olhou para ele, totalmente confusa.

Ele olhou para ela, em expectante silêncio.

A assistência irrompeu em risos e aplausos, e, nos fundos do salão, as câmeras acenderam suas luzes como um bando de vaga-lumes assustados.

— E então? — perguntou Cole, confirmando que ela era a "moça feliz". — Acha que tenho bom gosto?

Diana concluiu que ele estava fingindo que lhe dava o colar, como fingira paixão ao beijá-la no terraço, para enganar o fotógrafo. "Presenteá-la" com o colar era apenas uma estratégia muito esperta, e muito gentil, para ajudá-la a sair de uma situação embaraçosa.

— Acho. Seu gosto não é apenas bom. É excelente — respondeu.

E você é um magnífico trapaceiro, pensou com admiração.

— Ficou bastante impressionada a ponto de aceitar dançar comigo? — Cole perguntou em tom de desafio. — Estou ouvindo música no outro salão.

Sem esperar resposta, guiou-a entre as mesas, na direção da porta que levava ao salão adjacente, sob os olhares de pessoas deleitadas que se desmanchavam em sorrisos.

Os dois estavam quase à porta, quando Diana parou.

— Espere um pouco — pediu com um sorriso. — Você conhece Corey, mas quero apresentá-lo ao restante da minha família. Depois do que aconteceu, devem estar loucos para conhecê-lo.

Girou e começou a abrir caminho entre os grupos que se dirigiam ao salão onde seria realizado o baile.

Capítulo 24

No TEMPO QUE LEVOU para chegar à mesa da família, Diana começou a se sentir um pouco tonta. A tensão que experimentara nos últimos dias foi muito forte, pois ela enfrentou o mundo sem deixar transparecer como estava sofrendo com a traição de Dan. Para piorar tudo, teve de encontrar forças para suportar o pesadelo do leilão. Mas, de repente, aquilo terminou e não foi um pesadelo, porque Cole transformou a constrangedora situação em uma peça de teatro com final feliz.

A bruta e inesperada vazão de tanto estresse causou uma espécie de impacto em seu sistema nervoso, a despindo da pesada armadura emocional que teve de usar durante quase uma semana. Sentia-se leve. Flutuante.

Até ali, havia sido a mulher chutada por Dan, exposta ao ridículo e merecedora de piedade. No dia seguinte, a imprensa a mostraria em um novo papel, provavelmente no de amante de Cole Harrison. Tudo parecia tão incrível que ela sentiu o súbito impulso de rir.

Conseguiu se conter e fazer as apresentações. Mas experimentava uma sensação estranha de vertiginosa euforia, uma alegria quase histérica, enquanto observava a reação dos parentes e amigos.

Corey abraçou Cole, rindo e o elogiando pelo modo como ele livrara Diana do constrangimento. Mary foi menos efusiva, mas muito amigável. O avô e Spencer sorriram educadamente, apertando a mão dele, e a avó o olhou nos olhos como se quisesse lhe devassar a alma. Amy Leeland corou ao cumprimentá-lo.

Doug Hayward, porém, se portou de maneira insultante. Levantou-se e pôs as mãos nos bolsos, para não apertar a de Cole.

— Ele trabalhou no nosso estábulo. Limpava baias — explicou a Amy em tom de desprezo. — Agora, doa obras de arte para leilões beneficentes. — Em seguida, dirigiu-se a Cole: — É espantoso como um homem pode subir na vida, aqui no nosso país, não é, Harrison?

Cole o encarou gelidamente, apertando os maxilares em uma reação de raiva.

A hostilidade entre os dois era inexplicável, mas visível, e a família de Diana automaticamente se voltou para ela, em uma súplica muda para que intercedesse. Sempre podiam contar com seus dons de diplomacia, sensibilidade e humor para resolver uma situação, por mais difícil ou explosiva que fosse.

Com um sorriso alegre, ela olhou para os dois homens, que se encaravam como duelistas silenciosos à espera do sinal que lhes permitiria andar cada um para o seu lado, virar e atirar.

— Entendo que vocês queiram falar dos velhos tempos, mas terão de esperar, porque o baile já está começando.

Com isso, pegou uma bolsa de cima da mesa, passou o braço pelo de Cole e começou a andar, forçando-o a segui-la.

Sabendo que a cortesia exigia algumas palavras de explicação para a rápida partida, ele olhou por cima do ombro, vendo que Doug Hayward se afastava.

— Ela resolveu se arriscar, concordando em dançar comigo — disse ao grupo, acompanhando Diana na direção do outro salão.

Com exceção da avó, todos acreditavam que aquela noite marcaria uma virada completa na vida de Diana.

— O senhor Harrison é exatamente o que Diana precisa para esquecer Dan. Seu orgulho foi curado, e ela está feliz — comentou Mary.

— Diana é daquelas que sobrevivem a qualquer desastre — disse Spencer.

— É objetiva e corajosa — opinou o avô. — Descobriu que Dan não era o homem certo para ela e já o deixou para trás.

— Ela é muito corajosa, sim — concordou Corey. — Uma batalhadora.

— Diana está no limite da sua resistência — declarou Rose.

— Bobagem, vovó — replicou Corey, em parte porque não queria acreditar naquilo. — Ela nunca perde a cabeça. Sempre mantém a calma, mesmo sob grande pressão, e...

— E acabou de levar a minha bolsa! — A avó a interrompeu.

A revelação fez com que todos se virassem, alarmados, e olhassem para Diana, que chegava à porta pelo braço de Cole. Sabiam da atenção que ela dava aos menores detalhes de um traje, conheciam sua habilidade para se apresentar bem-vestida, com todos os complementos combinando, por mais adversas que fossem as circunstâncias.

A bolsinha de noite, da mesma cor do vestido e assinada por Judith Leiber, que Diana levou ao baile continuava sobre a mesa. Ela saiu com a bolsa preta da avó pendurada no braço, um acessório totalmente inadequado para o lindo vestido. Aquilo era, sem dúvida, um sintoma assustador.

— Aí está a prova de que Diana chegou ao limite! — Rose observou com tristeza.

Capítulo 25

— SE DE FATO VAI dançar comigo, acho melhor beber alguma coisa antes — brincou Cole, quando entraram no salão de baile.

Dirigiram-se a um dos aparadores, e ele derramou champanhe em uma taça longa, que entregou a Diana.

— O álcool funciona como anestésico, e dançar comigo pode ser uma experiência dolorosa — avisou com um sorriso.

Ela tomou um gole, tão aliviada por estar livre da prova do leilão, e tão grata pela gentileza de Cole, que dançaria com ele até descalça, sem se importar com a possibilidade de ter os dedos pisados. As mulheres já não a olhavam com pena ou desdém. Na verdade, pareciam nem vê-la, notou, divertida, pois só olhavam para Cole, e ela não podia censurá-las por isso. Alto, com aquele corpo atlético, cabelos pretos e espessos e olhos cinzentos, Cole Harrison era magnífico. Os atributos físicos que o haviam tornado objeto das fantasias das garotas, tanto tempo antes, estavam mais evidentes, e a aura de força e sexualidade que sempre o cercou se expandiu, irradiando também requinte e poder.

Bebericando o champanhe, ela olhou em volta, divertindo-se com o ar confuso dos conhecidos, que antes a haviam observado com piedade ou perversa satisfação.

A orquestra tocava uma música lenta, de grande sucesso, quando se aproximaram da pista de dança, e Diana fez menção de colocar a taça em uma mesa, mas Cole a impediu com um gesto.

— Tome tudo — ordenou.

Acha mesmo que vai pisar nos meus pés? — Ela perguntou, rindo.

— Claro que não. Acho que você vai pisar nos meus, tensa como está...
— Cole implicou.

Diana tornou a rir e tomou o resto da bebida, passando o braço pelo dele, puxando-o para mais perto em um gesto um tanto possessivo que o agradou imensamente. Afinal, estava prestes a lhe propor uma das mais importantes "transações" de sua vida, e ela precisava confiar bastante nele para aceitar sua estranha proposta.

Assim que ela pousou o copo, ele a levou para a pista e a tomou nos braços, começando a se movimentar ao ritmo da música. Diana o encarou, e havia carinho e gratidão nos lindos olhos verdes.

— Cole?

— O quê? — ele murmurou.

— Alguém já lhe disse que você é muito gentil?

— Não. Geralmente, dizem que sou frio, calculista e impiedoso.

Diana se revoltou contra aquela injustiça. Com o coração repleto de gratidão e a mente anuviada por todo o vinho e champanhe que tinha tomado para criar coragem, via em Cole um homem maravilhoso e onipotente, um defensor poderoso que derrotou seus inimigos e a salvou da humilhação, um herói galante, generoso e ousado em um mundo cheio de covardia e maldade.

— Como podem dizer isso de você? — perguntou.

— Porque é a verdade — respondeu ele calmamente.

Diana não pôde conter uma risadinha.

— Mentiroso.

Cole a encarou, fingindo estar ofendido.

— Não. Isso eu não sou.

Sorrindo, ela disse a si mesma que ele estava brincando porque ficou envergonhado com seu elogio, e decidiu mudar de assunto.

— Para quem você comprou o colar? — indagou.

Em vez de responder imediatamente, Cole a olhou em silêncio por momentos tão longos que Diana supôs, decepcionada, que talvez ele havia gastado quarenta mil dólares por um colar não para dá-lo a uma mulher, mas apenas para exibir sua superioridade financeira.

— É um presente para a minha futura esposa — respondeu por fim, deixando-a aliviada.

— Oh, isso é maravilhoso! Quando será o casamento?

— Assim que ela aceitar a minha proposta.

— Ou você tem muita certeza de que ela aceitará, ou está esperando convencê-la com este colar — Diana o provocou. — Qual das alternativas é a correta?

— As duas. Estou esperando convencê-la com esse colar, mas tenho certeza de que ela aceitará a minha proposta quando eu lhe mostrar as vantagens que o casamento trará para nós dois.

— Você fala como se fosse propor um negócio, não um casamento — comentou Diana com um sorriso surpreso.

Cole revisou rapidamente o plano que concebeu menos de meia hora antes e tomou a decisão final.

— A última vez que eu pedi alguém em casamento, tinha dezesseis anos — informou em um tom enganadoramente displicente. — É compreensível que precise melhorar a técnica, menina.

Diana ficou um pouco desconcertada ao descobrir que Cole não tinha tanto arrojo, nem tanta experiência com mulheres como ela julgou quando era adolescente e estava apaixonada por ele. Porém, mais do que tudo, ficou comovida quando ele a chamou de "menina", como algumas vezes fazia no tempo em que os dois conversavam no estábulo dos Hayward, cercados pelo cheiro doce de capim recém-cortado e couro lubrificado. A vida parecia tão simples naquela época, e o futuro que se abria a sua frente era luminoso e cheio de promessas. Com súbita tristeza, Diana refletiu que nada saiu do jeito que ela imaginou.

Como se percebesse que seu estado de espírito se tornou sombrio, Cole a guiou suavemente para fora da pista.

— Vamos para algum lugar mais tranquilo, aperfeiçoar minha técnica de pedir mulheres em casamento. A "plateia" aqui dentro é muito grande.

— Pensei que quisesse que as pessoas prestassem atenção em nós — argumentou ela.

— Já viram tudo o que precisavam ver — declarou ele com a arrogância de quem proclamava um decreto real.

Segurando Diana pelo braço, levou-a para fora do salão lotado e barulhento.

191

Capítulo 26

— Aonde vamos? — perguntou Diana, rindo, quando Cole a levou na direção dos elevadores.

Sua tristeza foi momentânea, e rir à toa estava sendo cada vez mais delicioso. No dia seguinte, a infelicidade cairia sobre ela com o peso de um rochedo, mas naquela noite a presença de Cole e a bebida proviam um abrigo seguro.

— Quer ir ao lago Tahoe? — Cole propôs, pressionando o botão de chamada de um dos elevadores. — Podemos nos casar, nadar um pouco e estar de volta ao hotel a tempo de tomar o café da manhã.

Diana concluiu que ele estava ensaiando uma proposta de casamento e precisou se esforçar para não rir de sua falta de romantismo.

— Tahoe fica longe. Além disso, não posso ir com esta roupa — respondeu em tom de brincadeira.

Olhou para o vestido púrpura com fingido desgosto, e Cole seguiu seu olhar, notando a suave elevação dos seios e a delicadeza da cintura fina.

— Nesse caso, só existe um outro lugar que pode oferecer o tipo de atmosfera que tenho em mente — comentou.

— Que lugar é esse?

— Minha suíte — respondeu Cole, guiando-a para dentro do elevador lotado e introduzindo uma chave na fechadura ao lado do botão da cobertura.

Diana ficou surpresa e preocupada, mas havia participantes do Orquídea Branca no elevador, e ela não podia discutir com Cole na frente deles. Mas quando as duas últimas pessoas, um casal de idade, desceram no andar abaixo da cobertura, ela o olhou com ar reprovador.

— Eu não devia desaparecer do baile, principalmente com você.

— Por quê, principalmente comigo? — Ele perguntou friamente.

O elevador parou e a porta se abriu. Em vez de sair, Cole segurou a porta para impedi-la de se fechar. Um pouco tonta por causa do champanhe e da subida rápida do elevador, Diana, em vez de se assustar com a expressão severa do rosto dele, teve vontade de rir.

— Você esteve tão ocupado, salvando minha reputação, que não percebeu que está colocando a sua em risco. O que eu quis dizer foi que não devíamos desaparecer juntos, sem antes contar a minha família para quem, na verdade, você comprou o colar. Também não pensou que, se as pessoas souberem que está para se casar, e virem alguma daquelas fotos comprometedoras no *Enquirer*, dirão que você não tem integridade alguma.

— Está preocupada com a minha reputação? — Ele indagou, sem poder conter o riso, retirando a mão da porta.

— Claro — afirmou ela, séria, saindo para o vestíbulo privativo da suíte.

— Isso é novo para mim — comentou Cole, sorrindo, enquanto a seguia. Entraram na sala de estar, e ele acionou o interruptor, acendendo as pequenas lâmpadas escondidas em reentrâncias no teto. — Tenho a impressão de que esta será uma noite de muitas novidades.

Olhou para Diana, que se adiantou e parou ao lado da mesa de centro. Ela o observava, a cabeça inclinada para um lado, com ar mais confuso do que desconfiado.

Desconfiança seria ruim, ele refletiu, mas confusão me ajudará.

Ligou o aparelho de som, depois foi ao bar e retirou uma garrafa de champanhe da geladeira. Álcool no sangue de uma mulher já deliciosamente "embriagada" de gratidão e alívio a impediria de se tomar desconfiada.

— Novidades? — Diana repetiu tardiamente. — Existe alguma coisa que você ainda não tenha feito até agora?

— Para começar, nunca estive na sacada desta suíte com uma mulher — respondeu ele sorrindo. — Tirou a rolha da garrafa e a colocou em um balde com gelo. — Vai ser a primeira vez.

Diana o viu desabotoar o paletó do smoking e afrouxar a gravata, então colocar o balde com a garrafa na curva do braço e pegar duas taças, segurando uma em cada mão. Com o cotovelo, ele pressionou um botão na parede, e as duas partes da pesada cortina que cobria a porta para a sacada deslizaram para os lados. Aquilo evocou uma lembrança antiga, e

Diana o viu de jeans e camiseta, enxugando um cavalo com a mão direita e segurando as rédeas de outro com a esquerda, enquanto conversava com ela sobre trabalhos de escola. Mesmo naquela época, ele sempre parecia estar fazendo várias coisas ao mesmo tempo.

Cole lhe entregou uma das taças e abriu a porta de vidro, se afastando para um lado a fim de que Diana passasse. Ela saiu para a sacada, sorrindo de modo divertido.

— Eu disse algo engraçado? — Ele quis saber.

— Não. Eu só estava pensando que, nos velhos tempos, você conseguia fazer uma porção de coisas ao mesmo tempo, e sem esforço. Aquilo me enchia de admiração.

O elogio foi tão surpreendente e agradável que Cole não conseguiu pensar em nada para dizer. Colocou o balde em uma mesinha, ergueu a garrafa e encheu a taça que ela segurava e a sua.

Música suave flutuava à volta deles, vinda da sala, e um tapete de luzes se estendia lá embaixo, criando um cenário espetacular. Aproximando-se da grade, Diana deixou o olhar vaguear por aquela imensidão iluminada, e seus pensamentos se fixaram em Dan, inexoravelmente.

Cole se juntou a ela, mas não se interessou pela vista.

— Parece muito triste — comentou, observando-a. — Espero que esteja pensando em Penworth, não em mim.

Diana ergueu o queixo orgulhosamente.

— Já quase esqueci Dan — declarou. — Convivemos muito pouco, no último ano.

Em vez de fazer algum comentário, Cole a observou em silêncio, ocultando não só seu ceticismo, como também o desapontamento por Diana não querer confiar nele, abrindo o coração.

— Eu menti — admitiu após um momento, suspirando. — Aceitei o que aconteceu como algo irreversível, mas me sinto… furiosa. Furiosa e humilhada.

— É natural — murmurou Cole, solidário. — Afinal, você foi chutada pela escória da Terra.

Diana o encarou boquiaberta de espanto. Então, começou a rir. Cole a acompanhou, e seu riso era rico e profundo. Passou um braço pelos ombros dela, puxando-a para si.

Sentindo a mão morna subir e descer por seu braço em uma carícia confortadora, Diana pensou que, mesmo Cole estando quase noivo de outra mulher, era bom saber que ele a apreciava bastante para ficar a seu lado e lhe dispensar tanto carinho.

Dan não a apreciou, não lhe deu valor...

Para afugentar o pensamento perturbador, ela tomou um longo gole de champanhe, se lembrando de que Cole queria ensaiar o modo de pedir uma moça em casamento. Isso a fez lembrar também que ainda estava usando o colar. Pousou a taça e ergueu as mãos à nuca para soltar o fecho.

— Acho melhor tirar o colar, antes que me esqueça e vá embora com ele.

— Não — disse Cole, tirando o braço dos ombros dela. — Comprei o colar para você.

Surpresa, ela baixou as mãos.

— Você o comprou para a mulher com quem pretende se casar.

— Isso mesmo — confirmou.

Diana abanou a cabeça com força para clarear a mente, então o encarou.

— Bebi mais do que costumo e não estou conseguindo acompanhar a conversa — confessou ela. — Tenho a impressão de que você está falando por enigmas.

— Nesse caso, vou falar com mais clareza. Quero que se case comigo, Diana. Hoje.

Ela se segurou no topo da grade e deu uma risada.

— Cole Harrison, você está bêbado?

— Não.

Ela lhe observou o rosto, totalmente confusa.

— Então, sou eu que estou?

— Não, mas seria bom que estivesse, porque seria mais fácil convencê-la.

Depois de alguns instantes de silêncio, ela tornou a rir.

— Está falando sério? Impossível!

— Estou falando muito sério.

— Não quero parecer ingrata, mas acho que você está levando o cavalheirismo longe demais — declarou Diana, ainda rindo.

— Cavalheirismo não tem nada a ver com isso.

Com fria objetividade, Cole a observou lutar para controlar o riso. Era tão linda! A foto que ele vira no jornal não lhe fez justiça. Mostrava uma mulher sorridente e autoconfiante, mas a Diana da vida real era muito mais encantadora. O calor do súbito sorriso, os reflexos avermelhados que a luz punha nos exuberantes cabelos cor de canela não podiam ser captados em uma fotografia.

— Ou está levando sua compaixão por mim a um extremo inacreditável, senhor Harrison, ou está brincando — comentou, esforçando-se para não rir.

— Não sou louco para brincar com certas coisas, Diana, e não é por compaixão que quero me casar com você.

Por um momento, ela examinou o rosto dele em total perplexidade.

— Devo mesmo levar você, ou melhor, essa proposta, a sério? — perguntou.

— Deve.

— Então, permite que eu faça algumas perguntas?

— Pode perguntar o que quiser.

Ela inclinou a cabeça para um lado, olhando-o com ar confuso, incrédulo e ao mesmo tempo divertido.

— Por acaso está com a mente perturbada por algum tipo de droga?

— De jeito nenhum.

— Então, devo acreditar que deseja se casar comigo porque se apaixonou por mim quando eu era jovem e nunca me esqueceu?

— Quer que eu minta dizendo que sim?

— Não. Quero que me diga que motivo tem para querer esse casamento.

— Há duas razões: eu preciso de uma esposa, e você precisa de um marido.

— E isso faz de nós um par perfeito?

Cole a olhou, precisando lutar contra o impulso de apagar com um beijo o sorriso que brincava na boca tentadora.

— Acho que sim — respondeu.

— Não sei por que você precisa se casar, mas casamento é a última coisa de que eu preciso no momento.

— Está enganada. É a única coisa de que precisa. De acordo com o que li no *Enquirer*, sua revista vem sendo atacada pelos concorrentes, através da mídia, porque prega uma coisa, enquanto você faz outra, continuando solteira, "fugindo da responsabilidade de ser esposa e mãe". Agora, depois que aquele idiota a deixou, isso vai piorar. Se você se casar comigo, além de salvar seu orgulho, estará livrando sua empresa de mais publicidade negativa, que é extremamente danosa para qualquer negócio.

Ela o encarou como se houvesse sido esbofeteada pela última pessoa que julgou capaz de feri-la.

— Devo parecer muito desesperada, para você sugerir tal coisa e acreditar que eu aceitaria!

Afastou-se da grade, caminhando na direção da porta, mas Cole a segurou pelo braço.

— Eu é que estou desesperado, Diana.

Ela o encarou, duvidosa.

— Tão desesperado que qualquer mulher servirá para ser sua esposa?

Por instinto e experiência, Cole sabia que um pouco de carinho e algumas palavras persuasivas o ajudariam a vencer a resistência de Diana, e estava disposto a lançar mão desse recurso, mas apenas se raciocínio lógico e completa honestidade não fossem suficientes. Em primeiro lugar, ela estava fragilizada, no momento, e ele não queria fazer ou dizer alguma coisa que a levasse a vê-lo como um substituto para seu amor perdido. Em segundo, não pretendia complicar o casamento deles com intimidade emocional ou física.

Assim, ignorou a voz do instinto que o mandava estender a mão e afastar a mecha de cabelos brilhantes que caíra sobre o rosto delicado, e venceu a tentação de dizer que ela não era uma mulher qualquer, muito pelo contrário.

— Vou explicar tudo — disse apenas. — Mas acabe de tomar o seu champanhe.

Diana quase protestou, mas decidiu atendê-lo e tomou o resto da bebida.

— Agora, explique.

— Meu problema é um velho chamado Calvin Downing, tio da minha mãe, ou seja, meu tio-avô. Quando eu quis ir para a universidade, ele tentou convencer meu pai de que eu não estava desprezando a família e minhas origens, mas foi inútil. Então, Cal me emprestou o dinheiro de que eu precisava para estudar. Quando faltava pouco para eu me formar, uma empresa exploradora perfurou um poço experimental na fazenda dele e encontrou petróleo. Não era nenhum jorro fantástico, mas meu tio tinha uma participação nos lucros que lhe rendia vinte e seis mil dólares por mês. Quando me formei, o procurei com um plano louco que nenhum banqueiro financiaria, mas Cal acreditou na minha capacidade e me deu tudo o que tinha para eu iniciar o meu negócio. Ele sempre acreditou em mim, desde que eu era menino e sonhava em ser rico.

Fascinada pela sinceridade de Cole, e incapaz de compreender como um velho tão amoroso e bom podia estar complicando sua vida, Diana ficou em silêncio, esperando que ele continuasse. Mas Cole parecia mais interessado em observá-la.

— Continue — pediu ela por fim. — Até agora, não entendi como seu tio Cal pode ter criado problemas para você.

— Ele acha que está resolvendo, não criando.

— Não entendo — insistiu. — E não é porque tomei vinho e champanhe demais.

— Não entende porque ainda não expliquei a parte principal. Cal me entregou todas as suas economias e ainda mais duzentos mil dólares que pegou emprestado de um banco, dando a fazenda como garantia. Claro que insisti em considerar aquilo um empréstimo. Assinei notas promissórias e fiz questão de transformar Cal em meu sócio.

Diana se lembrou de ter lido na revista *Times* que o patrimônio de Cole era avaliado em mais de cinco bilhões de dólares.

— Suponho que tenha pago o empréstimo — comentou.

— Paguei, claro, e com juros — afirmou ele, e um sorriso lhe suavizou o rosto. — Entre outras excentricidades, meu tio tem mania de economizar. É um pão-duro, para ser franco, o que torna ainda mais significativo o fato de ele ter me dado todo o seu dinheiro. Para você fazer uma ideia, Cal utiliza os cupons de desconto que saem nos jornais, ainda compra roupas na Montgomery Ward e, se o seu telefone fica mudo, o que não é raro, ele reduz uma trigésima parte da conta telefônica para cada dia em que isso acontece.

— Eu não sabia que é possível fazer isso — admitiu Diana, impressionada.

— Não se pode. Cal faz isso de teimoso. A companhia telefônica não aceita as suas "reduções", desliga o telefone e só torna a ligar quando ele paga a conta.

Diana sorriu diante da descrição de um velho obstinado e sovina, mas com um grande coração.

— Cada vez entendo menos como ele pode estar lhe causando transtornos.

— Meu tio ainda é meu sócio, e devo a ele o que sou hoje. Para não magoá-lo ou ofendê-lo, nunca tive coragem de lhe pedir para se retirar da sociedade, mesmo depois de ter pagado o empréstimo original até o último centavo. Além disso, sempre confiei cegamente em Cal e não podia imaginar que ele se recusaria a passar as suas ações para mim e, muito menos, que ameaçaria deixá-las para outra pessoa, quando morresse.

Como era uma empresária perspicaz, Diana avaliou imediatamente o impacto devastador dessa atitude, mas não podia acreditar que o homem que Cole descreveu fosse capaz de tamanha traição.

— Pediu a ele para assinar a transferência das ações para você? — perguntou.

— Pedi.

— E?

Cole esboçou um sorriso amargurado.

— Cal está completamente disposto a assinar, exceto por um probleminha que acha que devo resolver para ele, antes que isso aconteça.

— Que probleminha? — perguntou Diana, fascinada pelo que ouvia.

— Imortalidade.

Ela se surpreendeu.

— Imortalidade? — repetiu, entre confusa e divertida.

— Exatamente. Há uns seis ou sete anos, mais ou menos quando completou setenta anos e começou a ficar doente, Cal sentiu um forte desejo de se tornar imortal, deixando um bando de descendentes. Além de mim, ele só tem um parente consanguíneo, meu primo Travis, casado com uma mulher chamada Elaine. Os dois são muito agradáveis, mas estão longe de ser inteligentes. Têm dois filhos, que não são agradáveis, nem inteligentes, e que Cal não tolera. É por isso que ele quer que eu me case, para produzir crianças inteligentes que deem continuidade à família.

— E o que acontecerá, se você não fizer isso? — perguntou Diana, ainda sem compreender tudo o que Cole tentava explicar.

— Meu tio deixará a parte que tem na minha corporação para Donna Jean e Ted, os filhos de Travis e Elaine — respondeu ele, tomando apressadamente um gole de champanhe como para tirar da boca o gosto amargo daquelas palavras. — Enquanto Donna Jean e Ted não completarem vinte e um anos, os pais administrarão seus bens, com ações suficientes para participar da direção da companhia. Travis já trabalha para mim, como chefe do departamento de pesquisa e desenvolvimento. É leal e faz o melhor que pode, mas não tem miolos para me ajudar a dirigir a Unified, mesmo que eu quisesse, o que certamente não quero! Os filhos, que estão na faculdade, não tem a lealdade do pai, nem o bom senso e a bondade da mãe. Na verdade, são gananciosos e egoístas e já estão planejando como gastarão o dinheiro que eu ganhei, quando puserem as mãos nele.

Diana reprimiu um sorriso. Cole Harrison, o empresário invencível, o leão de Wall Street, estava sendo imprensado na parede por um tio velho e doente e que provavelmente já perdeu a clareza de raciocínio.

— Pobre Cal — murmurou ela com uma risadinha abafada. — Que dilema o dele! Um sobrinho-neto não tem aptidão para os negócios, mas é casado e pai de dois filhos. O outro é um empresário fabuloso, mas não tem esposa nem filhos.

— Nem a menor vontade de ter — complementou Cole.

Satisfeito porque Diana compreendeu o problema, ergueu a taça, fazendo-lhe um brinde irônico.

— Parece que está numa grande encrenca, senhor Harrison — observou ela com um sorriso malicioso.

— E você acha isso muito divertido, suponho.

— Bem, precisa admitir que é uma situação um pouco… hã… medieval.

— No mínimo.

— Só que, nos romances medievais, forçam a heroína a se casar com quem ela não quer. É a primeira vez que escuto falar de um herói obrigado a fazer isso.

— Se a sua intenção é me animar, não está conseguindo — informou com aflição.

Parecia tão aborrecido com a insinuação que ela fez sobre ele ser um herói manipulado, que Diana precisou virar o rosto para esconder o riso. Então, de repente, percebeu como a proposta que ele lhe fez era presunçosa e ofensiva, e perdeu toda a vontade de rir. Voltou a encará-lo.

— Assim, quando me viu, hoje, se lembrou de que fui abandonada pelo meu noivo e que por isso ficaria ansiosa por me casar com você e ajudá-lo a resolver o seu problema — comentou em tom calmo, apesar da raiva.

— Não sou tão egoísta, Diana, nem tão presunçoso. Sei muito bem que você rejeitaria a minha proposta, se não fosse por uma coisa.

— Que coisa *é* essa?

— Casando-me com você, eu estaria oferecendo a mim mesmo como solução dos seus problemas.

— Entendo — afirmou ela, embora não estivesse entendendo nada. — Pode explicar como?

— Você foi rejeitada publicamente por Penworth. Pode salvar o orgulho se casando comigo imediatamente. Amanhã, os jornais estarão mostrando fotos de nós dois nos beijando no terraço e dando a notícia de que comprei o colar para você. Se o nosso casamento for anunciado depois de amanhã, todos vão deduzir que já havia alguma coisa entre nós antes, e que você rejeitou Penworth, não o contrário.

Diana deu de ombros para esconder a onda de raiva e mágoa que a invadiu.

— Não faço tanta questão assim de "salvar o orgulho". Não a ponto de me submeter a algo tão insultante quanto você sugere.

— Mas faz questão de salvar a empresa — argumentou ele. — O escudo formado pelo noivado de dois anos já estava ficando esburacado. Agora que se rompeu de vez, seus concorrentes redobrarão os ataques com a colaboração da mídia, que adorará tirar proveito disso, fornecendo mais munição.

Diana baixou os olhos para esconder as emoções, mas Cole já vira uma grande angústia neles, percebendo que a reação dela à menção do que Penworth fez não foi, nem de longe, tão violenta quanto a causada pela visualização de uma ameaça a sua empresa.

A despeito das delicadas feições e de uma evidente feminilidade, Diana aparentemente era uma empresária batalhadora, que punha os negócios em primeiro lugar. Pelo menos aquilo os dois tinham em comum, ele refletiu, observando a brisa brincar com os lindos cabelos castanhos.

Dando tempo para que Diana examinasse sua proposta, tentou juntar as poucas informações que teve naquela semana sobre a empresa que significava tanto para ela e que tinha sido fundada em nome da família Foster.

O negócio parecia ter começado com um serviço de bufê que só trabalhava para os muito ricos, oferecendo alimentos naturais, apresentados de maneira original e espetacular, e usando exclusivamente ornamentos feitos à mão. Com o tempo, isso criou o "ideal Foster", que resultou no lançamento de uma revista chamada *Viver Bem*. Ele viu alguns exemplares na banca de jornais do aeroporto, dias antes, logo depois de ter assistido à entrevista de Diana na CNN e, curioso, folheou um deles. As lindas fotos de móveis pintados à mão, paredes decoradas e mesas cobertas por toalhas bordadas, carregadas de pratos atraentes e ornamentadas com maravilhosos arranjos, passavam a filosofia da revista, que parecia ser a de que uma mulher podia alcançar realização pessoal voltando à simplicidade das coisas feitas em casa, além de contribuir para a paz doméstica. Ele notou também que a responsável pela excelente qualidade das fotografias era Corey Foster Addison.

Isso não o surpreendeu, porque todas as recordações que tinha de Corey adolescente incluíam uma câmera fotográfica. Mas ficou surpreso e divertido com a ironia de que foi uma mimada garota da alta sociedade de Houston que fundou uma revista que pregava o amor às coisas do lar e a volta à simplicidade de outros tempos, quando tudo era feito, criado ou cultivado em casa. Uma garota que fazia parte de um grupo de meninas educadas para frequentar elegantes eventos sociais, não para se sujar na cozinha ou em jardins e hortas.

Olhou para o perfil de Diana, iluminado pelo luar, e se espantou com a estupidez de Penworth, que preferira uma modelo italiana de dezoito anos a uma mulher como aquela. Ainda na adolescência, Diana já parecia brilhar, cercada por uma aura de inteligência, gentileza e senso de humor. Adulta, com aquela beleza e uma elegância natural, ela sobressaía na multidão como uma rainha entre camponeses.

Ele já esteve com muitas modelos para saber que eram criaturas enfadonhas, preocupadas apenas com a pele, os cabelos e o peso. Seus corpos, que nas revistas pareciam tão bonitos, cobertos por roupas de alta-costura, quando nus, na cama de um homem, tinham a sensualidade de esqueletos.

Penworth era um idiota. Perdeu sua grande chance.

Cole Harrison não era e não perderia a sua.

Capítulo 27

— Eu NÃO QUERIA MAGOAR nem envergonhar você, Diana — disse Cole, decidindo que ela já teve bastante tempo para encarar e aceitar a realidade que ele expôs. — Só estava tentando fazê-la enxergar a verdadeira situação.

Diana engoliu em seco e olhou para as mãos, que apertava convulsivamente. Soltou-as, quando notou que Cole observava seu gesto de nervosismo.

Ele refletiu que ela não gostava de expor seus sentimentos aos olhos de ninguém, e isso era outra coisa que tinham em comum, além de ser algo desejável em uma relação que não passaria de uma sociedade, um acordo de negócios.

No entanto, o silêncio em que ela se mantinha não lhe agradou.

— Se está me culpando por alguma coisa, Diana, pode me culpar por ser brutalmente franco, mas não por ter aumentado a sua infelicidade.

Ela respirou fundo.

— Por que deveria culpá-lo por ter exposto o meu problema em toda sua feia realidade? — perguntou com a voz embargada.

— Não apenas expus o problema — salientou em tom gentil. — Também ofereci a solução: eu.

— Ofereceu, sim, e agradeço muito… — murmurou Diana.

Cole viu que, embora a solução ainda lhe parecesse esquisita e impossível, ela estava tentando não ferir seus sentimentos. Uma atitude muito gentil, que ele apreciou, mas ingênua, porque Diana não percebeu que não havia sentimentos envolvidos naquela barganha.

— O problema é que eu... — Ela recomeçou a falar, então parou, hesitante. Um instante depois, prosseguiu: — Não vejo lógica em trocar um noivo a quem eu amava, mas que não me amava, por um marido a quem não amo e que também não me ama.

— É isso que torna tudo tão perfeito! — exclamou Cole, pondo a mão no braço dela. — Nosso casamento não será complicado por emoções que só servem para atrapalhar.

Ela se abraçou, como se a frieza das palavras dele lhe causassem arrepios, e Cole retirou a mão de seu braço.

— Você é mesmo tão insensível e frio como parece?

Olhando para o lindo rosto, para os seios que arfavam, presos entre os braços dela, Cole se sentiu tudo, menos frio. Pela primeira vez naquela noite, desde que precipitadamente traçou seu plano, lhe ocorreu que o desejo sexual por Diana podia se tornar um elemento de complicação. Então, decidiu que contornaria esse obstáculo, evitando qualquer intimidade com ela.

— Não sou frio — defendeu-se. — Sou prático. Tenho um problema que pode ser resolvido pelo casamento, e você está numa situação exatamente igual. Nossa relação será um acordo de negócios e terminará daqui a um ano, com um divórcio tranquilo e amigável. Você é a solução perfeita para o meu problema, assim como eu sou para o seu. Se fôssemos supersticiosos, poderíamos dizer que foi o destino que nos aproximou.

— Não confio no destino. Acreditava que Dan e eu nascemos destinados um para o outro.

— Há uma grande diferença entre mim e esse Penworth — argumentou Cole em tom ligeiramente irritado. — Eu não quebro as promessas que faço.

Foi só nesse momento, com os olhos cor de aço fixos nos seus, ouvindo a voz profunda cheia de convicção, que Diana por fim se convenceu plenamente de que ele lhe fez a proposta com absoluta seriedade. Estremeceu, assustada.

— Durante o ano em que estivermos casados, eu lhe dou a minha palavra de que me conduzirei de modo impecável, como se fosse o mais devotado e fiel dos maridos — ele prometeu, a pegando pelo queixo. — Nunca farei propositalmente alguma coisa que possa humilhá-la, como

Penworth fez. E me esforçarei ao máximo para que você nunca se arrependa de ter aceito a minha proposta.

Ela queria dizer que não aceitaria, mas não podia, envolvida pelo efeito causado por aquele rosto másculo, pela voz grave e hipnótica, pelo corpo poderoso. Cole era forte em todos os sentidos e lhe oferecia proteção contra o mundo. Seria fácil se render à atração disso tudo, mas muito perigoso, principalmente porque ele não disse nada sobre afeição, muito menos sobre amor.

— Aos olhos de todos, Diana, você aparecerá como minha amada esposa, e durante o ano em que estivermos casados, é o que será.

"Minha amada esposa", palavras antiquadas, sensíveis e sentimentais que Dan nunca diria. Que ela nunca esperou ouvir de Cole.

Ele a pegou pelos braços, puxando-a para si, mergulhando-a ainda mais profundamente no sensual encantamento com que a envolvia, ajudado pelo champanhe francês, o vinho e o luar texano.

— Espero que possa me prometer as mesmas coisas — prosseguiu. — Promete, Diana?

Ela não pôde acreditar que estava realmente levando aquela loucura a sério, nem mesmo quando se pegou movendo a cabeça afirmativamente.

— Não concordei com o plano todo — apressou-se em dizer. — Apenas com as condições.

— Concordou com tudo, Diana — assegurou, tirando uma das mãos do braço dela para lhe pegar o rosto e erguê-lo suavemente. — Apenas ainda não disse isso com palavras. Amanhã, todas as nossas preocupações poderão estar terminadas. Tudo o que precisa fazer é dizer que aceita, e o meu avião estará pronto para nos levar a Nevada dentro de uma hora.

Se ele a beijasse naquele momento, ela fugiria. Se a soltasse, ela sairia correndo sem olhar para trás. Mas quando ele a puxou pela nuca, obrigando-a a pousar a cabeça em seu peito, em um gesto estranhamente paternal, o resto da resistência a que ela se agarrava desabou. Cole lhe oferecia um refúgio seguro, tanto sob o ponto de vista pessoal como profissional, por um ano inteiro. Oferecia-lhe proteção, uma tábua de salvação que a livraria da humilhação, da ansiedade, do estresse.

Até ali, ela vinha se sentindo exausta, furiosa e revoltada, mas agora começava a apreciar o langor delicioso, induzido pela quantidade de álcool a que não estava acostumada e pelo homem que fazia tudo parecer tão simples.

— Podemos partir dentro de uma hora e estar de volta na hora do café da manhã — murmurou ele contra seus cabelos.

Diana sentiu lágrimas lhe subirem aos olhos. Tentou dizer alguma coisa, mas as palavras se prenderam na garganta, bloqueadas por um nó de medo, esperança e alívio.

— Precisa dizer apenas que, durante um ano, fará o mesmo que eu prometi fazer — pressionou Cole. — Representaremos nossos papéis à perfeição, para que o mundo acredite que somos um casal feliz.

— Nós nem moramos na mesma cidade — observou ela com um fio de voz.

— O que tornará nossa farsa muito mais fácil de manter — declarou ele. — Meus negócios me obrigam a morar em Dallas, e os seus a prendem em Houston. A viagem de avião entre as duas cidades é de apenas quarenta e cinco minutos, e as pessoas imaginarão que venho para cá quase todas as noites, ou que você vai para lá.

Diana sorriu de leve, o rosto ainda apoiado no peito dele.

— Você faz tudo parecer tão simples! — comentou.

— Porque é simples. Tudo o que precisamos fazer é manter o espírito de colaboração. Enquanto estivermos casados, você precisará que eu a acompanhe em alguma função ou outra, e darei um jeito de vir. Você só terá de me avisar.

Diana refletiu sobre o assunto o melhor que pôde. Então, inclinou a cabeça para trás e fitou Cole com um sorriso hesitante.

— Não importa onde seja essa função, mesmo que envolva a imprensa? Sei que odeia repórteres, mas eles são importantes para os nossos negócios.

Cole notou com divertida admiração que sua inteligente futura esposa estava tentando tomar todas as precauções, antes de dizer que aceitava sua proposta.

— Não importa onde seja, nem o que envolva — garantiu. — Espero o mesmo de você. Combinados?

— Mais alguma condição? — perguntou.

A última coisa que Cole desejava era entrar em detalhes e perder o terreno que já tinha garantido.

— Podemos discutir os detalhes amanhã. Como é? Trato feito?

Diana abanou a cabeça negando.

— Acho melhor esclarecermos tudo agora — disse, então sorriu, como pedindo desculpas pelo trabalho que estava dando. — Assim, não haverá nenhum mal-entendido.

Cole não pôde reprimir um sorriso de admiração, começando a entender por que ela alcançou o sucesso dirigindo sua própria empresa. Mesmo sob enorme pressão, Diana não se tornava tola, nem imprudente.

— Muito bem — concedeu ele. — O termo principal sobre o qual precisamos concordar é: no fim de um ano, nos divorciaremos, sem que nenhum de nós faça qualquer exigência de natureza financeira ao outro. Certo?

Ela franzira o rosto ao ouvi-lo falar em divórcio, e Cole sentiu uma pontada de culpa pelo fato de que o primeiro casamento dela seria considerado um fracasso. Por outro lado, Diana tinha tanto a ganhar quanto ele com essa união. E muito menos a perder, pois ele era muito mais rico, e ela poderia decidir, por ocasião do divórcio, contestar o contrato que fariam por escrito logo após o casamento e exigir uma parte de seus bens.

— Certo! — Diana concordou solenemente.

— Além disso, pedirei apenas mais duas concessões. Primeira, nenhum de nós revelará a ninguém que o casamento foi apenas um conveniente acordo de negócios. Segunda...

— Não! — Ela o interrompeu.

— Não? Por quê? — Cole perguntou, incrédulo.

— Terei de contar a minha família. Como poderia deixar de contar a minha irmã, por exemplo? Você conhece Corey?

De repente, ele suspeitou que ela estivesse de fato embriagada, ou, então, muito mais nervosa do que deixava transparecer.

— É claro que conheço Corey — respondeu, erguendo o braço por trás dela e virando-o para ver o relógio à luz que vinha através da porta.

Eram onze e dez. Os pilotos de seu jato Gulfstream estavam hospedados em um hotel perto do aeroporto, e ambos portavam bipes. A limusine oferecida pelo hotel se encontrava a sua disposição vinte e quatro horas por dia e, se as capelas em Tahoe não ficavam abertas a noite toda, as de Las Vegas ficavam. Viajar para casar não era problema. O problema era Diana.

— Preciso contar a toda a minha família — insistiu. — A Spencer também. Ele é meu cunhado.

— E se eu não concordar?

— Não podemos esperar que acreditem que olhamos um para o outro, nos apaixonamos e decidimos fugir para nos casar — argumentou Diana.

— É essa a história que vamos contar. Eles não poderão provar que é mentira.

Ela se afastou dele e ergueu o queixo com altivez e obstinação.

— Não vou mentir para a minha família — declarou. — E não posso fazer uma promessa que sei que não cumprirei.

Cole percebeu que ela falava sério. Era óbvio que a "empresária texana do ano" não sacrificara seus escrúpulos nem seu idealismo juvenil na escalada que a levou ao sucesso, e essa ideia o encheu de prazer e de algo que parecia orgulho.

— Está bem, pode contar a verdade a eles — concedeu.

Diana o olhou, surpresa. Em um momento, Cole lhe propôs casamento com a frieza de quem se oferecia para abrir uma porta, no seguinte, fazia a sua vontade com um brilho caloroso nos olhos. De fato, ele a deixava mais zonza do que todo o álcool que ingerira.

— Qual é a segunda concessão que deseja? — perguntou.

— Gostaria que fosse comigo à fazenda de meu tio, na próxima semana, e que passássemos alguns dias lá, para desfazer qualquer suspeita que ele possa ter a respeito de um casamento tão apressado.

— Tenho algumas reuniões marcadas — explicou Diana, franzindo a testa, e Cole a comparou a uma deusa preocupada, ignorando a brisa que lhe agitava os cabelos e o vestido. — Mas sempre tenho reuniões! Vou ver se consigo fazer algumas alterações na agenda para podermos visitar seu tio na semana que vem ou na outra.

— Então, está tudo acertado — disse Cole precipitadamente.

— E eu? Não posso pedir concessões?

— Diga quais são. Aceitarei, se forem razoáveis.

Achando que o momento de parar de conversar e entrar em ação tinha chegado, Cole entrou na suíte, ligou para os pilotos e em seguida para a recepção, ordenando que sua limusine fosse levada para a frente do hotel.

Depois disso, telefonou para sua secretária, em Dallas, e deu à sonolenta mulher uma série de instruções que a despertou completamente.

— Tudo arranjado — anunciou, voltando para a sacada. Tirou a garrafa do balde de gelo e tornou a encher as taças. — A limusine está nos esperando, e os meus pilotos já foram avisados para preparar o avião. Só falta fazermos um brinde.

Diana olhou para a taça na mão dele e sua coragem se acabou.

— Não posso! — exclamou, cruzando os braços no peito.

No tempo em que ficou sozinha, enquanto Cole telefonava, tentou decidir se suas dúvidas eram ditadas pelo bom senso ou pelo medo que tinha de se arriscar, algo enraizado em sua natureza, que ela detestava e que muitas vezes a deixou paralisada, fazendo-a perder grandes oportunidades.

Cole pôs as duas taças na mesa de mármore, então deu um passo na direção dela.

— Como assim, não pode?

Diana recuou, se colocando fora de seu alcance.

— Não posso! Pelo menos, não hoje — disse com voz irreconhecível de tão trêmula. — Preciso de tempo!

Cole bloqueava o caminho para a suíte, e ela começou a deslizar por trás das cadeiras ao longo da grade.

— Tempo é a única coisa que não posso lhe dar, Diana.

Ela captou todo o tipo de intenções naquela simples declaração, desde suborno até exibição de riqueza para impressioná-la.

— Com tudo o que você tem para oferecer — começou, pondo as mãos na nuca e soltando o fecho do pesado colar —, encontrará mil mulheres que aceitarão a sua proposta, na esperança de que o casamento possa se tornar permanente. Inclusive muitas das que estão lá embaixo, no salão de baile.

— Suponho que tenha razão — concordou. — Acho que eu estava querendo alcançar algo muito acima de mim, mas gostaria de que a mulher a quem vou dar meu nome fosse alguém de quem eu pudesse me orgulhar, o que limita minhas opções a uma só: você.

Disse isso tão sem emoção, que Diana demorou um momento para perceber o sentido por trás das palavras.

— Eu? Por quê?

— Por várias razões — respondeu ele, dando de ombros. — Uma delas é que você me conheceu quando eu era pago para limpar baias e, apesar da sua alta classe social, não parece achar isso repelente.

Lágrimas surgiram nos olhos de Diana, quando ela olhou para aquele homem dinâmico e poderoso que, por alguma razão, não enxergava seu próprio valor. Seu rosto talvez fosse rude demais para ser bonito, mas era um dos mais atraentes que ela já viu. Orgulho masculino e determinação férrea estavam esculpidos em cada uma daquelas feições duras. Nas linhas que marcavam os cantos da boca e dos olhos, Diana via as marcas das batalhas que ele travou e venceu, de lições aprendidas do modo mais difícil. E não havia como não ver a sensualidade no desenho da boca, nem mesmo quando torcida em um trejeito irônico, como naquele momento. Ainda que Cole não tivesse dinheiro, as mulheres cairiam em cima dele disputando sua atenção. No entanto, por alguma razão insondável, ele estava disposto a aceitar um casamento sem amor, uma vida sem filhos.

Diana refletiu que aquele homem foi seu amigo, o amante de suas fantasias, seu conselheiro. E, naquela noite, foi o cavaleiro de brilhante armadura que a salvou. Que tola estava sendo, desconfiando dele, jogando fora uma oportunidade que caiu do céu!

— Cole, desculpe — murmurou, observando o rosto másculo se suavizar ao som de sua voz.

Estendeu a mão em um gesto de conciliação, mas o olhar dele caiu sobre o colar aninhado na palma, e sua expressão se tornou fria como gelo.

— É seu, Diana. Eu o comprei para você.

— Não, você não entendeu — disse ela, sem jeito. — O que quis dizer foi... — Fez uma pausa, criando coragem para continuar. — Será que pode repetir todas aquelas excelentes razões que temos para nos casar?

Quando viu a intensa suavidade nos olhos verdes, Cole sentiu, em um recanto remoto de seu íntimo, o leve tremor de uma emoção tão estranha que ele não reconheceu. Uma emoção que, mesmo desconhecida, o fez sorrir. Que o fez estender a mão ternamente e afastar do rosto macio uma mecha de cabelos castanhos.

— Não consigo tomar uma decisão... — Ela se lamentou com voz um tanto trêmula.

— Você já tomou — afirmou com um murmúrio.

A percepção de que de fato já se havia se decidido, combinada com o toque da mão de Cole em seu rosto, provocou em Diana uma sensação de vertigem.

— É mesmo? — ela tentou brincar. — O que foi que decidi?

— Decidiu se casar comigo esta noite, em Nevada — respondeu ele em tom solene, embora seus olhos brilhassem, cheios de riso.

— Vou me casar com você?

— Vai.

Capítulo 28

*E*U QUERO... *EU QUERO...*

Diana virou a cabeça no travesseiro, mas as duas palavras, pronunciadas por uma voz profunda, continuaram a soar, ecoando do fundo de um túnel, se misturando com imagens estranhas que cambaleavam em seu cérebro, em um caleidoscópio de cenas desalinhavadas e acompanhadas por sons com os quais não tinham nenhuma relação.

Eu quero.

Em seu sonho, as palavras eram quase abafadas pelo ruído incessante dos motores de um jato e o tilintar de um telefone. Dominando tudo isso, havia a presença indefinível de um homem, uma figura poderosa, que ela sentia, mas não podia ver. E isso lhe dava a sensação contraditória de estar em perigo e ao mesmo tempo segura.

Você quer?

Agora era a voz dela, um murmúrio na penumbra que rodeava a cama imaterial que parecia flutuar. Ele estava de pé junto à cama, inclinado sobre ela, segurando os lados do travesseiro, resistindo.

Não.

Ela pôs as mãos nos ombros dele, puxando-o para baixo, observando os olhos escuros se aquecerem. Os motores roncaram, sufocando-lhe a voz, quando os lábios sensuais formaram uma palavra silenciosa. *Não.*

Segurando-o pela nuca, ela viu o fogo discreto em seus olhos se despertar em chamas. Estava no controle da situação, sabia disso e se alegrou. *Sim...* Ela ainda estava no controle, quando a boca firme cobriu a sua, explorando, seduzindo. Então, lentamente, ele conseguiu fazê-la entreabrir os lábios, a língua investindo, penetrando.

Estava lhe roubando o controle, e ela gemeu em protesto, mesmo esmagando os lábios contra os dele, retribuindo o beijo. As mãos grandes se apossaram de seus seios, acariciando-os possessivamente, e ele sugou um mamilo, depois o outro, deixando-os eretos, e ela gritou. Não podia perder o controle, não queria, não devia! Ele percebeu que ela tentava se segurar e enfiou as mãos em seus cabelos, embaraçando-os. A boca ávida abandonou os seios excitados, quando ele deslizou para cima dela, começando a se movimentar sensualmente.

Ela tentou resistir à exigência erótica, ao calor do desejo, à pressão do corpo musculoso sobre o seu, mas ele não permitiu. Ergueu-a pelas nádegas, e sua rígida ereção encontrou a entrada úmida de seu corpo. Penetrou-a, devorando-lhe a boca com um beijo exigente, se movendo em investidas lentas, que foram aumentando em força e rapidez, levando-a para um precipício aterrorizante. Ela lutou, tentou recuar.

Ele sabia que ela estava lutando contra o próprio desejo, mas não a deixou em paz. Abraçando-a, rolou de costas, levando-a junto, obrigando-a a montá-lo. Segurou-a pela cintura, forçando-a a se movimentar em um ritmo alucinante que a fez esquecer que os cabelos estavam emaranhados, que os seios não eram grandes como deviam ser, que uma pequena cicatriz marcava um dos quadris.

Ela o cavalgava porque ele não a deixava parar. Porque não podia parar. Não queria parar. Louca. Ficou louca e soluçava de desejo. Ele se movia com ela, as mãos em seus seios, os dedos apertando os mamilos rijos. Ela gritou quando explosões de prazer a percorreram, e ele arqueou as costas, espasmos violentos o fazendo se enterrar mais profundamente em seu corpo. Os motores guincharam, e ela foi jogada para o lado quando a cama desceu, batendo violentamente no chão. Ele a abraçou com força, e ela viu luzes azuis passarem pelas janelas em uma velocidade vertiginosa. Luzes estranhas, sobrenaturais.

Diana virou a cabeça no travesseiro, com medo das luzes, tentando escapar das garras do amante demoníaco que tomara muito mais do que ela pretendia dar.

Tentou se virar e fugir, mas uma entidade a vigiava, a impedindo de se mover, uma horrível besta, negra como os cães do inferno, com mandíbulas enormes, orelhas eretas e pontudas. Satã, de *O bebê de Rosemary*. Ela era Rosemary!

No sonho, Diana gritou de pavor, mas o grito saiu em um sussurro. *Não!* Impulsionada pelo terror, arrancou-se do pesadelo e abriu os olhos, piscando confusa, enquanto examinava o quarto espaçoso e completamente estranho. A dor nas órbitas era lancinante e chegava ao cérebro. A porta se abriu com um leve ruído, e ela virou a cabeça naquela direção. A dor piorou, o quarto rodou, o estômago se contraiu de modo alarmante. Um homem, que ela subitamente identificou como Cole Harrison, entrou no quarto, muito à vontade, como se tivesse o direito de estar ali.

— Calma — recomendou ele com um tom divertido, se aproximando com uma bandeja nas mãos. — Não faça nenhum movimento rápido.

A única coisa de que Diana tinha plena consciência era do terrível mal-estar que sentia. Tentou falar, mas o que saiu de sua garganta foi um grasnido rouco. Pigarreou.

— O que a-aconteceu... comigo? — conseguiu perguntar, gaguejante.

— É apenas uma teoria, mas acho que o seu sistema nervoso sofreu o ataque de um excesso de acealdeído — respondeu com um sorriso simpático, pondo a bandeja na mesa de cabeceira. — Em casos graves, isso causa turvamento da visão, dor de cabeça, náuseas, tremores e ressecamento da boca. Pelo menos é essa a teoria que estamos desenvolvendo na divisão farmacêutica da Unified. Em termos leigos, você está com uma tremenda ressaca.

— Por quê? — Diana murmurou, fechando os olhos contra a claridade refletida no copo de suco de laranja sobre a mesinha de cabeceira.

— Tomou champanhe demais.

— Por quê? — repetiu.

O que desejava realmente saber era por que se encontrava naquele quarto, por que ele estava lá, mas o cérebro e a boca não funcionavam direito.

Em vez de responder, Cole se sentou na cama, e Diana gemeu quando o movimento do colchão lhe provocou uma pontada na cabeça.

— Não fale — aconselhou ele em tom de severa autoridade, passando um braço sob os ombros dela e a erguendo ligeiramente. — Aspirina — explicou, oferecendo dois comprimidos brancos, que Diana pegou e colocou desajeitadamente na boca. — E agora, suco de laranja.

Encostou-lhe o copo nos lábios e, depois de obrigá-la a tomar alguns goles, a baixou novamente, ajudando-a a ajeitar a cabeça no travesseiro.

— Durma. Vai se sentir muito melhor quando acordar.

Ela fechou os olhos e sentiu que ele colocava um pano úmido em sua testa.

— Obrigada por me ajudar — agradeceu com um murmúrio.

— Como seu marido, me sinto no dever de curar todas as suas ressacas.

— Você é muito bom.

— Eu tinha esperança de que ainda pensasse assim hoje, mas confesso que estava com dúvidas — respondeu Cole, se levantando.

O carpete abafou o som de seus passos quando ele se afastou, mas ela o ouviu fechar a porta suavemente. Sozinha, esperou pelo sono, que funcionaria como anestésico para a dor lancinante na cabeça. Por alguns instantes, ficou pensando na brincadeira dele sobre ser seu marido. Então, algumas imagens começaram a desfilar depressa por sua mente, e ela recordou que esteve no Baile da Orquídea Branca e que tomou vinho e champanhe. Lembrou-se do colar de ametistas e de mais champanhe. A suíte de Cole... novamente champanhe. Uma limusine... o aeroporto Intercontinental... um jato particular... mais champanhe... outra limusine atravessando uma cidade que fulgurava, repleta de luzes coloridas.

As imagens começaram a passar devagar, tornando-se mais nítidas. Ela se viu descendo do carro e entrando em um lugar onde havia arcadas de treliça cobertas de flores artificiais. Um homem baixo, calvo e sorridente conversou com ela, que, em vez de prestar-lhe atenção, se imaginou retirando aquelas flores horríveis e substituindo-as por ramos de hera.

Engolindo a náusea, Diana tentou esquecer o homenzinho e as arcadas de treliça, mas a cena nebulosa, estranhamente desagradável, parecia cravada em seu cérebro dolorido. No entanto, o homem calvo era gentil, e quando ela e Cole saíram, os acompanhou até a porta. Ficou acenando e gritou alguma coisa no momento em que a limusine se afastou do meio-fio. Ela inclinou-se para fora da janela e acenou de volta, enquanto ele continuava parado sob um anúncio luminoso de néon verde e rosa, com sinos piscantes e uma palavra escrita na parte de baixo.

Uma palavra escrita na parte de baixo...

Uma palavra...

Letras em néon verde e rosa...

"CASAMENTOS"

O que o homem gritou, parado à porta? "Boa sorte, senhora Harrison!"

A realidade desabou sobre Diana com um impacto que provocou novas explosões de dor.

— Oh, meu Deus! — Ela gemeu, rolando de bruços e enterrando o rosto no travesseiro, em uma tentativa de apagar tudo aquilo da mente.

Capítulo 29

Quando Diana acordou de novo, alguém tinha aberto a cortina, deixando fechado apenas o forro leve, através do qual se filtrava a luz do sol, e um telefone tocava.

Por longos momentos, ela continuou deitada e imóvel, os olhos fechados, tentando avaliar seu estado físico, com medo de se mexer e sentir os nervos vibrando e a cabeça latejando como da primeira vez em que despertou. Ainda estava trêmula, e as têmporas doíam, mas o crânio não parecia mais prestes a rachar.

Então, permitiu-se analisar o resultado da primeira bebedeira que tomara na vida.

Casou-se com Cole Harrison.

Sentiu o coração disparar no instante em que se lembrou do ato irracional que cometeu. Estava casada com um estranho! Com um oportunista cruel que se aproveitou de seu estado de espírito sombrio e de sua embriaguez para convencê-la de que o casamento solucionaria seus problemas, além dos dele.

Ela devia estar louca. E Cole também.

Ela era uma idiota. Ele era um monstro.

Ela precisava ser internada em um hospício.

Ele tinha de ser fuzilado!

Controlando-se, Diana interrompeu a injusta tirada mental e bloqueou o pânico que a causou.

Ela não ficou tão embriagada a ponto de perder a capacidade de raciocinar, e Cole não a forçou a se casar com ele. Do modo mais calmo que pôde, passou em revista tudo o que conseguiu recordar sobre os acontecimentos da noite anterior.

Cole tinha um assombroso poder de persuasão, isso era óbvio. Assim como era óbvio que ela deixou a emoção e o sentimentalismo levá-la a fazer algo incrivelmente impulsivo. Mas, quanto mais analisava a situação, mais Diana reconhecia a perfeita lógica que havia no acordo feito pelos dois.

Na noite anterior, Cole ainda era um peão no jogo bem-intencionado de um velho chamado Calvin, que pôs em risco todo seu império. Naquela manhã, era o vencedor do jogo, não o derrotado, e o tio, a quem ele amava, ficaria muito feliz.

Na noite anterior, a credibilidade e o futuro financeiro da empresa Foster corria perigo, e Diana era objeto de escárnio e piedade, a mulher que o noivo, um rico socialite de Houston, descartou. Naquela manhã, a empresa estava em segurança, e Diana era a "amada esposa" de um atraente bilionário.

Ela se sentiu imensamente melhor, embora receasse o momento em que teria de convencer a família de que Cole não era um monstro manipulador que a fez perder o juízo.

Para não pensar nisso, tentou recordar o que aconteceu depois que o avião de Cole partiu do aeroporto de Las Vegas, após o casamento, mas as lembranças eram confusas.

Lembrava-se de que havia ficado impressionada ao ver pela primeira vez o interior da aeronave e que perguntou a Cole se não podiam ir a Las Vegas, onde nunca esteve, em vez de Tahoe, que já conhecia. Dali por diante, as recordações se confundiram, se misturando com as imagens de seus sonhos. Ela não podia dizer com certeza o que foi real e o que não foi, mas não estava disposta a pensar demais para desvendar o mistério.

Virou-se na cama, afastando as cobertas, e ficou surpresa ao descobrir que estava nua. Considerando como tinha se embriagado na noite passada, era surpreendente que houvesse conseguido se despir sozinha. Ocorreu-lhe que Cole podia tê-la ajudado, mas essa mortificante possibilidade era mais do que ela podia suportar no momento.

Foi então que percebeu que não tinha outra coisa para vestir a não ser o vestido púrpura. O restaurante do Gran Balmoral era um dos lugares mais procurados para o jantar de domingo, e ela se imaginou, horrorizada, atravessando o vestíbulo com aquele vestido, sob os olhares de pessoas curiosas. Não podia ligar para a família e pedir que alguém levasse roupas ao hotel, porque não queria explicar por telefone tudo o que havia acontecido. Tinha de falar com eles pessoalmente.

Com um suspiro de resignação, saiu da cama.

Capítulo 30

Cole ergueu os olhos do jornal quando Diana saiu do quarto com os cabelos ainda molhados e envolta em um dos enormes robes atoalhados do hotel. Apenas os dedos dos pés apareciam abaixo da barra, e as costuras dos ombros pendiam nos cotovelos. Na noite anterior, ao vê-la com o sensual vestido púrpura, ele imaginou que ela não poderia parecer mais desejável. Enganou-se. Enrolada no roupão, sem um traço de maquilagem no rosto, os cabelos molhados caídos nos ombros, Diana tinha o frescor de uma rosa desabrochada ao alvorecer.

Ele pousou o *Houston Chronicle's* na mesinha de centro e se levantou.

— Parece que melhorou — disse.

Ela lhe dirigiu um breve sorriso.

— Decidi ser corajosa e continuar vivendo.

Rindo da resposta, Cole apontou para a mesa de refeições.

— Quando ouvi você abrir o chuveiro, telefonei ao serviço de quarto e pedi alguma coisa para comermos.

Ela olhou para as travessas com ovos, bacon e panquecas e estremeceu.

— Não sou tão corajosa.

Ignorando o comentário, Cole foi até a mesa e puxou uma cadeira.

— Precisa comer.

Com um suspiro, Diana concordou.

— Como se sente? — perguntou ele, enquanto ela se sentava.

— Como pareço — respondeu ela, abrindo o guardanapo no colo.

— Tão bem assim?

O calor na voz de Cole e a franca admiração em seus olhos provocaram uma reação estranha em Diana, que sentiu o coração bater mais rapidamente. Foi algo tão estranho e inesperado que ela corou. Com um leve sorriso, desviou o olhar, dizendo a si mesma que ele estava apenas desempenhando um papel, cumprindo a promessa de fazê-la feliz no tempo em que o acordo durasse. Um acordo. Não havia nada além disso entre eles.

Pegando uma torrada, ela imaginou como conseguiria fazer a família compreender tal coisa. Cole insistiu em estar junto, quando ela contasse a eles que os dois haviam se casado. Em uma atitude muito decente, se mostrou disposto a compartilhar as consequências da revelação, quaisquer que fossem. Os parentes não ficariam zangados, disso ela estava certa, mas a avó seria capaz de externar qualquer opinião contrária que tivesse, sem poupá-la, ou a Cole.

— Posso ajudar em alguma coisa? — Ele quis saber, obviamente notando sua preocupação.

— Acho que não — respondeu ela e se calou, mas, quando Cole continuou a encará-la com ar insistente, confessou: — Não sei como explicar a minha família que me casei com um estranho, por razões puramente práticas. Sei que quando se recuperarem do choque, vão entender, mas talvez não aprovem, mesmo que compreendam.

— Então, qual é o problema?

— O problema é que estou morrendo de medo da reação deles, no primeiro momento. Vou lhes dar o maior susto de suas vidas.

— Não necessariamente.

— Como assim?

— Você deu alguns telefonemas do avião.

Diana o encarou, espantada.

— Liguei para quem?

— Para Marge Crumbaker, por exemplo.

— Marge é uma velha amiga da nossa família — comentou, aliviada. Então, para o caso de ele não se lembrar, explicou: — Era colunista do *Houston Post,* mas o jornal saiu de circulação.

— Depois de contar a novidade a Marge, você ligou para Maxine Messenger.

— Ah, não! — Diana ficou preocupada, pensando na colunista social do *Houston Chronicle's,* mas logo se animou e perguntou: — Pedi a Maxine para guardar segredo?

— Não — respondeu. — De qualquer modo, acho que não adiantaria muito.

— Por favor, não me diga que liguei para mais alguém.

— Tudo bem, não digo.

Ela o encarou, estreitando os olhos com suspeita.

— Liguei, não é?

— Coma alguma coisa, Diana — recomendou ele.

Ela pousou a torrada, espalhou geleia de cereja sobre a metade de uma toranja no prato a sua frente e comeu um pouco.

— Para quem mais eu telefonei?

— Larry King.

— Está me dizendo que liguei para a CNN, no meio da noite, e pedi para falar com Larry King? — perguntou com um murmúrio, completamente atônita.

— Isso mesmo, mas ele não estava.

— Graças a Deus!

— Então, você falou com um repórter de plantão.

Diana abanou a cabeça com desânimo, tentando encontrar um motivo para se sentir otimista.

— Meu nome é comum e, além disso, associado apenas à revista, que é lida quase exclusivamente por mulheres, então, provavelmente, o repórter não sabe quem é Diana Foster — observou, mesmo sabendo que estava dizendo uma bobagem.

— Mas sabe muito bem quem sou eu — disse Cole, implacável.

— Por que não me impediu? — Ela reclamou. — Por que não tirou o telefone de mim? Não. Devia ter me jogado para fora do avião.

Incapaz de conter um sorriso, Cole apontou para o prato diante dela e não disse mais nada, até vê-la acabar de comer a metade da toranja.

— Agora, os ovos mexidos e o suco de laranja — ordenou.

Diana se arrepiou.

— Tudo parece tão... tão amarelo! Não posso nem olhar que sinto dor de cabeça.

— É isso o que acontece quando se bebe demais — comentou ele.

— Uma lição desnecessária, porque agora posso me qualificar como doutora em ressacas. Mas, obrigada da mesma forma.

— De nada — respondeu Cole com inabalável bom humor. — Coma torradas, que não são amarelas.

— Mas sem manteiga, as torradas não têm graça, e como manteiga é amarela...

— Pare com isso, Diana — ele a interrompeu, rindo. — Também não estou na minha melhor forma, mas me recuso a ficar doente em nosso primeiro dia de casados.

— Desculpe — murmurou ela, pegando uma torrada.

Olhou para Cole com uma expressão tão perturbada que ele sentiu remorso por estar minimizando suas preocupações e evitando mais perguntas.

— Está querendo me dizer alguma coisa? — perguntou com gentileza.

— Quero fazer uma pergunta. Quando liguei para aquelas pessoas, eu parecia feliz... ou bêbada?

— Feliz, mas, talvez, um pouquinho tonta também — respondeu com diplomacia. — Isso, porém, não tem importância. Todo mundo exagera um pouco no champanhe, na noite do próprio casamento.

— Eu não exagerei — replicou Diana. — Fiquei completamente embriagada!

— Nem tanto — discordou ele com um ligeiro sorriso.

— Perdi a consciência.

— Não inteiramente.

— Bebi tanto que devo ter desmaiado no avião... — Diana persistiu, comendo um pedaço da torrada.

— Não. Você dormiu. Nada mais natural, depois de tantas horas estressantes.

— Foi um milagre eu não ter vomitado! — exclamou, pondo a torrada no prato.

Esperou que Cole assegurasse que tal coisa não tinha acontecido, mas ele a olhou em silêncio, com ar malicioso.

— Oh, não! Eu não fiz isso! — Ela exclamou, cobrindo o rosto com as mãos.

— Sentiu-se muito melhor, depois — observou ele em tom gentil.

Diana baixou as mãos e suspirou.

— O que mais eu fiz?

— Contou umas piadas muito engraçadas.

— Tive sonhos estranhos a noite toda — confessou Diana. — Tão vívidos, que mais pareciam alucinações. Estou em dúvida sobre certas coisas de que me lembro. Não sei se realmente aconteceram ou se faziam parte dos sonhos. Será que esqueci alguma coisa importante?

Pegou a torrada, mas, em vez de mordê-la, ficou olhando para Cole.

Defina "importante", ele pensou, recordando como ela se aninhou em seu colo, logo depois que o avião decolou do aeroporto de Las Vegas para voltar a Houston. Recitou poemas infantis, alterando as rimas de modo hilariante, rindo como uma criança. Beijou-o de leve na boca e deslizou as mãos por baixo de seu paletó, abraçando-o pelo pescoço, quando ele aprofundou o beijo. Enquanto o avião subia à altitude de cruzeiro, cortando o céu que prenunciava a alvorada, Cole lutava para manter as coisas sob controle, enquanto Diana se empenhava em táticas inebriantes, como se desejasse descobrir até que ponto ele podia resistir.

Ele se descontrolou um pouco quando atingiram dez mil metros de altitude, e se estendeu no sofá, com ela deitada por cima. E agora estava tentando esquecer coisas de que ela não se lembrava absolutamente. De certa maneira, era bom Diana ter esquecido, porque aquilo nunca mais se repetiria.

— Acho que não esqueceu nada importante — respondeu por fim.

— Eu sei que fiz mais algumas coisas — insistiu ela. — Mas, do que me lembro bem é de ter visto os cassinos, quando passamos de limusine, e de ter pensado que tudo parecia excitante, com todas aquelas luzes e a agitação.

Comeu mais um pedaço de torrada, descobrindo que se sentia muito melhor.

Viu a expressão de Cole passar de séria para divertida e, em sua ânsia por saber o que ele estava pensando, cruzou os braços na mesa, se inclinando para a frente.

— Eu fiz alguma coisa imperdoável lá em Las Vegas, não fiz? — indagou, enquanto, na imaginação, se via subindo em um palco para dançar com as garotas do show. — Oh, meu Deus! Eram dançarinas de striptease? De qualquer modo, devo ter me portado de maneira horrível.

— Depende do que considera "horrível". Faz alguma objeção ao jogo?

— Não.

— Então, não foi horrível.

Ela ergueu as mãos em um gesto de gratidão, eufórica de tanto alívio.

— Eu apenas joguei! — exclamou.

No espaço de algumas horas, o humor de Diana mudou várias vezes. Cole a viu solene, engraçada, em pânico e aliviada. E percebeu que apreciava imensamente sua companhia, não importava o estado de espírito que ela demonstrasse. Sempre apreciou, na verdade.

Com um sorrisinho satisfeito, Diana se serviu de ovos mexidos e comeu uma garfada.

— Como me saí no jogo?

— Nada mal.

— Aposto que perdi! — declarou com uma risadinha, pegando o copo de suco de laranja.

— Perdeu — confirmou ele.

— Quanto?

— Na roleta, no bacará, ou nas máquinas caça-níqueis?

— Perdi nos três?

— Perdeu, mas consegui te segurar, antes que você entrasse num jogo de pôquer com apostas muito altas — contou ele, erguendo a xícara de café e tomando um gole.

— Quanto tempo ficamos no cassino?

— Não muito. Cerca de meia hora.

— Então, não posso ter perdido muito — Diana ponderou, mas o ar malicioso de Cole a alarmou. — Quanto perdi?

— Mais ou menos três mil dólares.

— Vou lhe dar um cheque — ela disse calmamente, embora houvesse se surpreendido com a quantia.

— Não é necessário.

— Insisto. Uma dama sempre paga suas dívidas de jogo — ela recitou com cômica gravidade.

Diana não era apenas linda, inteligente e espirituosa, Cole refletiu. Era também teimosa como o diabo. Mas ele não podia censurá-la, porque essa era uma de suas próprias características, e das mais marcantes.

— E um cavalheiro sempre paga as despesas da lua de mel — argumentou.

Por infelicidade, ao se referir a uma parada de meia hora em um cassino como "lua de mel", ele inadvertidamente zombou não só do termo, como também do casamento apressado e sem romantismo algum. Percebeu isso no instante em que proferiu as palavras, e Diana também.

Mas, embora deixasse de sorrir, ela não se mostrou zangada, nem magoada. Parecia estar simplesmente se ajustando à realidade.

— Você não devia ter me deixado telefonar do avião — comentou.

— Deixei, porque é bom, para você e sua empresa, que o público saiba o mais depressa possível que se casou comigo.

De fato, foi por esse motivo que Cole não a impediu de telefonar, mas também porque depois de ter dado a informação à mídia, ela não poderia voltar atrás e querer desfazer o trato. Mas claro que ele não iria dizer isso.

— Agora entendo por que sonhei com máquinas caça-níqueis — disse Diana. — Só que eram enormes, muito mais altas do que você e com no mínimo um metro e meio de largura.

— Não foi sonho, foi pesadelo — observou Cole.

— De fato — ela concordou educadamente, sem sorrir.

Retirou-se para trás de uma parede de reserva, e ele achou que era hora de começarem a tratar dos detalhes do acordo.

— Temos algumas coisas de fundo prático a discutir, Diana, mas podemos fazer isso no caminho para a casa da sua família.

— Certo — ela concordou, levantando-se e olhando para o relógio em uma mesinha de canto. — Vamos chegar lá por volta das cinco. Corey precisou tirar novas fotos para a revista, mas a essa hora a equipe já deve estar se retirando.

Caminhou para o quarto, então parou à porta e se virou.

— Ontem à noite, saí do salão com a bolsa de vovó, em vez da minha. Se eu não tinha nenhum documento comigo, como foi que nos casamos?

Cole, que se servia de mais café, ergueu os olhos para ela.

— Isso causou um pequeno problema, mas a esposa do juiz que fez o nosso casamento reconheceu você e serviu de testemunha. Com a ajuda de cem dólares a mais, tudo ficou resolvido.

Diana aceitou a explicação com um gesto de cabeça, já pensando no problema representado pela falta de roupa adequada para vestir.

— Foi bom eu ter deixado chaves reserva no carro, do contrário não poderia entrar em meu apartamento para trocar de roupa.

Capítulo 31

MEIA HORA DEPOIS, USANDO calça branca de linho, sandálias da mesma cor e uma camisa lilás, cujas pontas amarrou na cintura, Diana percorria com Cole as ruas de Houston, na direção da rua Inwood, onde sua família morava.

Iam no carro dela, mas ele estava dirigindo, porque Diana ainda não se sentia perfeitamente bem. Enquanto rodavam pelas ruas familiares, ladeadas por graciosas mansões e seus terrenos arborizados, Cole experimentava uma estranha sensação de irrealidade. De todas as imprevisíveis e bizarras reviravoltas que vira sua vida sofrer, desde que passou por ali pela última vez, a mais estranha e inesperada era, sem dúvida, ele voltar com Diana Foster sentada a seu lado, como sua mulher!

Imersa em pensamentos, Diana tentava encontrar a melhor maneira de contar à família sobre o casamento. Teria de fingir um otimismo que ainda não conseguia sentir e convencê-los de que o acordo não tinha sido uma loucura, mas sim algo não apenas sensato, como muito bom.

Estava ensaiando o "discurso de abertura", quando Cole pôs a mão no bolso interno do blazer e retirou um papel dobrado, que entregou a ela.

— Enquanto você dormia, de manhã, fiz um rascunho dos termos do nosso acordo. Basicamente, fica estabelecido que o nosso casamento durará um ano e que, no fim desse período, pediremos um divórcio amigável, sem que nenhum dos dois faça qualquer exigência financeira ao outro.

Uma ciclista estava no meio da rua, quando eles viraram a esquina, e ele fez uma pausa, enquanto a contornava.

— Mas, claro, os presentes que trocarmos, como o colar que lhe dei ontem à noite, assim como as nossas alianças, não serão devolvidos.

— Alianças? — Diana repetiu, confusa. — Que alianças?

Ele tirou dois simples aros de ouro de um dos bolsos externos do blazer, mostrando-os na palma da mão estendida para ela.

— Estas — respondeu.

— Quando foi que comprou?

— O cartório onde nos casamos tem de tudo. Comprei as alianças lá, e nós as colocamos durante a cerimônia. — Com um suspiro de zombeteiro espanto, Cole acrescentou: — Como certas pessoas esquecem rapidamente os mais emocionantes momentos da vida!

Diana pegou a aliança menor e a segurou entre o indicador e o polegar, olhando-a, pensativa.

— E foi um momento emocionante? — perguntou.

Ele sorriu.

— Você deve ter achado, porque chorou quase o tempo todo.

— Sempre choro em casamentos — confessou ela meio a contragosto.

— No seu, você chorou tanto que precisamos interromper a cerimônia duas vezes para que assoasse o nariz.

O súbito horror de Diana deu lugar a um impulso irrefreável de rir, quando ela imaginou uma noiva bêbada, de vestido púrpura, chorando alto e assoando o nariz. Largou-se no banco do carro gargalhando.

— Antes da cerimônia, você estava preocupadíssima com a decoração da sala — informou Cole.

Diana riu mais ainda.

— Leia o meu rascunho e veja se entendeu tudo — pediu Cole quase bruscamente, fazendo-a conter o riso.

Ela desdobrou a folha com o timbre do hotel e leu o que ele escreveu, com uma caligrafia descuidada mas perfeitamente legível.

— Está tudo muito claro — comentou.

— Está, sim — concordou ela em um murmúrio.

— Seu advogado pode usá-lo para redigir o documento legal. Quando estiver pronto, envie para a minha casa, em Dallas — instruiu.

Segurando o volante com a mão esquerda, tirou uma carteira do bolso, de onde extraiu um cartão de visita que entregou a Diana. Com um aperto de susto no coração, ela tomou consciência de que até ali não sabia o endereço, nem sequer o número de telefone do homem com quem se casou.

— Você pode confiar no seu advogado para desenvolver isso rapidamente e com discrição? — perguntou ele.

Diana refletiu que não devia entregar aquele assunto nas mãos da firma de advocacia que representava a Foster Enterprises. Advogados gostavam de trocar informações, e seria imprudência achar que os seus manteriam em segredo um caso tão excitante. O único advogado em quem podia confiar, como pessoa e profissional, era Doug Hayward. Ele havia trocado a advocacia pela política e, portanto, em uma batalha legal não seria páreo para os hábeis representantes que Cole devia ter. Mas aquilo era um simples contrato, não uma batalha.

Esses contratos matrimoniais haviam se tornado muito comuns. Pelo que ela sabia, pessoas ricas, com filhos de um casamento anterior, ou outros herdeiros a quem desejavam proteger, optavam por esses acordos, quando voltavam a se casar.

Charles Hayward, pai de Doug, com certeza conhecia muita gente que fazia isso e poderia orientá-la, assim como ao filho. Sua orientação foi inestimável, por ocasião da morte do pai dela.

— Conheço um advogado em quem posso confiar plenamente — afirmou depois desses longos instantes de reflexão.

Cole saiu da Inwood, entrando na comprida alameda entre árvores que levava à casa onde Diana morou até alguns anos atrás.

— Parece que a sua família está recebendo muitas visitas — comentou, quando chegaram diante da casa, onde vários carros encontravam-se estacionados.

— O Explorer é de Corey, e o BMW, de Spencer. Tentamos jantar juntos todos os domingos. Os outros carros são dos membros da equipe de Corey. Como lhe disse, ela quis tirar novas fotos para substituir algumas de que não gostou.

Capítulo 32

A CASA DOS FOSTER ERA uma mansão imponente, muito parecida com tantas outras que Cole conheceu, construídas na década de cinquenta, ou sessenta, mas os aposentos que viu, enquanto Diana o guiava através do vestíbulo e do corredor que levava aos fundos da casa, apresentavam certa diferença. Alguns eram decorados com luxo e muito bonitos, outros, simples e aconchegantes, porém todos tinham uma atmosfera convidativa.

A cozinha enorme, obviamente, remodelada para permitir o desenvolvimento de grandes projetos culinários, com dois fogões industriais, duas pias, um gigantesco refrigerador, um freezer também de tamanho exagerado e uma espantosa quantidade de panelas e caldeirões de cobre pendurados acima disso tudo.

Uma mulher já meio idosa, que Cole presumiu se tratar de uma cozinheira ou governanta, picava uma abóbora em cima de uma tábua. Ela os olhou e fez um gesto de cabeça na direção da porta dos fundos.

— Ainda estão trabalhando lá atrás — informou, então acrescentou em tom irritado: — Seu avô disse que esse novo fertilizante orgânico está produzindo abóboras cada vez maiores. Por que ele não para de plantar abóboras? Não temos mais vasilhas, nem espaço para guardar. Os freezers da despensa estão cheios de tudo quando é coisa feita com abóbora, menos sorvete, mas não vou me admirar se sua mãe ou sua avó aparecerem com uma receita.

— Ou se inventarem de pintar abóboras — disse Diana com um sorriso.

Cole ainda tentava imaginar uma abóbora pintada, quando seguiu Diana para fora da cozinha e entrou em um outro mundo. O terreno dos fundos era imenso, e tudo ali agradava aos olhos.

Havia gente por toda parte. Enquanto dois assistentes parados nas laterais sustentavam refletores, Corey, no meio de uma extensa horta, se preparava para fotografar a avó, que, usando uma *parka* e calça comprida, com os pés enterrados em um monte de folhas secas, segurava uma enorme abóbora. Mary Foster, com um vidro de tinta em uma das mãos e um pincel na outra, retocava a pintura do rosto de um sorridente espantalho.

As três mulheres se mostraram surpresas ao ver Diana com Cole, mas não aborrecidas, e ele imaginou que elas ainda não sabiam da notícia.

— Já estamos terminando — disse Corey. — Só quero mais uma foto.

De pé, ao lado de um cobertor estendido no chão, Spencer vigiava dois bebês, meninas, gêmeas idênticas, que engatinhavam atrás de uma bola colorida que rolou para fora. Ele olhou para Diana com um sorriso, então encarou Cole e o cumprimentou com um gesto de cabeça, sem sorrir.

— Estamos trabalhando na edição de outubro — contou Diana a Cole, apontando para a horta.

— Sua avó deve estar ficando assada, com aquela *parka*, neste calor.

No lado direito do gramado, havia mesas e cadeiras, arrumadas na frente de uma oficina que mais parecia uma casinha de livro de histórias infantis. Em uma das mesas, duas mulheres confeccionavam guirlandas e arranjos com pinhas, frutos silvestres e com outras coisas que pareciam legumes pintados.

Em uma outra mesa, um jovem e uma mulher poliam grandes aldravas antigas, de bronze. Três portas, em diferentes estágios de acabamento, se apoiavam contra a parede da oficina.

— Tivemos a ideia de fazer uma matéria que vai se chamar "Dê personalidade às suas portas" — informou Diana.

Dois rapazes, com aventais sujos de tinta, saíram da oficina e começaram a levar as portas para dentro.

— Cuidado com elas, garotos — recomendou Henry, de sua bancada de trabalho na frente da oficina.

O tampo de sua mesa e a tábua que corria por baixo como uma prateleira estavam juncados de desenhos, presos sob pequenas caixas de madeira de vários formatos, que Cole não pôde imaginar para que serviam.

Quando Henry viu Diana e Cole, ela os chamou, pedindo que se aproximassem. Apertou a mão de Cole, então se virou para Diana:

— Tenho pensado em fazer isso há semanas, querida, e acho que foi uma boa ideia. Dê uma olhada.

Ela examinou alguns dos desenhos, então as caixas.

— O que pretende fazer com isso, vovô?

— Casinhas para alimentar pássaros! — exclamou, entusiasmado. — Acho que esses vão ser um sucesso. Não serão desses alimentadores comuns, não. Vou fazer castelinhos e casas de fazenda, com celeiros e tudo. Também pensei em outras coisas, como casas modernas e edifícios de apartamentos.

Corey, a mãe e a avó tinham acabado a sessão de fotos e já estavam perto o suficiente para ouvir as últimas palavras do velho.

— Ouvi direito? — perguntou a esposa. — Você está querendo construir prédios de apartamentos para pássaros, Henry Britton?

— Eu não disse que vou construir — defendeu-se ele. — Disse a Diana que pensei nisso.

— Fizemos uma matéria sobre alimentadores de pássaros, dois anos atrás, papai! — Mary o lembrou.

— As casinhas não precisam ser alimentadores — explicou Henry, parecendo um tanto frustrado. — Podem ser peças ornamentais para jardins. Já pensaram como vai ficar lindo um canto de jardim com várias delas agrupadas?

— Um bairro de pássaros? — perguntou a esposa, nada impressionada. Ele endereçou-lhe um olhar agastado.

— Corey saberá como arrumá-las para as fotografias. Talvez no meio das flores, ou embaixo de uma árvore.

— Não creio que casinhas para pássaros, que os pássaros não podem usar, agradarão aos leitores da revista. Muito menos grupos delas — insistiu Rose.

— Pois eu acho que vão adorar. Todo Natal, você passa dois dias, no mínimo, arrumando casinhas de cerâmica que ninguém usa, embaixo da árvore, imitando uma daquelas vilazinhas pintadas por Norman Rockwell. Não vejo por que a minha "vila" não ficaria bonita ao ar livre.

Houve uma pausa no bate-boca, e todos olharam para Diana, à espera de sua opinião.

Embora Corey cuidasse da parte artística da revista, e a mãe e os avós fossem responsáveis pelos projetos apresentados, era Diana que arcava com a total responsabilidade de decidir o que agradaria, ou não, aos leitores, de quem dependia o sucesso ou o fracasso financeiro da publicação.

Ela precisou fazer um esforço para se concentrar no assunto das casinhas para pássaros, pois até ali só conseguia se preocupar com o momento em que diria a família que se casou com Cole.

— Acho que vovô tem razão — disse por fim. — Talvez, futuramente, façamos uma edição especial sobre decoração de jardins.

Henry sorriu para ela, satisfeito.

— Ontem à noite, na festa, eu e você falamos em lançar outra edição sobre cultivo de hortaliças com adubo orgânico. Talvez possamos combinar isso com ornamentação de jardins.

— Podemos pensar sobre isso — concedeu Diana.

— Se gostou da ideia, a partir de amanhã já podemos começar uma lista do que seria interessante usar — sugeriu o avô.

— Tudo bem, vovô — ela concordou, enquanto tentava decidir onde reuniria a família para dar a notícia. — Já fizemos uma matéria sobre adubação orgânica, não muito tempo atrás, abordando o cultivo de frutas e hortaliças. Da próxima vez, o assunto podem ser flores.

Parou de falar por um momento e olhou para o grupo que ouvia a conversa.

— Gostaria de falar com vocês todos na sala de estar — disse, criando coragem.

Corey olhou para o céu.

— Esperei a tarde toda para captar os raios do sol atravessando aqueles galhos, do jeito que estão fazendo agora. Pode me dar dez minutos? Quero fotografar Spencer e as gêmeas embaixo da árvore. A foto é para mim.

— Trinta minutos — concedeu Diana, sabendo que antes disso a equipe da irmã não teria ido embora.

— A propósito, Cindy Bertrillo telefonou — anunciou Corey, caminhando para a câmera apoiada em um tripé. — Pediu para você ligar para ela assim que puder. Quer confirmar alguma coisa, mas não disse o que é.

Quando os repórteres queriam ter certeza sobre alguma notícia, era à chefe do departamento de relações públicas que telefonavam. Diana sabia muito bem o que eles queriam confirmar naquele dia.

— Mais tarde eu ligo — respondeu.

Cole ficou observando a atividade dos assistentes de Corey, enquanto eles juntavam a parafernália fotográfica.

— Conheço os termos "negócios em família" e "indústria caseira" — comentou com admiração. — Mas nunca vi nada parecido. Você deve ter orgulho do que criou, Diana.

— Eu capitalizei e comercializei o que eles criaram — corrigiu ela, fazendo um gesto de cabeça na direção da mãe e dos avós.

Capítulo 33

— Muito bem, fiquem todos à vontade. — Diana pediu, entrando com o grupo na sala de estar, onde havia um piano de cauda em uma das laterais e uma grande lareira com aparador de mármore na extremidade mais distante.

No meio do aposento, separados por uma mesa baixa de mogno entalhado, estendiam-se dois longos sofás forrados com rico brocado com listras douradas e vinho, que algumas almofadas de tecido liso, nas mesmas cores, deixavam mais aconchegantes.

Diana parou junto ao piano e Cole se posicionou a seu lado, olhando-a com ar divertido, quando a viu apertar as mãos nervosamente, sinal de que estava mesmo com medo do que iria enfrentar. Refletiu que ela não deveria se preocupar com a possibilidade de sua família não compreender ou aprovar o acordo que haviam feito, pois era adulta e bastante sensata para saber que havia tomado a melhor decisão.

A mãe e a avó de Diana se sentaram em um dos sofás, e Corey e Spencer se acomodaram no outro. O avô parou atrás de uma das duas poltronas voltadas para o piano, apoiando as mãos no espaldar.

— Sente-se, vovô — pediu Diana.

— Prefiro ficar em pé.

— É melhor que esteja sentado, quando ouvir o que tenho a dizer — avisou.

— Pelo jeito, vai nos fazer uma grande surpresa — comentou ele, se sentando.

Encarou Diana com um sorriso, obviamente julgando que seu nervosismo era causado pelo entusiasmo, e que qualquer notícia que ela desse só poderia ser boa.

— Muito bem. Estamos todos aqui e sentados — observou. — Chute, menina.

Diana olhou para os familiares atentos e esfregou as palmas das mãos na calça, dando uma risadinha forçada.

— Confesso que só fiquei tão nervosa quando tinha dezesseis anos e precisei contar a papai que havia arranhado o carro que ele me deu de aniversário.

Corey notou que a irmã estava perdendo a costumeira serenidade e decidiu ajudá-la, lhe dando algum tempo para se recompor.

— Não foi você que arranhou o carro, Diana. Fui eu.

Todos se viraram para ela, boquiabertos de espanto com a tardia confissão, menos a avó, que obviamente estava mais interessada nos acontecimentos do presente.

— Bateu com o carro? — perguntou Rose. — Foi para contar isso que nos reuniu aqui?

— Não, vovó — respondeu Diana, acrescentando mentalmente: "Minha vida é que levou uma trombada." Então, olhou para Cole, que ergueu as sobrancelhas, desafiando-a a ir direto ao assunto. Fitou a mãe e os avós e continuou: — Ontem à noite, depois do leilão, apresentei Cole a vocês.

Os três concordaram movimentando a cabeça.

— Embora ele fosse um estranho para vocês, não era para mim, nem para Corey e Spencer. Nós quatro nos conhecemos há muito tempo — prosseguiu. — Cole é um velho amigo.

— Nós já sabemos disso, querida — disse a mãe, antes de se virar para Cole com um sorriso amigável e explicar: — Ontem, no caminho para casa, Corey nos contou que você era empregado dos Hayward, no tempo em que ela e Diana iam à casa deles.

Cole notou que Mary, delicadamente, evitou se referir ao seu trabalho no estábulo.

— Diana falava muito em você, naquela época — contou a avó em tom animado, se dirigindo a Cole. — Ficamos sabendo que você morava no estábulo, que cuidava muito bem dos cavalos, que não tinha muito o que comer e vivia com fome. Ela gostava de lhe levar comida, e eu a ajudava a arrumar as sacolas.

Para divertimento de Cole, os outros ficaram tão perturbados com essa falta de tato, que repreensões a Rose e comentários para amenizar sua indiscrição começaram a cruzar o ar como uma bola de voleibol em movimento enérgico e incessante.

— Vovó, o estábulo dos Hayward é muito mais confortável do que a casa de muita gente! — declarou Corey, jogando a bola para o alto.

— Quando eu estava na universidade e vinha aqui, me entupia de tudo o que vovó Rose preparava — comentou Spencer, não deixando a bola cair e atirando-a para Henry. — Acho que todos os rapazes comem muito, não é, vovô?

— Sem dúvida — confirmou o velho, que, apesar de um pouco desajeitado, manteve a bola no ar. — Eu mesmo nunca fui capaz de resistir aos pratos de Rose. E já dormi numa cocheira, com uma égua. Quando Pearl ficou doente, Corey e eu lhe fizemos companhia a noite toda, para que ela não morresse sozinha. Rose nos levou o jantar e maçãs assadas de sobremesa. Demos uma a Pearl, e a danada da égua gostou tanto que se levantou e desistiu de morrer.

Deu uma risadinha, fazendo uma pausa.

— Depois disso, ficou tão louca por maçãs que começava a relinchar quando via uma. Viveu até os vinte e dois anos de idade! — contou, então atirou a bola para a filha: — E não é verdade, Mary, que Robert adorava tudo o que sua mãe fazia para comermos?

Ela hesitou por um instante.

— É, sim — afirmou, se jogando um pouco tardiamente para a frente, mas ainda conseguindo aparar a bola. — Meu marido engordou dez quilos depois que passamos a morar todos juntos. Costumava descer às escondidas para fazer um lanche, à meia-noite, mesmo que tivesse jantado bem. Diana sabia como o pai e o avô eram comilões, e acho que era por isso que gostava de levar tanta coisa para você comer, Cole.

Tendo feito sua parte no voleibol verbal, olhou em volta, à procura de alguém que ainda não houvesse dado sua contribuição. Notando que Rose era a única possibilidade, achou melhor jogar a bola para fora da quadra.

— Diana sempre teve imaginação fértil demais. Achava que estava salvando Cole da inanição, e suponho que ele não quisesse magoá-la, dizendo que parasse de lhe levar comida — comentou.

Todos encararam Cole, como jogadores olhando para o árbitro, à espera do resultado oficial do jogo.

— Diana era muito generosa, e eu ficava muito grato por tudo o que ela me levava — declarou ele.

Até então, Rose assistiu a tudo com a inocente imparcialidade de um espectador neutro, mas, ao ouvir a declaração de Cole, sorriu para ele com ar malicioso.

— Todos sabemos como Diana é bondosa, mas a verdade é que ela insistia em lhe levar coisas para comer porque estava apaixonada por você — denunciou. — Percebíamos como se sentia a seu respeito, embora fosse muito mais discreta do que a irmã, que só sabia falar de Spencer e forrava as paredes do quarto com fotos dele. Na minha opinião, era tão louca por você quanto Corey por Spencer, e...

— Mamãe! — Mary a interrompeu em tom suplicante. — Não é hora de falar nisso.

— Não existe hora certa para a verdade — replicou Rose, então olhou para Diana e perguntou: — Eu disse alguma mentira, querida?

A perplexidade inicial que Diana experimentou ao ouvir a tirada da avó deu lugar ao alívio. Até ali, estava tentando encontrar uma justificativa para o seu precipitado casamento, que aos olhos da família pareceria algo incrivelmente impulsivo e insensato.

— Não, vovó, você não disse nenhuma mentira — assegurou em tom animado. — De fato, eu era louca por Cole — confessou e, para avaliar a reação dele, lançou-lhe um rápido olhar, ficando surpresa ao vê-lo impassível. — Agora, que todos se lembraram de minha paixão de adolescente por ele, talvez não se espantem quando ouvirem o que tenho a dizer.

Hesitou ao ver que as pessoas a quem mais amava no mundo olhavam para ela com ar alegre e curioso, certas de que ouviriam algo muito bom.

— Vá em frente! — Spencer a incentivou com um sorriso. — Diga logo que surpresa tem para nós.

Diana respirou fundo.

— Bem, ontem à noite, depois do leilão, Cole e eu dançamos um pouco. Então...

— Então, o quê? — O avô a pressionou, quando ela se calou, parecendo engasgada.

— Fomos à suíte dele, tomamos um drinque e conversamos sobre... sobre coisas — Diana tentou continuar, mas tornou a hesitar, olhando para a mesa de centro a fim de não encarar ninguém.

— E aí? O que aconteceu? — Rose quis saber.

— Aí... saímos do hotel... fomos de avião para Las Vegas e... e nos casamos!

O profundo silêncio que se seguiu atuou sobre os nervos de Diana como uma unha afiada arranhando um quadro de giz.

— Sei que ficaram chocados — murmurou ela em tom mortificado.

Henry foi o primeiro a se recuperar, lançando um olhar de puro e indisfarçado desprezo para Cole.

— Deve ser muito bom de conversa, senhor Harrison — comentou, ríspido. — Principalmente levando para o seu quarto uma moça que acabou de sofrer uma desilusão e que bebeu demais.

— Não! Espere! — exclamou Diana, espantada com a raiva demonstrada pelo avô. — Não foi nada disso! Cole e eu fizemos um acordo que beneficiará a ambos, assim como à Foster Enterprises. Casando-me com ele, salvei parte do meu orgulho, mas, mais importante ainda, salvei a imagem pública da nossa revista. Cole também tinha um problema que só o casamento podia solucionar. Discutimos os termos e fizemos um acordo temporário.

— Que "acordo temporário" é esse? — indagou Spencer em tom hostil, se dirigindo a Cole.

— Será um casamento *proforma,* que durará um ano. Um acordo de negócios — explicou ele, no mesmo tom do outro homem.

— Só isso? — perguntou Spencer, já mais confuso do que irritado.

— Só isso — confirmou Cole.

— Que problema é esse, que o seu casamento com Diana vai resolver? — Spencer insistiu.

— Não é da sua conta.

— Talvez não, jovem — intrometeu-se Henry. — Mas é da minha!

Diana nunca imaginou que as coisas ficariam tão tensas e abriu a boca para apaziguar os ânimos, mas, para sua surpresa, Cole moveu a cabeça afirmativamente, se rendendo à exigência de Henry.

— Tenho um tio idoso, que sempre foi como um pai para mim — mencionou com cortesia glacial, mas cortesia, de qualquer modo. — Ele está muito doente e decidiu que não quer morrer sem me ver casado e com pelo menos um filho.

— E como pretende ter um filho, se é um casamento *proforma,* um acordo de negócios? — o velho indagou Henry.

— Não pretendo. Mas meu tio não precisa saber disso e, infelizmente, não viverá o bastante para descobrir.

— Pensou em tudo, não? — Henry comentou com desdém, antes de dizer a Diana: — O que não entendo é como você deixou que esse calculista a convencesse a entrar na trama dele.

— Cole não me convenceria a fazer nada que eu não quisesse, vovô. Concordei com o plano porque é a solução, tanto para os problemas dele como para os nossos — explicou ela.

— Casar com um sujeito bom de papo, um oportunista, que não via há anos, não vai nos beneficiar em nada! — declarou Henry.

— Vai, sim! — Diana afirmou, tão empenhada em explicar suas razões, que não lhe ocorreu defender Cole, negando que ele fosse "bom de papo" e "oportunista". — Tudo o que beneficia a nossa empresa beneficia a família, porque nós *somos* a Foster Enterprises. E é assim também que o público vê as coisas. As pessoas veem você, vovô, mamãe e Corey pela televisão a cabo, no programa *Do Jeito dos Foster,* e adoram não apenas o que vocês fazem, mas também o que são. As cartas que lhes enviam provam isso. Adoram os trabalhos de mamãe, adoram ver você provocando vovó e a chamando de "Rosita", adoram ver o afeto que os une. E ficaram loucos quando Corey levou as gêmeas ao programa para demonstrar como fotografar bebês. Gostaram de aprender certas técnicas, mas o que adoraram mesmo foi quando Molly estendeu os bracinhos para vovó Rose, pedindo colo, e quando a pequena Mary agarrou um dos biscoitos de mamãe. Agora, se você desse um soco em vovó e a deixasse com um olho roxo, se Corey fosse presa por embriaguez, ou se detivessem mamãe numa loja, por furto, a imprensa transformaria o caso num espetáculo de circo, e a audiência do programa despencaria. Assim, quando Dan me deixou, e a notícia foi divulgada, eu e tudo o que represento viramos uma palhaçada. Entendeu, vovô?

— Não, não entendi — respondeu Henry, impaciente.

— Então, deixe-me ser mais clara. O público associa vocês quatro ao programa *Do Jeito dos Foster,* mas associam a mim quase exclusivamente à revista e, por trás de cada matéria, de cada foto da *Viver Bem*, veem apenas uma coisa: a beleza da vida familiar. E é aí que reside o meu problema. Como editora e porta-voz da revista, devo acreditar no que prego e viver de acordo com a mensagem que transmito, mas não tenho marido, nem filhos, e um repórter descobriu, no ano passado, que passo mais horas no escritório do que no meu apartamento, onde vou praticamente para dormir. Sabe o que ele escreveu? Que eu representaria melhor a *Working Woman*, a *Vogue* ou a *Bazaar*, do que a *Viver Bem*. E eu ainda estava noiva de Dan! Quando ele me trocou por uma modelo italiana de dezoito anos, minha credibilidade e meu prestígio junto ao público sofreram um sério golpe, que a mídia tornou mais forte, e isso acabaria por afetar a revista. Primeiro, perderíamos assinantes, depois, anunciantes.

— Se os nossos atuais leitores são idiotas o bastante para não comprar mais a revista porque você deu seu amor e sua confiança ao homem errado, então podem ir para o inferno! — O avô explodiu. — Virão outros.

— Virão outros?! — Diana exclamou, incrédula e frustrada. Nesse tumulto de emoções, deixou escapar verdades que ocultou da família por quase uma década: — Vocês não fazem ideia do que me custou manter o crescimento da nossa empresa, porque nunca os deixei perceber. Meu Deus, dediquei minha vida à Foster Enterprises, desde que me tornei adulta! Tinha apenas vinte e dois anos e havia acabado de me formar quando papai morreu. — Olhou para o teto por longos instantes para não chorar. — Não sabia nada de nada, exceto que precisava encontrar um jeito de manter a família unida e com o mesmo padrão de vida. Sei que todos vocês me acharam inteligente, capaz e autoconfiante, quando os convenci de que podíamos iniciar um serviço de bufê, que depois expandiríamos para outros campos, mas eu, na realidade, estava com medo e desesperada.

Dominada pelo desejo de fazer a família entender o que a levou a aceitar a proposta de Cole, não notou a tristeza e o remorso estampados nos rostos voltados para ela. Quando percebeu, arrependeu-se de ter entrado naquele assunto, mas não podia mais voltar atrás.

— Sei o que vocês imaginavam — continuou em tom mais suave. — Como papai e seus amigos eram todos ricos e bem-sucedidos, e como nasci nesse meio, achavam que eu tinha herdado algum tipo de capacidade instintiva para criar e dirigir um negócio de sucesso, mas estavam enganados.

— Não, não estávamos, querida — negou a avó gentilmente. — Foi exatamente o que você fez.

Com as emoções em tumulto, Diana, que se encontrava à beira das lágrimas, precisou conter o impulso inoportuno de rir.

— Por puro acaso — afirmou. — O que "herdei" foi um saudável medo da pobreza. Os ricos podem se tornar frios e cruéis em relação a alguém de seu meio que vá à falência, e os falidos ficam estigmatizados. Foi o medo que me impulsionou, não um talento especial. Tudo o que tínhamos era esta casa, e fiquei tão apavorada no dia em que a hipotequei para começar o negócio, que vomitei quando voltei do banco. Mas era só o que eu podia fazer para tentar nos manter todos juntos, vivendo como sempre vivemos.

Fez uma pausa e respirou fundo, pensando nas vezes em que agiu com incompetência, naquele difícil início.

—- Cometi alguns erros que nos custaram caro e dos quais me arrependo até hoje — confessou. — Para conseguir dinheiro de investidores particulares, vendi ações da empresa, ações que agora valem uma fortuna, em comparação aos fundos que consegui levantar na época. Errei também em muitas outras ocasiões, quando sabia que devia avançar, e o medo me fazia recuar. A Foster Enterprises não foi resultado do trabalho de um gênio, como vocês acreditavam, mas de trabalho árduo, preocupações sem fim e muita sorte.

O único que não demonstrava espanto com aquelas revelações era Cole, embora talvez fosse o que mais ficou surpreso. Julgou que a *Viver Bem* houvesse começado como um capricho, com o respaldo do dinheiro do pai de Diana, e que no começo serviu apenas para exibir o jeito diferente de viver dos Foster, as fotos de Corey, e para lhe dar a chance de dirigir uma empresa, usando o que aprendera na universidade. Nunca, mas nunca mesmo, lhe ocorreu que a origem de tudo pudesse ter sido a dificuldade financeira. Mas foi. Isso e a coragem extraordinária de Diana.

O que mais o assombrava era saber que ela assumiu aquela assustadora responsabilidade com apenas vinte e dois anos. Vinte e dois! Nessa idade, ele também se lançou no mundo dos negócios, mas tivera uma vida difícil, que o enrijeceu e o tornou ousado. Diana, ao contrário, sempre foi delicada, protegida e encantadoramente reservada.

No silêncio constrangido em que a família mergulhou, depois de levar o segundo maior choque da década, Cole ficou esquecido, o que não o incomodou. Se as circunstâncias fossem diferentes, pediria licença para se retirar, dizendo que assuntos de família não deviam ser discutidos com estranhos. Era uma técnica que usava sempre que uma namorada tentava falar dos filhos, ex-marido ou pais, ou lhe contar os problemas que tinha com eles. Essas conversas faziam com que ele se sentisse um alienígena, vindo de outro planeta.

Sua infância e juventude não o haviam preparado para compreender a dinâmica que movia as famílias, muito menos como seus membros interagiam.

Henry pigarreou.

— Diana, você não precisava passar por tudo isso por nossa causa — disse com voz carregada de culpa e mágoa. — Não éramos seus dependentes. Sua avó, sua mãe e eu poderíamos ter voltado para Long Valley, onde viveríamos como sempre vivemos. Corey poderia frequentar a universidade à noite e trabalhar para algum fotógrafo durante o dia.

Corey esperou que Diana se permitisse algum tipo de explosão, ao ouvir o avô referir-se aos seus sacrifícios como se houvessem sido desnecessários, mas a viu sorrir, embora com lágrimas nos olhos.

— Não entende, vovô, que eu só deixaria isso acontecer depois de lutar muito e ser derrotada? — perguntou Diana com voz um tanto trêmula. — Corey tem um talento raro, mas necessitava de uma chance para exibi-lo e talvez nunca a tivesse, se precisasse trabalhar para se sustentar, tirando fotos de casamentos para um fotógrafo que ficaria com todo o mérito.

Olhou para a mãe, depois para os avós, fazendo uma pausa.

— Vocês não percebem como são talentosos — continuou em tom ainda mais emocionado. — Têm dons tão notáveis que milhões de pessoas se apaixonaram por vocês e por tudo o que representam. O que fazem é muito mais do que lidar com jardins ou inventar novidades na oficina e na cozinha. Vocês veem beleza nas coisas simples e ensinam os outros a verem também. Provam que se pode extrair prazer do ato de criar e assim alcançar harmonia íntima. Os espectadores acreditam na mensagem que vocês passam, quando os veem pela televisão, trabalhando e rindo juntos.

Parou de falar novamente, quando a emoção lhe embargou a voz.

— Vocês quatro provocaram uma mudança real nas atitudes de um enorme número de homens, mulheres, jovens e idosos, fazendo com que revisassem suas prioridades — prosseguiu após um instante. — Alguns políticos estão recomendando um retorno aos valores tradicionais e à simplicidade das coisas básicas, mas vocês mostram o caminho de volta, um caminho bonito e simples. — Achando que já tinha dito tudo o que poderia dizer para convencer os quatro de que não se esforçou em vão para manter a família unida, mudou de assunto: — Acreditem ou não, Cole não me coagiu a me casar com ele. Aceitei porque o casamento me pareceu a melhor solução, e agradeço a ele por ter confiado em mim, me fazendo a proposta. Sei que cumprirá a sua parte do trato, assim como eu cumprirei a minha.

Sentiu, por instinto, que os familiares precisavam ficar sozinhos para discutir o assunto e tirar suas próprias conclusões. Olhou para Cole.

— É melhor irmos agora — disse, começando a andar para a porta.

Ainda surpreso com o apoio enfático que ela lhe deu, enfrentando a oposição da família, Cole a seguiu.

Mas Rose os chamou, fazendo-os parar.

— Vão ficar para jantar, não? — perguntou, parecendo mais estar ordenando do que fazendo um convite.

— Hoje não — Diana respondeu, achando que Cole não se sentiria à vontade. — Outro dia, quem sabe.

Para sua surpresa, ele sorriu para Rose.

— Estou sendo convidado? — perguntou.

— É claro que está.

— Por favor, jantem conosco — pediu Mary.

— Faz muito tempo que você não tem o prazer de saborear a comida de Rose — Henry observou, falando com Cole, obviamente tentando convencê-lo, embora sua voz ainda estivesse meio rabugenta.

— Obrigado — respondeu Cole, então olhou para Corey e julgou ver uma oferta de amizade nos olhos dela. — Ficarei feliz em jantar com vocês.

Diana concluiu que o melhor a fazer era levá-lo para fora, para que a família pudesse conversar livremente e trocar opiniões sobre o inesperado casamento. Acreditava que eles já estavam começando a se conformar com o fato que os deixou tão preocupados e confusos, pois do contrário não convidariam Cole para jantar. E ele, embora não pudesse adivinhar se a refeição transcorreria de modo agradável ou não, aceitou, o que a deixou surpresa, mas contente.

Capítulo 34

Saindo para o quintal na frente de Cole, Diana viu que as mesas de trabalho, cadeiras e utensílios haviam sido recolhidos, e que o pátio vazio exibia todo seu esplendor. Palmeiras cercadas por perfumados arbustos floridos inclinavam as folhas compridas na direção das espreguiçadeiras ao lado da piscina, a folhagem enorme farfalhando na brisa. Flores de todos os tipos coloriam o cenário, com tonalidades que iam do branco e rosa-claro até o amarelo, o alaranjado e o vermelho dos exóticos hibiscos.

Como Diana sabia que os homens, em geral, gostavam de ver a oficina do avô, suas ferramentas, máquinas e madeiras de ótima qualidade, decidiu levar Cole até lá. Mas notou que ele apenas fingia estar interessado no que via, de modo que o convidou a percorrer a estufa e depois a horta.

Isso também não produziu o efeito desejado, porque ele continuou a olhar distraidamente para tudo o que ela lhe mostrava. Supondo que a cena desagradável na sala de estar o deixou aborrecido, Diana decidiu abordar o assunto.

— Sinto muito por tudo o que meus avós disseram lá dentro — declarou. — Mas, por favor, leve em conta a idade deles.

— Levei — afirmou Cole brevemente.

— No entanto, continua envergonhado.

— Não estou envergonhado, Diana.

— Zangado, então? — Ela perguntou, examinando o seu rosto atentamente.

— Não.

— Então, o que é?

— Estou impressionado.

— Impressionado? Com o quê?

— Com você — respondeu em tom solene.

Ela sorriu e ergueu os olhos para o alto, em um trejeito de incredulidade.

— Se ficou impressionado, por que está tão carrancudo?

— Talvez porque isso aconteça tão pouco que não estou acostumado à sensação.

Olhava-a com ar compenetrado, portanto não estava brincando, e isso causou tanto prazer e surpresa a Diana que ela não soube o que dizer.

— A propósito, não estou "carrancudo" — informou.

— Não? Então, como é que você fica, quando está?

— Acho que você não gostaria de ver.

— Ora, vamos, mostre!

Cole estava tão pouco acostumado a provocações daquele tipo, que não pôde conter o riso.

— Não me perguntou o que foi que achei tão impressionante — observou, ficando sério.

— Bem, não foi a oficina do vovô — brincou ela. — Você chamou um belo pedaço de mogno de "tábua". E deu para perceber que não sabe distinguir uma gardênia de uma rosa.

— Tem razão, mas sei um pouco sobre negócios. Já havia percebido que a sua revista é um sucesso, mas não imaginava que você conseguiu transformar sua mãe e seus avós em celebridades.

— Não fui eu, foram eles mesmos que fizeram isso — disse com um sorriso afetuoso. — Já eram autênticos e maravilhosos quando os conheci, e não mudaram nem um pouco. Foram os precursores de uma nova tendência que só agora está ganhando força. Cerca de um mês depois que meu pai e Mary se casaram, eles levaram Corey e a mim a Long Valley, para que eu conhecesse meus novos avós. Descobri que Henry e Rose eram adeptos fervorosos do "faça você mesmo". Durante o dia, vovô trabalhava como inspetor municipal na vila de sete mil habitantes, mas passava os fins de tarde, os sábados e domingos na horta e no jardim, fazendo experiências para conseguir as flores mais bonitas e as maiores hortaliças daquela região, sem recorrer a fertilizantes químicos e inseticidas. À noite, quando não estava examinando catálogos de sementes ou lendo livros especializados, à procura de métodos de controle de pragas, ficava na oficina atrás da casa, onde fazia de tudo, desde casas de bonecas com mobília em escala, até cadeiras de balanço para os amigos. Eu adorava tudo o que havia na oficina, inclusive a serragem e as aparas que cobriam o chão, e o cheiro do extrato de nogueira que ele usava para escurecer a madeira. Eu me lembro de que, na primeira visita à oficina, pisei num pedacinho de madeira caído perto da bancada de trabalho. Apanhei-o e ia jogá-lo na lata de lixo, quando ele riu, me segurou pelo braço e perguntou por que eu ia jogar um beijo fora. Na época, eu tinha quatorze anos, e o achava muito velho, embora ele ainda não houvesse chegado aos sessenta. Então, quando chamou um pedaço de madeira de "beijo", pensei que era maluco, além de velho.

— Mas não era — respondeu Cole com um sorriso, gostando da história de Diana, do jeito que o sol cintilava em seus cabelos, do brilho nos olhos verdes, quando ela falava das pessoas a quem amava.

Aquela mulher, que fazia parte da aristocracia americana, conservou a mesma simplicidade e gentileza que ele tanto apreciou nela quando a conheceu, ainda adolescente. Agora, apreciava mais do que nunca, porque compreendia que essa era uma rara combinação de qualidades muito desejáveis.

— Não, ele não era maluco — prosseguiu. — Pegou um pequeno canivete e entalhou o pedacinho de madeira, lhe dando uma forma meio arredondada. Então, o embrulhou num quadradinho de papel prateado e o colocou na palma da minha mão. Então, rindo, disse que era um "beijo de chocolate", sem calorias. Mais tarde, descobri que havia uma tigela cheia deles na mesinha da sala de estar. Um lindo enfeite.

— E o que sua madrasta, isto é, sua mãe e sua avó faziam? — perguntou Cole, quando ela se virou para observar um botão de gardênia.

— Mamãe trabalhava como secretária numa fábrica, quando papai a conheceu — explicou, ainda olhando para a flor. — Mas o seu passatempo, nas horas vagas, era o mesmo de vovó: culinária.

Curvou-se e colheu o botão, virando-se para mostrá-lo a Cole, uma bolinha branca e aveludada, no centro de folhas verde-escuras e brilhantes.

— Continue — pediu ele, interessado no que ela contava.

Diana levou o botão para junto do nariz, sentindo o perfume.

— Vovó usava as hortaliças que vovô cultivava para preparar receitas de família, que haviam passado de mãe para filha, durante várias gerações — prosseguiu. — Todas tinham nomes que evocavam ancestrais ou acontecimentos muito antigos, e eram deliciosas. Havia a salada de três feijões de vovó Sarah, a torta de cerejas e canela da bisavó Cornélia, o bolo "lua cheia", os biscoitinhos de trigo integral. — Sorriu, parecendo acanhada, então confessou: — Até eu ir a Long Valley pela primeira vez, pensava que morangos nasciam em árvores e que conservas eram apenas os alimentos enlatados que comprávamos no supermercado. Imagine como fiquei espantada quando vi pêssegos amarelos, lindos, em vidros que tinham rótulos pintados à mão, representando um pessegueiro e um bebê sentado em sua sombra, com uma cercadura formada por flores rosadas e folhas. Achei aquilo não só maravilhoso, como exótico.

— Você achava mesmo que morangos nasciam em árvores? — perguntou Cole, com ar divertido.

— Por que não acharia? Nunca tinha visto um pé de morangos. Assim como nunca tinha visto uma galinha viva. Eu não associava os frangos, que comprávamos embrulhados em plástico, com animais de verdade. E ainda prefiro não associar — admitiu, antes de acabar sua história: — Para mim, a casa de meus avós era mágica. Quando eles vieram morar conosco, esta casa começou a mudar de uma maneira fantástica, desde o pátio de trás, onde só havia a piscina e algumas palmeiras, até o interior.

Ergueu as mãos em concha, mostrando o botão de gardênia a Cole.

— Não é uma perfeição? — perguntou baixinho.

"Você é uma perfeição", pensou Cole, pondo as mãos nos bolsos para vencer a tentação de pegar as dela, levá-las com a flor até o rosto e beijar os dedos esguios. Controlar os impulsos sexuais, o sentimentalismo e o instinto de proteger uma mulher com menos de sessenta anos nunca foi problema para ele. Aborrecido consigo mesmo pelas falhas sem precedentes ocorridas nessas três áreas em menos de vinte e quatro horas, decidiu ignorar o comentário de Diana sobre a flor.

— Então, você criou um mercado para o talento e a filosofia da sua família — comentou, meio brusco — É muito inteligente, Diana.

Ela pareceu se surpreender com seu tom de voz, mas apenas abanou a cabeça em uma negativa.

— Não precisei criar um mercado — declarou. — Ele já existia e crescia sem parar, embora ninguém percebesse.

— Como assim, "o mercado já existia"?

— Vivemos numa época em que os americanos estão se sentindo cada vez mais sem raízes, mais separados uns dos outros e mais distanciados da natureza. Vivemos num mundo impessoal, moramos em casas quase idênticas, cheias de artigos produzidos em massa, desde móveis até enfeites. Nada nos dá a sensação de permanência no tempo, de estabilidade, de enraizamento, de verdadeira autoexpressão. E sentimos necessidade de personalizar nosso espaço, embora não possamos personalizar o resto do mundo. O "ideal Foster" é ajudar as pessoas a descobrir o prazer e a profundidade de sua própria criatividade.

— Pensei que as mulheres estivessem mais interessadas em descobrir até que altura podem subir em suas carreiras.

— Estamos, mas, ao contrário dos homens, aprendemos que não podemos nos avaliar pelo sucesso ou fracasso de nossas carreiras. Queremos mais da vida do que isso, e temos mais para dar.

Cole franziu a testa, confuso.

— Está dizendo que mulheres de carreira representam um número significativo de suas leitoras?

— Isso mesmo — afirmou ela, claramente se divertindo com a noção errada que ele tinha a respeito do assunto. — As estatísticas vão surpreendê-lo. De acordo com as pesquisas de mercado, sessenta e cinco por cento de nossas leitoras têm diploma universitário e têm ou tiveram uma carreira. Estão apresentando a tendência de adiar a chegada dos filhos, para poderem parar de trabalhar de uma vez e ficar em casa, cuidando deles. E os criam com a mesma dedicação, o mesmo zelo com que desempenhavam seu trabalho fora de casa. São batalhadoras, estão acostumadas a assumir responsabilidades e a lutar para mudar o que não lhes agrada. Sua necessidade de autoexpressão faz com que desejem melhorar suas casas, personalizá-las, e isso, combinado com o desejo natural de economizar dinheiro, as leva a descobrir a *Viver Bem*. E, através de nós, descobrem a si mesmas.

— Um encargo bastante pesado para uma revista — observou Cole, irritado consigo mesmo por notar como ela falava bem, como era linda, como se movia com graça.

— A Foster Enterprises faz mais do que publicar uma revista mensal. Também publicamos livros e produzimos uma linha inteira de produtos de limpeza naturais que não agridem o meio ambiente. Comercializamos *kits* do tipo faça-você-mesmo, criados por meu avô, ou sob sua supervisão. Começamos a fazer especiais de fim de ano para a televisão e alcançamos tanto sucesso que a CBS quis que assinássemos um contrato para seis especiais por ano, mas eu não aceitei, porque achei mais interessante, financeiramente e também para efeitos de publicidade, que tivéssemos um programa semanal.

— Parece que está tudo bem — comentou Cole.

— Parece, mas não está. Vivemos sob pressão. Os concorrentes estão aparecendo de todos os lados, querendo sujar nossa reputação para aumentar os próprios lucros, mas isso não é o pior. O mais difícil é não decepcionar o público, que exige de nós um padrão mais alto que o de nossos concorrentes. Temos de aparecer com ideias sempre novas, cada vez melhores, para cada edição da revista, cada livro de receitas, cada programa de televisão. Temos de ser mais bonitos, mais alegres e oferecer mais do que todo mundo. Era mais fácil antes, quando estávamos sozinhos na arena, mas agora a pressão é intensa. Até chegamos a descobrir dois espiões em nosso quadro de funcionários, pagos por competidores.

Cole se surpreendeu.

— Sempre associei esse tipo de espionagem com as áreas de eletrônica e segurança.

— Eu também, até que pegamos aqueles dois na nossa empresa. Outro problema é a nossa imagem pública. Manter a reputação intacta é um pesadelo, não só para o departamento de relações públicas, como para mim e minha família. Temos de tomar cuidado com tudo o que dizemos e fazemos, em todos os lugares.

— Sua família também? Pensei que esse problema fosse seu, devido à conexão que fazem entre você e a revista.

— Dei essa impressão, falando lá na sala, mas não é bem assim. Todos nós estamos ligados à *Viver Bem*. O verdadeiro diferencial da revista, desde o começo, é que se trata de um empreendimento familiar, e o público sempre achou isso atraente. E, infelizmente, a imprensa também, o que significa que não podemos discordar uns dos outros nas mínimas coisas, quando estamos gravando um programa, sob pena de aparecermos na coluna de fofocas de algum jornal. "Encrencas no Paraíso", escreveriam, ou qualquer outra coisa idiota, mas chamativa. Minha mãe é responsável por uma das seções mais populares da revista. Ali, ela escreve suas reminiscências da infância, como as férias que passava na casa dos avós, as coisas que a mãe lhe ensinava, e também conta fatos da sua vida adulta, sempre com bom humor, zombando da própria insegurança em determinadas ocasiões. Por exemplo, as primeiras vezes em que recebeu socialites de Houston, logo que se casou com meu pai. Conta histórias sobre mim, Corey e nossos avós. Fotos de todos nós já saíram nessa seção, e os leitores têm a sensação de que nos conhecem pessoalmente, nos consideram amigos. Quando Corey e Spencer se casaram, receberam toneladas de cartões feitos à mão, e quando as gêmeas nasceram, ganharam centenas de presentes, todos artesanais. Acabamos por mostrar alguns deles numa edição especial sobre bebês. Para o público, somos uma família grande e feliz, e vivemos de acordo com o que pregamos na revista.

Enquanto a ouvia falar, Cole refletia que, depois de ter conquistado tanta coisa, com pouca ajuda e sem muito dinheiro, Diana subestimava o sucesso que alcançou.

— Me diz uma coisa — pediu, apoiando a mão no tronco da palmeira sob a qual se encontravam. — Por que considera tão enormes os erros que cometeu? Não vê que não são nada perto de tudo o que conseguiu? Lá na sala, falando com a sua família, você deu a entender que as suas conquistas se devem mais à sorte do que ao seu talento.

Ela franziu o rosto, desgostosa, e desviou o olhar.

— Você não sabe quantos erros cometi, e como foram danosos — replicou.

— Então, me conte, para que eu possa julgar. Prometo que serei imparcial.

Diana estava gostando da companhia de Cole, mas aquele assunto não lhe agradava. No entanto, como sabia que ele não desistiria, suspirou, resignada, encostando-se no tronco da palmeira.

— Como eu disse lá dentro, deixei passar muitas oportunidades maravilhosas porque não queria me arriscar. Tinha medo de um crescimento demasiadamente rápido.

Cole observou o seu rosto, refletindo que ela continuava tão autêntica como foi no passado. Quase desejava que o tempo a houvesse modificado um pouco, pois o casamento deles seria uma experiência arriscada, da qual ela poderia sair com um cinismo que ainda não possuía. E ele não queria ser responsável por isso, algo que nem mesmo a traição de Penworth conseguira provocar.

— Acho que estou vendo sua expressão carrancuda — avisou, dando uma risadinha.

– Não — discordou, sorrindo. — Continuo impressionado, só isso.

— Muitos negócios são arruinados porque as pessoas dão o passo maior do que as pernas, financeiramente. É melhor errar, dando um passo mais curto, do que exagerar e estragar tudo.

— Errei porque fui boba e medrosa — observou ela. — O maior dos erros que cometi foi esperar até dois anos atrás para colocar no mercado nossos produtos para jardinagem e artesanato. Quando foram lançados, o nível de vendas foi tão alto que parecia que os estávamos distribuindo de graça.

— Você deve ter tido boas razões para esperar — disse Cole.

— Tinha, sim. Estava preocupada com a questão do controle de qualidade e com os custos de lançamento e armazenagem. Mas os produtos foram um sucesso, e deixamos de ter lucros ainda maiores porque fiquei arrastando os pés, em vez de correr.

— Foi só uma pequena falta de visão.

— Você teria esperado para sair correndo, depois de os concorrentes terem disparado na frente? — Ela perguntou, cruzando os braços com irritação.

— Não — admitiu.

— Está vendo? Você tem visão e ousadia, eu, não.

— Não, não estou vendo. Há uma grande diferença entre o seu caso e o meu. Quando comecei a Unified, tinha dinheiro suficiente e mais ainda a minha disposição, caso precisasse.

Diana se sentiu mais animada com essa explicação, mas não muito.

— Fiz outras coisas que gostaria de não ter feito — confidenciou.

— Por exemplo?

— Como você ouviu lá na sala, praticamente dei ações da empresa para iniciá-la, e mais tarde também, para mantê-la.

Cole sentiu um súbito desejo de estender a mão e lhe acariciar o rosto, mas se conteve.

— Foi um espanto, você, com apenas vinte e dois anos, convencer um banco a financiar os seus planos e mais ainda conseguir investidores particulares.

Diana deu de ombros.

— O banco não corria grandes riscos, porque tinha ficado com a nossa casa sob hipoteca.

— Mas como conseguiu que investidores particulares se arriscassem a injetar dinheiro num negócio que apenas começava e que poderia não dar lucro algum? — Ele perguntou, querendo forçá-la a ver como foi habilidosa.

— Ah, isso... — murmurou Diana com uma risadinha desanimada.

— Enchi a pasta com os planos do negócio e as projeções e visitei todos os amigos de meu pai. Eles, provavelmente, acharam que eu iria falir, mas sentiram pena e com um tapinha carinhoso em minha cabeça deram-me cinco, dez mil dólares, imaginando que poderiam abater a quantia do imposto de renda, declarando-a como perda. Em troca, lhes dei certificados de ações. — Suspirou, baixando a cabeça. — Resumindo, distribuí tantas fatias da nossa empresa que, somando tudo, ficamos com apenas cinquenta por cento dela.

— Você tinha alternativa, Diana? — Ele indagou gentilmente.

— Se eu imaginasse que a Foster se tornaria tão lucrativa...

— Estou falando daquele tempo, quando você não podia ter certeza de nada — interrompeu com severidade. — Havia outro jeito de levantar o dinheiro de que precisava?

Ela hesitou.

— Não — respondeu.

— Então, pare de se culpar por não ser vidente e se admire por ter superado todos os obstáculos que encontrou e que teriam eliminado muitos empresários talentosos.

Diana ergueu os olhos para ele e viu que o rosto atraente tinha uma expressão de total seriedade.

— Vindo de você, é um grande elogio — comentou.

Ele, então, sorriu.

— Não posso admitir que minha esposa continue se subestimando. Isso poderia me contagiar, e o resultado seria uma queda no preço das ações da Unified — brincou.

— E um colapso na Wall Street — completou ela, se sentindo incrivelmente animada sob o calor do sorriso de Cole.

Capítulo 35

DE PÉ JUNTO À pia, onde cortava folhas de alface para a salada, Corey olhava pela janela, observando Diana e Cole, que conversavam no quintal. Estava tão perdida em suposições, que se sobressaltou quando o marido a abraçou por trás.

— Onde está todo mundo? — perguntou.

— Sugeri que descansassem um pouco antes do jantar. Glenna e eu estamos dando conta do recado.

— Coloquei as gêmeas na cama e disse que a mamãe tinha mandado um beijo. Era lá que eu gostaria de estar — murmurou Spencer, mordiscando o pescoço dela. — Na cama, com você.

Corey se virou nos braços dele, e os dois estavam se beijando quando a governanta entrou na cozinha, fazendo eles se separarem depressa, como adolescentes apanhados em falta.

— Podem continuar— disse Glenna em tom rabugento. — Não quero interromper. Só estou tentando fazer com que uma refeição para seis pessoas seja suficiente para sete.

Carrancudo, Spencer a observou sair da cozinha pisando duro.

— Por que ela sempre me faz sentir culpado? — resmungou, automaticamente pegando uma faca e começando a cortar um pimentão verde em tiras finas. — Tolero isso há quinze anos!

Corey riu, olhando mais uma vez para a cena no gramado.

— Ela faz isso porque sabe que funciona — comentou. — Você está me ajudando a preparar a salada, não está? — Entregou um pano de prato ao marido. — Prenda isto na cintura, para não se sujar.

O ex-capitão do time de rúgbi da universidade Metodista do Sul olhou com ar desgostoso para o pano.

— Homem que é homem não usa avental — brincou.

— Faça de conta que é uma tanga — sugeriu ela.

Trabalharam em silêncio por longos momentos, observando o casal lá fora. Diana se encostou no tronco de uma palmeira, e Cole, a sua frente, parou a mão acima de sua cabeça. Ela disse alguma coisa que o fez rir.

— Quando eu era garota, estava tão louca por você, que não entendia como as outras meninas podiam achar Cole tão sexy — confidenciou Corey.

— Mas agora entende? — perguntou Spencer.

— Perfeitamente. Gostaria de fotografá-lo, qualquer dia. Ele tem um rosto maravilhoso, feições bem marcadas, duras.

— Não me parece bom material para revistas de moda — declarou Spencer.

— E não é. A masculinidade de Cole é agressiva demais para que ele seja modelo. Parece algo... predatório.

Corey jogou o último punhado de alface picada em uma tigela e começou a picar algumas folhas de espinafre, já lavadas.

— Eu o fotografaria num cenário que combinasse com a sua aparência.

Spencer olhou novamente pela janela, picado pelo ciúme diante da deslavada admiração da esposa por outro homem.

— Que tipo de cenário? — perguntou, descascando uma cebola roxa.

— Árido. Um deserto, sob o sol quente, com montanhas nuas ao fundo.

— Perfeito — concordou Spencer, imaginando o cenário horrível.

Sem perceber a ironia do marido, Corey continuou olhando para o seu "modelo".

— Como você faria para esconder os olhos dele? — indagou Spencer.

— Por que eu esconderia os olhos de Cole? — ela estranhou, olhando-o de relance.

— Porque são frios e duros como granito. Aquele homem não tem sentimentos.

— De fato, parece muito mais duro e insensível do que no tempo em que nos conhecemos — admitiu. — Mas não acredito que seja. Ele comprou o colar para Diana, salvando-a do vexame, fazendo todo mundo pensar que havia se apaixonado por ela à primeira vista. Agora, olhe para os dois. Me fazem pensar num príncipe encantado com sua donzela, depois de salvá-la do dragão.

Em cético silêncio, Spencer olhou para fora.

— O que você vê, quando olha para eles? — Corey quis saber.

— Chapeuzinho Vermelho sorrindo para o Lobo Mau.

Ela riu, mas o marido não a acompanhou.

— Pelo que tenho lido sobre Harrison, é o filho da puta mais insensível que já apareceu no mundo — disse ele. — O mais cruel e implacável empresário desta década.

Corey esqueceu a verdura que estava picando. Embora não tivesse o mesmo conhecimento do marido a respeito de negócios, lia os jornais, mantendo-se bem informada.

— Não sei por que dizem isso. Quando ele comprou aquela empresa que estava para lançar um novo chip para computadores, a imprensa considerou o fato um lance esperto. Ninguém o acusou de ter feito algo ilegal.

— Ele comprou a Cushman Electronics, Corey. Um "lance esperto" porque o novo chip apresentou problemas na fase de testes, e o preço das ações da empresa caiu de vinte e oito para catorze dólares. Aí, a Unified entrou na jogada e comprou a empresa, que valia trezentos milhões, por metade desse valor.

— E o que há de errado nisso? Não se devem comprar ações quando estão em baixa, na esperança de que subam?

— Quem você acha que provocou a baixa das ações da Cushman? A quem você acha que pertence a unidade de testes, que a Cushman usou para testar o chip?

Corey abriu a boca, espantada.

— Alguém provou que o pessoal de Cole falsificou os testes? — indagou.

— Se conseguirem provar, ele irá para a cadeia.

Estremecendo, Corey se lembrou do rapaz que trabalhava no estábulo dos Hayward e que demonstrava tanto carinho pelos animais, cujo olhar se abrandava quando ele olhava Diana.

— Até que provem, tudo não passa de um boato nojento — declarou.

— Os boatos parecem persegui-lo — observou Spencer, sarcástico. — Tudo o que ele faz é baseado numa agenda que tem escondida na cabeça. Ontem, ele precisava de uma esposa para acalmar o tio. Viu que Diana era a opção perfeita e começou a bancar sir Galaad, tendo a imprensa como testemunha. E, enquanto ela estava embriagada de champanhe e gratidão, levou-a para Las Vegas e a transformou em sua mulher. Outro "lance esperto" para o seu currículo. Entrou na família em menos de vinte e quatro horas, e aqui estamos, loucos, tentando adivinhar suas intenções.

Corey sorriu e começou a arrumar tudo o que picou, ralou e cortou, numa linda tigela de madeira, já meio desgastada pelo uso.

— Além de bonito e sexy, Cole é bilionário. Não precisaria ter todo esse trabalho para arranjar uma esposa, com tantas mulheres lindas que dariam qualquer coisa para tê-lo. Não acha, Spencer?

— Harrison não conseguiu apenas uma mulher bonita, casando-se com Diana — resmungou o marido. — Conseguiu algo quase impossível: restaurar sua imagem, deixando-a brilhante.

— Como?

— Aos olhos do público, vai parecer que Cole Harrison deu uma olhada na noiva que Dan Penworth descartou, uma mulher que o país adora, a salvou da vergonha, cobriu-a de joias e a arrebatou em seu jato particular, se casando com ela na mesma noite. Um verdadeiro conto de fadas, em que Cole Harrison está no papel do herói mais nobre e romântico da atualidade.

— Não acredito que ele possa ser tão frio e calculista — teimou Corey. — Ele me parecia um bom rapaz, quando trabalhava para os Hayward.

Spencer lavou as mãos e as enxugou no pano que prendeu na cintura.

— Não creio que fosse tão "bom rapaz", mesmo naquele tempo.

— Por que diz isso?

— Porque entre os seus inimigos estão Charles e Doug Hayward. Eles o odeiam.

— Doug nunca me deu essa impressão — observou, parando de mexer a salada.

— Deu, sim, ontem à noite. Lembra o que aconteceu quando, depois do leilão, Diana levou Cole até a nossa mesa?

— Lembro, claro. Doug disse uma coisa que achei grosseira.

— Pois é. E se recusou a apertar a mão de Cole.

— Mas...

— Vá por mim, meu bem. Ontem, você ficou tão eufórica ao ver Cole "salvando" sua irmã, que eu não quis estragar a sua alegria, mas a verdade é que Charles e Doug sentem o maior desprezo por ele. Só estou dizendo isso para evitar que você se iluda, ou leve Diana a se iludir, achando que esse casamento possa vir a ser algo mais do que um acordo de negócios.

— Eles desprezam Cole? Por quê?

— Eu disse tudo o que sei. Uma vez, Doug foi visitar Barb no hospital, em Nova York, e depois foi se encontrar comigo em Newport. Estava preocupado porque a irmã não parecia melhor. Para distraí-lo, eu o levei para velejar e jantar fora. Então, voltamos para a minha casa, onde tomamos vinho e assistimos à televisão. Na mesa de centro havia um exemplar recente da *Newsweek*, com a foto de Cole na capa. Quando Doug viu, começou a proferir insultos contra ele, com tanto ódio que mal pude acreditar no que estava ouvindo.

Fazendo uma pausa, Spencer pegou uma garrafa de vinagre de vinho e uma lata de azeite. Vertendo um pouco dos dois líquidos em uma tigelinha, começou a bater a mistura.

— Doug falou em vingança e disse que ele e o pai só estavam esperando a melhor oportunidade. Quando, mais tarde, fiz um comentário sobre Barb, pensei que Doug fosse começar a chorar. Quando se acalmou, foi dormir. Na manhã seguinte, pediu desculpas, alegando ter bebido demais.

— Vai ver que foi isso mesmo — aventou Corey. — Doug nunca aguentou muita bebida.

— Eu que o diga. Em nossos tempos de universidade, ele sempre ficava na minha república, quando ia a Dallas. Uma vez, tive um trabalho dos diabos para convencê-lo de que não era o Superman e não deixá-lo "voar" janela afora. E ele não tinha passado de três *cuba-libres*.

Corey riu e olhou para Diana e Cole novamente. Então, ficando séria, abanou a cabeça.

— Eu simplesmente não consigo acreditar que ele seja um mau-caráter.

Spencer refreou o impulso de lembrá-la de que ela também não acreditou quando disseram que um ajudante de carpinteiro estava roubando ferramentas da oficina de Henry, até que o pegaram levando uma chave inglesa no bolso da calça.

Corey refreou o impulso de lembrar Spencer que ele gostava de Dan Penworth, que se revelou um canalha de primeira. Isso de nada adiantaria, porém, porque Dan caíra nas graças da família inteira.

— Pode, pelo menos, dar a Cole o benefício da dúvida? — pediu. — Tornaria tudo mais fácil.

Spencer viu seu rosto preocupado e se rendeu, sorrindo com uma expressão maliciosa.

— Tudo bem, linda, mas isso vai lhe custar caro.

— Eu pago — prometeu.

Ele riu e se virou para sair, mas Corey o segurou pelo braço.

— Tanga bonita, essa.

Ele tirou o pano de prato da cintura, jogou-o no balcão e, parando atrás dela, apertou-lhe as nádegas.

— Bunda bonita.

Nesse momento, Glenna entrou, os passos abafados pelas solas de borracha dos sapatos ortopédicos.

— Vou tirar o pato do forno, antes que vire um pedaço de carvão — anunciou.

Corey e Spencer ficaram rígidos por um momento. Então, ele a virou e, rindo, deu um beijo indecoroso.

Capítulo 36

QUANDO COLE ENTROU NA sala de jantar com Diana, imaginou, pelo que viu, que a família decidira fingir que o súbito casamento deles era motivo para comemoração, não para assassinato.

Uma grande floreira no meio da mesa exibia rosas amarelas e era cercada por candelabros com velas acesas, à luz das quais brilhavam os pratos de porcelana, os copos de cristal e os talheres de prata. Haviam arrumado fatias suculentas de peito de pato em uma grande travessa, pãezinhos fofos em outra, e, em duas tigelas, batatas assadas, temperadas com azeite e orégano, e tenros aspargos cozidos no vapor. Ele notou que a salada tinha sido preparada com vários tipos de verduras e legumes.

As mulheres tentaram sorrir para Cole, e Henry, depois de se acomodar à cabeceira da mesa, lhe fez um gesto, o convidando a ocupar o lugar a sua direita.

Diana fez menção de se sentar ao lado de Cole, mas Rose, que se encontrava à esquerda do marido, a impediu com um gesto e se virou para a outra neta:

— Corey, meu bem, por que não se senta perto do senhor Harrison e deixa Spencer junto de mim? Assim, todos poderemos conversar com nosso hóspede. Precisamos nos conhecer melhor, não acha?

Mary se acomodou na outra extremidade da mesa, e Diana se sentou ao lado de Spencer.

Cole quase riu da esperteza de Rose, que deu um jeito de colocá-lo na "ribalta", deixando-o longe de Diana, sua única aliada.

Nada poderia fazê-lo se sentir mais hipócrita do que se juntar aos agradecimentos a um Deus em quem não acreditava. Que Ser Supremo era aquele que não consertava o que estava errado, nem concedia os favores que lhe pediam? Se existia, não devia ter o poder, ou talvez o desejo, de atender às súplicas dos mortais. Como hipocrisia não era um dos defeitos de Cole, ele apenas inclinou levemente a cabeça durante a prece dita por Henry e ficou examinando a rosa amarela pintada no guardanapo em seu colo.

Quando todos disseram "amém", ele se endireitou, esperando pelo início da inquisição. Logo descobriu que Henry Britton não era de deixar para depois o que podia fazer já.

— Cole, quais são os seus planos? — O velho perguntou.

Aquela pergunta ficaria sem resposta, pelo menos no momento. Diana fixou os olhos nos da irmã, com firmeza sugestiva, e deu uma risadinha.

— Corey está morrendo de curiosidade — anunciou. — Quer saber como foi o casamento, e a deixei esperando até agora para poder contar a todos de uma só vez.

Sem hesitar, Corey apanhou a deixa.

— Primeiro o casamento, vovô. Depois, Cole e Diana poderão dizer o que planejam fazer no futuro. Tudo bem?

Naqueles poucos momentos, desde que entrou na sala, Cole chegou a várias conclusões. A avó não era apenas idosa, franca e deliciosamente excêntrica, mas era idosa, franca, possivelmente excêntrica e esperta como o diabo. Corey era a aliada fiel de Diana e, talvez, neutra no que dizia respeito a ele. Diana, com aquele rosto adorável e um grande dom para a diplomacia, tinha tudo para se sair bem em qualquer mesa, fosse de jantar ou de uma sala de reuniões de diretoria.

Observou-a contar de modo bem-humorado tudo o que aconteceu durante a nada romântica cerimônia de casamento, da qual mal se lembrava, fornecendo detalhes para garantir o interesse da audiência.

— Vovó, um dos pilotos de Cole é o sósia perfeito do seu artista de cinema favorito — comentou Diana em dado momento. — Eu o convidei para visitá-la qualquer noite dessas.

Fascinado pelo modo como aquela informação desviou dele a atenção curiosa de Rose, Cole imaginou quem seria o tal artista.

— Ele parece com Clint Eastwood?! — Ela exclamou.

— Clint Eastwood está quase careca — comentou Henry em tom irritado. — E ele não fala, cochicha.

Corey passou a tigela de aspargos para Cole.

— Vovó é doida por Clint Eastwood, e isso deixa vovô com ciúme — explicou desnecessariamente. — É uma graça!

— Mamãe, você adoraria o que Cole fez no interior do avião — disse Diana. — Transformou o espaço numa sala de estar, e a decoração é toda em cor marfim, com toques de bronze e dourado. Há dois sofás de couro, separados por uma mesinha antiga, um aparador com gavetas e várias poltronas.

Ela despertou o interesse artístico da família, e, enquanto descrevia os abajures de cristal e o grosso tapete oriental que cobria o piso da cabine de passageiros, Cole observou que ela possuía mais dois talentos notáveis: o de usar as palavras habilmente para pintar imagens nítidas, e o de não mencionar o que achava inconveniente. Ela não falou nada sobre o quarto que havia no avião.

Voltou a vê-la em sua lembrança, deitada na cama, apoiada em um cotovelo, o vestido púrpura fazendo um contraste excitante com o tecido prateado do edredom. Ela o fitava de modo convidativo, e ele se inclinou sobre a cama, levado pelo impulso de beijar a boca tentadora. Mas hesitou, quando a razão entrou em luta contra o desejo e venceu a batalha. Murmurou um "não" e começou a endireitar o corpo. Ela ergueu a mão e o segurou pela nuca, enterrando os dedos nos cabelos curtos, logo acima do colarinho da camisa. Ele fitou os olhos verdes como jade, que pareciam os de uma criança magoada. "Não", repetiu, mas com relutância, algo que Diana percebeu.

Saindo do devaneio, percebeu que ela descrevia a cabine de comando, e imaginou se estaria evitando falar do quarto por delicadeza, pudor, ou genuíno esquecimento. Mas era impossível que Diana se lembrasse das cores da decoração e não do quarto, que ocupava um terço da cabine de passageiros. No entanto, ela só viu aquele aposento depois do estresse da cerimônia de casamento, da excitação do cassino e mais champanhe. Como esqueceu muito do que aconteceu no cartório, e até que perdeu no jogo, era possível que também houvesse esquecido o tempo que haviam passado no quarto do avião.

Diana fez uma pausa em sua narrativa para se servir de pato assado, e Rose não perdeu a oportunidade.

— Fale-nos a seu respeito, senhor Harrison — pediu a senhora.

— Por favor, me chame de Cole — disse ele educadamente.

— Fale-nos de você, Cole — insistiu.

Ele decidiu falar do presente, não do passado.

— Moro em Dallas, mas viajo muito a negócios. Na verdade, fico fora pelo menos duas semanas por mês.

Ela o olhou por cima dos óculos.

— Vai à igreja aos domingos? — perguntou.

— Não, não vou.

Rose franziu a testa, parecendo desapontada.

— Ah... — murmurou, então prosseguiu: — E a sua família?

— Eles também não vão à igreja — informou ele.

Ela se mostrou completamente confusa, mas só por um momento.

— Não, não. Perguntei como são os seus familiares, não se vão à igreja. — Partiu um pãozinho, que começou a besuntar com manteiga. — Queremos saber onde cresceu, como são seus pais, como foi sua vida.

A ideia era tão abominável, que ele tratou de ganhar tempo comendo um pouco de salada, enquanto relanceava o olhar para as pessoas reunidas em volta da mesa. Gente boa, que achava perfeitamente normal se reunir em um jantar em família, aos domingos, sentar a uma mesa onde os talheres combinavam entre si, tendo sob os pés um carpete macio, em vez de terra batida.

Cole olhou para Diana, que parecia uma rosa recém-desabrochada, perfeita e linda, depois para Spencer Addison, que nunca fez nada mais "vergonhoso" do que perder uma partida de tênis, para Mary Foster, que era um exemplo de dignidade, graça e gentileza sem afetação. A sua esquerda, Henry exalava perfume de sabonete, não cheiro de suor. A sua frente, Rose o fitava com aqueles alertas olhos cor de avelã, através das lentes dos óculos de armação dourada, que ficavam muito bem no rosto oval, emoldurado por cabelos brancos, curtos e ondulados. Uma senhora simpática e decente. Cole achou que seria mais fácil lhe descrever uma de suas mais tórridas experiências sexuais, do que contar a verdade sobre sua vida e suas origens, o que talvez a chocasse mais.

— Vim de uma pequena cidade do Texas chamada Kingdom City — começou. — Tive dois irmãos, mais velhos do que eu, que já morreram. Tenho alguns primos, que se mudaram e nunca mais deram notícia, então acabei perdendo o contato com todos eles, menos com um. Meu outro único parente vivo é meu tio-avô, Cal, de quem vocês já me ouviram falar.

Ele vai gostar muito de Diana. Para ser sincero, não vejo a hora de levá-la à fazenda dele, na próxima semana.

— Eu também quero muito conhecer seu tio — afirmou Diana.

Notou a relutância de Cole em falar da família, se lembrando de que no passado ele sempre se recusava a tocar nesse assunto.

— Meu tio mora a oeste de Kingdom City, que fica a mais ou menos duzentos e setenta quilômetros de San Larosa — prosseguiu. — É um lugar bonito, onde a natureza foi preservada.

Parou de falar para comer um pedaço de peito de pato.

Rose se virou para a filha.

— Você e Robert não acamparam em San Larosa, quando viajaram com as meninas para Yellowstone? — perguntou.

— Acampamos, sim, mamãe.

— Yellowstone é um lugar muito procurado por pessoas que gostam de acampar — observou Cole, ansioso por mudar o rumo da conversa. — No entanto, me parece que só é recomendado para campistas experientes.

Por alguma razão, o comentário provocou riso geral.

— Nós não éramos lá muito experientes — explicou Mary. — Eu tinha acampado apenas algumas vezes com Corey, e Robert havia sido escoteiro, essa era nossa "experiência". Mas as meninas e eu achamos que seria divertido, então partimos para uma viagem de três semanas, preparados para acampar ao longo do caminho, decididos a enfrentar qualquer dureza.

Cole achou difícil imaginar Diana acampando, pois ela, mesmo aos quatorze anos, não suportava sujeira, a ponto de ficar aborrecida se sujasse os tênis.

— Nunca pensei que você gostasse de "enfrentar dureza" — disse, dirigindo-se a ela.

— Nós nos divertimos muito. Adorei! — Diana mentiu, se forçando a ficar séria.

Aquilo despertou uma lembrança nebulosa na mente de Cole.

— Uma vez, lá no estábulo dos Hayward, não conversamos sobre as coisas que mais nos desagradavam? — perguntou, quando a recordação entrou em foco.

Por estar tão apaixonada por Cole, naquela época, Diana considerava cada conversa com ele algo precioso, que memorizava cuidadosamente. Assim, soube de imediato a que ele se referia, mas decidiu se fazer de esquecida.

— Não me lembro — respondeu com ar inocente, antes de comer um pedaço de batata.

Cole não se deixou enganar.

— Lembra, sim — afirmou com um sorriso afetuoso. — Em sua lista de coisas desagradáveis, sujeira e acampamentos ocupavam os dois primeiros lugares, nessa ordem.

— Não. Cobras e acampamentos — corrigiu ela, os olhos verdes brilhando, divertidos. — Sujeira estava em terceiro lugar. — Olhou para a irmã, rindo. — Mas nós estávamos equipados e preparados para qualquer eventualidade, não é?

Corey entendeu no mesmo instante o que Diana queria que ela fizesse e concordou, ansiosa por ajudá-la a se manter alegre.

— Nosso pai queria que a viagem fosse o resultado de um esforço conjunto, então, antes da partida, dividimos as tarefas. Papai ficou responsável pelo transporte e o dinheiro, mamãe pela comida e bebidas, Diana pelos manuais e equipamentos de segurança, e eu pelos artigos de primeiros-socorros e a "reportagem" fotográfica. Cada um de nós tinha de providenciar o que achasse necessário. Achei que os artigos de primeiros-socorros mais importantes eram filtro solar e Band-Aids, e não me preocupei em fazer grandes preparativos. Mas li um livro sobre fotografias de animais e cenas silvestres. Diana mergulhou de corpo e alma na tarefa. Semanas antes de partirmos, já tinha comprado uma enorme coleção de guias: *Guia do Campista, Guia de Sobrevivência em Florestas, O Amigo do Campista* e assim por diante.

— E comecei a ler os catálogos da L.L. Bean, através dos quais selecionei e encomendei tudo o que achei que seria absolutamente necessário para mim e Corey — acrescentou Diana.

— Na véspera da partida, papai foi buscar o *motor home* que havia alugado, e Diana e eu começamos a carregar para baixo nossas "provisões pessoais" estocadas no sótão — contou.

— As meninas tiveram de fazer umas quinze viagens para trazer tudo o que havia lá em cima — completou a avó, sorrindo para Cole.

O avô deu uma risadinha.

— Aí, Robert precisou alugar um *trailer* para engatar no *motor home,* do contrário metade da bagagem não iria para Yellowstone — recordou, rindo ainda mais. — O coitado nunca havia dirigido nada mais comprido do que o Cadillac do pai, nos anos cinquenta. Quando saiu da alameda para entrar na rua, arrancou nossa caixa de correio e nem viu. Lá se foi, arrastando a estaca e a caixa atrás do *trailer*...

— Henry e eu tivemos um ataque de riso tão grande, que mal conseguimos recolher a correspondência espalhada no chão — concluiu Rose, quando o marido não pôde mais falar, de tanto que ria.

Cole apreciou muito aquele relato, que o deixou vislumbrar um pouco do passado de Diana, e, animado, esqueceu que se encontrava em território hostil.

— O que Diana levou, que ocupou tanto espaço? — indagou, dirigindo-se a Corey.

Ela hesitou.

— Conte a ele! — Diana a incentivou. — Cole agora faz parte da família e tem o direito de saber.

— Não eram só coisas dela — admitiu Corey. — Havia muita tralha minha também. — Se Diana não planejasse tudo por nós duas, eu teria ido com um saco de dormir rasgado, dois shorts e duas camisetas, minha câmera, vinte rolos de filme, um frasco de protetor solar, alguns Band-Aids e ponto final. Mas Diana pensou em tudo o que poderia nos dar conforto. Comprou, pelo catálogo, uma barraca branca com um toldozinho branco, azul e vermelho acima da abertura, e todo o resto combinando com ele, desde sacos de dormir e roupas, até lanternas. As coisas dela eram azuis, as minhas vermelhas.

— Esqueceu de falar dos repelentes de insetos — observou Diana, rindo. — Por segurança, comprei uma dúzia de cada um: repelente de mosquitos, de abelhas, de insetos rastejantes, e até de cobras, que eu tinha o cuidado de espalhar à volta de toda a barraca, cada vez que a armávamos.

— Repelente de cobras, Diana? — perguntou Cole, sem conter o riso. — O que você pensou que Yellowstone era?

— Não sei o que pensei, mas sei o que *passei* — respondeu, arrancando uma gargalhada da família.

Mary enxugou as lágrimas causadas pelo riso.

— Cole, vou lhe contar o que aconteceu no *primeiro* dia que passamos em Yellowstone, só para você ter uma ideia — começou. — Fomos caminhar, Corey tirou fotos de cabras-selvagens, eu fiz alguns desenhos lindos, Diana colheu um buquê de urtigas e Robert teve um ataque de alergia.

— Mas nos divertíamos muito, todas as noites — argumentou Corey.

— Cozinhávamos ao ar livre e cantávamos.

— E quando íamos para a cama, os guaxinins assaltavam nossas latas de lixo, e os ursos rondavam o acampamento, querendo nos comer — acrescentou a irmã, cortando um pedaço do peito de pato para levá-lo à boca.

— Nenhum guaxinim foi dormir com fome, enquanto estávamos lá.

— Pensando bem, foram férias unilaterais — observou Corey com um sorriso malicioso. — Enquanto eu andava no mato, só pensando em tirar boas fotos, Diana se arrastava atrás de mim, carregando um *kit* de primeiros-socorros e lendo um de seus manuais, aprendendo o que fazer no caso de um encontro com um urso ou um alce no cio.

— Foi bom ela ter feito isso — ponderou a mãe, tentando não rir.

— Isso é verdade — Corey disse a Cole. — No dia em que íamos voltar para casa, saí com minha câmera e o tripé, antes do amanhecer, contrariando uma ordem de papai, que havia estabelecido que ninguém devia sair do acampamento sozinho. Eu ia participar de um concurso de fotos, na categoria Paisagens/Juvenil, e queria inscrever uma fotografia espetacular. No dia anterior, tinha visto um grupo de alces atravessando um riacho, perto de uma cachoeira, e achei a cena maravilhosa. Imaginei que uma foto dos animais naquele mesmo lugar, mas ao amanhecer, com o sol subindo ao fundo, teria chance de vencer. Pedi a papai que me acompanhasse, mas ele estava com alergia e disse que espirraria tanto que ia acabar afugentando os alces. Então, decidi ir sozinha.

— Não pediu a sua mãe para ir com você? — Cole indagou.

— Não, porque ela havia passado parte da noite empacotando as coisas e estava exausta.

— E Diana?

— Não tive coragem de pedir. Ela estava coberta de queimaduras de urtiga e de sol, e loção cor-de-rosa. Além disso, tinha torcido o tornozelo. Mas acordou e me ouviu saindo da barraca. Me chamou e começou a recitar uma lista de perigos que eu correria, mas não lhe dei atenção e fui, levando uma lanterna, o tripé e a bolsa com a câmera e os filmes. Alguns minutos mais tarde, ouvi gravetos estalando atrás de mim. Virei-me, assustada, e vi Diana, mancando, com o infalível *kit* de primeiros-socorros numa das mãos e a lanterna azul na outra. Oh, que dia! — Corey lamentou-se, rindo. — Quando chegamos ao local onde eu tinha visto os alces, descobri que a luz ia bater de modo errado naquele lado, então tivemos que procurar um lugar raso para atravessar o riacho e um local de onde eu tivesse boa visão.

— Conseguiu tirar fotos dos alces? — Cole quis saber.

— Não. Como ainda estava escuro, nós tínhamos ido parar num outro riacho, que por coincidência também formava uma cachoeira, mas não sabíamos disso. Preparei tudo e estava pronta para fotografar, quando o céu começou a ficar rosado, mas nenhum alce apareceu. Deixei Diana cuidando da câmera, no caso de um deles chegar, e fui para a margem do riozinho, descendo por uma rampa coberta de mato. Queria ver como ficaria uma foto tirada daquele lado, mas como a claridade do céu refletia na água, fiquei ofuscada. Sentei-me para esperar que o sol subisse e tirei do bolso um pacote de biscoitos que havia levado comigo. Foi então que ele apareceu, saindo da água, vindo em minha direção.

— Um alce? — Cole arriscou, passando a travessa de pão para Henry.

— Não. O urso. Era jovem, mais baixo do que eu, mas no momento não percebi, porque ele andava de quatro. Pensei que fosse me atacar, tentei me levantar, mas ele já estava bem perto. Caí sobre os joelhos e as mãos, gritei, ele parou, ficamos nos encarando, olhos nos olhos, os dois com medo. O urso se levantou nas patas de trás, eu me ergui e atirei o pacote de biscoitos na direção dele, acertando-o no peito. Saí correndo para um lado, enquanto ele corria para o outro.

Corey riu, fazendo uma breve pausa.

— Para piorar tudo, quando nós duas quisemos voltar para o acampamento, descobrimos que estávamos perdidas — prosseguiu. — Diana dizia que os guias que havia lido recomendavam que a pessoa perdida ficasse parada num lugar, mas eu insistia em continuar andando, então ela fingiu que não podia mais caminhar, por causa do pé, e ficamos lá, à espera de que alguém nos encontrasse. Ao cair da noite, ela acendeu uma fogueirinha para orientar as equipes de busca. Por sorte, havia fósforos no *kit* de primeiros-socorros. Eu tinha me esquecido de trocar as pilhas da lanterna, que se apagou um pouco antes de ouvirmos algo que parecia uivos de lobos. Diana não quis me deixar usar a lanterna dela, dizendo que precisaríamos de um facho de luz para chamar a atenção de algum helicóptero de busca que passasse por ali. Fiz uma fogueira maior, mas cada vez que ouvia os uivos, mais perto chegava da histeria.

Parando de falar novamente, tomou um pouco de chá gelado.

— Eu tremia tanto que mal podia falar — continuou. — E não olhava para Diana, para que ela não visse as lágrimas que rolavam pelo meu rosto. Estava me sentindo uma idiota, porque havia zombado tanto dela por causa do seu medo de cobras, da urtiga e do *kit* que levava para todos os lugares, e lá estava eu, chorando como um bebê, enquanto ela calmamente tomava medidas práticas que havia aprendido nos guias de sobrevivência. E, por causa dos livros que leu, me fez rir quando falou dos lobos que me causavam tanto medo. Dormimos junto à fogueira que eu tinha acendido, e fomos resgatadas pela manhã. Diana nunca zombou de mim por causa dos lobos imaginários.

— Lobos imaginários? — Cole repetiu. — Não entendi.

— É óbvio que também não leu o guia de Yellowstone — implicou ela. — Não havia lobos naquele lado do parque. Os guardas-florestais os mantinham presos na outra extremidade, a quilômetros da área de acampamento.

Cole achou aquilo impossível, contra a filosofia de respeito à vida selvagem.

— Quer dizer que juntaram todos os lobos espalhados naquela imensidão e os puseram em cercados? — perguntou, olhando para Diana, mas ela estava distraída, passando um dedo sobre o desenho no cabo de sua faca.

— Claro que não! — Corey respondeu. — Perceberam que o número de lobos estava aumentando descontroladamente porque o seu predador natural, a jaguatirica, se encontrava em extinção, então importaram alguns ocelotes da Califórnia. Os ocelotes perseguiram os lobos, levando-os para as montanhas.

Diana sentiu o olhar de Cole e o olhou, vendo sua expressão divertida.

— Bela explicação — elogiou ele. — Mas não entendi se foram os guardas-florestais ou os ocelotes que levaram os lobos para longe.

Diana sufocou uma risada. Corey olhou para ela, depois para Cole, pensando na explicação que ouviu da irmã, tantos anos antes, e que aceitou sem fazer perguntas.

Fixou os olhos em Diana, cheia de suspeita.

— Foi tudo invenção sua, não foi?

— Uma grande mentira — declarou Henry. — E você engoliu, menina.

— Os lobos não eram imaginários! — Corey exclamou, fingindo que estremecia.

Cole sorriu, achando muito engenhosa a solução que Diana encontrou para tranquilizar a irmã.

— Então, além de passar uma noite de terror, você ficou sem a fotografia para o concurso — comentou, falando com Corey.

— Não. Fiquei em segundo lugar, numa categoria diferente.

— Parabéns.

— Não mereço parabéns. Eu estava nelas, não as tirei.

— Quem tirou, então?

— Diana. Quando vi o urso, tentei me levantar. Ela pensou que eram os alces chegando e soltou a trava da câmera, como eu a tinha instruído. Como era automática, a câmera começou a fotografar em rápidas sequências. Quando voltamos para casa, joguei o filme no lixo, mas Diana o resgatou e mandou revelar. Selecionou três fotos, como exigiam as normas do concurso, e as inscreveu.

— E a revista National Photographic, quando publicou as fotos vencedoras, usou até as legendas que Diana tinha mandado junto — contou Mary com um sorriso nostálgico e orgulhoso.

— O que as legendas diziam? — Cole perguntou.

— A primeira foto mostrava meu confronto com o urso. Nós dois de quatro, frente a frente, olhos nos olhos, quase mortos de medo — Corey explicou, rindo. — Para essa, Diana escreveu: "Em suas marcas!". Na segunda, o urso e eu estávamos nos levantando, prontos para fugir. A legenda era: "Preparar!". A última era a mais engraçada, porque nós dois corríamos como loucos, em direções opostas. "Já!" estava escrito embaixo.

Capítulo 37

A HISTÓRIA DO ACAMPAMENTO ESTABELECEU o tom da conversa até o fim do jantar, e cada membro da família esteve na berlinda como figura central de algum acontecimento engraçado e às vezes revelador, inclusive Spencer Addison. Cole percebeu que começou a ser tratado como um ouvinte bem-vindo, não como um estranho que não merecia confiança.

A última narrativa foi a respeito de Rose e de como reagiu com raiva quando uma fã, em um programa de Oprah Winfrey, declarou que adoraria ser casada com Henry.

— Receio que esteja descobrindo os vergonhosos segredos de nossa família — comentou Mary, olhando para Cole, quando os risos cessaram.

— Não vou contá-los a ninguém — assegurou, sorrindo.

Com amarga ironia, imaginou como aquela gente reagiria, se o ouvissem contar algumas "anedotas" envolvendo sua própria família. Mas estava surpreso com o fato de a refeição ter transcorrido tão suavemente. Ninguém lhe fez perguntas indiscretas, e todos aparentemente haviam acabado por aceitá-lo como amigo, se não como membro da família.

Todos, menos Spencer Addison.

Por instinto, Cole sentia seu antagonismo. Não que Spencer deixasse isso óbvio, pois era educado demais para perturbar os familiares da esposa com comentários ou atitudes desagradáveis. Cole sabia, por experiência própria, que homens da classe de Spencer sempre tomavam o partido de seus iguais, por mais estúpidos, desonestos ou falsos que fossem. E que, em virtude de sua origem e da educação que recebera, Spencer era seu inimigo natural em qualquer situação em que houvesse confronto entre pessoas da "classe privilegiada" e outras das camadas "inferiores". Nos negócios, Cole tinha como regra obrigar aquele tipo de adversário a sair da casca, para que não pudesse esconder os sentimentos e intenções sob a quase impenetrável armadura de seus costumes sociais. Fazia isso porque o oponente se sentia desajeitado, exposto e desconfortável, o que diminuía a desigualdade em qualquer competição de inteligência e habilidade.

Mas, naquele caso, Cole não via razão para obrigar Spencer a sair de sua passiva oposição para uma animosidade explícita. Diana já era sua esposa e, por alguma razão, ele sabia que ela não voltaria atrás no acordo que haviam feito. Percebeu de repente que confiava totalmente nela, e achou essa descoberta bastante perturbadora.

A DESPEITO DA ALEGRE HARMONIA que imperou durante o jantar, o momento da despedida, no vestíbulo, foi constrangedor, algo perfeitamente compreensível. Era costume os recém-casados deixarem a casa da noiva sob uma chuva de arroz, em meio aos votos de felicidade gritados por parentes e amigos. Como no caso de Diana e Cole aquilo não teria cabimento, a família dela, carinhosamente, improvisou outro ritual.

— Foi um prazer finalmente conhecê-lo, Cole, depois de tantos anos — declarou Mary, apertando a mão dele. — Nós nos veremos de novo?

— Com certeza — afirmou.

Henry também lhe apertou a mão.

— Seja bem-vindo à... — Hesitou. — Bem, seja bem-vindo a nossa casa, sempre que quiser aparecer.

— Obrigado.

Spencer Addison parecia mais divertido do que hostil.

— Eu nunca soube que Diana detestava sujeira e cobras — comentou com Cole — O que você fez com a cobra-cega que morava nos estábulos dos Hayward?

— Cole a treinou para ficar escondida quando eu estava lá — respondeu Diana.

— É verdade? — perguntou Spencer, em tom de alegre desafio, estendendo a mão para Cole. — Como conseguiu?

— Comprei uma jaguatirica para obrigá-la a se esconder entre as traves do teto — explicou, apertando-lhe a mão.

— Você mentiu para mim! — Diana acusou, rindo

Corey se despediu de Cole com um abraço caloroso.

Rose lhe deu um pacote de biscoitos e um pão assado naquela noite.

Capítulo 38

O CONSTRANGIMENTO QUE DIANA EXPERIMENTOU no vestíbulo aumentou quando ela se viu no carro com seu marido, imaginando qual seria o modo mais apropriado de se despedir dele. Cole pagou a conta do hotel, de maneira que não pretendia voltar para lá, sua bagagem se encontrava no porta-malas, e os pilotos deviam estar à espera de um telefonema, marcando o horário da partida.

Mesmo que as emissoras de televisão ainda não houvessem divulgado o que aconteceu no Baile da Orquídea Branca, dando ênfase ao momento em que Cole deu o colar a ela, era certo que uma nota sobre isso, acompanhada de fotos, apareceria nos jornais matutinos do dia seguinte. E, também, a notícia de que os dois haviam se casado. Naquele momento, em que Diana se sentia exausta, o futuro imediato parecia ameaçador, difícil de enfrentar.

Ela olhou para o relógio no painel e viu que eram apenas sete e quinze. Sentiu-se profundamente deprimida com a ideia de ficar sozinha em seu apartamento, sem nada para fazer, a não ser se preocupar com a enxurrada de telefonemas e comentários por parte de amigos, empregados e repórteres que a notícia provocaria, logo pela manhã.

Quando entraram na avenida San Felipe, ela decidiu convidar Cole para ir ao apartamento e tomar um drinque. Afinal, precisavam discutir muitos detalhes do acordo.

Ela estava dirigindo, e Cole, no banco do passageiro, parecia imerso em pensamentos desagradáveis, pois sua expressão se tornou sombria.

— Por que não me convida para tomar um drinque? — sugeriu ele de repente.

Diana riu, surpresa.

— Era exatamente o que eu ia fazer.

A JANELA PANORÂMICA DA SALA de estar do apartamento, na cobertura de um arranha-céu, exibia uma vista espetacular. E o espaçoso aposento parecia ter sido decorado por um bom profissional. Quase tudo ali era branco, desde a cortina até o carpete espesso, os sofás e poltronas, mas arranjos de flores de seda e almofadas davam toques suaves de cor. Cole achou o ambiente bonito e luxuoso, porém notou que não ali não havia nenhum dos enfeites artesanais que viu na casa da família de Diana, o que o surpreendeu.

Na mesa de centro, o bipe emitia seu chamado, e a luzinha da secretária-eletrônica piscava. Ela pegou o bipe.

— Fique à vontade — disse a Cole, enquanto discava um número no telefone, segurando o bipe na outra mão. — Preciso falar com Cindy Bertrillo, a publicitária que cuida de nosso departamento de relações públicas — explicou.

— Posso preparar os drinques — ofereceu.

Com um sorriso agradecido, ela fez um movimento com a cabeça, indicando uma porta no lado direito da sala.

— Vai encontrar as bebidas no armário sob o balcão da cozinha — instruiu. — E há refrigerante na geladeira. Para mim, Coca-Cola pura, por favor.

Ninguém atendeu na residência de Cindy, então Diana pôs a fita da secretária eletrônica para tocar. Onze recados, dez dos quais eram de amigos e conhecidos querendo fazer perguntas a respeito de Cole, explicando que o telejornal das seis noticiou que ele lhe deu o colar de quarenta mil dólares que comprou no leilão.

O último recado era de Cindy, deixado vinte minutos antes:

"Diana, é Cindy. Acabei de voltar da casa de minha irmã, em Austin, e minha secretária-eletrônica está cheia de recados de repórteres. Recados muito esquisitos. Tentei falar com você na casa da sua família, mas me disseram que você já tinha saído de lá. Preciso lhe mostrar o anúncio à imprensa sobre o novo kit para confecção de enfeites de Natal que vamos lançar. Estou indo para aí, e, se você não estiver em casa, deixarei o anúncio com o porteiro." Uma pausa, uma risadinha maliciosa. "Nem imagina os boatos sobre você e Cole Harrison que estão correndo por aí! Tchau!"

Diana nem teve tempo de digerir a mensagem, quando a campainha soou, sobressaltando-a. Caminhando para a porta, ela se preparou para o "ataque" de Cindy. As duas não eram mais simplesmente chefe e funcionária, mas amigas, e isso se devia ao fato de viajarem juntas muitas vezes, a trabalho. Cindy devia estar muito alvoroçada com a notícia de que Cole lhe dera um colar caríssimo, pois conhecia os nomes de todos os homens que haviam saído com Diana antes de seu noivado com Dan, e o de Cole Harrison não se encontrava entre eles.

Cindy entrou como uma lufada de brisa fresca, sorridente e transbordando energia.

— Os fofoqueiros agora se superaram! — exclamou, empurrando os óculos escuros para o alto da cabeça e seguindo Diana na direção de um dos sofás.

Diana estava tensa demais para se sentar e Cindy, excitada demais, de modo que permaneceram em pé, uma de cada lado da mesa de centro.

— Você não vai acreditar! — A publicitária começou. — O que você fez com Cole Harrison, ontem à noite? Dançou com ele, ou foi só um sorriso?

— Bem... — Diana hesitou, incapaz de reunir coragem para fazer a revelação antes do que pretendia. — As duas coisas.

— Pois não sabe no que a imprensa transformou isso! — Cindy riu, então continuou: — O redator da seção de negócios do *Chronicle's,* um repórter da Associated Press e um comentarista financeiro da televisão deixaram recados na minha secretária eletrônica, todos querendo saber se era verdade que a Foster Enterprises pretende fundir-se à Unified Industries! — Ergueu as mãos para alto, com um riso de incredulidade. — Não é um absurdo do tamanho do mundo dizerem que você seria capaz de deixar aquele tubarão nos engolir?

Diana olhou na direção da porta da cozinha, ansiosa, mas obviamente a outra moça interpretou isso como inexplicável falta de interesse em uma novidade tão explosiva.

— Ei, você ainda não ouviu a melhor parte — declarou, chamando-lhe a atenção. — Uma mulher, que disse que era você, ligou para a CNN e para Maxine Messenger, contando que havia acabado de se casar com Cole Harrison! Dá para acreditar?

— Não, ainda não — respondeu Diana com sinceridade.

— O produtor da CNN disse que a mulher falava como se estivesse bêbada, mas isso não o impediu de achar que a notícia podia ser verdadeira, e agora as quatro emissoras locais querem confirmação. O que vou dizer, quando ligar para essa gente?

Parado à porta, sem ser visto por Cindy, que estava de costas, Cole observou, divertido, as faces de Diana ficarem vermelhas.

— Devo rotular esse boato como "maldoso", ou simplesmente "ridículo"? — perguntou a publicitária. — Ou você prefere uma resposta mais suave?

— Posso dar minha opinião? — Cole interferiu, fazendo Cindy se virar e encará-lo com espanto. — Acho que uma "resposta mais suave" seria melhor.

— O quê? — Ela balbuciou, confusa. — Quem é você?

— Sou o tubarão que se casou com Diana na noite passada.

Cindy desabou no braço do sofá.

— Quero ser enforcada — murmurou, mortificada.

Levantou-se quando ele se aproximou de Diana e lhe rodeou a cintura com um dos braços.

— Sou Cindy Bertrillo — apresentou-se em tom grave, estendendo a mão por cima da mesa de centro. — Eu era diretora de relações públicas da Foster Enterprises.

Cole lhe apertou a mão, refletindo que a repreenderia se ela fosse sua funcionária, mas reconheceu seu bom humor e até ficou com pena ao ver seu constrangimento.

Ele e Diana levaram alguns minutos para fazer Cindy entender que realmente haviam se casado, mas quando ela compreendeu, começou imediatamente a planejar como lidariam com a imprensa, acabando por sugerir que a melhor solução seria confirmar a notícia do casamento em uma entrevista coletiva, na manhã do dia seguinte. Cole sentiu que, como relações-públicas, ela ficou aliviada ao saber que Diana se livrou do estigma deixado por Dan Penworth, e positivamente feliz quando descobriu que ele e Diana se conheciam há muitos anos.

Quando Cindy foi embora, Diana a acompanhou até a porta, então se dirigiu à cozinha, ao encontro de Cole, que enchia um copo com água da torneira.

— Onde vai dormir esta noite? — perguntou.

— Quais são as minhas alternativas?

— Meu apartamento ou o Balmoral.

— Seu apartamento — escolheu.

— Tudo bem. Por que não liga para os seus pilotos e avisa que houve mudança nos planos? Depois, traga sua bagagem para cima, enquanto eu arrumo o quarto de hóspedes.

Capítulo 39

POR ALGUMA RAZÃO, RETALHOS do sonho da noite anterior começaram a passar pela mente de Diana, no momento em que ela estendeu o lençol na cama do quarto de hóspedes. Lembrou-se de uma cama estranha, flutuante, de um demônio que a possuiu, obrigando-a a fazer coisas que normalmente não faria. Boca insistente... mãos gentis...

Ela acabou de arrumar o lençol e pegou a fronha, envergonhada com o rumo que seus pensamentos haviam tomado. Introduziu o travesseiro na fronha, incapaz de se livrar das lembranças perturbadoras. Luzes azuis... um quarto não muito grande, de teto baixo, cheio de vapor ou fumaça, algo que deixava tudo cinzento.

Cole entrou silenciosamente no quarto, carregando uma mala de roupas e uma pasta.

— Será que eu poderia...

Diana deu um gritinho e se virou, assustada.

— Ah, é você...

Ele a olhou com ar de preocupação, enquanto punha a pasta na cama.

— Pensou que fosse quem? Jack, o Estripador?

— Algo assim — respondeu secamente.

Tornou a se virar para a cama e acabou de ajeitar o edredom.

— Estou deixando você nervosa? — indagou.

Ela se endireitou e o olhou, observando-o tirar o paletó, hipnotizada por aquele gesto que sugeria intimidade.

— Não, claro que não — mentiu.

Cole não desviou os olhos dos dela, enquanto jogava o paletó em uma poltrona e desatava a gravata, livrando-se dela. Por um louco momento, Diana pensou que ele fosse se despir na frente dela.

Ele esboçou um sorriso de compreensão, soltando o botão do colarinho.

— Estou deixando você nervosa — afirmou.

Diana procurou uma desculpa para sua reação e optou por uma meia verdade.

— Não tem nada a ver com você. É que, quando comecei a arrumar a cama, lembrei-me de trechos de um sonho que tive na noite passada. Foi um sonho muito... nítido, de certa forma. Parecia que aquilo estava mesmo acontecendo.

Ele desabotoou o segundo botão, um brilho diferente lhe iluminando os olhos.

— Como foi esse sonho?

— Você se lembra de um filme meio antigo, *O Bebê de Rosemary*?

Cole refletiu um pouco e se lembrou de que o filme era sobre possessão demoníaca.

— A mulher foi drogada e obrigada a fazer sexo com o diabo — resumiu.

Diana concordou com um gesto de cabeça e acendeu o abajur na mesa de cabeceira.

— Bem... na noite passada, eu fui aquela mulher — explicou, caminhando para a porta.

Os dedos de Cole ficaram imóveis sobre o terceiro botão.

Inconsciente do choque que causou, ela parou no vão da porta e se virou, estendendo a mão para o interruptor da luz do teto.

— Este quarto tem banheiro privativo — avisou. — Você precisa de mais alguma coisa?

— De uma atadura bem grande — respondeu, irônico.

Ela se surpreendeu e, automaticamente, o examinou dos pés à cabeça.

— Para quê?

— Para enfaixar o meu ego.

O cérebro de Diana simplesmente deixou de funcionar por um momento, bloqueado por total confusão. Então, ela compreendeu e recuou para fora do quarto.

— Boa noite, Cole.

NA SEGURANÇA DE SEUS PRÓPRIOS aposentos, Diana, como um autômato, foi se preparar para dormir, executando o ritual de todas as noites, mas modificando-o um pouco. No chuveiro, recitou os títulos de todas as matérias das últimas três edições da *Viver Bem*, tentando se acalmar. Secando os cabelos, se esforçou para lembrar os nomes de todos os colegas de classe da sétima série e, enquanto vestia o pijama, mentalmente fazia uma lista dos presentes de Natal.

Mas, quando foi até a mesa de cabeceira para ajustar o horário de despertar no relógio, desatou em lágrimas.

Abriu a gaveta e pegou um punhado de lenços de papel, antes de se dirigir à *chaise-longue* na outra extremidade do quarto e se deixar cair nela, dando vazão às lágrimas que vinha reprimindo durante dias. Pela primeira vez, desde que soube do casamento de Dan, se entregou à autopiedade. Flexionou os joelhos contra o peito e, pressionando os lenços de papel nos olhos, começou a se balançar para a frente e para trás, soluçando.

Pensou em como Dan costumava elogiar seu cérebro e a beleza de seu rosto, mas nunca emitindo nenhuma opinião sobre seu corpo ou seu desempenho sexual.

— Miserável! — murmurou, chorando ainda mais.

Pensou nos anos que perdeu, tentando nunca contrariá-lo, apenas para ele, no fim, se casar com uma menina.

— Monstro!

Pensou em seu estranho casamento com Cole Harrison, e os soluços tornaram-se mais intensos.

— Louca! — xingou-se.

Pensou em si mesma, embriagada, mal podendo se manter em pé, mentalmente retirando as horríveis flores artificiais que decoravam a sala onde foi realizado o casamento.

— Idiota! — gemeu.

Pensou no modo carinhoso como Cole cuidou dela pela manhã, ajudando-a a se curar da ressaca, e como sorriu, divertido, contando-lhe o que ela fez no cassino.

Pensou no sonho que não fora um sonho, no quarto decorado em tons de cinza, a bordo de um jato particular que cruzou o céu e, finalmente, aterrissou em uma pista, passando velozmente por luzes azuis.

Pensou no homem que tentou escapar de sua idiota manobra de sedução e não conseguiu. Ele deixou claro, e ela concordou, que não haveria intimidade sexual ou emocional entre eles. Então, na primeira oportunidade, ela se ofereceu, e, porque sempre foi um cavalheiro, Cole passou por cima de suas próprias restrições e fez amor com ela.

Em troca de sua gentileza, de sua consideração e desprendimento, ela o insultou, comparando seu jeito de fazer amor ao do demônio no filme *O Bebê de Rosemary*. Ele tinha tanto orgulho, era tão sensível à disparidade entre eles, no que dizia respeito às origens, que devia ter ficado mais magoado por essa comparação do que pelo fato de ela haver esquecido o que aconteceu na cama do avião.

Depois de chorar até achar que não tinha mais lágrimas, Diana enxugou os olhos e assoou o nariz. Os minutos foram se arrastando, enquanto ela olhava sem ver para o quadro na parede oposta, reavaliando o passado e fazendo novos planos para o futuro. Contrataria mais pessoal para o gerenciamento da empresa, delegaria responsabilidades e reservaria algum tempo para si mesma. Tempo para si mesma. Para começar, férias prolongadas de dois meses. Iria à Grécia, em um luxuoso cruzeiro que percorresse todas as ilhas, visitaria amigos em Paris, ficaria vários dias em Roma, conheceria o Egito. Talvez, durante a viagem, até tivesse um caso com alguém. Ou dois. Pelos padrões contemporâneos, seu comportamento era quase o de uma freira. Merecia um pouco de prazer. E o teria, tomando cuidado para não violar a promessa feita a Cole, de não envergonhá-lo de nenhum modo.

Cole.

Ela pensou na situação dos dois por mais alguns minutos, então se levantou e, resolutamente, foi ao *closet,* pegar um robe. Devia pedir desculpas a ele, da forma mais humilde e sincera possível.

PARADO JUNTO À PAREDE, COLE ouvia os soluços que vinham do quarto ao lado, e aquele som angustiado era sua punição. Ele era um pária, um ser desprezível, um demônio que destruía todas as pessoas que tocava. Era um Harrison, não foi feito para conviver com gente decente. Não tinha o direito de achar que podia se elevar acima dos outros Harrison. Podia ganhar muito dinheiro, comprar roupas boas, andar sempre limpo, falar sem sotaque, mas não podia se livrar da sujeira de Kingdom City, grudada em sua alma, entranhada em seus genes.

Poderia ter escolhido qualquer mulher com quem fazer aquele acordo, atrizes, garçonetes, ou uma daquelas entediadas socialites, moralmente falidas, espiritualmente arruinadas. Como ele. Mas Diana Foster não era uma delas. Ela era especial. Uma pessoa rara. Fascinante. Intocável. Irresistível...

Ele não tinha nem sequer o direito de se aproximar de Diana, na noite anterior, muito menos de convencê-la a ser sua mulher, mas fez isso e foi imundo a ponto de fazer sexo com ela. Não propôs isso. Convenceu-se de que tal coisa nunca aconteceria, e seu autocontrole durou menos de um dia! E disse a Diana que ela feriu seu ego. Naquele caso, não tinha o direito de se sentir ferido.

Foi tirado das reflexões por uma leve batida na porta.

— Cole, posso falar com você um instante? — Diana pediu, do outro lado.

Ele respondeu, concordando, e ela entrou, usando um simples robe branco com um monograma bordado no bolso, em azul-marinho, e uma bola de lenços de papel na mão. A consciência de Cole, que ele julgou morta, se ergueu, vingativa. Vinte e quatro horas antes, Diana chegou ao Balmoral com o porte altivo de uma rainha. Depois de estar casada com Cole Harrison apenas um dia, parecia uma triste criança perdida. Daí a um ano, se continuasse presa àquele casamento, era provável que estivesse tão suja e envelhecida quanto a mãe dele ficou.

— Diana...

— Por favor, vamos nos sentar — pediu, o interrompendo.

Caminhou até o outro lado do quarto, onde havia duas poltronas, uma de frente para a outra, com uma luminária para leitura entre elas.

— Preciso lhe dizer algumas coisas — prosseguiu, se sentando- e esperando que ele se acomodasse a sua frente.

Ela iria informar que desejava cancelar o acordo, pensou Cole, ocupando a outra poltrona.

— Acho que sei o que você vai dizer — disse, se inclinando para a frente e apoiando os cotovelos nos joelhos.

— Primeiro de tudo, quero pedir desculpas pelo modo infantil como tenho me comportado desde ontem. Preocupei-me de maneira absurda com o que as pessoas poderiam pensar e me envergonho disso. Tenho muito orgulho de estar casada com você e, a partir de amanhã, ninguém terá motivo para achar o contrário.

Incrédulo, Cole lhe observou o rosto pálido.

Ela baixou o olhar para as mãos cruzadas no colo, então voltou a olhá-lo nos olhos.

— E quero que saiba que lamento muito o que aconteceu no avião.

— Não quero correr o risco de parecer ousado demais, em busca de uma explicação, mas não acha que aquilo pode ter acontecido porque estamos atraídos um pelo outro? — Ele sugeriu. — No que me diz respeito, sei que a desejei como um louco. E sei que você me desejou. — Sorriu. — Na verdade, ouvi, de fonte limpa, que você me desejava, muito tempo atrás.

Diana se levantou lentamente.

Cole se ergueu também.

— Eu me recuso a lamentar o que aconteceu ontem e também a pedir desculpas — declarou. — Eu queria você, você me queria. Tudo muito simples. Somos casados, afinal.

Ela se sentiu caindo sob o encantamento daquela voz rica e profunda. E ficou em silêncio, esperando que ele voltasse a falar.

— Mais importante que tudo, nós gostamos um do outro, Diana. Somos amigos. Discorda de alguma coisa que eu disse?

— Não — respondeu, lhe examinando o rosto compenetrado. — O que está sugerindo?

— Vamos passar uma semana juntos, visitando meu tio. O que estou sugerindo é que tenhamos uma verdadeira lua de mel, lá na fazenda. Não responda agora — Cole pediu. — Promete que vai pensar?

Diana hesitou.

— Prometo — respondeu por fim.

Ele se inclinou e a beijou na testa.

— Nesse caso, quero que saia daqui agora mesmo, antes que eu decida tentar influenciar a sua decisão.

284

Capítulo 40

COLE SE ACOSTUMOU A ser observado por pessoas de ambos os sexos, sempre que era reconhecido ao entrar em um edifício de escritórios, mas não se lembrava de ter sido examinado tão abertamente como naquela manhã, na sede da Foster Enterprises. Em questão de minutos, ficou evidente que o relacionamento de Diana com os funcionários era muito mais descontraído do que o dele com os seus. Assim como ficou óbvio que todos gostavam dela, o que não era o caso dele.

As pessoas que trabalhavam na Unified podiam se mostrar assombradas ou temerosas em sua presença, podiam olhá-lo até com velada hostilidade, mas todas sempre o tratavam com respeito, sem permitir qualquer intimidade, muito menos impertinência.

Diana o apresentou a todo seu pessoal, levando-o a todos os departamentos. Cole ouviu brincadeiras, recomendações, elogios a seu físico, congratulações, e em princípio tanta liberdade o deixou confuso, mas depois se tornou divertida. Uma jovem do departamento de arte declarou que gostou da sua gravata, e um desenhista em uma cadeira de rodas perguntou-lhe há quanto tempo ele se exercitava todos os dias para se manter em tão boa forma. E quando saíram do departamento de vendas, uma mulher comentou algo que o fez olhar para Diana, incrédulo.

— O que foi que ela disse? — perguntou em um cochicho, só para ter certeza de que ouviu bem.

Diana riu, baixando a cabeça.

— Disse que você tem um traseiro que é uma beleza.

— Pensei que tinha entendido mal. — Cole fez uma pausa, então contou: — Aquela moça com as mãos sujas de tinta, no departamento de arte, disse que gostou da minha gravata. O elogio é para você. Teve bom gosto ao escolher esta aqui para me emprestar.

Naquela manhã, ele descobriu que manchou a única gravata que havia levado, além da do smoking, e Diana salvou a situação aparecendo com uma de fundo azul-marinho, perfeita para o terno cinzento. "Gostei muito quando a vi numa loja", ela explicou. "E comprei para dá-la a... alguém."

Cole deduzira que o "alguém" era Penworth, mas não fez comentário algum.

— Não foi um empréstimo, mas um presente — disse Diana. — E não a comprei para Dan. Quando vejo algo de que gosto, compro. É sempre bom ter presentes de reserva.

A entrevista coletiva seria realizada no espaçoso escritório de Diana, e quando os dois entraram, viram que havia cerca de trinta representantes da imprensa, entre repórteres e fotógrafos.

Cole, caminhando na direção da escrivaninha, sob flashes e luzes de câmeras, notou a presença da mãe, da irmã e dos avós de Diana, e aquela demonstração de solidariedade familiar tanto o surpreendeu como sensibilizou. A segunda coisa que percebeu foi a enorme diferença entre aquela reunião com a imprensa e todas as outras de que participou. Não havia hostilidade nem suspeita no ar. Os repórteres brincaram a respeito de sua capitulação ao casamento, e provocaram Diana, afirmando que toda mulher tinha o direito de mudar de ideia, mesmo diante do altar, um jeito amável de ignorar a traição de Dan, o que agradou a Cole.

— Há quanto tempo se conhecem? — perguntou alguém, quando a entrevista começou.

— Desde que Cole estava na universidade — respondeu Diana.

— Quando vai começar a lua de mel?

— Ainda esta semana, assim que reformularmos nossas agendas — disse Cole, pois Cindy recomendou que cada um deles respondesse a uma pergunta, se intercalando.

— Aonde vão?

Diana abriu a boca para responder, mas Cole se antecipou.

— Vocês seriam os últimos habitantes da Terra a saber — replicou com divertida delicadeza, algo completamente oposto a seu jeito hostil de tratar a imprensa.

Tudo correu bem até o fim da entrevista, quando um homem magro, de meia-idade, sentado na primeira fila, fez uma pergunta imprópria.

— Senhor Harrison, o que nos diz sobre o boato de que a Associação Comercial está preparando uma investigação para apurar a legalidade do negócio com a Cushman?

Cole sentiu, mais do que viu, Diana se enrijecer, e teve o impulso quase incontrolável de atirar a miserável pela janela.

— Deixe isso comigo — interferiu a avó de Diana, deixando todos atônitos, principalmente Cole. Encarou o repórter com um sorriso maternal e declarou: — Moço, você deve estar ingerindo muitos produtos químicos, junto com a sua comida, e isso está afetando seu humor. Negativamente, claro.

A risada foi geral, e o pessoal da imprensa começou a deixar a sala. Cole, ainda furioso com o repórter, se preparou para sair também. Uma limusine se encontrava a sua espera para levá-lo ao aeroporto, pois ele teria de estar em Dallas dentro de uma hora e meia, para uma reunião. Grato aos parentes temporários, que haviam comparecido para dar apoio, principalmente a Rose, se despediu deles com um sorriso e um aceno. Então, se inclinou e beijou Diana no rosto.

— Até quinta-feira — murmurou, se afastando.

O avô de Diana o seguiu com o olhar, pensativo, até que ele saiu, fechando a porta.

— Rose, você tomou as dores desse jovem — comentou. — Gostaria de saber quando foi a última vez que alguém fez isso por ele.

MAIS TARDE, SOZINHA COM DIANA no escritório, ajudando-a a arrumar as coisas, depois que as cadeiras haviam sido retiradas, Corey não conseguia parar de pensar na pergunta inoportuna do repórter e no que Spencer disse sobre a possibilidade de a absorção da Cushman ter sido fraudulenta.

Abaixou-se para pegar um clipe e um minúsculo pedaço de papel do carpete azul e, quando se ergueu, viu que a irmã havia se sentado na borda da escrivaninha e a observava com ar interrogativo.

— Alguma coisa errada, Corey? — Diana perguntou.

— Não, nada errado. Por quê?

— Porque a ordeira compulsiva aqui sou eu, e até agora você não parou de pegar coisas do chão e de arrumar os meus papéis.

— É que repórteres sempre me deixam um pouco nervosa.

Diana sorriu.

— Principalmente quando fazem perguntas insultuosas a seu cunhado?

— Principalmente — Corey admitiu com um suspiro.

Não queria dizer a Diana que Spencer também tinha suas dúvidas a respeito da integridade de Cole, mas não podia deixar de lh dar algum tipo de aviso.

— Ontem, Spencer disse que Cole fez muitos inimigos, no correr dos anos — comentou.

— Claro que fez — Diana concordou em tom despreocupado. — A única maneira de não fazer inimigos é não ter sucesso em coisa alguma.

Isso era perfeitamente razoável, mas o que mais impressionou Corey foi, mais uma vez, constatar a capacidade que a irmã tinha de manter a calma e o raciocínio lógico em todas as situações. Sentada na beirada da mesa, linda, sem nenhum fio de cabelo fora do lugar, o corpo esguio realçado pelo conjunto de seda verde, Diana mais parecia uma modelo do que uma sobrecarregada presidente de empresa. Fundou e levou em frente um negócio que não parava de crescer, sem perder nada de sua feminilidade e de seu calor humano.

— Nós, mulheres, podemos nos orgulhar de você — Corey observou com um sorriso, caminhando para a porta.

Depois que ela saiu, Diana ficou olhando para o espaço, recordando as coisas ternas e inesquecíveis que Cole disse na noite anterior e pensando na lua de mel que começaria na quinta-feira. Quando voltou do devaneio e olhou para o relógio, descobriu que não teria tempo de ligar para Doug antes da reunião com a equipe de produção. E gostaria de lhe contar pessoalmente que se casou.

QUANDO DIANA RETORNOU AO ESCRITÓRIO, depois da reunião, teve a surpresa de encontrar Doug, que andava de um lado para outro, obviamente nervoso. Já devia ter ouvido a notícia do casamento, mas não dava a impressão de estar feliz por ela.

— Não posso acreditar que você tenha se casado com aquele... aquele sujeito nojento! — Ele explodiu, assim que Diana fechou a porta. — Ficou louca? Tenho vontade de lhe dar um chacoalhão, juro!

Aborrecida com o modo de o amigo se referir a Cole, ela se postou atrás da escrivaninha, onde ficou de pé, observando a agitação de Doug, que não parava de andar, passando as mãos nos cabelos como um demente.

— Você precisa se livrar daquele sujo hoje mesmo! — O amigo declarou. — Diga que ele a drogou, invente qualquer coisa, mas saia dessa! Aquele miserável só serve para retirar esterco de estábulos.

— Pare com isso, seu esnobe! — Diana explodiu.

— Se desprezar um trapaceiro sem escrúpulos é ser esnobe, então eu sou!

— Como se atreve a falar desse jeito? — retrucou. — Quem você pensa que é?

— Sou seu amigo — rosnou ele, parando e batendo as duas mãos no tampo da mesa. — Agora, me faça o favor de se livrar daquele filho da puta!

— Você está sendo ridículo, Doug!

Ele recomeçou a andar.

— O que preciso fazer para que você entenda? Aquele desgraçado não vai mais poder manipular o mercado de ações. A Associação Comercial vai cercá-lo, e isso será apenas o começo. Quando ele cair nas mãos da polícia, irá para a cadeia, onde já devia estar há muito tempo! Seu fim será igual ao de Ivan Boesky e Michael Milken. Quando ele sair de trás das grades, não passará de um ex-presidiário e não terá um centavo!

Apesar de extremamente chocada, Diana se forçou a aparentar calma.

— Está dizendo tudo isso baseado em quê? — perguntou.

— No fato de que a compra da Cushman foi um negócio sujo! Ele é um manipulador, um ladrão, um animal!

— Me dê uma pequena prova, em vez de ficar repetindo fofocas — desafiou.

— Não posso!

— Então, não acredite no que dizem de Cole! — Diana pediu em tom conciliador. — Confie no meu discernimento, Doug. Fique feliz por mim.

O amigo pareceu mais calmo, mas profundamente triste, e isso foi pior do que vê-lo furioso.

— Eu me jogaria embaixo de um caminhão, se você me pedisse — afirmou. — Mas não poderei ajudá-la, se continuar casada com esse homem.

— Pretendo continuar — declarou Diana, surpresa com a própria convicção.

Doug empalideceu como se ela o houvesse esbofeteado.

— Aquele canalha sabe mesmo dominar as mulheres, não é? Dominou até você, e pode induzi-la a fazer qualquer coisa — comentou com amargura, caminhando para a porta.

Com um nó doloroso na garganta, Diana observou-o se afastar.

— Doug? — chamou baixinho.

Ele se virou.

— O quê?

— Adeus — murmurou.

Capítulo 41

COLE MAL PODIA ACREDITAR que fazia apenas alguns dias que havia saído da sede da Unified para viajar e que naquele curto espaço de tempo se casou com Diana Foster. O pensamento o fez sorrir, enquanto ele passava pela mesa da recepcionista, que o fitou, espantada.

Tudo parecia diferente em sua empresa. Quando ele subiu a alameda da entrada, momentos antes, o gramado espetacular o fez pensar em veludo verde-esmeralda, e o lago, cintilando ao sol, lhe pareceu um lençol de cristal. Comentou com seu motorista como o dia estava lindo e o homem concordou imediatamente, mas o olhou pelo espelho retrovisor com ar de surpresa.

Talvez não notasse como tudo havia ficado diferente, Cole refletiu. Talvez nenhum dos homens que trabalhavam ali percebessem. Mas ele via a diferença, porque olhava tudo com novos olhos. Porque estava casado com Diana Foster, e ela era meiga, engraçada, corajosa e linda.

Uma reunião de executivos estava terminando, quando Cole se aproximou de seu escritório, percorrendo o longo corredor acarpetado. Algumas pessoas saíram da sala de reuniões, e ele viu que entre elas estavam Dick Rowse e Glória Quigley, do departamento de relações públicas, e Allan Underwood, vice-presidente de recursos humanos. Os três olharam para ele com sorrisos incertos.

— Que surpresa você nos fez! — Allan exclamou por fim, quebrando o gelo, naturalmente se referindo ao seu casamento com Diana.

— Parabéns, Cole — entoou o grupo quase em uníssono.

— Que beleza! — Alguém exclamou.

— Impressionante! — declarou Glória.

— Oh, vocês gostaram tanto assim da minha nova gravata? — Cole perguntou, se rendendo à vontade de gracejar.

— Sua o quê? — Glória perguntou, perplexa.

— Minha gravata — repetiu, sem conseguir conter um sorriso.

— A estampa é mais ousada do que as das outras que costumo usar, não acham? Quem me deu tem muito bom gosto.

— Está querendo dizer que a ganhou de presente de...

— Isso mesmo. Ganhei-a de minha mulher! — Cole declarou.

Continuou a andar, se afastando rapidamente. Mas ainda ouviu as pessoas atrás dele começarem a cochichar alvoroçadamente.

— Parabéns, senhor Harrison! — Shirley, a secretária de Cole, disse com um sorriso comedido, seguindo-o para dentro do escritório com o bloco de anotações na mão. — Sou grande fã de todos os membros da família Foster.

— Eu também — afirmou Cole com um sorriso, enquanto abria a pasta em cima da mesa e começava a retirar os documentos que havia levado na viagem. — Diga a John Nederly que desejo falar com ele.

Shirley assentiu.

— Ele já ligou duas vezes, perguntando se o senhor já tinha chegado.

Pouco depois, Nederly entrava na sala.

— Parabéns pelo casamento, Cole. Minha mulher me ligou uma hora atrás, para dar a notícia. Está excitada com a ideia de que talvez poderá conhecer a senhorita Diana Foster. É leitora fanática da revista.

— Feche a porta — pediu Cole, se reclinando na cadeira giratória. — Agora, pode me dizer que diabo está acontecendo? Hoje de manhã, um repórter me informou que a Comissão de Seguridade vai me investigar.

— Não é bem isso — respondeu Nederly, sentando-se. — Por enquanto, a Comissão deu apenas o primeiro passo, pedindo à Bolsa de Nova York para investigar a compra da Cushman.

— E depois?

— A Comissão é subordinada ao Congresso, de modo que tem poderes de superintendência. Isso significa que, seja o que for que a Bolsa de Nova York descubra, a Comissão fará uma revisão do processo e tomará sua própria decisão. Se houver evidência de má fé, você será intimado a comparecer a uma audiência com um juiz da Comissão de Seguridade. Se esse juiz o considerar culpado, mandará o caso para o Tribunal Federal, e talvez você seja submetido a julgamento. Não há jeito de saber o que usarão contra você, mas com certeza o acusarão de manipulação do mercado de ações, além de fraude. Mas não poderão acusá-lo de fornecimento de informações falsas, a menos que possam provar que falsificamos o resultado dos testes do chip.

— Diga-me uma coisa. Não acha que a última parte desse discurso é um pouco prematura? — perguntou Cole em tom furioso.

Nederly olhou para baixo, tirando algo invisível da gravata.

— Talvez eu estivesse querendo exibir meus enormes conhecimentos — tentou brincar.

— Ou?

O advogado suspirou.

— Ou talvez eu esteja com um mau pressentimento — confessou. — A investigação da Bolsa de Nova York está sendo feita com uma agilidade fora do comum. E já ouvi, de fontes confiáveis, que essa investigação não passa de mera formalidade. A Comissão de Seguridade acha que já tem uma boa razão para intimá-lo a comparecer perante seu juiz.

— Que boa razão?

— O fato de o valor de uma ação da Cushman ser de vinte e oito dólares numa semana, com a possibilidade de aumentar, por causa do desenvolvimento do novo chip, e na semana seguinte, despencar para catorze, depois dos rumores na Wall Street sobre o chip não ser confiável. Aí, então, você compra a empresa inteira. Parece muito suspeito.

— Não vamos esquecer que paguei dezenove dólares por ação, não catorze — argumentou Cole.

— Foi o que precisou fazer para poder comprar toda a empresa. Não estou negando que os acionistas da Cushman fizeram um bom negócio, quando trocaram suas ações pelas da Unified, principalmente porque você conseguiu que fosse uma transação isenta de impostos.

— Então, por que toda essa confusão?

— Na superfície, parece um negócio suspeito.

— Estou pouco me importando com as aparências.

John Nederly abanou a cabeça em uma negativa solene.

— Acho melhor começar a se importar.

— Essa é a melhor orientação legal que pode me dar?

— Não há nada mais que você possa fazer, no momento.

— Impossível — resmungou Cole, apertando o botão do intercomunicador. — Shirley, faça uma ligação para o escritório de Carrothers e Fineberg, em Washington. Falarei com qualquer um dos dois que estiver disponível.

O nome da mais cara e mais influente firma de advocacia de Washington fez John sorrir.

— Já falei com eles — informou. — Talvez possam persuadir os membros da Comissão de Seguridade de que estão sendo precipitados.

Cole tornou a falar com a secretária e a mandou cancelar a ligação. Satisfeito com a ideia de que uma dispendiosa assistência legal, aliada à falta de provas, poderia fazer a Comissão de Seguridade desistir da investigação, se recostou confortavelmente e observou Nederly, pensativo.

— Deseja saber mais alguma coisa? — perguntou o advogado.

— Não. Estou olhando para a sua gravata.

Nederly pareceu ficar tão alarmado com a possibilidade de uma censura a sua impecável aparência, como ficou com a discussão sobre a ameaça que pesava sobre a Unified.

— O que há de errado com a minha gravata?

— É muito conservadora.

— As suas também são.

— Não, não mais — negou Cole, se divertindo com a descoberta de que o elegante advogado aparentemente esteve imitando seu jeito de se vestir.

Capítulo 42

Às sete e meia da noite, vários executivos da Unified ainda estavam trabalhando, e Cole também continuava em seu escritório, onde ficaria por mais uma hora no mínimo. Queria ligar para Diana, mas de sua casa, onde poderia falar com ela à vontade. Estavam separados havia menos de oito horas, e ele já ansiava por ouvir a voz suave e melodiosa. A ideia de que parecia um adolescente apaixonado mais o divertiu do que perturbou.

Cal, que soube do casamento pela televisão, ligou no começo da tarde e exigiu que a secretária de Cole o tirasse de uma reunião para falar com ele. Mas, em vez de feliz, estava furioso por Cole "ter se casado tão depressa com qualquer uma só para obrigá-lo a assinar a transferência das ações". O tio declarou que aquilo tinha sido uma violação do trato, pois o que ele realmente desejou foi ver Cole feliz, unido a uma "esposa de verdade". Cole levou vários minutos para acalmá-lo e fazê-lo entender que Diana não era "qualquer uma".

Na quarta-feira seguinte, Cal tinha consulta marcada com seu especialista, em Austin, e Cole pretendia levá-lo até lá de avião e acompanhá-lo ao consultório para ouvir o que o médico tinha a dizer. Propôs a Diana pegá-la em Houston, no mesmo dia, mas ela não podia cancelar seus compromissos e só poderia partir na quinta-feira. Assim, ele teria de esperar mais um dia para vê-la, para estar com ela. Na cama. Só de pensar nisso, teve uma ereção e precisou se forçar a prestar atenção no contrato que estava lendo.

Acabou de assinar o documento, quando Travis entrou no escritório, usando camisa polo e calça esporte.

— Você está aí! — O primo exclamou, fechando a porta. — Graças a Deus!

Com pouco mais de quarenta anos, Travis tinha um rosto que era agradável quando ele não estava preocupado. Preocupação, porém, parecia ser uma constante em sua vida. Mantinha o corpo atlético em forma, correndo dez quilômetros todas as manhãs, antes de o sol nascer, para se livrar da ansiedade. Era trabalhador e, apesar de não ter a inteligência dos cientistas sob seu comando, provou que Cole acertou nomeando-o chefe do departamento de pesquisa e desenvolvimento. Tinha bom senso e mão fechada, no que se referia a gastar dinheiro da corporação, e era totalmente leal. Por isso, Cole confiava mais nele do que em qualquer outra pessoa que trabalhava na Unified.

— Estou aqui, sim — confirmou com um sorriso, observando Travis caminhar depressa para o bar. — Graças a quem redigiu este contrato, porque levei quase uma hora para decifrá-lo.

O primo o olhou sem sorrir, servindo-se de uísque.

— Foi uma piada?

— Não muito boa, pelo jeito — comentou, pousando a caneta.

— Qual é o problema?

— Não sei. É por isso que estou aqui, e bebendo.

Cole achou aquela inquietação anormal, mesmo em se tratando de Travis.

— Pensei que estivesse bebendo para comemorar o meu casamento. Travis caminhou para perto da mesa com a expressão de quem havia levado um soco injustamente.

— Você se casou e nem convidou a Elaine e a mim! — acusou-o.

Reconhecendo que a mágoa dele era genuína, Cole lhe endereçou um sorriso contrito.

— Foi algo totalmente imprevisto — explicou. — Decidimos nos casar no sábado à noite, então me apressei em levar Diana para Las Vegas... antes que ela mudasse de ideia. E, então? Qual o motivo de você estar bebendo?

Travis tomou dois goles do uísque.

— Estou sendo seguido — contou.

— Por que acha isso? — Cole perguntou, cético.

— Eu não acho. Eu sei. Percebi que havia um sujeito atrás de mim, ontem, quando saí de casa. Dirigia um Chevrolet preto e me seguiu até aqui. Hoje, quando fui embora, à noitinha, vi o carro parado lá na rodovia, perto da nossa entrada. Ele me seguiu até em casa. Então, troquei de roupa e voltei para cá, correndo, cortando caminho pelos campos, para que o cara não pudesse me seguir. Mas ele tentou. Eu vi.

Cole o observou detidamente.

— Não está tendo nenhum caso, está? — perguntou.

— Não tenho tempo, nem inclinação para isso. Sem falar que Elaine me mataria.

— Não serão ladrões? Às vezes, eles observam os hábitos das pessoas, para saber qual a melhor hora de entrar em suas casas.

Travis acabou de tomar o uísque em um único gole.

— Duvido. Temos dois cães de guarda, um sistema de segurança com circuito fechado de televisão, portões eletrônicos, tudo.

— Então, por que alguém o seguiria?

— Poderia ter algo a ver com a investigação da Bolsa de Nova York? — Travis sugeriu, desabando em uma poltrona.

— Se for isso, estão perdendo tempo — respondeu Cole, inundado por uma onda de raiva.

No trajeto para casa, Cole ficou olhando pelo espelho retrovisor, atento ao Ford azul-escuro, de último modelo, que seguia sua limusine. Viu que o carro só desapareceu quando já se encontravam bem perto de sua propriedade.

O telefone começou a tocar no momento em que ele entrou em casa.

— Aconteceu uma coisa muito estranha — cochichou Travis tremulamente do outro lado, assim que Cole atendeu.

— Como assim? — perguntou Cole, preocupado. — Por que está falando tão baixo? Onde você está?

— No meu escritório. E acho que alguém esteve aqui, às escondidas.

Cole tirou o paletó bruscamente.

— Acha? Por quê?

— Saí da sua sala muito tenso e resolvi trabalhar num relatório, achando que isso me ajudaria a relaxar. Acendi as luzes fluorescentes do laboratório e, enquanto elas se acendiam, tive a impressão de ver uma sombra se movendo na direção de uma das portas. Procurei por todos os cantos, mas não encontrei ninguém. Independentemente de quem fosse, deve ter descido pela escada de emergência, nos fundos do prédio.

Cole interrompeu o movimento que fazia para tirar a gravata que Diana lhe dera.

— Tem certeza de que viu uma pessoa?

— Não.

Aliviado, Cole pegou um bilhete que a empregada deixou ao lado do telefone.

— Mas tenho certeza de que tranquei os arquivos, e um deles estava aberto — informou o primo.

— Vou cuidar disso — respondeu Cole, largando o bilhete. — Havia alguma coisa no arquivo que um concorrente pudesse achar interessante? — quis saber, pensando na possibilidade de espionagem.

— Não.

— Ótimo. Vá para casa, Travis. Deixe isso comigo.

Logo em seguida, Cole ligou para o chefe de segurança, Joe Murray, e esperou, impaciente, enquanto a esposa dele ia chamá-lo. Com cinquenta e poucos anos, Murray fora fuzileiro naval, tinha físico de jogador de rúgbi e voz forte e áspera. Mastigava chiclete e ria das próprias piadas, enquanto, sempre vigilante, olhava em volta, dando a impressão de que não passava de um ex-guarda comum que conseguiu ocupar, de alguma forma, um cargo acima de sua capacidade.

Na verdade, havia sido agente do FBI e responsável pela prisão de grandes criminosos, graças a sua habilidade de parecer inofensivo e não muito inteligente, enquanto se insinuava nos círculos fechados de suas presas. Não era à toa que a Unified lhe pagava duzentos e vinte e cinco mil dólares por ano.

Quando falou com Cole, não havia nada da costumeira e enganadora jovialidade em sua voz.

— Algum problema?

Cole contou o que Travis lhe dissera.

— Ele viu alguém? — perguntou Murray.

— Não. Só uma sombra se esgueirando para uma das portas.

— Não poderia ter esquecido de trancar o arquivo?

— Travis não costuma esquecer coisas assim.

— Tem razão. Vou lá, dar uma olhada. Fique tranquilo. Se o guarda do prédio viu alguma coisa, ou se eu encontrar algo suspeito, ligarei.

— Certo. E a partir de amanhã, quero um guarda postado na entrada principal, vinte e quatro horas por dia.

— Eu lhe disse que devia instalar portões eletrônicos, em vez de construir aquela guarita cheia de frescuras.

Durante o dia, um velho ficava na guarita, usando um blazer azul-marinho com a insígnia da empresa bordada no bolso. Sua principal função era orientar visitantes. O verdadeiro serviço de segurança ficava a cargo de homens com blazers iguais aos do porteiro, que trabalhavam como recepcionistas nos andares térreos de todos os prédios. O edifício executivo era uma exceção. Para manter a aparência de luxo e elegância, a mesa de recepção era ocupada por uma mulher, mas um homem de blazer azul-marinho sempre ficava por perto, embora não ostensivamente.

— Gastei uma fortuna para fazer da sede da Unified um dos locais de trabalho mais belos do mundo — observou ele. — Não vou colocar portões horrorosos, nem quero guardas uniformizados, portando metralhadoras, fazendo o lugar parecer uma prisão de segurança máxima.

— Você é quem manda, Cole. Mais alguma coisa?

— Travis e eu estamos sendo seguidos. Um Chevrolet preto anda na cola dele, e um Ford azul-escuro, na minha.

— Faz ideia de quem seja, e por quê?

— Não. — Cole refletiu que alguém poderia estar querendo sequestrá-lo, mas era uma possibilidade remota. Havia outra, mas essa ele não estava disposto a discutir com ninguém, nem mesmo com Murray. — Não faço a mínima ideia.

— Sabe como se livrar da perseguição, se precisar?

— Vejo filmes — respondeu Cole sarcasticamente. — Eu me safo.

Assim que desligou, preparou um drinque e o levou para a sala, onde duas paredes de vidro deixavam ver uma extensa piscina de formato irregular, no centro da qual se erguia um quiosque, ligado à margem por uma ponte arqueada. Na extremidade mais distante, uma cascata artificial, rolando por cima de rochas, se iluminava à noite, através de um sistema sofisticado de feixes luminosos e coloridos de fibras óticas.

Sentando-se no sofá e apoiando os pés na mesa de centro, Cole discou o número de Diana, e ela atendeu ao segundo toque.

— Como foi o seu dia? — perguntou ele.

Diana se recusou a falar da visita de Doug.

— Foi ótimo. E o seu?

Cole, por um rápido instante, pensou em todos os aborrecimentos que tivera.

— Muito bom. Todo mundo gostou da minha gravata nova.

Capítulo 43

O FORD AZUL CONTINUAVA CINCO carros atrás, no momento em que o motorista de Cole entrou lentamente com a limusine na alameda da Unified, na manhã seguinte. Quando o automóvel perseguidor passou, seguindo pela rodovia, Cole anotou a placa.

— Esteja aqui às cinco, Bert — recomendou ao descer do carro, diante do departamento executivo. O motorista era marido da governanta, Laurel, e ajudava-a nos trabalhos domésticos. — Se eu não sair até as cinco e meia, pode ir para casa.

— Certo, senhor Harrison.

Murray já estava à espera de Cole, entretendo Shirley e Glória como uma de suas histórias do tempo em que era "herói" da liga de beisebol. Seguiu Cole para dentro do escritório e fechou a porta.

— Glória Quigley acredita que você pode andar sobre a água, e Shirley está disposta a testemunhar, confirmando o milagre — comentou.

— É mesmo? — perguntou Cole só meio surpreso, pois nunca cultivou nenhum tipo de relacionamento pessoal, se colocando a uma distância tão grande que provocava aquele tipo de reverência. — Não imagino por quê.

— Porque são extremamente fiéis — explicou Murray. — Dedicam fidelidade total a quem respeitam.

Em vez de fazer algum comentário a respeito, Cole escreveu em um bloco e arrancou a folha, passando-a ao chefe da segurança.

— Esse é o número da placa do Ford azul.

Murray guardou o papel no bolso do informe paletó cinza-grafite.

— Por falar em gente fiel, seu primo anda mais agitado do que nunca. Sabe o motivo?

— Posso pensar em vários — respondeu Cole em tom levemente sarcástico. — A Bolsa de Nova York está nos investigando, a pedido da Comissão de Seguridade. Travis está sendo seguido por onde quer que vá. Para completar, ontem alguém tentou encontrar alguma coisa nos arquivos dele.

— Sei. A propósito, o guarda de segurança daquele prédio não notou nada de anormal ontem à noite. Ninguém entrou, após as seis, e ele reconheceu todas as pessoas que saíram. Às sete, os alarmes das entradas para as escadarias são ligados, o que significa que ninguém sai do prédio depois desse horário, sem dispará-los, se não usar um cartão de segurança. E também não entra.

— Então, se uma pessoa entrou, como Travis acredita, como foi que isso aconteceu?

— Pode ter passado pelo guarda, junto com os empregados que voltavam do almoço, e ter passado a tarde vagueando pelo prédio, mas, sem crachá de visitante, duvido que conseguisse. Além disso, não subiria ao andar de Travis sem um cartão de segurança para abrir a porta, o que me leva a pensar que já se encontrava lá dentro.

— Um funcionário? — Cole conjeturou.

— Possivelmente. E tanto pode ser um homem como uma mulher, porque Travis não tem certeza do que viu. Também poderia ter sido uma ilusão, provocada pelas luzes se acendendo. Quando Travis descobriu o arquivo destrancado, ligou uma coisa com a outra e chegou à conclusão de que havia um intruso no prédio. Como eu disse, ele anda muito agitado. Já polvilhei o arquivo e a escrivaninha para tirar as impressões digitais e vou lá agora, examinar. Em seguida, irei atrás desse número de placa que você anotou, mas pode levar um dia ou dois, antes de termos algum resultado.

— Por que um dia ou dois? — perguntou Cole, irritado.

O chefe da segurança hesitou.

— Você e Travis viram o Chevrolet e o Ford sem precisar fazer muito esforço. Os carros estiveram estacionados perto da sua casa e da dele, à vista de todos, certo?

— Certo.

— Infelizmente, devo dizer que essa técnica displicente é característica de investigadores da polícia, tanto estadual como municipal. Eles acham que são invisíveis.

Cole franziu a testa.

— Está me dizendo que é a polícia que está nos seguindo?

— Essa é a minha impressão. Avisarei assim que descobrir.

Quando Murray saiu, Cole fez três ligações, em rápida sucessão.

A primeira, para uma locadora de automóveis, que prometeu lhe mandar um carro simples, de quatro portas, ao meio-dia.

A segunda, para um número que não constava da lista, de Fairfax, Virgínia, de um membro respeitado do senado, que tinha a amizade do presidente, uma cadeira na Comissão de Apropriações e muita influência política. Também recebera trezentos mil dólares para a sua campanha, provindos de um evento social para levantamento de fundos patrocinado por Cole, e esperava que o fato se repetisse antes da próxima eleição. De acordo com a esposa, Edna, o senador Samuel Byers se encontrava em uma reunião da Comissão de Apropriações, naquela manhã, e Cole deixou um recado com ela, mas teve de esperar até que a mulher terminasse de dizer como adorava a revista *Viver Bem* e lhe arrancasse a promessa de que levaria Diana à festa de Natal que eles ofereciam todos os anos.

A última ligação foi para um número que apenas Cole sabia que existia. Tamborilou os dedos nervosamente na escrivaninha, e quando Willard Bretling atendeu, disse simplesmente:

— Estarei aí hoje, às seis.

— Quem é, por favor? — perguntou Bretling com voz meio rouca por falta de uso.

— Quem você acha que é? — Cole retrucou.

— Ah, sim, claro. Desculpe. Passei a noite brincando com o nosso brinquedo — informou o homem de setenta anos.

O senador Byers telefonou às quatro horas, logo após Cole ter falado com Diana.

— Lamento saber que está com problemas — disse, parecendo sincero. — Estou certo de que tudo estará esquecido em menos de quinze dias.

— Não tenho tanta certeza assim — admitiu.

— O que posso fazer para ajudar?

— Pode descobrir quem está por trás disso e até que ponto as coisas chegaram.

— Farei o que puder — prometeu Sam, mas, antes de desligar, acrescentou, sem jeito: — Enquanto essa tempestade em copo de água não acabar, filho, acho melhor você não ligar nem para o meu gabinete, nem para a minha casa. Eu telefonarei para você. Ah, dê um grande abraço em sua esposa por mim.

Irritado com a hipocrisia dessa última frase, Cole se despediu e desligou, se reclinando na cadeira. Fechou os olhos, tentando focalizar a imagem de Diana para esquecer o caos que foi aquele dia. E ela apareceu em sua mente, andando com ele no quintal da casa da família, logo após haverem anunciado que estavam casados.

— *Se ficou impressionado, por que está tão carrancudo?*

— *Talvez porque isso aconteça tão pouco que não estou acostumado à sensação. A propósito, não estou "carrancudo".*

— *Não? Então, como é que você fica, quando está?*

— *Acho que você não gostaria de ver.*

— *Ora, vamos, mostre!*

Cole riu alto, deliciado com a lembrança.

Capítulo 44

COREY APONTOU PARA AS fotografias em tamanho vinte por vinte e cinco que arrumou sobre a mesa de reuniões no escritório de Diana.

— O que você acha? — perguntou. — Devemos usar esta ou aquela?

— O quê? — Diana murmurou, olhando através da janela para um grande jato que fazia uma curva lenta, rumando para oeste.

— Querida, sua mente está em outro lugar, e você não conseguirá se concentrar. Por que não vai se encontrar com Cole na casa do tio dele, hoje mesmo, em vez de esperar até amanhã? — A irmã sugeriu.

— Impossível. Como ficarei ausente vários dias, tenho muito o que fazer antes de viajar. Cole virá me buscar amanhã.

— Não acha que ele ficaria mais feliz se você fosse hoje?

— Ficaria, sim — afirmou Diana com um sorriso. Ele ficou desapontado quando ela disse que não poderia partir na quarta-feira. — De qualquer modo, Cole está a caminho de Austin agora, com o tio. Mesmo que a sua secretária entrasse em contato com ele e dissesse que posso ir hoje, duvido que o tio concordaria em esticar a viagem até aqui.

Corey percebeu que ela estava vacilando, e isso a deixou contente. Algum instinto lhe dizia que Cole Harrison era o homem certo para Diana.

— Descubra o endereço de Cal com a secretária de seu marido. Vá de avião, sozinha.

— Não me tente — pediu Diana.

Levantou-se e foi até a janela, tão distraída com seu desejo de partir imediatamente para Jeffersonville, onde Cole certamente a pegaria, que em princípio não notou o Mercedes preto que parara lá embaixo, na entrada do edifício. Quando prestou atenção, viu uma jovem alta e loira sair do carro. Usava saia cor-de-rosa, curta e justa, que exibia longas pernas torneadas, e um top da mesma cor, sem alças, que se esticava sobre os seios. Tudo nela era voluptuoso, desde as roupas e o corpo, até os cabelos flutuantes. O homem que estava dirigindo saiu e falou com a moça, que tornou a entrar no carro.

Diana se virou para Corey.

— Dan está aqui — anunciou com um murmúrio. — E trouxe a mulher.

— O quê?! — A irmã exclamou, correndo para a janela.

As duas viram a loira sair do carro em uma atitude claramente desafiadora. Rindo, Dan a pegou pela mão e a fez entrar outra vez.

— É incrível! — comentou Corey. — A moça exala sexo!

Diana sentiu uma rápida pontada de ciúme e mágoa.

— Ela é perfeita para Dan — declarou. — Não queria deixá-lo entrar aqui sozinho porque é ciumenta e insegura. E ele adorou! Viu como estava rindo?

— Ele é um porco! — Corey resmungou com raiva. — É evidente que precisa afirmar sua virilidade constantemente. O que será que ele conversa com ela?

Diana recordou que, embora Dan dissesse que tinha orgulho de tudo o que ela conseguiu como empresária, passava a impressão sutil de que não a achava muito dotada em outras áreas. Mais de mil vezes reclamou que ela se deixava absorver demais pelo trabalho. Mas, mesmo que não fosse isso, ela via agora que, tivesse ou não dedicado mais tempo a Dan, nunca teria os seios e as longas pernas da jovem italiana com quem ele se casou. Quanto às roupas, nem morta ela usaria um conjunto como aquele que a moça vestia.

— Como pude ser tão cega? — perguntou-se baixinho, voltando para a escrivaninha.

— Vai falar com ele? — perguntou Corey.

— Vou — respondeu Diana, pressionando o botão do intercomunicador para falar com a secretária.

— Quer que eu fique? — Corey ofereceu.

— Fique, se quiser. Dan deve estar querendo estabelecer uma espécie de relacionamento amigável comigo, para se livrar da culpa.

Sally atendeu ao chamado, e Diana lhe pediu para entrar em contato com a secretária de Cole e conseguir o endereço e o número de telefone de Cal. Instruiu-a para também pedir à secretária que avisasse Cole de que ela iria encontrá-lo naquele mesmo dia, e para ligar para o aeroporto, reservando uma passagem.

— Diana, a recepcionista me avisou que o senhor Penworth está subindo — informou Sally nervosamente.

— Tudo bem — afirmou Diana. — Quando ele chegar, mande-o entrar.

Momentos depois, Dan entrou na sala, despenteado pelo vento, bronzeado e obviamente envergonhado.

— Cheguei ontem, Diana. Fiz questão de vir vê-la o mais depressa que pude.

Ela se reclinou na cadeira e cruzou os braços no peito.

— Estou vendo — replicou, se sentindo aliviada.

Não perdeu uma pessoa maravilhosa, como julgou. Dan era fraco e egoísta. Era covarde.

— Gostaria que você dissesse algo que tornasse as coisas mais fáceis — declarou. — Sei que levou um choque com o que aconteceu, mas…

— Claro que levei! — Diana o interrompeu. Dan pareceu lisonjeado com essa afirmação, provocando nela uma sensação de náusea. Então, ela continuou, repetindo as palavras de Cole: — Afinal, fui "chutada pela escória da Terra".

Após um rápido instante de perplexidade, Dan ficou vermelho de indignação. Com um movimento abrupto, saiu do escritório quase correndo.

Diana olhou para Corey, que se encostou na parede no lado oposto da escrivaninha e a fitava com um sorriso exultante. Afastando-se da parede, a irmã começou a bater palmas, em um aplauso entusiasmado.

Capítulo 45

DIANA PRECISOU MUDAR DE avião em Austin e novamente em San Larosa. Não era tão ingênua que imaginasse que faria a viagem para Ridgewood Field, perto de Kingdom City, a bordo de um 747, mas não esperou que tivesse de andar cerca de setecentos metros, com sapatos de salto alto, por uma pista asfaltada até um minúsculo avião da Texan Airline que ela acharia bonitinho, se estivesse bem pintado e tivesse motores a jato em vez de hélices antiquadas.

Começou a andar mais depressa, tentando alcançar o carregador da bagagem, o mesmo jovem que recebeu sua passagem no balcão e a levou ao portão de embarque.

Ele devia ter ouvido as batidas rápidas de seus saltos, porque parou e se virou para trás com um sorriso.

— Quer que eu ande mais devagar, senhorita Foster? Ou devo dizer senhora Harrison? Vi a senhora e seu marido no noticiário da televisão.

Diana não respondeu, pois estava distraída, olhando desconfiada para a pequena aeronave.

— Isso aí voa? — perguntou, seguindo o jovem, que voltou a andar.

— Acho que sim — respondeu ele, tornando a sorrir.

— Você voaria nele?

— Faço isso o tempo todo.

O interior do avião era feio e sujo. A poltrona de Diana balançou para um lado e para o outro, quando ela se sentou. Fechando o cinto de segurança, na esperança de que as tiras desgastadas a firmassem, e também ao assento, olhou para o jovem faz-tudo, que piscou para ela com um sorriso animador, antes de se curvar e passar pelo vão que levava à cabine de comando. Diana o viu colocar óculos escuros de aviador e assumir um novo papel: o de piloto.

O avião sacolejou pela pista, os motores rugindo em um esforço assustador. A velocidade aumentou, a poltrona de Diana dançou, e logo o aviãozinho estava no ar, voando na direção do sol.

Satisfeita com a ideia de que, se aquela lata velha decolou, também seria capaz de aterrissar, ela tirou da bolsa o papel com o endereço e o número de telefone da fazenda de Cal, assim como as instruções para chegar lá sozinha, no caso de isso ser necessário. Infelizmente, cometeu o erro de olhar para a cabine e viu o piloto perscrutando o horizonte. Ele olhou da esquerda para a direita. Da direita para a esquerda. Não havia radar!

Diana não pôde acreditar naquilo! Agarrada aos braços da poltrona, inconscientemente começou a ajudar o rapaz, olhando para o horizonte, para a direita, para a esquerda...

Uma hora depois, o avião "bateu" na pista de aterrissagem e foi "galopando" na direção do terminal. Quando parou, o piloto saiu da cabine, sorriu para Diana, abriu a porta e baixou a escada. Levou as malas para fora, então esperou que ela aparecesse à porta e estendeu a mão para ajudá-la a descer.

— Gostou da viagem? — perguntou.

Diana pisou em terra firme e respirou livremente pela primeira vez em uma hora.

— Se você estiver fazendo uma coleta para comprar um radar, terei prazer em contribuir — respondeu.

Ele riu, começando a andar. No fim da pista, rodeado por vários pequenos aviões, o jato de Cole brilhava ao sol, um sultão entre camponeses.

— Depois de voar nisso, qualquer outro voo será moleza — declarou o jovem piloto, sorrindo de modo simpático. — Seu marido virá buscá-la?

— Preciso telefonar, primeiro.

Estava muito quente e abafado no interior do pequeno terminal. No lado oposto a uma mesa com uma placa que anunciava carros para alugar, havia um balcão, onde uma mulher, com uniforme de garçonete, conversava com dois velhos que tomavam café. O crachá preso em seu avental informava que seu nome era Roberta.

Em uma das paredes, entre dois toaletes, Diana viu um telefone público. Depois de tentar fazer a ligação durante vinte minutos, e só ouvir o sinal de ocupado, ela pediu ajuda à telefonista e foi informada de que o telefone de Cal estava com defeito. Sem alternativa, decidiu alugar um carro.

— Sinto muito, dona, mas não há nenhum disponível — disse Roberta, quando Diana falou com ela a respeito. — Temos apenas dois carros. O que está com os amortecedores ruins foi alugado esta manhã por um homem da companhia de exploração de petróleo, e o que tem pneus carecas passou por um acidente e está na oficina.

— Bem, então, onde posso conseguir um táxi?

Os dois velhos começaram a rir.

— Menina, não estamos em St. Louis, nem em San Angelo. Não temos táxis por aqui.

— Quando sai o próximo ônibus para Kingdom City? — Diana insistiu, não se dando por vencida.

— Amanhã de manhã.

Ela, então, decidiu apelar para o cavalheirismo do homem texano.

— Vim me encontrar com meu marido. Nos casamos na semana passada, estamos em lua de mel.

Isso pareceu tocar o coração de Roberta.

— Ernest — disse ela, chamando um dos velhos em tom de súplica. — Você podia levar a senhora até Kingdom City. Vai ter de desviar muito pouco do seu caminho. Se fizer isso, terá café de graça sempre que aparecer por aqui, nas duas próximas semanas!

O homem chamado Ernest mastigou o palito que tinha na boca, pensando.

— Três semanas, e trato feito — barganhou.

— Ok. Três semanas — Roberta aceitou.

— Vamos, então — chamou Ernest, descendo da banqueta.

— Muito obrigada! — Diana agradeceu, aliviada, estendendo a mão para ele. — Meu nome é Diana Foster.

Ele lhe apertou a mão rapidamente e se apresentou como Ernest Taylor. Seu cavalheirismo, porém, não era tanto que lhe permitisse carregar as malas de uma mulher.

— Vou trazer o carro para cá — disse, olhando para a bagagem. — Assim não precisará carregar tudo isso até o estacionamento.

— É muito gentil — afirmou Diana com disfarçada ironia, se virando para pegar uma das três malas da grife Louis Vuitton.

Havia acabado de fazer a terceira viagem para levar a bagagem até a porta, quando viu o veículo que iria levá-la à cidade e, se não estivesse tão cansada, teria tido um ataque de riso. Parada junto ao meio-fio, a caminhonete azul, coberta de pó, tinha um adesivo com a foto de Ronald Reagan no para-brisa, e tambores de metal, varas de pesca, caixas de ferramentas e rolos de fios amontoados na carroceria.

— O trinco da parte de trás da carroceria está emperrado — avisou Ernest, ainda mastigando o palito. — A senhora terá de jogar as malas por cima.

Diana sabia que não teria força para erguer as malas pesadas e passá-las por cima da borda da carroceria.

— Será que o senhor poderia me dar uma mãozinha? — pediu.

Ernest abriu a porta do motorista e já colocou um pé no estribo. Virou-se para Diana.

— Está pensando em me dar uma gorjeta? Cinco dólares?

Ela pretendia lhe dar vinte, mas, depois de ver sua má vontade, já não estava mais tão disposta a ser generosa.

— Tudo bem — concordou.

O velho começou a jogar as malas de cinco mil dólares em cima de um tapete sujo que cobria algumas caixas. Fez menção de atirar a terceira sobre um tambor sujo de graxa, e Diana deu um grito, alarmada.

— Pode ter um pouco mais de cuidado, por favor? — pediu. — Essa mala custou muito caro.

— O quê? Isto aqui? — Ele retrucou, olhando com desdém para a mala que segurava. — Me parece feita de lona, com plástico por cima.

Sabendo que seria inútil discutir essa questão com um homem que dirigia um veículo tão sujo, Diana preferiu se calar. Por infelicidade, Ernest traduziu seu silêncio como uma aceitação da verdade que expôs.

— E as cores não combinam — continuou ele. — Marrom com essas letras verdes cobrindo tudo! "LV" por todos os cantos! Onde já se viu? — zombou, jogando a mala em cima de dois tambores.

Em seguida, entrou na caminhonete, bateu a porta com força e esperou que Diana tirasse uma pilha de mapas, equipamento de pesca e uma lata de WD-40 do banco do passageiro.

— "L" e "V" nem formam uma palavra — resmungou.

— São iniciais — informou, se acomodando e fechando a porta.

— Ah, entendi. Coisas de segunda mão... — Ele deduziu em tom de desprezo, pondo a caminhonete em movimento. — Sabe como foi que descobri isso?

— Não. Como foi? — perguntou Diana, já mais divertida do que irritada.

— Porque as suas iniciais não são "LV", certo?

— Certo.

— De quem eram essas malas horrorosas?

— De Louis Vuitton — informou, muito séria.

Ernest pisou no breque, ao mesmo tempo em que afundava o outro pedal e mudava de marcha.

— Era seu namorado?

Talvez fosse o efeito inspirador das montanhas, ou da proximidade de Cole, mas o fato era que Diana se sentia mais caridosa.

— Não, não era — respondeu em tom gentil.

— Ainda bem!

Espantada, ela observou o perfil do homem, cuja pele tinha a cor e a textura de couro curtido, olhos castanhos, faces encovadas.

— Ainda bem? — repetiu. — Por quê?

— Porque nenhum macho de verdade, com sangue nas veias, carregaria malas enfeitadas com as suas iniciais, nem que o matassem.

Diana tentou se lembrar dos homens que viu na loja de Louis Vuitton, comprando malas daquele tipo.

— Tem razão — concordou depois de um momento, reprimindo o riso.

Capítulo 46

— CHEGAMOS — anunciou ERNEST, pondo a mão para fora a fim de indicar que iria virar à esquerda. — Esta é a rua principal.

Um arrepio percorreu Diana. Aquela era a cidade-natal de Cole, e ela tentou ver o máximo que podia. O centro comercial se compunha de cerca de dez quadras de lojas e escritórios, onde também ficava o cinema Capitol, ladeado por uma drogaria e uma casa de ferragens. Do outro lado da rua ficavam o café Hard Luck, uma agência de seguros agrícolas, o banco Kingdom City, uma padaria e três lojas que pareciam vender desde aparelhos de som até selas para cavalos.

Ernest a deixou descer diante do café, onde havia um telefone público, mas para desapontamento de Diana, o telefone de Cal permanecia ocupado. Ela se consolou, refletindo que com certeza a cidade oferecia um serviço de táxis.

Voltou para a caminhonete e, quando chegaram a um sinal de parada obrigatória, diante de uma casa de produtos agrícolas e veterinários, chamada Wilson's, Ernest brecou, passou o palito para o outro canto da boca e olhou para ela.

— Tem ideia de como vai chegar ao lugar para onde está indo?

— Vou pegar um táxi.

— Está quebrado — informou ele e, para provar, apontou para o estacionamento da oficina Gus's, lotado de veículos à espera de reparos. Na fileira mais próxima da rua, Diana viu um Mercury branco com o capô levantado e a palavra "TÁXI", em preto, pintada na porta.

Ernest já havia deixado claro que não poderia levá-la até Jeffersonville, de modo que, naquele momento, as alternativas de Diana se limitavam entre caminhar até a fazenda, o que era impossível, ou ficar parada em uma esquina, com um punhado de dólares na mão, acenando para os veículos que passavam, pedindo carona, o que era perigoso.

— Estou desesperada, Ernest — confessou suavemente. — E sei que você pode me ajudar. Conhece alguém que me alugaria um carro?

— Não.

— Estou disposta a pagar muito bem.

Até ali, Ernest não parecia entender a gravidade do problema, mas, ao ouvir as palavras "pagar muito bem", seu comportamento sofreu uma mudança surpreendente.

— Quanto costuma pagar no aluguel de um carro? — Ele perguntou.

Diana recordou que alugou um Lincoln por vários dias, uma vez em que foi a Dallas.

— Por volta de duzentos, trezentos dólares. Por quê? Lembrou de algum que eu possa alugar?

— Acho que sim — respondeu com entusiasmo, virando a caminhonete na direção da oficina e parando atrás do táxi. — Vou ver o que posso fazer.

Diana ficou tão agradecida que quase lhe deu um tapinha no ombro. Ernest desceu e deixou a porta aberta, balançando nas dobradiças. Desapareceu na oficina e, poucos instantes depois, um homem sujo de graxa saiu, indo até a caminhonete. Uma aplicação no bolso da camisa azul-clara exibia o nome "Gus" bordado com linha vermelha.

— Prazer em conhecê-la, dona — falou, limpando as mãos em um trapo que tirou do bolso. — Ernest disse que a senhora está interessada no Ford — explicou, parecendo constrangido. — Ele já vai trazer.

Dos fundos do prédio veio um barulho de motor, seguido por uma tosse mecânica, então... silêncio. Outra tentativa de dar partida e o carro pegou. Diana abriu a bolsa, esperando que Gus aceitasse cartões de crédito.

— Aí vem ele — anunciou o dono da oficina.

Vontade de rir e espanto horrorizado deixaram Diana engasgada, e ela ficou olhando incrédula para uma caminhonete alaranjada que parecia em piores condições do que aquela que a levou até Kingdom City, se é que isso fosse possível. Coberta por uma grossa camada de sujeira, tinha o para-choque amarrado por uma corda e fazia um barulho infernal, sinal de que estava sem silenciador de escapamento. Muda, Diana viu Ernest sair do veículo com uma expressão de alegria no rosto.

— Você deve estar brincando! — Diana exclamou, se recobrando. — O que vou fazer com isso?

— Vai comprar! — respondeu o velho, como se isso, além de óbvio, fosse muito excitante. — Pode comprar por quinhentos dólares, depois ficar com ela ou vendê-la, quando for embora.

Diana sabia que estava sendo explorada, mas, por mais inacreditável que fosse, comprar aquele imundo monte de sucata cor de laranja era sua única saída.

— Isso não vale quinhentos, de jeito nenhum — pechinchou.

— É sólida como uma rocha — Ernest declarou.

Estava mostrando uma habilidade incrível para ignorar "pequenos" detalhes como um para-choque solto, um farol caído para fora, pendurado pelos fios, escapamento avariado.

Como não tinha escolha, Diana cedeu.

— Fico com ela — disse com voz desanimada, tirando da bolsa um de seus cartões de crédito.

Em silêncio, Gus pegou o cartão e foi para dentro da oficina. Voltou pouco depois, com o comprovante para ela assinar e um maço de dinheiro. Enquanto Diana assinava e saía do veículo, Ernest passou as malas para a velharia alaranjada. Então, se aproximou de Gus e estendeu a mão, onde o homem colocou quatrocentos e noventa dólares, contando nota por nota.

— Estão faltando dez — reclamou Ernest.

— Você me devia um pneu — Gus retrucou.

Percebendo a trama tardiamente, Diana se virou para Ernest, estreitando os olhos com raiva.

— Quer dizer, então, que essa lata velha que conseguiu me empurrar era sua! — exclamou em tom indignado.

— Claro que era — ele afirmou, acrescentando: — E eu teria aceitado duzentos e cinquenta.

Escondendo a revolta, Diana o olhou nos olhos, se preparando para dizer uma mentira que tiraria o sono do velho ganancioso por muitas noites.

— Pois eu estava disposta a pagar mil dólares!

A expressão desnorteada de Ernest foi tão cômica, deixou Diana tão satisfeita, que o aborrecimento dela desapareceu antes mesmo que Gus desatasse a rir, zombando dele.

Ernest a seguiu até a caminhonete, abriu a porta e a segurou até que Diana entrasse e se acomodasse no banco sujo e rasgado. O volante era enorme, mas ela achou que conseguiria manejá-lo. Com o pé, procurou os pedais, enquanto olhava para o câmbio de chão, em cuja base havia um diagrama indicando a posição das marchas, refletindo que nunca tinha visto nada tão ultrapassado.

— Sabe dirigir carros com transmissão do tipo comum? — Ernest perguntou, batendo a porta.

— Claro que sei — mentiu Diana, pensando que ele nem tivera a gentileza de virar o veículo para a rua, o que a forçaria a sair de ré, pois não havia como manobrar no pátio atulhado.

Deixando duas mães que empurravam carrinhos de bebê passar por trás da caminhonete, olhou para o chão para ver a posição de ré.

Então, pisou na embreagem e manejou o câmbio com força, fazendo uma careta quando ouviu um guincho metálico. Pisando no acelerador, soltando a embreagem devagar, deixou a caminhonete deslizar para a rua e respirou aliviada quando viu que tinha conseguido.

Capítulo 47

QUANDO, DEPOIS DE OITO quilômetros, a caminhonete ainda não havia desmontado, Diana relaxou o bastante para olhar a paisagem. Era uma parte do Texas que ela raramente via, mas que todos os que assistiam a filmes de bangue-bangue imediatamente identificavam. Do outro lado das cercas que separavam vastas pastagens da estrada sinuosa, bezerrinhos cabriolavam ao lado das mães, e potrinhos de rabos esvoaçantes e pernas ainda não muito firmes ensaiavam corridas, sob os olhares vigilantes das éguas.

Ela imaginou como aquilo devia ser lindo na primavera, quando as flores silvestres desabrochavam, espalhando cores pelas colinas enrugadas e vales rasos.

Precisou parar em um posto de gasolina para tomar informações e se certificar de que não havia passado direto pela entrada do caminho que levava à fazenda de Cal, porque as caixas de correio, que normalmente eram marcadas com os nomes dos fazendeiros, estavam meio encobertas pelo capim alto. Informaram-lhe que ela ainda teria de rodar mais um pouco.

Aproximando-se do lugar de onde devia sair da estradinha, diminuiu a velocidade, rezando para que o motor não morresse. Viu o caminho de terra e fez a curva para entrar, o câmbio guinchando horrivelmente, quando ela mudou a marcha.

— ELA CHEGARÁ A QUALQUER minuto — disse Cole ao tio, olhando para o relógio. — Se não chegar, irei procurá-la.

Telefonou para o escritório e soube que Diana havia partido a seu encontro, levando o endereço e o número de telefone de Cal. Então, ligou para o campo de aviação de Ridgewood Field, e a mulher que trabalhava lá informou que Diana havia chegado e que pegou uma carona com um homem "muito respeitável".

— Você já devia ter ido atrás dela! — Cal o criticou, preocupado. — Sua mulher pode estar perdida por aí, sabe Deus onde. Isso não é jeito de tratar uma esposa.

— Se eu pudesse adivinhar que estrada o homem que lhe deu carona pegou, iria encontrá-la — respondeu Cole com paciência, surpreso com o nervosismo que o tio começou a mostrar assim que soube que Diana estava a caminho.

Cal abriu a boca para rebater, mas tornou a fechá-la, confuso, no momento em que ouviram várias explosões ritmadas, vindas da direção da alameda de entrada.

— Que diabo é isso? — perguntou, andando atrás de Cole, que já estava saindo para o pátio.

Incrédulo, Cole estacou à porta, olhando para a caminhonete alaranjada que se aproximava aos solavancos, um para-choque amarrado, um farol pendente e fazendo um barulho ensurdecedor.

Cal também observou a escandalosa chegada, mas estava preocupado em causar boa impressão à nova sobrinha. Alisou os cabelos para trás, usando as duas mãos, endireitou os ombros, ajeitou a gravata.

— Cole, você acha que... que Diana vai gostar de mim? — perguntou, hesitante.

Surpreso e comovido com aquela ansiedade, Cole sorriu.

— Diana vai amá-lo, tenho certeza.

Satisfeito, o tio voltou sua atenção para o veículo, que soltou mais um guincho estridente e se lançou para a frente, ganhando velocidade.

— Parece que o homem finalmente conseguiu engatar a marcha — comentou, malicioso. Apertou os olhos, tentando enxergar melhor. — Dá para você ver se Diana está com ele?

Cole arregalou os olhos, quando a caminhonete tomou o atalho que levava diretamente à frente da casa.

— É ela! E está sozinha! — exclamou, descendo os degraus apressado, com Cal nos calcanhares.

Pararam no meio da trilha, e Diana ficou tão contente ao vê-los que se confundiu com os pedais e, em vez de pisar no freio, pisou no acelerador.

— Cuidado! — Cole gritou, pulando para o lado e arrastando o tio junto. A caminhonete parou, roncou e morreu.

Tremendo de horror em pensar que quase atropelou os dois, Diana encostou a testa no volante. Ergueu a cabeça, quando Cole tentava abrir a porta para ajudá-la a sair.

— De quem é este monte de mer... sucata? — indagou ele, torcendo a maçaneta, que saiu em sua mão.

Então, estendeu o braço e abriu a porta por dentro, dando a mão a Diana para ajudá-la a descer.

Elegante como sempre, ela pôs a mão na dele, tirou o traseiro delicadamente de um buraco no assento e, com um movimento gracioso, saltou para o chão.

Parando por um breve momento para tirar o pó das roupas, dirigiu um sorriso caloroso a Cal, que a observava atentamente. Então, olhou para Cole e sorriu.

— De quem é esse monte de sucata? — repetiu.

— É nosso.

Cal explodiu em uma gargalhada.

— Esta é a minha casa — disse o velho, acompanhando Diana para dentro.

Insistiu para que ela se sentasse em sua poltrona favorita, pois era a mais confortável, e correu à cozinha, dizendo que iria buscar limonada gelada.

Pilhas de livros e revistas, arrumadas com capricho, cobriam quase todas as superfícies e, na mesa de centro, bem à vista, Cal pôs um exemplar da última edição da *Viver Bem*.

Diana mal podia acreditar que aquele homem gentil, que lhe sorria como se ela fosse a luz de sua vida, fosse a mesma criatura obstinada que forçou seu poderoso sobrinho a se casar, chantageando-o com metade de sua própria corporação, embora "pelo bem de Cole".

— Vamos ficar aqui só mais um pouco — informou, voltando da cozinha com um copo de limonada, que deu a Diana. Então, se sentou no sofá, ao lado de Cole. — Depois iremos até a outra casa, para jantar. Aí, vocês dois ficarão lá, e eu voltarei para cá.

Ela descobriu que já o adorava, apesar de tê-lo conhecido havia apenas alguns minutos.

— Ah, pensei que fôssemos ficar com o senhor! — disse, olhando confusa para Cole. — Seria bom, para nos conhecermos melhor.

— Vão ficar aqui mesmo, na fazenda — explicou Cal.

Pouco depois, após ter mostrado a casa toda a Diana, ele anunciou que era hora de irem para a outra.

Foram por uma estrada que cortava um pasto e, depois de rodar cerca de um quilômetro e meio, chegaram à casa, que aparecia após uma curva fechada, no alto de uma suave colina coberta de árvores

— Que linda! — Diana exclamou, saindo da perua.

Era uma construção de pedras e toras rústicas de cedro, rodeada em três lados por uma varanda suspensa acima da encosta da colina.

Quando entraram, Diana viu que o interior também era rústico. Em uma das extremidades da sala extensa, havia uma grande lareira, e na outra, várias portas de correr abriam para a varanda. Através de um corredor chegava-se a duas suítes espaçosas e, nos fundos, logo depois da sala, ficava a cozinha, com vista para as montanhas.

— Esta é Letty — disse Cal, apresentando uma mulher morena, de cabelos lisos e puxados para trás em um coque, que se mostrou tão feliz quanto o velho em conhecer Diana.

— O jantar será às seis — avisou. — Não é nada chique, como os pratos que aparecem na sua revista, senhora Harrison.

— Não sou uma grande cozinheira — admitiu Diana.

— Ótimo! — Letty aprovou com um sorriso cúmplice.

Diana disse a Cal que queria se lavar e rumou pelo corredor, tencionando usar o banheiro de um dos quartos. Parou à porta do primeiro, vendo que Cole punha suas malas no chão, aos pés de uma cama king-size. Ele se virou e seus olhares se encontraram. Foi como se uma faísca elétrica passasse de um para o outro.

Cole não deu nenhuma demonstração, por gestos, nem palavras, se esperava, ou não, que aquela semana fosse uma lua de mel. Diana não sabia se ele tinha aquilo como certo, ou se era indiferente ao que pudesse acontecer.

Capítulo 48

O PÔR DO SOL PINTOU o céu com listras rosadas, arroxeadas, vermelhas e douradas, quando eles acabaram de jantar e Letty retirou da mesa a louça usada.

O nervosismo inicial que Cal revelou desapareceu, e ele começou a deixar claro que já havia aceitado Diana como membro da família. Isso, além de fazê-la se sentir uma sonsa, deixou-a totalmente constrangida, quando ele se pôs a falar de filhos, chegando a perguntar como ela faria para dirigir a empresa, quando tivesse um bebê. Para piorar ainda mais a situação, Diana tinha a nítida impressão de que o velho tinha percebido que ela ainda não havia pensado naquilo e que devia estar se perguntando por quê.

Cole, porém, não parecia nem um pouco acanhado com o que ouvia e a deixava ainda mais desconfortável porque não parava de olhá-la de modo avaliador.

Ele se reclinou na cadeira, estendeu as pernas e, sem mover um músculo, ou dizer uma palavra, emanava uma aura de virilidade predatória que era quase tangível.

E havia comentários, permeando as conversas, que faziam Diana se sentir ainda mais constrangida. Ela elogiou a mesa artesanal de ferro batido, à qual se achavam sentados, e isso bastou para que Cal contasse que fazia apenas quatro dias que a cama king-size havia chegado, encomendada por Cole, para substituir a outra, de casal, mas bem menor, que estava no quarto principal. O velho também enumerou as outras peças de mobília que haviam chegado junto com a cama, como o enorme sofá em "L", cheio de almofadas em cores que combinavam com o resto da decoração.

Quando ela disse que tinha achado lindos os arredores da casa, descobriu que Cole contratou um batalhão de jardineiros e faxineiros, que podaram, apararam e limparam até uma hora antes de ela chegar, porque o tio comentou que a casa não estava preparada para receber uma noiva.

Em dado momento, Cal fez um gesto de cabeça na direção de uma *chaise-longue* dupla, na varanda. Explicou que Cole a encomendou de uma loja em Dallas, acrescentando que nunca viu nada parecido.

— Você já viu? — perguntou a Diana.

— Uma vez só.

— Pois eu nem sabia que isso existia. Achei que ele estava pondo uma cama lá fora.

— Cal… — murmurou Cole, advertindo o tio.

Diana agradeceu a interferência, mas achou que veio tarde demais. O assunto sobre camas estava se tornando muito insistente, como se o velho estivesse fazendo de propósito, para lembrá-los de que eram recém-casados.

Claro, ela queria ter uma lua de mel ali, mas além de não ter informado sua decisão a Cole, esperava algo mais sutil, que se desenrolasse mais devagar.

Exatamente às oito e meia, Cole olhou fixamente para o tio, que olhou para o relógio e se levantou.

— Bem, vou embora — anunciou Cal.

Diana se ergueu quase tão bruscamente quanto ele.

— E eu, vou tomar um banho e vestir algo… limpo.

Esperou que Cal saísse e foi para o quarto.

Cole imaginou que ela podia estar adiando o momento de ficar a sós com ele e achou aquilo estranho. Tinha certeza de que Diana queria ir para a cama com ele. Certeza absoluta.

Não. Não tinha certeza de nada!

Alguns minutos mais tarde, foi à cozinha tomar um copo de chá gelado e depois decidiu ficar um pouco na varanda, no lado dos quartos. Entrou no corredor, se dirigindo à porta de correr na outra ponta, e, quando passou por seu quarto, viu a porta aberta. Estava faltando uma das malas. Continuando a andar, ele notou que a porta do segundo quarto se encontrava fechada e ouviu o ruído da água do chuveiro. Diana preferira tomar banho no outro banheiro. Bem, usar banheiros separados era um costume prático e conveniente. E Diana só estava sendo civilizada e refinada. Ou tímida. Ou evasiva.

Cole normalmente era capaz de compreender as mais complexas situações em questão de minutos. Naquela noite, porém, não conseguia adivinhar as intenções de sua mulher.

Franzindo a testa, intrigado, desistiu de ir à varanda e foi para o quarto principal, pretendendo tomar uma ducha. Tirou a camisa, só então lembrando-se de que havia tomado banho um pouco antes de Diana chegar. Agora era ele que estava agindo como um noivo nervoso.

Voltou para a cozinha, preparou um drinque e foi tomá-lo na varanda ao longo da sala, onde se estendeu na *chaise-longue* de casal.

Sabia que Diana o queria.

Que os dois estavam atraídos um pelo outro. Loucamente.

Ele a deixou tomar a decisão. Ou ela estava tendo muita dificuldade nisso, ou decidiu algo de que ele não gostaria nada e estava adiando o momento de lhe dizer.

As estrelas começaram a aparecer, uma a uma, à medida que o céu escurecia, até que desenharam caminhos cintilantes por toda a expansão azul-marinho.

No quarto de hóspedes, Diana acabou de escovar os cabelos e ficou indecisa sobre o que vestir. Era muito cedo para uma camisola e um robe, então acabou por escolher um short branco e uma camisa verde-esmeralda, pensando que talvez Cole estivesse esperando vê-la em algo transparente e sensual.

Aplicando um pouco de batom, pensou que Cole devia estar antecipando uma reprise da noite de núpcias, mas muito mais excitante, e estremeceu tão violentamente que deixou o batom cair. Naquela primeira noite, ela bebeu tanto que não sabia onde estava, nem quem era, mas agora, totalmente sóbria, sentia o estômago se contrair de apreensão.

Que loucura iria cometer!, disse a si mesma, voltando a escovar os cabelos. Marido ou não, Cole era um estranho. Uma criatura desconhecida que vencia barreiras da altura de montanhas sem hesitação ou dificuldade e sem se mostrar preocupado com as consequências.

Ela, porém, era diferente, e se preocupava. Não adiantava querer negar que, depois que Cole deixou Houston, ela pensou nele mil vezes por dia, nem que a ideia de uma lua de mel a deixou de pernas bambas, como naquele momento. Mas, agora que foi para junto dele, as coisas haviam mudado de figura. Embora fossem legalmente casados, ficou acertado que seria um casamento temporário. Dessa forma, a lua de mel sugerida por Cole não passaria de uma orgia sexual de uma semana, que poderia complicar tudo.

Ele sugeriu, ela decidiu aceitar. Mas não estava mais disposta a isso. Pelo menos, não naquela noite.

Não lhe agradava a ideia de renunciar ao controle que exercia sobre a própria vida, o presente e o futuro. Algo que fazia muito bem, a não ser no que se referia a Cole. Quando ele se envolvia, tudo virava de cabeça para baixo. E isso precisava parar. Ele tinha de levar uma lição.

Animada com essa ideia, pousou a escova e saiu do quarto.

O resto da casa se encontrava às escuras, mas havia luz no quarto de Cole, e ela deduziu que ele estava no chuveiro, de modo que decidiu esperá-lo na varanda.

Saiu e fez a porta deslizar, até se fechar. Então, se aproximou da grade de madeira e ficou olhando para as montanhas banhadas de luar.

— Quer tomar uma bebida comigo?

Ela girou ao ouvir a voz de Cole e o viu estendido na *chaise-longue,* de calça e sapatos, mas sem camisa. Ocorreu-lhe que aquela pudesse ser uma deliberada manobra de provocação, mas foi impossível não olhar o peito vasto e bronzeado, os ombros desenvolvidos. Agitada, Diana o encarou nos olhos. Ele queria que ela o acompanhasse em um drinque. Ficou lá fora, a sua espera. Esses pensamentos fizeram seu coração traiçoeiro bater mais depressa.

Ela, então, se obrigou a pensar na decisão que tomou.

— Não, acho que não quero — respondeu tardiamente. — Mas vou buscar um copo de limonada.

Ao passar por Cole, ele a pegou pela mão e a obrigou a parar. Em silêncio, observou o rosto dele, como se estivesse procurando uma resposta, puxando-a lentamente para baixo.

— Não brinque comigo, menina — avisou e, a segurando pela outra mão, puxou-a com mais força.

Diana caiu sobre ele. Pondo as mãos nos ombros largos, se ergueu um pouco, olhando-o com furiosa incredulidade. Cole lhe acariciou o braço com as costas da mão, observando-a fixamente nos olhos. E a mensagem naqueles expressivos olhos cinzentos era: "Decida-se".

Diana olhou para a boca sensual a centímetros da sua. Boca convidativa. Um leve sorriso terno. "Decida-se".

Ela fechou os olhos, deixando escapar um suspiro. Beijou-o suavemente, e ele retribuiu, os lábios se movendo sobre os dela, com os dela. Ela interrompeu o beijo e ele não protestou, mas o corpo começou a reagir em uma poderosa ereção, e os olhos cinzentos se tornaram quentes de paixão. Por fim, Cole a pegou pela nuca, puxando-a para mais perto.

Ela sentiu os braços enfraquecerem e desabou sobre ele, os seios se achatando no peito duro, enquanto a boca máscula se abria sob a sua, em um beijo faminto, que se profundou inexoravelmente.

Cole a abraçou pelo quadril e a fez rolar para o lado, se inclinando sobre ela. O beijo se tornou violento, as coxas firmes pressionaram as dela. Intensas. Exigentes.

Afastando a boca, ele desabotoou a camisa que Diana usava, e os seios apareceram, duas elevações firmes, perfeitamente proporcionais ao resto do corpo esguio, os mamilos rosados e eretos. Cole tocou um deles, que se enrijeceu ainda mais. Beijou-o. Diana gemeu e arqueou o corpo em uma explosão de prazer que o surpreendeu pela intensidade. Ele beijou o outro mamilo, sugou-o, ela enterrou os dedos em seus cabelos, se movendo sinuosamente.

Cole sentiu o desejo de prolongar o prazer dela, que o estimulava, e refreou a própria ânsia. Tornou a puxá-la para cima de seu corpo, mas, para sua surpresa, Diana fechou a camisa com uma das mãos e começou a se levantar. Ele a impediu no exato momento em que ela notou sua ereção.

Ela baixou a cabeça para não encará-lo e fez menção de começar a abotoar a camisa.

— Não! — Ele pediu em tom rouco.

Diana o olhou, segurando as duas partes da camisa. Cole lhes afastou as mãos.

— Você tem seios lindos — murmurou.

Então, puxou a camisa para trás, a descendo pelos ombros. Aninhou os seios nas mãos, acariciando-os.

O coração de Diana começou a martelar, movido por uma mistura de choque, embaraço e prazer.

Cole afagou os mamilos com os polegares e sentiu os seus enrijecerem.

— Me acaricie — pediu com um sussurro.

As mãos de Diana tremiam, quando ela baixou a cabeça e cobriu um dos mamilos dele com os lábios, excitando-o com a língua. Cole inspirou o ar sofregamente, e ela sentiu um súbito espasmo do quadril, como se ele a estivesse penetrando. Viu-se tombando na *chaise-longue* e, logo em seguida, estava presa sob o corpo poderoso. Tudo se transformou em um torvelinho de mãos que acariciavam, bocas ansiosas, pernas e braços agitados, roupas descartadas.

Os seios dela eram lindos, e o corpo dele, uma escultura. Cole era o senhor e estava escravizado. Os gemidos dele eram música para ela, e os suspiros dela, delicioso prazer para ele. Abraçaram-se, o corpo de Diana recebeu a quente rigidez dele, e o que começou como um movimento gentil se transformou em investidas selvagens e dominadoras. Ela se apertou contra ele, trêmula de desejo, e Cole investiu, investiu e investiu, querendo levá-la com ele até o clímax. Diana gritou quando chegou lá, ele gritou, se juntando a ela.

Ficaram deitados, abraçados, e as lágrimas que pingavam no peito dele eram dela. Cole as sentiu, olhando para o céu, e as estrelas, antes claras e nítidas, agora oscilavam, bruxuleantes, diante de seus olhos estranhamente enevoados.

Ele fechou os olhos e foi como se se ajoelhasse e curvasse a cabeça.

Fez propostas, promessas, ofereceu suborno.

Quando não obteve resposta, implorou: por favor.

Pôs a palma da mão no rosto dela, molhado de lágrimas.

— Eu te amo — murmurou ela.

Ele se sentiu abençoado.

DEITADA NA CAMA ENORME, COM a cabeça apoiada no peito de Cole, Diana sorriu na escuridão, esperando que ele dissesse alguma coisa. Tinha a forte intuição de que ele estava, naquele exato momento, reorganizando o futuro dela, com a mesma eficiência com que tinha resolvido tudo até então.

Tinha imensa curiosidade de saber como ele contornaria certos obstáculos que se erguiam em seu estranho casamento. Ele a amava, ela o amava, e isso era tudo o que interessava, mas existiam certas complicações.

Ela morava e trabalhava em Houston, dirigindo uma grande empresa.

Ele morava e trabalhava em Dallas, dirigindo uma enorme corporação.

Ela queria filhos.

Ele não os queria.

Era óbvio que aquilo tudo iria exigir mais do que capacidade de contornar dificuldades. Iria exigir um milagre.

Fechando os olhos, ela decidiu acreditar que milagres aconteciam. Cochilou e, quando acordou, minutos depois, a lâmpada do abajur na mesinha de cabeceira estava acesa. Cole lhe segurava a mão e havia entrelaçado os dedos nos dela.

— Estive pensando e cheguei a algumas conclusões — disse em tom terno.

Diana sorriu ao ouvir a informação que não a surpreendeu. Virando-se para encará-lo, se preparou para ouvir a que conclusões seu marido chegou sem consultá-la.

— Acho que você terá de se mudar para Dallas, querida. Não posso transferir a Unified para Houston, porque é uma má ideia por diversas razões.

Ela emitiu um suspiro exagerado.

— Pelos termos do nosso acordo, temos de morar separados, um em cada cidade — lembrou.

Cole achou que ela falava sério.

— Impossível — declarou.

— Mas foi o acordo que fizemos. Verbal, por enquanto, mas, mesmo assim, legalmente válido.

— Não existe "contrato verbal legalmente válido" — ponderou ele com engraçada arrogância masculina.

— Então, cancelamos todas as apostas? — brincou.

Cole olhou para os olhos verdes, realçados pelos cílios escuros, ilusoriamente inocentes.

— Diana, você é linda, e está maquinando alguma coisa. O que é?

— Eu poderia transferir a divisão administrativa e a comercial para Dallas, e deixar os departamentos de arte e produção em Houston, sob a direção de Corey.

— Então, está tudo ajeitado — observou ele com satisfação.

Ela espalmou os dedos no peito dele, o acariciando, olhando-o com expressão de esperança e súplica.

Cole sorriu.

— Seja lá o que for que estiver pedindo com esses olhos, a resposta é "sim".

— Estou pedindo bebês. Filhos seus.

Ele franziu a testa.

— Quantos?

O sorriso de Diana era luminoso, os olhos cintilavam como o brilhante do anel que Cole pôs em seu dedo, enquanto ela cochilava. Ele levou o anel para lá, na esperança de que aquilo tudo acontecesse. Não, ele nunca ousou esperar.

— Três — respondeu ela.

— Um só.

— Eu lhe darei todas as propriedades que tenho alugadas, se me deixar ter dois.

— Feito — concedeu, rindo.

Capítulo 49

A PORTA DA FRENTE DA casa de Cal estava aberta, e Diana entrou. Cole não quis despertá-la e deixou um bilhete, dizendo-lhe para ir à casa do tio quando acordasse.

Ouviu os dois homens conversando na cozinha e deduziu que deviam estar tomando o café da manhã.

— Errei em não lhe contar? — Cal perguntou.

— Não. Mesmo que não contasse agora, eu não me importaria.

— Você vai à cidade para mim, não vai? Pode parar na fazenda e ver se quer alguma coisa de lá. É caminho.

— Eu sei onde é — replicou Cole friamente, no momento em que Diana entrou na cozinha.

Estavam de fato à mesa, e Cal olhou para ela com um sorriso, mas logo voltou sua atenção para Cole.

Diana foi para perto do fogão a fim de ajudar Letty a levar as travessas de ovos mexidos e biscoitos para a mesa.

— Você sabe onde é o quê? — perguntou a Cole.

— O lar dos meus ancestrais — respondeu, irônico.

Estranhando aquele modo de ele falar da casa da família, Diana pôs a mão em seu ombro, pousando a travessa de ovos mexidos na mesa.

— Vou com você. Adoraria ver a casa onde nasceu.

— Não! — Ele exclamou asperamente.

Então, tentando se desculpar, colocou a mão sobre a dela, apertando-a por um momento.

Diana se sentou a seu lado e se serviu de uma xícara de café.

Cal ergueu o garfo e balançou-o no ar, olhando para Cole com severidade.

— Se você lesse outras coisas, além de contratos, relatórios e planilhas, saberia o que os psicólogos dizem sobre o sofrimento e como se recuperar dele — observou.

— No ano passado, ele queria me convencer a entrar em contato com o meu lado feminino — disse ele a Diana, em tom de resmungo.

Ela quase engasgou com o café. Compreendeu que algo ruim havia acontecido, mas como Cole parecia totalmente indiferente, não perguntou nada.

— Você devia... — Cal recomeçou teimosamente.

— Não quero discutir esse assunto na frente de Diana! — Cole o interrompeu asperamente.

Logo que acabou de comer, ele se levantou, alvoroçou os cabelos dela carinhosamente e a beijou no rosto. Avisou que iria à cidade, resolver alguns assuntos para Cal, insistindo para que ela ficasse ali até sua volta.

Quando ele saiu, Diana foi com o velho para a sala de estar. Ele se sentou em sua poltrona, e ela andou até a lareira para ver as fotos ali expostas.

Ergueu um porta retrato e olhou a fotografia por alguns instantes.

— É Cole, não é? — perguntou, a mostrando para Cal.

Ele lançou um rápido olhar para a fotografia, então encarou Diana de modo penetrante e perturbador.

— Não gostaria de falar de outras coisas? — sugeriu em tom grave.

— De que, por exemplo?

— Você e Cole.

— Está bem, senhor Downing, mas não acha que deveríamos esperar até que ele voltasse?

— Você não é apenas uma mulher bonita — observou Cal, como se não a tivesse ouvido. — Tem coragem, e isso é bom. Mas também tem coração?

— O quê?!

— Se tem, a quem ele pertence?

Diana o encarou, confusa.

— Não estou entendendo.

— Bem, confesso que é um pouco complicado para mim também. Há menos de duas semanas, vi a sua foto no *Enquirer*, acompanhada de uma reportagem que dizia que você tinha sido abandonada pelo seu noivo. Uma semana depois, se casou com o meu sobrinho.

Cinco dias atrás, ela teria se sentido humilhada se alguém mencionasse aquela reportagem, mas agora havia mudado.

— De fato, parece estranho — admitiu com um sorriso.

— Não — discordou Cal. — Uma noite, Cole e eu estávamos discutindo, e ele ficou furioso comigo. Mostrei-lhe a sua foto no jornal e contei a história, só para provar um ponto de vista. Quando eu soube do casamento, achei que Cole a convenceu a se casar com ele, tirando proveito da sua situação, só para conseguir que eu lhe entregasse as ações da empresa. Mas, depois, ele me contou que você era a garota com quem conversava muito, quando ainda estava na universidade. Lembrei o nome da menina, Diana Foster, e tive certeza de que de fato era você. Está me acompanhando?

— Estou, sim.

— Então, imaginei que, sendo vocês velhos amigos, decidiram se casar para resolver os problemas dos dois. Estou indo bem até agora?

— Muito bem — afirmou ela com um sorriso trêmulo.

— Sei que Cole se preocupa com o meu estado de saúde, e acho que ele decidiu que vocês deviam fingir que se amam, só para me deixar feliz. — Cal fez uma pausa breve. — Agora vem a parte que me deixa apavorado.

— Qual?

— Ontem, ele quase deixou todo mundo louco quando estávamos arrumando a casa nova, porque queria perfeição nos mínimos detalhes. Parecia mesmo um homem apaixonado pela esposa, e fiquei ansioso por conhecer você. À noite, no jantar, vi como ele a olhava. Mas, tenho de dizer uma coisa, Diana. Você não me deu a impressão de compartilhar os sentimentos dele. No entanto, agora de manhã, Cole entrou aqui como se fosse explodir de felicidade, e acho que você tem alguma coisa a ver com isso.

Parou de falar por um instante, pensativo.

— E agora, indo direto ao ponto, não brinque com o coração do meu sobrinho, menina — avisou, ansioso. — Não digo que seja mesquinha e cruel, mas isso pode acontecer quando uma mulher não sabe como um homem se sente a seu respeito.

Diana se deixou cair no sofá, rindo baixinho e apertando a foto de Cole contra o peito.

— Eu amo Cole — confessou sem acanhamento.

De repente, o velho pareceu rejuvenescer quinze anos. Ele se levantou e foi até a lareira.

— Nessa fotografia que você está segurando, Cole tinha dezesseis anos — informou. — Aqui estão mais duas.

Levou os porta-retratos para ela com imenso cuidado, e Diana os pegou, mas seu sorriso desapareceu e seu coração se apertou. O menino moreno, com uma das mãos enterrada na pelagem de um cão da raça *collie,* olhava para a câmera com expressão solene. Solene demais para um garotinho de seis, sete anos.

Ela olhou para a outra foto.

— Aí, ele tinha nove — explicou.

Cole estava ladeado por dois cachorros, o *collie* da foto anterior e um vira-lata. Embora exibisse um pequeno sorriso, não parecia feliz. A calça comprida que vestia era muito pequena para ele, as pernas chegando apenas até a metade das canelas.

— Quando o conheci, muitos anos atrás, Cole nunca falava do seu passado, e ainda não fala — disse Diana a Cal. — Sente-se aqui comigo e me conte tudo, senhor Downing. Quero saber como era a mãe dele… tudo.

— O que ele lhe contou? — perguntou o velho.

— Nada! Sei que tinha dois irmãos mais velhos, que morreram em um acidente, logo depois que ele foi para a universidade, e que a mãe faleceu de câncer um ano depois. Mas ele nunca me falou quando, nem como o pai morreu. Há muitas tragédias na vida dele.

Cal se sentou junto dela, mas ficou em silêncio, parecendo muito perturbado, os olhos fixos em uma pilha de livros sobre uma das mesas.

— Gosto de psicologia — declarou por fim. — Você acredita no que os psicólogos dizem?

— Claro.

— Acha que faz bem para um homem guardar as coisas ruins fechadas dentro do peito, escondendo-as de todos, inclusive da mulher que ama?

Diana soube, com absoluta certeza, que o velho falava de Cole.

— Não, não acho.

— Estou falando do meu sobrinho — disse Cal, confirmando o que ela pensou.

— Eu sei, mas não quero ser bisbilhoteira. Se ele prefere...

— Não se trata de bisbilhotar, mas de lancetar um tumor, do contrário não haverá cura.

Diana olhou para uma das fotos em seu colo, lembrando-se do que sentiu nos braços de Cole na noite anterior. Ele tinha muito amor para dar, um amor que ela não podia se arriscar a perder.

— Se o que vai me contar é tão ruim, como Cole se sentirá quando descobrir que eu sei? — perguntou, indecisa.

— Ele não terá mais de recear que você descubra e mude por causa disso. Não terá mais de imaginar o que você realmente sente por ele. O doutor Richenblau chama isso de catarse. — Cal fez uma breve pausa antes de concluir: — Cabe a você decidir o que vai fazer com o que eu lhe contar.

Diana respirou fundo.

— Está bem. Conte.

— Você disse que há muitas tragédias na vida de Cole. A maior delas foi ele ter nascido com o nome Harrison.

Era a última coisa que Diana esperou ouvir.

— Por quê? — perguntou ela, atônita.

— Porque em Kingdom City esse nome é uma maldição. Os Harrison sempre foram loucos e imprestáveis. Beberrões, trapaceiros, criadores de encrencas, todos eles, e Cole nasceu com esse estigma. Quando a mãe dele, minha sobrinha, fugiu com Tom Harrison, meu irmão chorou. Não podia acreditar que sua menina tivesse feito uma coisa daquela. Acontece que Tom a havia engravidado, e naquele tempo, por estes lados, se uma moça solteira ficasse grávida, tinha de se casar de qualquer jeito.

Cal se curvou para arrumar uma pilha de revistas na mesa de centro.

— Os dois irmãos de Cole morreram em Amarillo — prosseguiu, se endireitando. — Estavam bêbados, mas queriam continuar bebendo, só que não tinham mais dinheiro. Então, bateram numa velha, até quase matá-la, e lhe roubaram a bolsa. Entraram no carro e fugiram. Cruzaram uma esquina com o sinal vermelho, e a polícia foi atrás deles. Iam a mais de cento e cinquenta quilômetros por hora, quando bateram num poste e morreram na hora. "Já vão tarde", eu disse na época, e volto a dizer. O pai, porém, gostava deles. Farinha do mesmo saco, sabe como é?

— Mas Cole não é dessa farinha — observou Diana.

— Nunca foi. Era mais inteligente do que os dois irmãos e o pai juntos. Eles o odiavam por isso. Os únicos amigos de Cole eram seus gatos, cachorros e cavalos. Ele e os animais se amavam e se compreendiam.

— Então, Cole foi o único que foi para a universidade — comentou ela.

Cal deu uma risada sem alegria.

— Foi o único que passou da oitava série. — Inclinou a cabeça para o lado para ver uma das fotos. — Viu esse *collie* que está com ele?

— Vi.

— Cerca de uma semana antes de Cole partir para a universidade, os irmãos lhe deram um presente de despedida.

Diana sabia que não devia ter sido algo bom, mas não estava preparada para o que ouviu.

— Enforcaram o cachorro no celeiro — contou o tio.

Ela gemeu, levando a mão à boca, e lágrimas lhe subiram aos olhos.

O velho abanou a cabeça, como se ainda achasse difícil acreditar em tanta crueldade.

— Sumiram, depois, e só voltaram quando Cole já tinha ido embora. Acho que ele os mataria se os pegasse.

— Não havia outro lugar onde Cole pudesse morar? — Diana indagou, amargurada.

— Poderia morar comigo, mas o pai o queria lá, fazendo trabalho de homem. Dizia que, se ele saísse de casa, quem pagaria seria a mãe. E a mãe, pobre coitada, nunca quis abandonar aquele miserável. Quando Cole foi para Houston, estudar, ela vivia meio fora de si, de tão doente, e o monstro não sentia mais prazer em surrá-la.

Diana ainda estava horrorizada com a história do *collie,* e o resto do relato de Cal piorou seu estado, a deixando nauseada.

— Quando foi que o pai dele morreu? — perguntou, sentindo raiva de um morto que não conheceu.

— Na semana passada. Eu disse a Cole para ir a sua antiga casa e ver se há lá alguma coisa da mãe que ele queira guardar. Mas, na verdade, o que quero mesmo é que ele veja o lugar onde nasceu e cresceu com olhos de homem, não de menino. Em um dos meus livros, está escrito que um adulto passa a se sentir muito melhor depois que se confronta com os in-

333

fortúnios da infância. Não sei se ele foi ou não, mas, de qualquer maneira, ficaria aliviado se soubesse que você esteve lá, viu tudo e não se importou.

— O senhor faria um mapa para mim? — pediu, beijando Cal no rosto. — Enquanto isso, vou à outra casa, buscar as chaves da caminhonete.

O velho pensou em lhe oferecer o carro de Letty, então se lembrou de que a governanta tinha saído para fazer compras.

— Vá, então — disse, se levantando do sofá.

Capítulo 50

COLE PAROU NO PÁTIO da casa onde nasceu, um casebre de quatro cômodos, com piso de tábuas podres e plantado em um terreno árido e atulhado de lixo.

A casa onde nasceu. Sua origem.

Não sabia ao certo por que tinha ido lá. A mãe morreu há muito tempo, de modo que não havia razão para pensar que encontraria algo que lhe pertenceu. Talvez, tivesse ido para enfrentar os fantasmas que habitavam a casa e depois pôr fogo em tudo.

Não havia lembranças felizes para preservar. As únicas suportáveis eram as que envolviam a mãe, que morreu pouco depois de completar quarenta e dois anos. Ele tinha ido para casa por ocasião do último aniversário dela. Pegou uma carona para a cidade e comprou um presente. Voltou tarde e, quando chegou, encontrou a casa escura e silenciosa. Talvez o pai estivesse embriagado, dormindo no celeiro, ou, melhor ainda, muito mais longe. Mas suas esperanças foram frustradas.

— Onde você esteve, rapaz? — A voz do pai, vinda da sala às escuras, ergueu-se como uma cobra dando o bote, quando ele já estava chegando à porta do quarto da mãe.

Cole voltou e acendeu a luz. Olhou para o pai e avaliou seu estado. Bêbado, mal-humorado, mas ainda não a ponto de querer agredir alguém fisicamente.

— Fui à cidade.

— Mentiroso, filho da puta! Você esteve foi com aquele idiota do seu tio, deixando que ele enchesse a sua cabeça de besteiras. Eu disse o que faria, se descobrisse que ainda fala com ele!

O pai atingiu o ponto de apelar para a violência física. Quando criança, Cole morria de pavor ao vê-lo assim, mas, já quase adulto, tinha medo de matar aquele verme e passar o resto da vida na cadeia por causa disso.

— Que merda é essa? — Tom Harrison perguntou, apontando para a caixa embrulhada em papel florido que Cole segurava.

— Um presente para mamãe. É aniversário dela.

— Deixe ver o que comprou — ordenou o pai, fazendo menção de pegar o pacote.

Cole recuou, pondo-se fora de seu alcance.

— Não é nada que possa interessá-lo. Só um jogo de escova de cabelo e espelho.

— Uma escova e um espelho? — zombou Tom. — Para aquela coruja velha que só tem pele e ossos? Isso é mais engraçado do que você achar que vai se formar.

Enquanto ele pegava a garrafa de uísque da mesa a seu lado, Cole entrou no quarto da mãe. Ela estava cochilando, apoiada em travesseiros, o rosto virado para a parede. Na avariada mesa de cabeceira junto à cama, ele viu um prato com um sanduíche comido pela metade.

Acendeu a luz e se sentou na beira da cama.

— Foi só isso que comeu no jantar, mãe?

Ela virou a cabeça, piscando, ofuscada pela claridade. Sorriu, mas era um sorriso triste.

— Eu não estava com fome. Era seu pai gritando ou sonhei?

— Era ele gritando.

— Não deve aborrecer seu pai, Cole.

Aquela eterna submissão ao gênio perverso de Tom era algo que Cole nunca compreendeu. Ele detestava o modo como ela tentava aplacar a fúria do marido, como o desculpava. Às vezes, precisava se conter para não repreendê-la, dizendo-lhe que se desse valor e o abandonasse. Mas sabia que isso nunca aconteceria.

— Trouxe um presente para você, mãe.

O rosto magro se iluminou e, por um momento, Cole pôde vislumbrar a linda moça que seu tio Cal dizia que ela foi. Ela pegou o pacote e o sacudiu, curiosa. Então, cuidadosamente, retirou o papel e abriu a caixa.

— Que lindo! — exclamou. — Quanto pagou por isto?

— Por que pagaria, se posso roubar?

— Oh, meu filho, não!

— Eu estava brincando, mamãe. Acha que, se fosse roubado, viria embrulhado em papel de presente?

Ela sorriu e se recostou nos travesseiros, erguendo o espelho para examinar o rosto.

— Sabe que eu tinha orgulho de mim mesma, de tão bonita que eu era?

— Você ainda é bonita, mamãe. Escute, as coisas vão ficar muito melhores quando eu me formar. Tenho grandes planos, e Cal diz que tudo dará certo, se eu trabalhar bastante. Daqui a alguns anos, vou poder construir uma casa para você, lá nas terras dele. Uma bem bonita, de pedras e toras de cedro, com muitas janelas e uma varanda na volta toda, para você ficar lá, olhando o céu e a paisagem.

Ela afundou a cabeça no travesseiro com mais força, como se quisesse se esconder, e o segurou pelo braço.

— Não sonhe tanto, meu filho. Quando os sonhos não se realizam, as pessoas ficam como seu pai. É por isso que ele é assim. Sonhou demais.

— Eu não sou ele! — Exclamou, surpreso com a reação dela. — Não sou nem mesmo parecido com ele!

O pai só falava de seus "sonhos" quando precisava arranjar uma desculpa para as suas bebedeiras nojentas.

A CAMINHONETE ALARANJADA MORREU QUANDO Diana saiu da rodovia, então ela a deixou lá e começou a andar pela trilha cheia de sulcos que levava à casa que pertenceu à família de Cole. Ela o avistou após uma curva fechada, um homem solitário, completamente imóvel, a não ser pelos cabelos soprados pela brisa. Viu a casa onde ele nasceu, onde passou a primeira parte de sua vida. Ficou chocada. Esperou ver uma casa pobre, mas não estava preparada para se deparar com uma cabana de madeira, ao pé de uma pequena colina despida de vegetação, rodeada por cercas quebradas e lixo amontoado ao longo dos anos.

Cole ergueu a mão e massageou a nuca, um movimento que fez a camisa se esticar nas costas largas. Andando em sua direção, Diana sentiu o impulso de abraçá-lo por trás para confortá-lo.

Ele não percebeu sua presença, até que ela parou a seu lado.

— Não devia ter vindo aqui — disse, censurando friamente a esposa.

Olhou-a, então, deixando-a chocada. Seu rosto estava totalmente inexpressivo, como feito de pedra, os olhos tinham a cor gelada do aço. Então, ela compreendeu o que forjou aquela íntima dureza que transparecia tão claramente. Foi o desejo de se libertar daquele lugar e de suas horríveis lembranças. Um desejo que lhe deu forças para lutar e vencer.

— Eu não tinha certeza se encontraria você aqui, mas precisava vir — explicou ela, observando o rosto dele e vendo que começava a relaxar. — Você tinha de saber que eu vim e vi.

— Entendo — afirmou, o coração transbordando de ternura. — Agora que viu, o que acha?

Virou-se e começou a andar, esperando que ela o seguisse.

O que ela pensava? Em resposta, Diana fez a única coisa em que pôde pensar para dar vazão à ira e expressar sua opinião. Olhando o chão em volta, pegou uma pedra grande e, com toda a força dada pela raiva, a atirou.

Cole se virou a tempo de ver a pedra cruzar o espaço e bater contra a vidraça da janela da frente, a estilhaçando. Então, olhou para Diana, perplexo.

Ela limpou as mãos, esfregando uma na outra.

— É isso o que eu acho — declarou.

A gargalhada de Cole explodiu no ar. Eufórico, ele experimentou uma exuberante sensação de liberdade. Ergueu Diana do chão e a jogou no ombro, como se ela fosse um saco de farinha.

— Me solte! — Ela gritou, rindo e esperneando.

— Só se você prometer.

— Prometer o quê?

— Que nunca ficará tão furiosa comigo a ponto de me atirar pedras!

— Não faço promessas que não sei se poderei cumprir — Diana replicou em tom solene.

Cole a pôs nas costas, esperou até que ela passasse as pernas por sua cintura e o abraçasse pelo pescoço, então começou a andar, assobiando. Diana riu.

Os sons alegres flutuaram no ar, indo na direção do casebre onde ele viveu. O último pedaço de vidro ainda preso no caixilho da janela se soltou e caiu.

DIAS DE ALEGRIA E NOITES de paixão se tornaram uma rotina no resto do tempo que eles passaram na fazenda. Quando chegou o dia da partida, Cal os levou de carro ao campo de aviação e ficou acenando, enquanto o jato corria pela pista e decolava.

Chegando a Houston, os dois foram ao apartamento dela, mas Cole teve de sair quase em seguida, porque ia para Washington.

— Já estou com saudade de você — reclamou ela. — Esse negócio de morarmos em cidades diferentes não vai dar certo.

Ele segurou seu queixo, lhe erguendo o rosto.

— Vamos resolver tudo, Diana, assim que eu voltar de Washington, daqui a dois dias. O tempo passará depressa.

Ela franziu a testa, desgostosa.

— Como pode dizer uma coisa dessa?

— Estava tentando convencer você e a mim mesmo — explicou.

— Não funcionou.

— Eu sei.

— Não se esqueça de me ligar.

Cole sorriu e a abraçou com força.

— Como eu poderia esquecer, meu amor?

Capítulo 51

Sam Byers deixou o motor do carro ligado e os limpadores de para-brisa funcionando, enquanto esperava por Cole. Não demorou muito para que o jato Gulfstream rompesse as nuvens e descesse, pousando suavemente na pista do Aeroporto Internacional Dulles. Sam observou o avião taxiar e parar em uma junção de pistas, esperando pelas instruções da torre, e então, após alguns instantes, executar um giro de noventa graus e deslizar, passando pelo lugar onde ele se encontrava. Quando os pilotos desembarcaram, ergueu a gola da capa de chuva para cobrir as orelhas e correu na direção do jato, pisando em poças de água.

— É uma vergonha precisarmos nos encontrar dessa forma — declarou, ofegante, chegando ao último degrau da escada de embarque. Desabando em um sofá, pôs a mão dentro da capa, retirou um envelope marrom e continuou: — Mas eu queria lhe entregar isto pessoalmente.

Cole lhe deu um copo de vodca com gelo e limão, a bebida preferida do senador, e pegou o envelope.

Sam olhou em volta, observando a rica decoração do ambiente.

— Você tem bom gosto, filho — elogiou e fez uma pausa, enquanto Cole se sentava a seu lado. — Infelizmente, também tem um inimigo poderoso.

— Quem?

O senador ergueu o copo em uma paródia de brinde.

— Douglas J. Hayward, senador do Estado do Texas. Tem especial interesse em tirá-lo dos negócios e colocá-lo na cadeia. Aquele rapaz pretende seriamente chegar à presidência. É provável que consiga. Tem a aparência e o carisma de John Kennedy. — Notando a surpresa e a raiva de Cole, perguntou: — Você fez alguma coisa que o ofendeu, ou o jovem acha que deve pegá-lo por uma questão de princípios?

Cole pensou em seu envolvimento com Jessica Hayward, tanto tempo antes. Charles descobriu e ficou furioso, mas parecia absurdo que Doug, após quatorze anos, resolvesse dar-se a todo aquele trabalho para defender a honra inexistente da mãe.

— O único motivo em que posso pensar é muito pequeno para isso tudo — respondeu.

— Qualquer motivo, por menor que seja, basta, quando um aspirante à presidência precisa de uma causa para defender em nome do povo. Para ganhar publicidade, porque é isso que elege presidentes. Reagan teve o Aiatolá, Kennedy teve Hoffa. Entendeu?

— Entendi, mas não gostei da analogia.

— Escute o que tenho a dizer, antes de ceder ao impulso de me bater — aconselhou Sam com uma risadinha. — Quando os políticos não encontram um legítimo inimigo do povo para punir, inventam um. Por alguma razão, o senador Hayward deu essa honra a você.

Parou de falar um instante para tomar um gole do drinque.

— A diretoria da Cushman está por trás de Hayward, pedindo "justiça" — continuou. — E tem outros aliados políticos. Todos juntos convenceram a Bolsa de Nova York, a Comissão de Seguridade e a eles mesmos de que você é o autor dos boatos sobre o novo chip não ter passado nos testes, e que fez isso para forçar a baixa das ações da Cushman e comprar a empresa, pagando apenas metade de seu valor. Você já sabia de quase tudo isso. Agora, a parte que você não sabe. A Cushman vai instaurar um processo contra você. Os diretores vão exigir, além de uma indenização de algumas centenas de milhões de dólares pelos danos sofridos, o direito de ficar com todos os lucros que o chip der à Unified, quando for lançado no mercado. Não só o chip, mas todos os projetos e fórmulas que eram deles e que você venha a usar.

Tomou mais um pouco da bebida e observou a indecifrável expressão de Cole.

— Achei tudo isso meio esquisito — disse, dando de ombros.

— Mas sou um caipirão. No entanto, até um simplório como eu pode ver o óbvio: se você for considerado culpado de fraude pelo Tribunal Federal, a Cushman sairá vencedora no outro processo.

— O que há neste envelope? — Cole perguntou, pensando em soluções e contra-ataques.

— Nada que o torne capaz de neutralizar Hayward, se é o que está esperando. Mas lhe dará uma ideia da sua situação. William C. Gonnelli, juiz da Comissão de Seguridade, que ouvirá o seu caso, já tem tanta certeza de que você é culpado de alguma coisa, que está ajudando o promotor federal a decidir se o próximo passo deve ser levá-lo perante um júri e conseguir uma condenação, ou pegar um atalho e pedir ao juiz um mandado de prisão. Aí dentro há uma cópia da intimação que o seu advogado receberá depois de amanhã, mandada pela Comissão de Seguridade. Então, a notícia vazará, e a imprensa, sinto dizer, não lhe dará sossego.

Cole não esperou tanta colaboração por parte de Sam Byers e ficou estranhamente comovido, pensando em como ele precisou se esforçar para conseguir aquelas informações. E o senador nem podia ter certeza de que ele conseguiria patrocinar outro evento para levantar fundos para a sua campanha.

— Gostei de você logo que o conheci, filho — confessou Sam, como se houvesse lido seus pensamentos. — E fui gostando cada vez mais.

— Sorriu e se levantou, antes de acrescentar: — Nunca ninguém colocou um cheque de trezentos mil dólares na minha mão e disse, na minha cara, que os colaboradores teriam dado dinheiro a um gorila, se o bicho fosse candidato do partido Republicano.

— Peço desculpas por isso, Sam — disse Cole com sinceridade, se levantando também. — E muito obrigado pela sua ajuda.

— Não precisa se desculpar. Achei a sua franqueza muito gratificante. Não estou acostumado a isso. — O senador estendeu a mão para Cole, que a apertou, e, então, se dirigiu para a porta, tornando a erguer a gola da capa. Parou, olhou para trás e disse: — Na minha opinião, você é inocente. Infelizmente, não poderemos mais nos falar daqui por diante. Compreende, não é?

— Perfeitamente — respondeu Cole, aparentando calma.

Mas não estava nada calmo. Assim que se viu sozinho, abriu o envelope, retirou a intimação e a leu com raiva profunda, selvagem. Não tinha medo de intimações, julgamentos, nem acusações sem fundamento. O problema era que, dentro de dois dias, seu nome seria sinônimo de "fraude".

E, por associação, o de Diana também.

Uma risada nervosa ameaçou lhe escapar, então a vontade de rir se transformou em angústia. Diana se casou com ele para salvar o orgulho e a dignidade. Agora, ele iria destruir sua reputação, além dessas duas coisas.

Diana o amava e acreditava nele. Mais dois dias, e o desprezaria.

Cole reclinou a cabeça no encosto do sofá e fechou os olhos, tentando encontrar uma maneira de salvá-la da vergonha. Quando percebeu que era inútil, o aperto que sentia na garganta se intensificou até se tornar doloroso.

Capítulo 52

Diana olhou para o relógio e então para o telefone, querendo ligar para Cole. Àquela hora, a reunião em Washington com certeza já havia terminado, e ele devia ter ido para casa, mas não telefonou. Por instinto, sentia que não era um bom sinal. Ligou a televisão, em uma tentativa de se distrair, mas não conseguiu se concentrar.

— E agora, notícias do mundo financeiro. O mercado de ações fechou em alta, hoje, com um volume de... —

Embora ela acreditasse plenamente na inocência de Cole, sua imaginação superexcitada lhe mostrava imagens dele sendo julgado, perseguido por repórteres, acusado de crimes indignos. Ele disse que isso não iria acontecer, mas ela estava com o horrível pressentimento de que a situação estava fugindo de seu controle. Cole lutou tanto para se livrar do estigma dos Harrison e podia estar prestes a ter o mesmo destino do pai e dos irmãos, que haviam sido desprezados por todos, com a agravante de que seu caso se transformaria em um escândalo internacional.

— A grande prejudicada do dia foi a Unified Industries, cujas ações fecharam na maior baixa em treze meses. Os analistas atribuem o fato aos rumores de que o presidente da Unified, Cole Harrison, está para receber uma intimação para comparecer perante um juiz da Comissão de Seguridade. Fontes confiáveis dizem que a audiência será mera formalidade, e que Harrison em seguida será levado a julgamento...

Diana sentiu o impulso insano de ligar para Doug e lhe pedir orientação. Não. O que ela realmente desejava fazer era lhe implorar que intercedesse, mas ele não a ajudaria, agora. Muito menos a Cole, a quem odiava, ela refletiu, lembrando a cena que ele fez em seu escritório. Imaginou o que poderia ter originado tanta raiva. Talvez alguma namoradinha de Doug tivesse se apaixonado por Cole, que, segundo ele, sabia "dominar as mulheres". Motivo fraco para um ódio tão profundo. Não, Doug não a ajudaria. Ele a avisou. Disse exatamente o que iria acontecer

Diana se endireitou no sofá, uma tênue possibilidade tomando forma em sua mente. Uma possibilidade obscena, nojenta. Doug disse exatamente o que iria acontecer. E odiava Cole com uma violência que era quase palpável.

Levantando-se do sofá em um salto, ela pegou a bolsa e as chaves do carro. Saiu, pretendendo procurar a única pessoa que talvez pudesse confirmar sua suspeita.

COREY ABRIU A PORTA E, por sua expressão abatida, Diana soube que ela também ouvira a notícia.

— Preciso lhe perguntar uma coisa, Corey. E muito importante. Spencer alguma vez disse que Doug odeia Cole?

— Disse. No dia em que vocês nos contaram que haviam se casado. Mas eu gosto de Cole, então não dei muita importância à opinião de Doug, e por isso não contei a você.

— Preciso falar com Spencer.

— Ele está lá fora, na piscina.

O cunhado apertava os parafusos de uma das escadas da piscina.

— Diana, o que aconteceu?

— Antes de o meu casamento ser anunciado naquela coletiva, Doug esteve no meu escritório e deixou bem claro que detesta Cole. Só não me disse o motivo. Você deve saber, porque sempre foi amigo dele.

— Meu bem, você já tem problemas demais para se preocupar com Doug — observou Spencer, dando mais uma virada firme na chave de fenda.

— Acho que o problema maior é justamente ele.

— Como assim?

Diana o arrastou para uma cadeira e o obrigou a se sentar, ocupando outra.

— Naquele dia, quando Doug foi falar comigo, ele estava furioso porque eu tinha me casado com Cole e o acusou de ser um empresário desonesto, mas não estava zangado por uma questão de princípios. Era como se Cole tivesse lhe feito uma ofensa pessoal!

Aonde você quer chegar?

— Doug disse que a Comissão de Seguridade iria intimar Cole para uma audiência e depois o mandaria para o Tribunal Federal para julgamento. Não com essas palavras, mas foi o que afirmou.

Por um segundo, Diana pensou que Spencer não tinha entendido. Então, ele a olhou com surpresa.

— Doug já sabia de tudo o que iria acontecer?

— Exatamente. Predisse tudo o que está acontecendo agora! Spencer, Doug odeia Cole. Você sabe por quê?

Para o alívio de Diana, o cunhado não disse que ela estava sendo ridícula.

— Charles Hayward talvez seja o único, além de Doug, que pode responder a essa pergunta. Doug estava bêbado quando abordou esse assunto, mas fiquei com a impressão de que Bárbara tem alguma coisa a ver com isso.

— Bárbara?

— Não tenho certeza. Ele estava dizendo coisas sem sentido.

Diana se levantou.

— Bem, vou falar com Charles Hayward e descobrir.

Spencer se ergueu também.

— Vou com você.

Mordendo o lábio, pensativa, ela imaginou se a presença de Spencer seria uma vantagem ou uma desvantagem.

— Acho que me entenderei melhor com Charles se estiver sozinha — explicou por fim.

Capítulo 53

CHARLES HAYWARD ESTAVA NO escritório de sua casa, acomodado em uma poltrona de couro, com o controle do videocassete na mão, revendo o que a CNN divulgou a respeito de Cole Harrison, quando Jéssica entrou, acompanhando Diana.

— Diana gostaria de falar com você, Charles.

Ele olhou para as duas e assentiu, apertando um botão no controle para fazer a fita voltar.

— Olá, Diana. — Ele a cumprimentou, fazendo um gesto na direção do sofá a sua frente. — Sente-se.

Apertou o botão *play* e, de modo espantoso, assistiu ao bloco com a notícia sobre Cole, sorrindo, sem a menor consideração por Diana.

Havia algo de perverso no que ele estava fazendo, e ela ficou nervosa, precisando respirar fundo para se acalmar, sabendo que aquela seria sua única chance de descobrir o que precisava saber.

— Posso falar com você em particular, Charles?

— Claro, minha querida. — Naturalmente, Jéssica concordou, saindo da sala.

Charles parou a fita e colocou o controle na mesa de centro. Olhou para Diana em silêncio, à espera de que ela falasse, e seu rosto não tinha mais a expressão de cruel satisfação de quando estava assistindo ao noticiário.

— Charles, depois que meu pai morreu, foi sempre você que eu procurei para pedir conselhos — introduziu.

— Eu sei — confirmou ele, parecendo contente.

— E quando decidi abrir a empresa, você foi uma das pessoas que me emprestaram dinheiro.

— Eu investi num negócio promissor — corrigiu, demonstrando tato, algo que sempre fazia quando ela tentava lhe agradecer.

— Agora, estou precisando que me ajude novamente. Só que, desta vez, é muito mais importante. É sobre Cole.

Os olhos dele ficaram gelados.

— Nesse caso, vou dar o melhor de todos os conselhos que já lhe dei: livre-se dele!

— Não vou fazer isso.

Ele se levantou, e ela o imitou.

— Estou tentando ver você como vítima inocente, Diana. Mas, se não se livrar desse homem, ficará coberta pela mesma lama que o cobre. O Congresso controla a Comissão de Seguridade, e temos contra Cole o suficiente para mandá-lo para a forca!

— Temos?! — Diana exclamou. — Por que disse isso no plural? Doug pertence ao Congresso, você, não!

— Nós vamos enforcá-lo e depois enterrá-lo — retrucou Charles.

— Por quê? — Diana gritou. — O que Cole fez a vocês, para que o odeiem tanto? — Forçando-se a parar de agir de modo tão combativo, implorou: — Me ajude a entender, Charles! Assim, poderei decidir se faço o que me aconselhou.

— Quer saber o que ele me fez? — Charles explodiu, perdendo o controle. — Eu vou lhe dizer. Aquele canalha destruiu minha família! O filho da puta imundo era o maior garanhão do meu estábulo. Sabe Deus quantas amiguinhas de Bárbara ele molestou!

— Molestou? — Diana repetiu com um fio de voz.

Charles a agarrou pelos ombros e a sacudiu.

— Queria saber, não é? Pois vai saber tudo! Você se lembra de minha linda filhinha? Lembra?

Diana se arrancou das mãos dele e recuou, mas se obrigou a ficar e ouvir até o fim.

— Claro que me lembro — respondeu, trêmula.

— Aquele animal engravidou minha menina! Uma noite, quase os surpreendi juntos, no estábulo, e expulsei o maldito, mas nunca imaginei que ele tivesse feito sexo com uma criança!

— Oh, não, Charles, você está enganado — murmurou Diana.

— Não, não estou! Quando Bárbara descobriu que estava grávida, e era tão inocente que já estava de cinco meses, contou à mãe. Jéssica a levou para fazer um aborto. Eu nunca saberia se não fosse por três coisas. Sabe quais?

Diana engoliu em seco e abanou a cabeça, negando.

— Primeira: Bárbara quase morreu. Segunda: para salvá-la, os médicos tiveram de fazer um histerectomia. Terceira: minha pobre menina terá de se submeter a tratamento psiquiátrico até o fim da vida, por causa disso! E sabe o que penso todos os dias?

— Não.

— Em netos! Não tenho nenhum. Aquele filho da puta com quem você se casou condenou Bárbara a nunca ter filhos. — Charles apontou para a porta e ordenou com voz trêmula de ira: — Agora, suma da minha casa e nunca mais apareça!

Capítulo 54

Diana dirigiu até sua casa sem ter consciência do que fazia. Às onze horas, continuava aninhada na mesma poltrona, enrolada em um cobertor que não conseguia afastar o frio que a deixava com as mãos geladas e a fazia tremer convulsivamente.

Corey ligava cada quinze minutos, e ela deixava a secretária eletrônica atender, porque não conseguia se mover.

Cole não telefonava.

Ela não conseguia derramar uma lágrima. Sentia-se completamente vazia. Cole não telefonava.

Às onze e quinze, Corey ligou de novo, e dessa vez não estava preocupada, mas desesperada e furiosa.

— Se você não atender imediatamente, irei aí!

Diana fez um esforço para sair da poltrona, mas a irmã já havia desligado.

Corey e Spencer chegaram em tempo recorde e abriram a porta com a chave que Diana deixava com eles.

— Diana? — Corey chamou baixinho e se aproximou com cautela, como se pensasse que ela havia ficado louca.

Spencer, bonito e carinhoso, se ajoelhou na frente da poltrona.

— Querida... — murmurou. — O que foi que Charles Hayward lhe disse?

Corey se agachou ao lado dele, pegando-o pelo braço, se preparando para ouvir a revelação de algo que devia ser terrível, para deixar a irmã naquele estado.

Diana olhou para os dois.

— Ele disse que Cole molestou Bárbara e a engravidou. Que ela fez um aborto, que não pode ter mais filhos e que foi por isso que ficou tão instável.

— O quê?! — Corey gritou, se levantando bruscamente.

— Não é espantoso? — Diana comentou com um murmúrio.

— Espantoso? — repetiu a irmã, lançando um olhar confuso para o marido, que também se ergueu. — É assim que você define essa coisa horrível?

Então, aconteceu o que Diana estava receando desde que saiu da casa dos Hayward. Ela começou a rir, e não podia parar.

— Cole não encostaria um dedo em Bárbara — declarou entre gargalhadas histéricas. — Fugia das meninas como o diabo da cruz! Lembra como todas queriam que ele lhes desse atenção?

— Lembro — respondeu Corey.

— É tão engraçado! — Diana gargalhou. — Tão espantosamente engraçado!

— É? — perguntou a irmã, indecisa.

Começava a acreditar que Diana estava pensando com mais clareza do que ela imaginou ao vê-la aninhada naquela poltrona.

— Claro que é! — Diana teimou, movendo a cabeça enfaticamente. — É hilariante. Sei disso porque fui eu que fiquei com o dinheiro da aposta.

— Que aposta?

— A aposta! — Diana gritou, se torcendo de tanto rir. — Todas as garotas, inclusive Bárbara, puseram dinheiro numa caixa. Aquela que Cole beijasse primeiro ficaria com tudo. — Parou de falar por um instante, meio sufocada pelo riso. — Eu fui a tesoureira. E ninguém ganhou a aposta! — De repente, escondeu o rosto no encosto da poltrona, e as gargalhadas se transformaram em soluços desesperados. — Ninguém ganhou! Estão destruindo Cole, e ninguém ganhou!

Capítulo 55

Diana ligou para a casa de Cole, na manhã seguinte, mas o homem que atendeu disse que ele já havia ido para o trabalho. Telefonou para o escritório, e a secretária informou que ele não estava. Então, chegou à conclusão de que, para os homens, ela não passava de um artigo descartável, e que Cole apenas se divertiu, nos dias que haviam passado na fazenda de Cal. Pressionado por outros assuntos, ele simplesmente a esqueceu!

Ela conseguiu ir até o fim da longa jornada de trabalho, embora sem saber como. Mantendo a resolução de delegar responsabilidades um pouco mais, passou a tarde trabalhando com dois de seus executivos, para ter certeza de que raciocinavam como ela.

Foi capaz de conservar o sorriso e aparentar serenidade o tempo todo. Várias vezes, em sua presença, mencionaram a dificuldade pela qual ele estava passando, e ela sabia que seu pessoal fazia isso para evitar de agir como se ele houvesse cometido um crime ou morrido.

Saiu do escritório às cinco e meia e, por insistência dos familiares, foi jantar com eles. Estar lá foi mais difícil do que passar o dia na empresa. Ao contrário de seus funcionários, a mãe e o avós não hesitavam em externar opiniões sobre a situação de Cole e em insistir para que ela falasse a respeito, embora Corey e Spencer se mantivessem em solidário silêncio. Até Glenna tinha sua opinião, mas, claro, ela também fazia parte da família. Além disso, era famosa por sua bisbilhotice.

Estavam todos sentados ao redor da piscina, antes do jantar, quando a governanta apareceu e mostrou um telefone sem fio a Diana, explicando que se tratava de um telefonema urgente. A família toda se animou, pensando em Cole.

— É um repórter — avisou Glenna. — Quer fazer perguntas sobre o seu divórcio.

— Meu o quê? — perguntou Diana.

— O homem quer saber em que você vai basear o pedido de divórcio. Diana pegou o telefone, disse "alô" e ficou ouvindo.

— Quem lhe disse isso? — indagou, fazendo uma pausa para ouvir a resposta. — Não, não creio que seja do "conhecimento público", senhor Godfrey, porque eu mesma não sei de nada. Até logo.

Desligou e se levantou, animada por uma centelha de esperança. Jogou o telefone para Glenna e correu para o televisor mais próximo, com toda a família atrás. A imagem entrou no exato momento em que uma apresentadora confirmava o que o repórter disse a Diana.

— *Ainda falando do caso Cole Harrison, temos mais uma notícia. Diana Foster, que se casou com ele há menos de duas semanas, acaba de pedir o divórcio, mas ainda não sabemos sob que alegação* — anunciou a mulher, falando com o companheiro sentado a seu lado.

— *Esse casamento não durou muito* — falou o homem, olhando para a câmera.

A colega concordou.

— *Fontes ligadas a Cole Harrison confirmaram os boatos, menos de uma hora atrás* — informou. — *Parece que Diana Foster optou por se salvar do escândalo causado pela absorção da Cushman pela Unified Industries.*

Henry olhou de modo quase acusador para Diana.

— É isso o que você vai fazer? — perguntou.

— Não, vovô — respondeu, os olhos brilhando de alívio e felicidade. — Isso é o que Cole quer que eu faça. Charles e Doug me avisaram para cair fora antes que a lama me atingisse. Cole está tentando me salvar da sujeira.

Corey olhou para Spencer.

— Disseram que ele queria melhorar a sua imagem pública e que por isso se casou com Diana. Ele acaba de arruinar essa imagem de uma vez, pelo bem dela.

Diana não ouvia nada, refletindo, planejando.

— O que você vai fazer? — perguntou a avó.

— Ela vai para Dallas — respondeu Mary com um sorriso, abraçando Diana pelos ombros.

Estava certa.

Para uma mulher organizada e meticulosa, que não partia para uma viagem sem embrulhar as roupas em papel de seda, antes de colocá-las nas malas, tomando o cuidado de levar todos os acessórios certos, Diana se preparou com espantosa rapidez. Juntou todos os sapatos e as roupas que costumava deixar na casa da família e os socou em duas malas, enfiando os artigos de toalete e de maquiagem nos cantos.

— Pronto! — exclamou, sorrindo para Corey e a avó, enquanto fechava a última mala.

Em seguida telefonou para os dois executivos que ocupavam os cargos mais altos, abaixo do dela, e os mandou cuidar de tudo, lhes dizendo que ligassem para qualquer número de Cole, se surgisse algum problema.

— Diga a Sally para cancelar todos os meus compromissos — pediu a Corey, um pouco antes de sair.

— Com que desculpa?

— Que ela diga a todos que estou em Dallas — respondeu Diana, pegando as duas malas pesadas de cima da cama. — Com meu marido.

Corey a deixou no aeroporto às sete e quarenta e cinco, e Diana estava na fila para embarcar no voo das oito, quando teve uma surpresa ao ver Spencer, que corria na direção daquele portão.

— Entregue isto a Cole — disse, parando diante dela e tirando um envelope do bolso. — Diga que é um presente de casamento. E que o use, se for necessário.

— O que é? — Ela quis saber, dando alguns passos para a frente, quando a fila tornou a se mover.

— O fim da carreira política de Doug — respondeu Spencer com expressão sombria.

Capítulo 56

FOI MUITO FÁCIL PARA Diana convencer o homem que atendeu o interfone e a observou através de um circuito fechado de televisão de que ela era a sra. Harrison e que havia chegado sem avisar para fazer uma surpresa ao marido.

Na verdade, o homem de meia-idade sorria, satisfeito, quando a levou através da casa até uma porta que se abria para o pátio ao redor de uma imensa piscina de formato irregular

Cole estava sozinho, de pé no escuro, olhando para o céu como se admirasse as estrelas. Diana começou a andar em sua direção e, enquanto o olhava, imaginava por onde começaria o que tinha a dizer, quando sua vontade era simplesmente se atirar em seus braços. Ensaiou uma porção de "discursos de abertura" no voo para Dallas, todos com a intenção de convencê-lo a deixá-la ficar para que enfrentassem juntos aquele momento de aflição. Ela pensou em implorar, argumentar, exigir. E até em recorrer às lágrimas para vencer sua resistência. Mas, justamente quando precisava estar pronta para a batalha, sentia-se perdida.

— Cole? — chamou baixinho. Ele ficou visivelmente tenso e não a olhou, mas Diana não se deu por vencida. — O que está fazendo aqui fora?

— Orando.

Ela sentiu lágrimas nos olhos, pois sabia que ele não acreditava em preces, que chamava de "tolo recurso de sonhadores".

— Está pedindo o quê?

— Você.

Diana foi para os braços fortes, que se fecharam a sua volta. Cole a comprimiu contra o corpo, e seus lábios procuraram os dela, ansiosos. Quando o beijo terminou, ele a manteve junto de si, apoiando o queixo no alto de sua cabeça.

— Eu te amo — murmurou, afundando o rosto no peito largo.

Acariciando-lhe as costas, Cole a beijou na testa.

— Eu sei. A prova é que está nos meus braços.

— Descobri por que você está tendo problemas com a Comissão de Seguridade — informou ela. — Fui falar com Charles Hayward, ontem à noite, e ele me disse.

Cole ficou imóvel.

— O que foi que ele lhe contou?

— Que você engravidou Bárbara e que ela precisou fazer um aborto. Houve complicações, e ela nunca poderá ter filhos. Desde então, ficou com problemas emocionais e está sempre em tratamento psiquiátrico.

— Ele lhe disse tudo isso, e mesmo assim você veio aqui? — perguntou, incrédulo, afastando-a um pouco para olhá-la no rosto.

Ela sorriu e voltou a se aninhar em seus braços.

— Eu sei que não é verdade.

— Confia tanto assim em mim?

— Confio e, além disso, as meninas fizeram uma aposta sobre qual delas conseguiria convencer você a beijá-la.

Cole riu baixinho.

— E nenhuma delas ganhou a aposta — completou, compreendendo o que ela queria dizer.

— Quanto você apostou?

Diana desabotoou a camisa de Cole e o beijou no peito.

— Nada. Só fiz apostas idiotas em Las Vegas.

Estavam entrando no quarto, quando Diana se lembrou do que havia levado para ele. Cole pôs as malas aos pés da cama, e ela tirou da bolsa o envelope que Spencer lhe entregou e um saquinho de papel decorado à mão.

— Para você — disse, entregando-lhe as duas coisas.

Ele abriu primeiro o envelope. Spencer Addison mandou uma carta, onde contava que muitas vezes Doug Hayward havia sido preso por dirigir embriagado. Ainda na universidade, provocou um acidente que resultou na deformação do rosto da moça que estava com ele no carro.

No saquinho, Cole encontrou bombons caseiros, que Rose mandara para ele.

MESMO DEPOIS DE TEREM FEITO amor, Diana não conseguia dormir. Com a cabeça apoiada na curva do braço de Cole, olhava a cascata colorida através do vidro *one-way* que formava a parede externa do quarto.

— Eu costumava deixá-la esgotada — brincou ele. — Agora, você fica acordada, fingindo que dorme.

— Cole, o que vai acontecer na audiência da Comissão de Seguridade?

— Adiantaria se eu pedisse para não se preocupar?

— Não.

Ele hesitou. Detestava ter de falar da trama que o deixou indefeso, mesmo reconhecendo que Diana precisava saber.

— Sei que o que vou dizer parece besteira — começou, quando Cole permaneceu em silêncio —, mas a sua corporação não precisava do chip da Cushman. Depois de tudo o que aconteceu, eu gostaria que você pudesse lhes devolver a empresa inteira.

— Não comprei a Cushman por causa do chip, Diana. A Intel é a líder nesse campo, e fabricantes estrangeiros estão dividindo o mercado consumidor entre si, cortando-o em fatias cada vez menores. O mundo não precisa de mais um fornecedor de chips para computadores.

Diana se virou de lado e o encarou, apoiando a cabeça na mão.

— Então, em nome de Deus, por que você quis tanto comprar aquela empresa?

— Queria algumas patentes que eles tinham e não sabiam usar. Inclusive a de uma minúscula peça de um quebra-cabeça que, completado, nos permitirá produzir a utilidade que o mundo mais deseja neste momento.

— O quê?

— Uma bateria de ultralonga duração para laptops e telefones celulares, que os alimentará durante dias, não apenas por algumas horas. Todo mundo está trabalhando nisso, todo mundo está chegando perto, inclusive nós, mas quem lançar primeiro essa bateria no mercado será o vencedor. O cientista que está chefiando o projeto para mim trabalhava para a Cushman e sabia dessa patente. Usa um laboratório fora da empresa e trabalha em segredo, auxiliado por assistentes que não compreendem totalmente o que ele está fazendo. Pensam que é um televisor/monitor de computador superfino, o que não deixa de ser verdade, mas ele só trabalha nesse projeto nas horas vagas.

— Você não poderia devolver o maldito chip para a Cushman e ficar com as patentes?

— Não há a mínima chance de aceitarem essa proposta. Eles não querem o chip. De acordo com o que um senador, meu amigo, me disse, a Cushman quer os lucros que tivermos com tudo o que lançarmos, usando suas patentes, o que inclui a bateria. E o único jeito que eles têm de conseguir isso é convencer o tribunal de que os enganei, forçando a baixa das suas ações, antes de comprar a empresa.

Diana deslizou a mão pelo peito dele.

— Do que você precisa para sair dessa encrenca?

— Tenho uma equipe de advogados estudando o caso. Vamos encontrar uma saída — Cole afirmou.

Acreditando nisso, Diana se aconchegou a ele e adormeceu.

Cole ficou acordado até o amanhecer, porque sabia que não encontrariam nenhuma saída. Seus advogados já haviam dito que ele podia esperar ser acusado de fraude e ir a julgamento. Só um milagre o salvaria.

Mas ela estava a seu lado, em sua cama... e isso era um milagre. Foi para junto dele quando, por tudo o que viu e ouviu, devia estar fugindo a toda pressa.

Isso era um milagre. E dos grandes.

Capítulo 57

No DIA SEGUINTE, NO início da tarde, Cole levou Diana para conhecer o laboratório de Willard Bretling. O prédio, localizado na parte velha da cidade, rodeado por um alambrado e guardado por cães ferozes, parecia um antigo armazém de beira de cais. Havia três carros estacionados no pátio, e nenhum era novo.

Uma limpeza absoluta reinava lá dentro, e os equipamentos eletrônicos não ficavam nada a dever aos dos laboratórios mais sofisticados do mundo.

— Parece cenário de um filme de James Bond — comentou Diana, extasiada.

Willard Bretling, idoso, alto e magro, usava óculos de aros de metal e tinha ombros ligeiramente encurvados. De pé junto a uma mesa a um canto, discutia com seus dois assistentes sobre o uso de um novo forninho elétrico.

— Ah, Cole! Você sabe como essa coisa funciona? — perguntou, quando os dois se aproximaram. Diana tentava não rir de seu "dilema", quando ele olhou para ela e explicou, sorrindo: — Acredito que esses aparelhos foram feitos para gente de cérebro bem menor que o nosso.

Cole se surpreendeu, pois nunca viu o excêntrico velho esboçar um sorriso.

— Nesse caso, acredito que a torradeira é do meu departamento — observou Diana, ironicamente subestimando a própria inteligência.

Bretling, um dos mais brilhantes cientistas do mundo, recuou com seu sanduíche na mão e, em tensa expectativa, ficou observando Diana mexer em um botão e depois pressionar uma pequena alavanca para baixo. Nada aconteceu.

— Porcaria de aparelho! — explodiu.

— Calma. — Diana pediu. — Lá vai!

Pressionou a alavanca até embaixo, e o cheiro de aparelho elétrico usado pela primeira vez se elevou no ar.

— O que foi que você fez? — perguntou Willard, parecendo um pouco afrontado.

Diana chegou bem perto dele e, o puxando pela manga, o fez se inclinar para poder cochichar alguma coisa em seu ouvido. Percebeu como ele detestava se sentir inferiorizado e preferiu lhe dar a simples informação sem que os outros ouvissem.

Willard deixou a Cushman porque o haviam feito passar por tolo, se recusando a deixá-lo trabalhar em suas patentes e, por fim, o colocando sob as ordens de um cientista mais jovem e bem menos dotado. O tato de Diana pareceu deixá-lo encantado.

Começou a andar pelo laboratório com ela, tagarelando, e Cole imaginou que tipo de assunto os dois podiam ter, pois ele não conseguia passar uma hora com o homem, sem que sua mente começasse a girar, sob o efeito de uma overdose de termos científicos complexos.

Em uma mesa à esquerda, estava exposto o projeto que era a menina dos olhos de Willard, um aparelho de televisão ultrafino, com resolução perfeita, que Cole pretendia lançar em breve, arrasando com o último lançamento da Mitsubishi.

Em outras mesas, na extremidade oposta do recinto gigantesco, enfileiravam-se supostas baterias recarregáveis, de duração ultralonga.

Willard Bretling, pelo canto do olho, observou os movimentos inquietos de Cole, então se virou para Diana.

— Seu marido tem pouca paciência, mas muita visão.

— Com certeza — concordou, vendo o cientista pegar um arame fino como um fio de cabelo. — E tem grande admiração pelo senhor.

— Por que diz isso? — indagou ele, observando-a por cima dos óculos.

— Meu marido acha que o senhor vai "salvar o universo" com essa nova bateria — contou.

— O televisor e o monitor de computador primeiro — anunciou Willard teimosamente. — Depois, a bateria. — Os japoneses já lançaram televisores finos, mas nenhum deles tem boa imagem como os convencionais. Os nossos terão.

Diana teve a impressão de que era o cientista, e não Cole, quem determinava a ordem em que os dois projetos, o do televisor e o da bateria, deviam ser desenvolvidos.

— Ele precisa desesperadamente dessa bateria — confidenciou.

Willard se inclinou sobre um microscópio, examinando algo que Diana não conseguia ver.

— Cada empresário tem algo que quer ver desenvolvido primeiro — comentou. — Cushman queria aquele chip idiota e tirou de mim pessoas de que eu precisava, mandando-as trabalhar naquele projeto. Me colocaram para fazer os testes. Eu, um gênio ultra criativo, preso num laboratório de testes!

Diana havia conhecido algumas pessoas com QI de gênio e que, como Willard Bretling, eram excepcionalmente sensíveis a qualquer tipo de oposição.

— Deve ter sido muito embaraçoso para o senhor — comentou, no tom de quem falava com uma criança frustrada.

Ele trocou a lâmina por outra.

— Eu disse a eles que o chip não era confiável — contou, sem erguer os olhos para Diana. — Aí, me despediram. O fundador da empresa era uma boa pessoa, mas os filhos dele são uns nojentos. Trabalhei para eles durante quarenta anos, e tiveram coragem de me despedir! E mandaram que me acompanhassem para fora do prédio, como se achassem que eu poderia roubar alguma coisa.

Diana desceu da banqueta onde se sentou e o agarrou pela manga do jaleco, sentindo falta de ar, de tão agitada.

— O senhor testou o chip e descobriu que não era confiável? — perguntou, meio ofegante.

— Isso mesmo.

— Disse isso a meu marido?

— Que o chip não era confiável? Disse, sim.

— Mas disse que o testou lá na Cushman?

— Não. Por que diria a ele que fui relegado ao laboratório de testes, que me rebaixaram, me transformando num... num lacaio?

— Doutor Bretling, o senhor não assiste à televisão, não lê jornais, não ouve rádio?

— Não. Prefiro ouvir música clássica, que é um tranquilizante para o meu espírito criativo. Tenho centenas de discos. — Willard ergueu a cabeça e olhou para ela. Então, arregalou os olhos, perplexo. — Por que está chorando, senhora Harrison?

Capítulo 58

Nos DOIS DIAS SEGUINTES, Cole ficou em casa, mas Diana pouco o viu, porque, quando ele não estava ao telefone, se trancava no escritório com pessoas que iam procurá-lo. Os visitantes entravam na casa e saíam sob a vigilância severa de um guarda de segurança contratado para manter repórteres e curiosos a distância.

Cole, agora, tinha uma missão. Estava mobilizando suas tropas e desesperado para vê-las em ação.

Diana, acomodada em uma poltrona, perto da janela do escritório, o observava, enquanto ele, sentado atrás da gigantesca escrivaninha, ouvia a orientação dos advogados de Dallas que o assistiam. Mas não se mostrava passivo. Discutia, descartava sugestões, dava ordens.

Desenvolveu estratégias com os advogados de Washington, fez planos com Murray, o chefe da segurança, sem negligenciar a direção da Unified. Estava sempre ocupado.

Mas, quando ela menos esperava, ele se materializava a seu lado, a tomava nos braços e a beijava, antes de voltar ao escritório para uma reunião ou uma longa série de telefonemas.

Diana também não ficou ociosa. Fez algumas ligações e, finalmente, conseguiu localizar Bárbara Hayward em Vermont e falar com ela. Telefonou para a sua própria empresa, para a família, e ligou duas vezes para Willard Bretling, seguindo um instinto que lhe dizia que o cientista, solitário e carente de afeto, se apressaria em desenvolver os projetos se recebesse um pouco de atenção, ouvisse elogios sinceros e fosse suavemente pressionado.

Na tarde seguinte, ela e Cole iriam a Washington, onde esperavam ficar dois dias, no máximo.

Capítulo 59

WILLARD BRETLING, JOE MURRAY, Travis, Cole e Diana voaram para Washington no jato Gulfstream. Mas Cole fez os advogados irem em um voo comercial. Diana descobriu que ele implicava com esses profissionais, considerando-os um mal necessário. A bordo, também se encontravam quatro homens bem vestidos, que portavam armas cuidadosamente escondidas. Guarda-costas. Cole, para não alarmar Diana, disse que aquele foi um capricho de Joe Murray, mas ela sabia que o homem estava certo em exigir tanta proteção. O chefe da segurança tinha certeza de que a Cushman havia contratado detetives para localizar Willard Bretling. No que se referia a Cole, nas próximas quarenta e oito horas ele daria motivos mais do que suficientes para os irmãos Cushman querê-lo morto.

Os advogados especializados em assuntos da Comissão de Seguridade se encontraram com Cole na suíte do hotel, às oito horas da manhã seguinte. A audiência seria às onze. Eles discutiram o pedido não negociável de Cole para que a audiência fosse aberta aos membros do Congresso e da Comissão de Seguridade.

BÁRBARA HAYWARD BATEU NA PORTA da casa que o irmão tinha em Washington D.C., e foi o pai quem atendeu.

— Bárbara! — exclamou. — O que está fazendo aqui, meu bem?

Ela olhou em volta, à procura de Doug, e o viu entrando na sala, abotoando um punho da camisa. O irmão paralisou ao vê-la, então seu rosto se iluminou com uma expressão de prazer que abalou um pouco sua resolução.

— Mamãe está aqui? — perguntou ela.

— Estou, querida — respondeu Jéssica, flutuando escada abaixo em um dos sensuais robes de seda que adorava usar em casa. — Agora me diga por que veio.

Bárbara teve a horrível sensação de que a mãe já estava adivinhando o motivo que a levou à casa de Doug. E teve certeza quando Jéssica a levou para a cozinha e começou a falar daquele jeito destinado a fazê-la se sentir meio retardada, mesmo depois de ela ter finalmente conseguido pôr sua vida em ordem e se casar com um homem que a amava.

— Por que saiu da sua linda e pacífica propriedade em Vermont? — perguntou a mãe, se apressando em lhe servir uma xícara de chá. — Sabe que cidades grandes a perturbam. O que veio fazer em Washington?

Voltaram para a sala, e Bárbara se sentou no sofá, com a xícara nas mãos, refletindo que chegou o momento que temia desde os quinze anos de idade. A mãe iria desprezá-la, xingá-la, tentaria fazê-la passar por louca ou mentirosa. O pai e Doug perderiam a confiança nela, deixariam de amá-la, e ela ficaria abandonada. Sacudindo a cabeça com energia, ela silenciou a voz íntima que procurava fazê-la entrar em pânico com a mesma história de sempre.

— Vim tomar chá — respondeu com um sorriso, batendo no sofá, convidando os familiares a se sentar. Doug se acomodou a seu lado, e os pais ocuparam duas poltronas. — E também para reparar um erro que ajudei mamãe a cometer quinze anos atrás.

Jéssica se levantou de um salto.

— Está tendo outro dos seus ataques! — exclamou, alarmada. — Tenho tranquilizantes. Vou...

— Acho que é você quem vai precisar deles — Bárbara a interrompeu. — Papai, Cole Harrison nunca encostou um dedo em mim. Mamãe foi ao estábulo, naquela noite, e quando voltou, entrou correndo no meu quarto e me pediu para trocar de roupa com ela.

— Está completamente louca! — Jéssica esganiçou.

O pai passou a mão na testa com um suspiro cansado.

— Barb, meu bem, não se maltrate assim. Aquele desgraçado abusou de você e a engravidou.

Foi, talvez, a atitude calma de Bárbara que levou Charles e Doug a duvidar do fato em que haviam acreditado durante tantos anos. Ou, talvez, seu sorriso triste. Independentemente de qual fosse o motivo, os dois olharam para ela com ar de assombro.

— O pai do bebê era um rapaz que conheci num show de rock. Nem sei o nome dele — confessou. — Eu só queria descobrir se conseguiria seduzi-lo. — Olhou para a mãe, que ficou pálida como cera.

— Queria ser como você.

Capítulo 60

— COMO FOI? — PERGUNTOU Diana, quando Cole chegou sozinho, no fim da tarde.

Ele a abraçou.

— Foi uma troca. Demos um pouco e ganhamos um pouco. Conseguimos que a audiência fosse adiada para amanhã, às onze.

— O que mais ganharam?

— Persuadimos o juiz de que tenho o direito de exigir que seja permitida a entrada de membros do Congresso e da Comissão de Seguridade, se eles desejarem assistir à audiência. O juiz também me permitiu fazer uma declaração de abertura.

Ela ergueu a mão e endireitou a gravata que ele usava, a mesma que ela lhe deu de presente.

— Não sei por que é tão importante para você que seja uma audiência aberta.

— Porque meu nome e o da minha empresa foram arrastados na lama com esse negócio com a Cushman. Não gostei dos motivos dos meus adversários, nem dos métodos que usaram. Os Cushman são uma família tradicional e poderosa e usaram sua enorme influência política e social para tentar me derrubar. Até a receita federal já está se preparando para entrar em cena. Estou sendo julgado por políticos e não gosto disso também. Odeio sua hipocrisia.

— Acha que poderá fazer alguma coisa a respeito disso tudo, amanhã? — perguntou ela com um pouco de medo.

— Talvez eu possa, pelo menos, denunciar tudo isso.

Diana não via como ele conseguiria e tinha receio de imaginar, porque ficaria ainda mais preocupada.

— Bem, você me disse o que ganhou. Agora, conte o que perdeu.

— Insistindo numa audiência aberta, perdi o direito de apelar para o artigo cinco.

— Artigo cinco? Você está falando como um mafioso! — Ela o censurou, estremecendo.

Cole sorriu.

— Fui tratado como um mafioso. É isso o que acontece quando um joão-ninguém como eu sai do nada e entra no jogo dos poderosos.

— Mas você não é como os outros poderosos — observou ela.

— Não. É isso que os deixa loucos. Eles não sabem como lidar comigo e com outros iguais a mim. Somos imprevisíveis.

No lugar de Cole, ela estaria apavorada com a ideia de ser julgada e condenada injustamente através de maquinações que a levariam para a cadeia. Ele, porém, não parecia muito preocupado.

— Você sabe o que vai acontecer amanhã, querido? — Diana perguntou, lhe afagando o rosto.

— Não. Só sei o que pode acontecer e o que eu quero que aconteça.

— E o que você quer?

Ele a beijou com ternura.

— Quero ver você ao meu lado na cama, todas as noites e todas as manhãs. E, mais do que tudo, quero lhe dar tudo o que você quiser.

— Quero você — Diana disse baixinho.

— Isso você já tem.

O telefone tocou, e ela se soltou dos braços de Cole com relutância.

— Use os seus poderes para adivinhar quem é. — Diana brincou, indo atender.

— Hayward — respondeu, dizendo o primeiro nome que lhe passou pela cabeça.

Levou um susto quando descobriu que havia acertado.

Diana cobriu o bocal com a mão.

— Ele quer vir aqui — informou.

Em resposta, Cole pôs as mãos nos bolsos da calça e concordou com um leve gesto de cabeça.

Capítulo 61

DIANA TEVE A BREVE fantasia de que Doug pediria desculpas a Cole e se ofereceria para cancelar a audiência, mas isso não parecia estar nos planos dele.

Os dois homens se encararam como inimigos mortais. Cole, com as mãos nos bolsos, continuou de pé, obrigando Doug a fazer o mesmo.

— Não vou demorar. Vim apenas para pedir desculpas por tudo o que disse e fiz por acreditar que você, Harrison, era o responsável pelo que aconteceu a Bárbara.

Isso quer dizer que está pretendendo sair do meu pé? — Cole perguntou, sarcástico.

Não — respondeu Doug em tom ríspido. — Você construiu um império engolindo empresas antigas, sólidas e respeitáveis, como a Cushman, que não puderam combater suas táticas desprezíveis.

— Você é mesmo o santo que deseja parecer, ou um santarrão hipócrita? — Cole rebateu em tom insultuoso.

Diana viu Doug cerrar os punhos e empalidecer de raiva.

— Não é interessante que tenha se esquecido de mencionar as pessoas que se beneficiam quando compro uma empresa? Estou falando dos acionistas dessas empresas "antigas, sólidas e respeitáveis", mal dirigidas, com instalações antiquadas, que não beneficiam ninguém, exceto os que estão no topo, que bebem os lucros, antes que um filete escorra até os acionistas. Você está pouco se incomodando com os meus métodos e motivos. O que deseja é aparecer, combatendo um "inimigo público", e cometeu o erro de escolher a mim para esse papel. Se eu puder provar que sou inocente das acusações que conseguiu erguer contra mim, você ainda continuará me perseguindo, na esperança de me mandar ao Tribunal Federal e fazer com que eu seja condenado.

— O termo "processo por difamação" lhe diz alguma coisa? — replicou Doug com voz cheia de ódio.

— Diz — afirmou Cole, zombeteiro. — Me dá vontade de mandar você enfiá-lo no cu.

— Pare com isso, Doug! — Diana gritou. — Cole é inocente de tudo o que você o acusa. Eu tenho a prova!

— Ele não quer provas — observou Cole, olhando para Doug com desprezo. — Ele quer aparecer.

Por alguma razão, Doug, pela primeira vez, se mostrou indeciso.

— Pode provar que não deu início àqueles boatos que fizeram o preço das ações da Cushman despencar? — perguntou, olhando para Cole com ar desconfiado.

— Você é advogado. Prove para mim que não disse a nenhuma mulher, nesses três últimos meses, que ela era bonita. Mostre-me como faria para provar isso. As pessoas que deveriam ir para a frente do juiz, amanhã, são os irmãos Cushman e a sua turma.

Cole pretendeu parar a discussão por ali, mas, ao lançar um olhar para Doug, viu algo na atitude dele que parecia quase autêntico.

— Só por curiosidade — acrescentou em tom mais brando, no instante em que o jovem senador se virava para sair —, gostaria de saber o que você faria se eu provasse que os verdadeiros culpados nisso tudo são os Cushman.

Doug parou e voltou a encará-lo.

— Eu tiraria o juiz da cama, no meio da noite, e o mandaria assinar uma intimação dirigida aos Cushman — respondeu. — Então, assumiria a missão de pessoalmente mandá-los para a cadeia por, entre outras coisas, usar o governo dos Estados Unidos em suas tramas.

Cole achou tanta graça naquele discurso de coroinha de igreja, que decidiu brincar mais um pouco, pelo menos como uma vingança pela infelicidade que Hayward causou a Diana nas duas últimas semanas.

— Tem certeza de que é isso que faria? — pressionou.

— Faria isso e muito mais — assegurou Doug.

— Então, venha comigo.

Cole o levou a outra suíte, no fim do corredor, onde dois homens bem-trajados, parados à porta, pareciam simplesmente à espera de um amigo que sairia para encontrá-los. Recuaram para os lados, quando Cole lhes fez um sinal.

— Vou apresentar você a Willard Bretling — disse Cole a Doug, batendo na porta. — E ele vai lhe contar tudo sobre os seus aliados, os Cushman, e o seu chip maravilhoso. — Um homem abriu a porta, e os dois entraram. — Depois, vou lhe mostrar o companheiro de viagem do doutor Willard Bretling, que está ali na mesa, dentro daquela caixa enorme.

ÀS SETE E MEIA DAQUELA noite, Diana se arrumava para o jantar, quando ouviu Cole e Doug retornarem à suíte. Incapaz de suportar o suspense, abriu a porta e espiou para dentro da sala.

Doug parecia extremamente zangado. Arrancou o telefone do gancho, soltou o nó da gravata de maneira brusca e começou a discar um número.

Diana suspirou, aliviada. A ideia de ter de lutar contra Doug, usando como arma suas prisões por dirigir embriagado, quase a deixou doente de desgosto. Ele não tinha o vício da bebida. Era fraco, e três copos de *cuba-libre* eram capazes de derrubá-lo.

Cole entrou no quarto e a abraçou, sorrindo.

— O senador gostaria de nos fazer companhia no jantar — anunciou.

— E o que você disse?

— Por cortesia, consenti — respondeu Cole, assumindo uma expressão piedosa. — Mas só depois que ele se prontificou a pagar a conta.

Diana riu e o beijou.

Capítulo 62

ÀS DEZ E TRINTA da manhã seguinte, Kendall e Prentice Cushman, autores do processo que estava sendo preparado contra Cole Harrison e a Unified Industries, abriram caminho na multidão de curiosos e entraram na sala onde a audiência teria lugar.

Seus amigos e aliados, senadores Longtree e Kazinski, do Estado de Nova York, haviam guardado lugares para eles na primeira fila.

Às dez e quarenta, um assistente do senador Hayward entrou e respeitosamente entregou um envelope aos Cushman e a cada um de seus acompanhantes. Em cada um deles havia uma intimação que os obrigava a permanecer no recinto até o fim da audiência.

— Por que isso? — O senador perguntou a Prentice Cushman.

Prentice não respondeu, porque estava observando um velho conhecido percorrer o corredor entre os bancos e se sentar à mesa de Harrison.

Diana acompanhava tudo dos fundos da sala, de pé, ao lado do senador Byers, que de vez em quando lhe apertava o ombro em um gesto tranquilizador.

Em princípio, tudo pareceu se desenrolar com exasperante lentidão. Um dos advogados de Cole disse que, se o juiz permitisse certa flexibilidade na apresentação do caso, tudo seria resolvido mais facilmente. O juiz olhou para o ajuntamento de duzentas pessoas, com ar de quem ficaria feliz se tudo terminasse depressa, e consentiu. De qualquer forma, Diana sabia, ele estava convencido da culpa de Cole.

Em seguida, Cole fez sua declaração de abertura, dizendo que não iniciou os boatos a respeito do chip que haviam provocado a queda no preço das ações da Cushman. Explicou que pagou dezenove dólares por ação, e não catorze, e que, quando comprou a empresa, estava convencido de que o chip funcionaria.

O juiz o interrompeu duas vezes para questionar suas afirmações, deixando Diana muito aborrecida.

Na conclusão, Cole declarou que o pessoal da Cushman falsificou os resultados dos testes com o chip.

O juiz quase riu.

— Vamos ver se entendi bem, senhor Harrison — disse, zombando.

— Está afirmando que a Cushman sabia que o chip não era confiável?

— Estou.

— Então, quer me explicar por que os ex-proprietários e acionistas assinaram queixas contra o senhor e estão exigindo de volta os direitos sobre o chip? E também por que o senhor se recusa a devolvê-los.

Cole respondeu que nem ele, nem os Cushman tinham interesse no chip.

— O que esperava ganhar, quando comprou a Cushman Electronics? — persistiu o juiz, impaciente.

— Uma patente.

Depois disso, os advogados de Cole pediram a Willard Bretling para testemunhar, e ele confirmou tudo o que Cole dissera, explicando que o avisou que o chip não era confiável, antes de ele comprar a empresa. Aquilo causou reação nos assistentes, e Diana entendeu que viam o pobre cientista como um empregado que desejava se vingar de um ex-patrão ao mesmo tempo em que agradava o novo.

O juiz lhe perguntou como Harrison viu utilidade nas patentes, quando os Cushman não haviam encontrado nenhuma.

— Uma criação é como um quebra-cabeça — respondeu Willard Bretling. — O senhor Harrison tinha todas as peças, mas faltava uma.

— Para fazer o quê?

— Vou mostrar.

Com infinito cuidado e irradiando orgulho, Willard andou até uma mesa e, como um mágico prestes a tirar um coelho de uma cartola, puxou o pano que cobria uma caixa quadrada e chata.

O juiz foi o primeiro a ver.

— Gastaram cento e cinquenta milhões de dólares para fazer uma pizza? — zombou.

Uma gargalhada: geral impediu as pessoas de ouvirem as vozes que saíram da caixa, quando Willard a abriu. Ele ergueu o objeto que havia dentro, e foi como se uma mão gigantesca tapasse todas as bocas ao mesmo tempo, calando a zombaria.

A imagem do televisor era perfeita em tudo, cor, nitidez, brilho. A tela media sessenta e seis centímetros na diagonal, cinquenta e três na altura. E tinha apenas treze centímetros de espessura.

Na tela, Oprah entrevistava dois psicólogos. As pessoas presentes à audiência se inclinaram para a frente para ver melhor, e o silêncio era completo.

O juiz torceu os lábios.

— Um televisor ultrafino. Que conquista! — ironizou.

— O da Mitsubishi não se compara a este, e, claro, o deles precisa de uma tomada elétrica — observou Willard com ar de perversa satisfação.

— Esse funciona com baterias?

— Baterias que duram cinco dias, com uso ininterrupto.

Ao lado de Diana, o senador Byers se encostou na parede e começou a rir baixinho, olhando para Cole com evidente admiração.

— Diana, seu marido é um gênio. Mas também é letal.

Muitas pessoas começaram a sair, e ela achou que eram aquelas que tinham ido à audiência na esperança de assistir a um escândalo. Em questão de minutos, menos de um quarto permaneceu na sala.

— Quando não veem sangue, perdem o interesse — comentou Diana, falando com o senador.

— Neste caso não é isso — rebateu, rindo. — Saíram correndo para telefonar aos corretores e mandá-los comprar ações da Unified!

— Entendo.

— Acho que não tudo. Seu marido criou um dilema moral que fará no mínimo cem políticos se engalfinharem com a Comissão de Seguridade, que tecnicamente é subordinada ao Congresso.

— Como?

— A audiência não foi aberta ao público. Essas pessoas que correram daqui para fora são membros do Congresso e da Comissão de Seguridade, e agora estão comprando o maior número possível de ações da Unified, baseados em informações que deviam ser consideradas confidenciais. Foi o golpe de misericórdia.

Epílogo

4 de Julho.

O CÉU RESPLANDECIA COM OS fogos de artifício que subiam e tombavam em cascatas coloridas e luminosas.

Deitada em um cobertor estendido à margem do lago no pátio da Unified, com a cabeça apoiada no ombro do marido, Diana assistia ao maravilhoso espetáculo.

— Acha que Cal está vendo isso? — perguntou.

— Com certeza.

— Será que está gostando?

Cole riu.

— Acho que não. Ele queria vir conosco.

— Devia tê-lo trazido.

— Não. Lembra de como ele nos atormentou, querendo herdeiros?

— Lembro — afirmou ela, rindo.

— Agora tem um. Portanto, que aguente. Ele pode ver os fogos lá de casa, com a babá de Conner.

— Mas...

Cole calou o protesto dela com um beijo, prendendo-a sob seu corpo.

— Lembra quando disse que eu perdi minha juventude?

— Lembro — respondeu ela, enquanto os fogos explodiam em um crescendo de luz e sons.

— Sabe o que mais lamento ter perdido?

— Não. O quê?

— Sempre sonhei em fazer amor com uma mulher, enquanto ela admirava fogos de artifício, olhando por cima do meu ombro.

Ela sorriu, mas estava recordando outras coisas. Lembrou quando Cole pegou o filho pela primeira vez, três meses antes. Ele levou o bebê para perto da janela do quarto de hospital e disse: "Conner, esta cidade é Dallas. Papai vai dá-la a você".

— Em que está pensando? — perguntou Cole, vendo o seu sorriso.

— Estou recordando — murmurou ela.

— Quer mais uma coisinha para lembrar? — Ele ofereceu com ar malicioso.

Diana desviou os olhos do céu para fitar o rosto moreno acima do seu.

— Quero, sim. Muito.

Este livro foi composto na tipografia Minion Pro,
em corpo 11,5/16, e impresso em
papel off-white no Sistema Cameron da
Divisão Gráfica da Distribuidora Record.